古典詩歌研究彙刊

第二輯

龔鵬程 主編

第16冊

明七子派詩文及其論評之研究

龔顯宗 著

國家圖書館出版品預行編目資料

明七子派詩文及其論評之研究／龔顯宗 著 -- 初版 -- 台北縣
永和市：花木蘭文化出版社，2007〔民 96〕

目 4+288 面；17×24 公分（古典詩歌研究彙刊 第二輯；第 16 冊）

ISBN-13：978-986-6831-24-9（全套：精裝）
ISBN-13：978-986-6831-40-9（精裝）
1. 明代文學 2. 明代詩 3. 文學評論

820.906 95016216

ISBN - 978-986-6831-40-9

古典詩歌研究彙刊
第二輯 第十六冊 ISBN：978-986-6831-40-9

明七子派詩文及其論評之研究

作 者 龔顯宗
主 編 龔鵬程
出 版 花木蘭文化出版社
發 行 所 花木蘭文化出版社
發 行 人 高小娟
聯絡地址 台北縣永和市中正路五九五號七樓之三
電話：02-2923-1455／傳真：02-2923-1452
電子信箱 sut81518@ms59.hinet.net
初 版 2007 年 9 月
定 價 第二輯 20 冊（精裝）新台幣 28,000 元

明七子派詩文及其論評之研究

龔顯宗 著

作者簡介

龔顯宗，台灣嘉義朴子市人，政大中文所碩士，中國文化大學國家文學博士。曾任中小學教師，高雄師大、中興大學、靜宜大學、高雄大學等校教授，台南大學語文教育系主任、香港新亞研究所客座教授、考試院典試委員，現為中山大學專任教授。著有《明初越派文學批評研究》、《歷朝詩話析探》、《女性文學百家傳》、《現代文學研究論集》、《明清文學研究論集》、《台灣文學研究》、《台灣文學家列傳》、《台灣文學論集》、《台南縣文學史》、《魏晉南北朝童謠研析》、《從台灣到異域》等四十餘種。

提　要

明代文壇有復古與創新之分，前者又以七子派為主流，此派始於李、何，徐、邊諸人為之羽翼，越數十年而謝、李興，黨徒眾且分佈廣，「秦漢」、「盛唐」之說聳人心目，風靡一時，號令一世，歷百餘載方漸衰微，其影響及於清朝之格調說，可謂源遠而流長也。

本書之撰，先言七子派成員，繼以年表；次為前七子及其附庸、後七子、前五子、後五子、廣五子、續五子、末五子立傳，並選錄其詩文。其次探究七子派詩文論產生背景，溯其淵源，以見其來有自，其生有因。再次闡述其詩說文論，較其同異；復列述受其餘澤沾溉者，末評其詩文與理論之優劣而作結焉。

本書乃廿八年前博士論文，為保存當時風貌，故僅略加修改，讀者幸垂教焉。

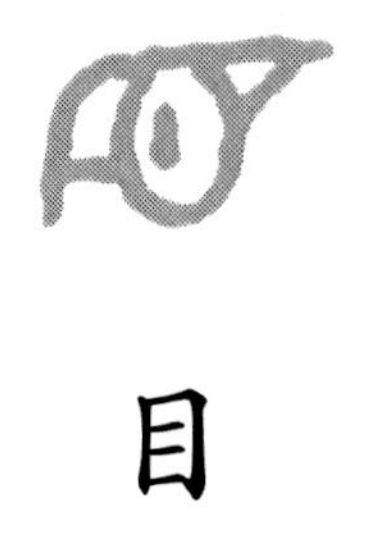

目錄

緒 論

明代文壇有復古與創新之分，前者又以七子派爲主流，此派始於李、何，徐、邊諸人爲之羽翼，越數十年而謝、李興，其風彌熾，迨元美主盟，噉名者裹糧而至，莫敢稍後，此即所謂定於一尊之時。

王廷相序《空同集》云：「杜子美雖云大家，要自成己格爾，元稹稱其薄風雅，呑曹、劉，固知其溢言矣。其視空同規尚古始，無所不極，當何以云信斯言也。」直以空同之所就在元美之上。華州王維楨則謂空同詩文兼有史遷與子美之長〔註 1〕，秦人亦推對山與敬夫爲一代師匠。趙康王稱茂秦詩得少陵體與太白格調〔註 2〕，于鱗自云微吾長夜〔註 3〕，元瑞著《詩藪》，謂千古之詩莫盛于李、何、李、王，四家之中，元美則淹有眾長，所謂證果位之如來，集大成之尼父也。

夫物極必反，盛極而衰，原爲自然之理。李濂，空同之所深許者也，爲詩云：「唐人無選宋無詩，後進輕狂肆貶詞。眞趣盎然流肺腑，底須摹擬失神奇。」又云：「洪武詩人稱數子，高、楊、袁凱及張、徐，後來英俊崢嶸甚，興趣溫平似勿如。」一以議其論，一以

〔註 1〕見《王氏存笥稿・卷十四・復答張太谷書》。
〔註 2〕見《四溟集》附趙王枕易道人〈四溟旅人詩敘〉。
〔註 3〕《藝苑卮言》卷七。

評其詩，不滿七子之意蓋已形諸楮墨間。王磐為南曲之冠冕，嘲空同曰：「形骸憔悴不堪描，還自心頭火未消，自分不知年老大，也隨兒女鬧元宵。」王叔承亦譏于鱗為東家捧心，醜不堪言。歸震川謂元美為妄庸巨子；湯義仍則簡括空同、于鱗、元美文賦，標其用事之處，及增減漢史唐詩字面，流傳白下，故使知之〔註 4〕；徐文長更直斥七子為鳥作人言。

如上所述，七子生前名滿天下，謗亦隨之，迨其逝也，論猶未定，錢謙益《列朝詩集小傳》，吳喬《圍爐詩話》，皆以排擊李、何、李、王為事；而沈德潛論七子，譽多於毀；姚姬傳且謂作詩必由李、何入手，方可深造；近人錢基博著《明代文學》一書，謂明有李、何，猶唐之有韓、柳，眾口紛紜，莫衷一是。

本文之撰，先言七子派之成員，繼以年表列述其成員之生卒年歲、文學活動、仕宦略歷與交遊師承。次為前七子及其附庸、後七子、前五子、後五子、廣五子、續五子、末五子立傳，並選錄其詩文。其次探究七子詩文論產生之背景，太祖詔復漢唐衣冠，一也；明以八股為取士之法，二也；表彰儒術，優禮文學，三也；內憂外患，紛至沓來，四也；臺閣體與茶陵派之反動，五也；朋黨與詩社之影響，六也；無新變以代雄，七也。次振葉尋根，溯其淵源，以見其來有自，其生有因。再次闡述七子派之詩說文論，較其同異。復列述受其餘澤沾溉之最著者凡八人：孫鑛、陳子龍、申涵光、毛先舒、宋犖、徐渭、沈德潛、李重華是也。末評其詩文與理論之優劣，以作結焉。

〔註 4〕見《列朝詩集小傳・丁集中・湯遂昌顯祖小傳》。

第一章　七子派之成員與年表

第一節　七子派之成員

前七子之成員，《列朝詩集小傳》與《明史》所言一致，錢牧齋云：「弘治時，朝士有所謂七子者：北郡李夢陽、信陽何景明、武功康海、鄠杜王九思、吳郡徐禎卿、儀封王廷相、濟南邊貢也。」（《列朝詩集小傳・丙集・邊尚書貢》）《明史》亦謂夢陽與「景明、禎卿、貢、海、九思、王廷相號七才子。」（《明史・卷二百八十六・文苑・二》）諸家之說大抵如是〔註1〕。

至於後七子之成員〔註2〕，各家說法不一，《明史》稱：「攀龍之始官刑曹也，與濮州李先芳、臨清謝榛、孝豐吳維嶽輩倡詩社。王世貞初釋褐，先芳引入社，遂與攀龍定交，明年，先芳出爲外吏；又二年，宗臣、梁有譽入，是爲五子；未幾，徐中行、吳國倫亦至，乃改稱七子。諸人多少年，才高氣銳，互相標榜，視當世無人，七才子之名播天下。擯先芳、維嶽不與，已而榛亦被擯，攀龍遂爲之

〔註1〕前七子派之成員除李、何七子外，尚有熊卓、鄭善夫、朱應登、殷雲霄、黃省曾、王維楨、張含、屠應埈、顧璘、薛蕙、孟洋、樊鵬、戴冠、孫繼芳、孫宜、張詩等人。

〔註2〕後七子之前茅凡三人，即王宗沐、高岱、劉爾牧是也。

魁。」（《明史・卷二百八十七・文苑・三》）《列朝詩集小傳》亦謂茂秦「嘉靖間，挾詩卷游長安，……而是時濟南李于鱗，吳郡王元美結社燕市，茂秦以布衣執牛耳，諸人作五子詩，咸首茂秦，而于鱗次之。已而于鱗名益盛，茂秦與論文，頗相鐫責，于鱗遺書絕交，削其名于七子、五子之列。」（丁集上・〈謝山人榛〉）合二家之說，知所謂七子者，即榛、攀龍、世貞、臣、有譽、中行、國倫是也，茂秦且為之長。《列朝詩集小傳》又曰：「于時稱五子者，東郡謝榛、濟南李攀龍、吳郡王世貞、長興徐中行、廣陵宗臣、南海梁有譽，名五子，實六子也。已而謝、李交惡，遂黜榛而進武昌吳國倫，又益以南昌余曰德，銅梁張佳胤，則所謂七子者也。于鱗既歿，元美為政，援引同類，咸稱五子，而七子之名獨著。先是，弘正中，李、何、徐、邊諸人，亦稱七子，於是輇材諷說之徒盱衡相告，一則曰先七子，一則曰後七子，用以鋪張昭代，追配建安。」（丁集上・〈宗副使臣〉）此則謂茂秦遭黜之後〔註3〕，益以余曰德、張佳胤，亦稱七子，實八子也。唯《列朝詩集小傳》又云：「嘉靖中，五子創詩社于長安，于鱗出守，元美為政，南昌余德甫、銅梁張肖甫及助甫相繼入社，是為七子，元美所謂吾黨有三甫者也。」（丁集上・〈張僉都九一〉）據此，則張九一亦為七子之一。元美《藝苑卮言》曰：「已于鱗所善者布衣謝茂秦來，已同舍郎徐子與、梁公實來，吏部郎宗子相來，……蓋彬彬稱同調云。而茂秦、公實復又解去，于鱗乃倡為五子詩，……于鱗守順德出，茂秦登吳明卿、又明年同舍郎余德

〔註3〕茂秦遭擯之緣由有幾：除茂秦為山人外，餘六子皆舉進士第，軒冕凌壓布衣（徐渭語），此其一。明卿入社，茂秦喻以糞土，此其二。六子皆年少氣盛，欺侮老者，此其三。胡元瑞謂茂秦七言律「自是中唐，與諸公大不同。」（《詩藪續編》卷二）諸子重氣類相同，格調近似，茂秦詩風既與六子相異，日久遂由合而分，此其四。茂秦以布衣執牛耳，既而于鱗名愈盛，「榛與論生平，頗相鐫責，攀龍遂貽書絕交，世貞輩右攀龍，力相排擠，削其名於七子之列。」（《明史・卷二百八十七・文苑・三》）茂秦論詩過嚴，于鱗爭領導權，此其五。

甫來，又明年戶部張肖甫來，吟咏時流布人間，或稱七子或八子。」（卷七）據此，則張九一不在七子或八子之內；是後七子之成員並不固定，本文所謂後七子以《明史》所言者爲準〔註 4〕，其他後五子、廣五子、續五子、末五子皆視爲後七子之羽翼。

《明史》謂王元美「其所與遊者，大氐見其集中，各爲標目。曰前五子者，攀龍、中行、有譽、國倫、臣也。後五子，則南昌余曰德、蒲圻魏裳、歙汪道崑、銅梁張佳允、新蔡張九一也。廣五子，則崑山俞允文、濬盧枏、濮州李先芳、孝豐吳維岳、順德歐大任也。續五子，則陽曲王道行、東明石星、從化黎民表、南昌朱多煃、常熟趙用賢也。末五子，則京山李維楨、鄞屠隆、南樂魏允中、蘭谿胡應麟，而用賢復與焉。」（《明史・卷二百八十七・文苑・三》）稍後又廣爲四十子〔註 5〕。

第二節　七子派年表

本年表起自憲宗成化八年（1472），迄于熹宗天啓六年（1626）〔註 6〕，歷七朝，凡一百五十五年。

成化八年（1472）

李夢陽、張鳳翔〔註 7〕生。

成化十年（1474）

〔註 4〕胡元瑞亦以謝、李、王、梁、宗、徐、吳爲嘉隆七子，見《詩藪續編》二。

〔註 5〕四十子即皇甫汸、莫如忠、許邦才、周天球、沈明臣、王祖嫡、劉鳳、張鳳翼、王穉登、王叔承、周弘禴、沈思孝、魏允貞、喻均、鄒迪光、余翔、張元凱、張鳴鳳、王衡、邢侗、鄒觀光、曹昌先、徐益孫、瞿汝稷、顧紹芳、朱器封、黃廷綬、徐桂、王伯稠、汪道貫、華善繼、張九一、梅鼎祚、吳稼竳。

〔註 6〕成化八年前七子之首腦李獻吉生，天啓六年則末五子之李本寧謝世，本寧在末五子中最爲老壽。

〔註 7〕張鳳翔字光世，號伎陵子，洵陽人，與獻吉爲同年友，獻吉爲作傳，以爲子安再生、文考復出，有《張伎陵集》七卷。

王廷相生。

成化十一年（1475）

康海生。

成化十二年（1476）

顧璘生。

成化十三年（1477）

朱應登生。

成化十五年（1479）

徐禎卿生。

成化二十年（1484）

何景明生。

成化廿一年（1485）

鄭善夫生。

弘治元年（1488）

李濂〔註 8〕生。

弘治二年（1489）

薛蕙生。

弘治六年（1493）

李夢陽舉進士第。

弘治八年（1495）

謝榛生。

弘治九年（1496）

邊貢、王九思、顧璘、熊卓舉進士第。

〔註 8〕李濂字川父，祥符人。正德癸酉，省試第一。歷官山西按察司僉事，免歸，肆力於學，以古文名於時，左國璣持其文以示獻吉，獻吉訪之吹臺，川父自是聲馳河洛間，於七子之外，自成一格，有《嵩渚集》等。

弘治十五年（1502）

何景明、康海舉進士第。袁袠〔註9〕生。

弘治十八年（1505）

徐禎卿、王廷相、孟洋、殷雲霄舉進士第。

正德二年（1507）

王忬、王維楨生。

正德三年（1508）

春正月庚申，逮李夢陽下錦衣衛獄。戴冠舉進士第。

正德四年（1509）

熊卓卒。

正德五年（1510）

夢陽過豐城，省熊卓墓。謝榛學作樂府商調，以寫春怨，請正於卿丈蘇東皋，教之作詩。

正德六年（1511）

徐禎卿卒。李先芳、俞允文生

正德九年（1514）

張治道〔註10〕、李攀龍、吳維嶽生。李濂、薛蕙舉進士第。

正德十一年（1516）

李東陽卒。蔡汝楠〔註11〕生。

〔註9〕袁袠字永之，號胥臺，長洲人。七歲能詩，讀書中秘，博習國朝典故，歷官廣西提學僉事。永之矜局雕繪，響附李、何，有《胥臺集》二十卷。

〔註10〕張治道字孟獨，一字時徹，長安人。歷官刑部主事，與薛蕙諸人爲詩社，都下號西翰林。罷歸之後，與德涵、敬夫遨遊中南鄠杜間，唱和無虛日，與關隴之士附北地而排長沙，有《太微集》。

〔註11〕蔡汝楠字子木，號白石，德清人。歷官山東按察使，兵部侍郎，改南京工部，有《自知堂稿》。其詩出於楊用修，送別登臨，佳句多有，及官爵日尊，率易應酬，詩格日損，與茂秦、元美、明卿諸子往還甚密。

正德十二年（1517）

徐中行生。

正德十三年（1518）

梁有譽生。

正德十六年（1521）

趙康王襲位〔註12〕。陸光祖〔註13〕生。

嘉靖元年（1522）

何景明卒。釋李夢陽於獄。

嘉靖二年（1523）

王宗沐生。鄭善夫卒。

嘉靖三年（1524）

吳國倫生。

嘉靖四年（1525）

劉爾牧、宗臣生。

嘉靖五年（1526）

王世貞生。朱應登卒。江以達〔註14〕、屠應埈、袁袠舉進士第。

嘉靖八年（1529）

李夢陽卒。李開先〔註15〕、皇甫汸〔註16〕舉進士第。

〔註12〕趙康王諱厚煜，自號枕易道人，莊王子。嗜學博古，折節愛賓客，茂秦因鄭中伯（若庸）而謁王，與王聯句於百卉亭，王爲茂秦刻《四溟旅人詩》。

〔註13〕陸光祖字與繩，號五臺，杰從子，累官吏部尚書，謚莊簡。練達朝章，推轂人材，不念舊惡，卒年七十七。嘗應茂秦之請，脫盧次楩（柟）於獄。

〔註14〕江以達字子順（一作于順），號午坡，官刑部郎中，遷湖廣副使，論詩專推李、何，有《江午坡集》。

〔註15〕李開先字伯華，號中麓，章邱人，官至太常少卿，與王慎中、唐順之、熊過、陳束、任瀚、趙時春、呂高號爲「嘉靖八才子」。伯華以善曲擅名，嘗訪對山、渼陂於武功、鄠杜間，賦詩度曲。卒年六十八，有《閒居集》、《李中麓樂府》等。

〔註16〕皇甫汸字子循，歷工部虞衡司郎中，升雲南按察司僉事，以大計免官，

嘉靖十年（1531）

瀋憲王胤栘〔註17〕進封，黃省曾舉進士第。

嘉靖十一年（1532）

邊貢卒。

蔡汝楠舉進士第。

嘉靖十四年（1535）

王維楨舉進士第

趙用賢、王穉登〔註18〕生。

嘉靖十五年（1526）

王世懋生。

嘉靖十七年（1538）

吳維嶽舉進士第。

嘉靖十九年（1540）

康海卒。

嘉靖二十年（1541）

瀋憲王薨。薛蕙、崔銑卒〔註19〕。王忬舉進士第。

嘉靖廿二年（1543）

許邦才〔註20〕中解元。

年八十卒。子循謂不肯學步少陵，而不能不假靈於王、李；元美則謂其今體風調，頗似錢、劉，文學六朝，時時失步。有《司勳集》。

〔註17〕潘憲王胤栘，太祖六世孫，自號南山道人，好文學，有《清秋倡和集》。王素嗜談禪，茂秦謂其詩得妙悟之旨（見《四溟詩話》卷四）。

〔註18〕王穉登字伯穀，先世江陰人，移居吳門。爲詩雕香刻翠，名滿吳會間。嘗拯元美仲子驌於獄，有古人風義。

〔註19〕崔銑字仲凫，一字子鍾，亦字後渠，安陽人（一云樂安人），以南京禮部右侍郎致仕，卒年六十四，諡文敏，有《洹詞》、《文苑春秋》、《晦庵文鈔續集》。後渠以文名，趙王枕易道人曰：「文至後渠，詩至四溟，其盡之也。」茂秦有〈春雪柬崔太史仲凫〉一首。

〔註20〕許邦才字殿卿，歷城人，官永寧知州，相周王崇易六年。與于鱗相友善，合著《海右倡和集》。茂秦嘗評其詩云：「軒軒豪舉，傍若無人。」

嘉靖廿三年（1544）

王廷相卒。

春，李攀龍舉進士第，與李先芳、吳維嶽、謝榛諸人倡詩社，而以榛爲長。

冬，榛客居大梁，與李生、賈子論詩。

是年，劉爾牧、王宗沐皆舉進士第。

嘉靖廿四年（1545）

顧璘卒。

謝榛訪西林禪侶。

鎮康王恬焯〔註 21〕襲封。

嘉靖廿六年（1547）

袁袠卒。

春，王世貞進士及第，先芳引之入詩社〔註 22〕。

汪道崑、李先芳、張居正、陸光祖、楊繼盛皆於是年進士及第。

李維楨生。

嘉靖廿七年（1548）

世貞授刑部主事。

李先芳出爲外吏。

曾銑、夏言遭戮，謝榛詩紀其事。

嘉靖廿八年（1549）

夏，久不雨，世貞作〈苦旱歌〉與〈祭城隍神文〉。

中秋夜，榛與李子朱、世貞、攀龍賞月論詩。

攀龍出守順德。

〔註 21〕鎮康王恬焯，瀋憲王第五子，自號西巖道人，有《西巖漫稿》，茂秦謂其詩格律精工，精拔有骨（見《四溟詩話》卷四）。

〔註 22〕《列朝詩小傳》丁集上曰：「伯宗初與李伯承結社長安，進王元美于社中。」（〈高長史岱小傳〉）元美則謂吳峻伯、王新甫、袁履善引其入社（見《藝苑卮言》卷七）。

盧枏脫獄。

嘉靖廿九年（1550）

榛、攀龍、世貞、臣、有譽稱五子，未幾，徐中行、吳國倫亦入，合稱七子。

余曰德入詩社。

有譽、臣、中行、國倫、張佳胤、高岱、魏裳、王道行皆於是年舉進士第。

八月十六日，虜犯京師，茂秦作〈哀哉行〉四首，世貞作〈書庚戌秋事〉、〈客談庚戌事〉等詩與〈庚戌始末誌〉一文。

嘉靖三十年（1551）

攀龍遷郎中，世貞陞員外郎。

張佳胤入七子社。

嘉靖卅一年（1552）

春，畫工爲攀龍、世貞、臣、有譽、中行、茂秦繪〈六子圖〉。

五月，世貞決獄江北。

瀋宣王〔註23〕、安慶王〔註24〕皆於是年襲封。

有譽以念母回鄉。

嘉靖卅二年（1553）

有譽滅頂於南海〔註25〕，茂秦作〈颶風歌〉傷之。

秋，世貞讞濰揚獄，布衣俞允文投詩求見。

嘉靖卅三年（1554）

〔註23〕瀋宣王恬烄，號西屏道人，憲王子。博學工詩，才藻秀逸，有《綠筠軒稿》，茂秦評其〈寄懷大司馬郭公〉二首：「辭雅氣暢，造詣不凡。」（《四溟詩話》卷四）

〔註24〕安慶王恬爔，瀋憲王第七子，號西池道人。雅愛詞章，與茂秦互有酬答之作。

〔註25〕此據《四溟集》而言，錢牧齋則謂：「以念母，移病歸里，與黎民表約游羅浮，觀滄海日出海颶大作，宿田舍者三夕，意盡賦詩而歸，中寒病作，遂不起。」（《列朝詩集小傳・丁集上・梁主事有譽》）

春，謝榛赴京，友朋於郭化申幼川園亭設宴餞之，榛爲趙康王枕易作諸體二十篇。

余曰德入詩社。

嘉靖卅四年（1555）

王維楨卒。

楊繼盛遭讒被戮，國倫、宗臣、世貞經紀其喪。

嘉靖卅五年（1556）

國倫謫江西按察司知事，過順德，攀龍贈之以詩。

世貞以考察獄治，北駐漁陽，聞中行讞獄江南，已出京城，作〈贈子與詩〉六首。

攀龍、世貞、謝榛、盧柟會於大名。

謝榛、盧柟、世貞、王道行、羅虞臣同遊天雄郡閣。

九月，攀龍遷陝西提學副使，世貞有序送之。

十月，世貞調山東按察使司副使，攀龍有序以贈，宗臣亦賦〈古劍篇〉三首贈之。

嘉靖卅六年（1557）

攀龍罷歸，榛騎而追送百里。

宗臣遷閩藩參議。

中行轉爲臨汀縣丞。

嘉靖卅七年（1558）

世貞與吳維嶽遊雲門山。

謝榛遊鄴下，酌於王中宦別館，與李生論詩，以燈爲韻，得卅四句。

夏，榛偕莫子明〔註26〕遊嵩山少林寺。

嘉靖卅八年（1559）

春三月，王世懋、張祥鳶〔註27〕舉進士第。

〔註26〕莫子明，浙東人，嘉靖戊午歲夏，偕茂秦遊嵩山寺。

〔註27〕張祥鳶字道卿，金壇人，爲户曹郎十餘年，出爲雲南知府。與七子

夏六月，王忬下錦衣獄。

嘉靖卅九年（1560）

趙康王薨，謝榛歸東海。

宗臣卒。

十月一日，王忬以灤河之變，論斬西市〔註28〕。

嘉靖四十二年（1563）

世貞、世懋與俞允文、周天球、黃姬水等相酬唱。

攀龍與世懋詩文來往，稱之曰「小美」。

嘉靖四十三年（1564）

世貞訪中行於長興。

秋，謝榛赴晉陽，栗晉川留酌園亭。

嘉靖四十四年（1565）

《藝苑卮言》六卷刊行。

嚴嵩削籍，子世蕃及羅龍文棄市。

蔡汝楠卒。

嘉靖四十五年（1566）

世貞營別叢於隆福寺西，建閣貯藏經，名曰「小祇林」。

隆慶元年（1567）

世貞兄弟入京訟冤，詔復忬故官。

攀龍以浙江副使起任，過姑蘇與世貞兄弟飲三日夜

隆慶二年（1568）

攀龍遷河南按察使。

世貞起爲河南按察司副使，道遇國倫，至金陵，祭宗臣。又弔盧柟墓。

同時，互有往還，其詩清潤，著《華陽洞稿》二十卷。

〔註28〕王忬字民應，號思質，累官兵部右侍郎，薊遼總督，不練主兵，惟調邊兵入衛，致寇乘虛入犯，嚴嵩短之帝。元美又積忤世蕃，灤河之變，遂遭棄市。

謝榛寄贈世貞新集。

李維楨舉進士第。

李開先卒。

隆慶三年（1569）

吳維嶽卒，世貞爲文祭之。

隆慶四年（1570）

李攀龍卒，謝榛有詩悼之，王世貞嗣操文柄。

隆慶五年（1571）

三月一日，世貞爲文祭攀龍，爲編次遺集，作〈哭于鱗詩〉一百二十韻。

歸有光卒。

隆慶六年（1572）

夏，《藝苑卮言》又增二卷。

九月，世貞兄弟遊太湖之西洞庭。

萬曆元年（1573）

張佳胤、世貞、周詩會飲於京口。

魏裳見世貞於漢陽晴川閣。

冬，謝榛偕鄭若庸〔註 29〕見趙穆王上新竹枝十四闋，賈姬按而譜之。

萬曆二年（1574）

元夕，趙穆王歸賈姬於謝榛邸。

五月，黃姬水卒，世貞爲其文集作序。

夏，魏裳卒，世貞爲之作傳。

仲秋念四日，榛寓汾陽天寧蘭若，《四溟詩話》成，自撰序文。

萬曆三年（1575）

三月，世貞登太和山，有一賦四記。

榛作〈老懷詠〉一首，是年冬，至大名，客請賦壽詩百章，至八十

〔註 29〕鄭若庸字中伯，崑山人。早歲以詩鳴吳下，趙康王聞其名，走幣聘入鄴。中伯又善度曲，有《玉玦記》傳世，卒年八十餘。

餘，投筆而逝。世貞有詩輓之。

萬曆四年（1576）

《弇州山人四部稿》刊刻完成。

春，徐渭作〈二十八日雪〉一首，謂攀龍、世貞排擠謝榛，誓不入七子之社。

萬曆五年（1577）

世貞擴建「小祇園」，更名曰「弇山」。又翻刻《四部稿》，汪道崑爲之作序。

萬曆六年（1578）

徐中行卒，世懋趕往治喪，世貞作祭文以悼。

萬曆七年（1579）

二月六日，世貞過長興弔中行，撰輓詩五首。

八月三日，俞允文卒，世貞往奠。

萬曆十一年（1583）

世貞作〈末五子篇〉、〈十詠〉、〈四十詠〉。

六月，汪道崑、胡應麟、徐孟孺、張九一訪世貞於弇園。

湯顯祖舉進士。

萬曆十二年（1584）

國倫、世貞、世懋、士騏同遊弇園、澹園。

余曰德卒，世貞撰祭文以弔。

中秋，李維楨訪世貞。

九月，歐大任過弇園。

萬曆十三年（1585）

趙用賢至太倉訪世貞。

萬曆十六年（1588）

王世懋卒。

萬曆十八年（1590）

四月，《弇山堂別集》刻竣，陳文燭題序。

十二月，王世貞卒。

萬曆十九年（1591）

王宗沐卒。

萬曆二十年（1592）

袁宏道舉進士第〔註30〕。

萬曆廿一年（1593）

吳國倫卒。

徐渭卒。

萬曆廿四年（1596）

趙用賢卒。

萬曆卅八年（1608）

陳子龍生〔註31〕。

萬曆四十年（1612）

王穉登卒。

萬曆四十五年（1617）

湯顯祖卒〔註32〕。

天啓五年（1625）

鍾惺卒〔註33〕。

天啓六年（1626）

李維楨卒。

〔註30〕袁宏道字中郎，公安人，除吳縣知縣。學禪於李龍湖，昌言排繫七子，其論一出，王、李之雲霧一掃，有詩文集四十卷，卒年四十三。

〔註31〕陳子龍字人中，一字臥子，號大樽，松江華亭人，崇禎十年進士，選紹興推官，擢兵科給事中，明亡，抗清失敗，投水死。論詩以七子爲宗，有《白雲草廬居稿》、《湘眞閣稿》等。

〔註32〕湯顯祖字義仍，臨川人。除南太常博士，以遂昌縣令致仕，卒年六十八。義仍能詩，工詞曲，排擊七子甚力，有《玉茗堂集》廿九卷。

〔註33〕鍾惺字伯敬，竟陵人，萬曆卅八年進士及第，官至福建提學僉事，與譚元春評選《古詩歸》與《唐詩歸》，流布天下，謂之「竟陵體」，有《隱秀堂集》。

第二章　前七子派人物小傳及其詩文

第一節　前七子

一、李夢陽

李夢陽，字獻吉，號空同子，甘肅慶陽人，徙居開封。弘治六年進士，授戶部主事，武宗時代尚書韓文屬草，劾劉瑾，下獄免歸。瑾誅，起江西提學副使，以事奪職。工詩古文，才思雄鷙，卒年五十八（1472～1529），有《空同子集》六十六卷。

獻吉重氣節，弘治十八年，陳二病、三害、六漸，末言壽寧侯張鶴齡殃民利己，下獄，尋釋之，奪俸三月；正德改元，劉瑾逮之於獄，賴康對山力，得不死；寧王宸濠誅，坐為宸濠撰〈陽春書院記〉，復陵轢同列，挾制上官，遂羈廣陵獄，諸生萬餘為訟冤，失勢家居。賓客盈戶，間從汳雒諸少年射獵繁吹兩臺間，二十年而卒。傳具《洹詞・李公墓志銘》、《徐文敏公集・李公墓表》、《袁永之集・李空同先生傳》、《西河全集・李夢陽傳》、《皇明獻實》、《四友齋叢說》、《聖朝名世考》、《明史・卷二百八十六・文苑・二》、《列朝詩集小傳・丙集》等。

言明代弘治七子者必推李、何，諸子又以獻吉為首，王獻跋其師渼陂之集云：「空同濬其源，大復泝其流，浚川橫其柱，華泉障其川，昌穀迴瀾，對山揚舲，復虞、夏、商、周之文，講班、馬、曹、劉之業，庶幾乎一代之宗匠矣！而我渼陂先生輩彬彬濟濟，爭鳴競翔。」黃勉之謂獻吉「非姬公、宣父之書不涉於目，非左、馬、班、揚之策不發于笥，非騷、選、李、杜之篇不歷于思。」又謂其：「銓情播義、醲浸於洙典；星離緡貫，幅尺於丘明；約暢淵綺，槖籥於宋、荀；騁頓激昂，陶鑪於遷、固；緣方形侶，合步於相如；體新揮述，齊能於杜甫；祖輸尋源，法同於康樂；扶衰續古，功並於拾遺；誠遊藝之鉅工而擒翰之鴻匠也。」興起學士，挽回古文，爲天下作者之首冠。而錢牧齋《列朝詩集小傳》則掊擊之，不遺餘力；要之，以沈歸愚之論最稱允當，其《明詩別裁》云：「空同五言古宗法陳思、康樂，然過於雕刻，未極自然；七言古雄渾悲壯，縱橫變化；七言近體開合動盪，不拘故方，準之杜陵，幾於具體，故當雄視一代，邈焉寡儔；而錢受之詆其模擬剽賊，等於嬰兒之學語，至謂讀書種子從此斷絕，吾不知其爲何心也。」

錄其詩四首、文一篇如下：

〈湘妃怨〉

采蘭湘北沚，搴木澧南潯。淥水含瑤彩，微風託玉音。雲起蒼梧夕，日落洞庭陰。不知篁竹苦，惟見淚斑深。

〈士兵行〉

豫章城樓饑啄烏，黃狐跳踉追赤狐。北風北來江怒湧，土兵攫人人叫呼。城外之人徙城內，塵埃不見章江塗。花裙蠻奴逐婦女，白奪釵釧換酒沽。父老向前語蠻奴，愼勿橫行王法誅。華林桃源諸賊徒，金帛子女山不如。汝能破之惟汝欲，犒賞有酒牛羊豬，大者陞官佩綬趨，蠻奴怒言萬里入爾都，爾生我生屠我屠，勁弓毒矢莫敢何，意氣似欲無彭湖。彭湖翩翩飄白旗，輕舸蔽水陸走車，黃雲卷地春草死，烈火誰分瓦與珠。寒崖日月豈盡照，大邦魑魅難久居。天下有道四夷守，此輩可使亦可虞，何況土官妻妾俱，美酒大肉吹笙竽。

〈漢京篇〉

漢京臨帝極，複道眾星羅，煙花開甸服，錦繡列山河。山河自古稱佳麗，城中半是王侯第，峻閣重樓夾道懸，雲房霧殿森虧蔽。牧豚賣珠登要津，樊侯亦是鼓刀人，時來叱咤生風雨，奄見吹嘘走鬼神。平津結兄蓋侯第，林酒相看何意氣，執鞭盡是虎賁郎，守門不數長安尉。長安烽火入邊城，挺劍辭君萬里行，去日千官遮馬餞，歸來天子降階迎。朱弓尚抱流沙月，寶鋏常飛瀚海星，不分燕然先勒石，直接麟閣後標名。豈知盛滿多仇忌，可惜繁華如夢寐，地宅田園奪與人，丹書鐵券成何事，霍氏門前狐夜號，魏其池館長蓬蒿，三千食客今誰在，十二珠樓空復高。後車不戒前車覆，又破黃金買金谷，洛陽亭樹與山齊，北邙車馬如雲逐。陰郭豪華眞可憐，雲臺將相珥貂連，當時卻怪桐江叟，猶著羊裘伴帝眠。

〈秋望〉

黃河水遶漢邊牆，河上秋風雁幾行。客子過壕追野馬，將軍弢箭射天狼。黃塵古渡迷飛輓，白月橫空冷戰場。聞道朔方多勇略，只今誰是郭汾陽？

〈禹廟碑〉

李子遊於禹廟之台，覽長河之防，孤城故宮，平沙四漫，遐盼顧流，北盡碣石，九派煙淤，雲草浩浩，於是愴然而悲曰：

「嗟乎！予於是知王霸之功也。霸之功驩，久之疑；王之功忘，久之思。昔者禹之治水也，導川爲路，易觥爲寧，地以之平，天以之成，去巢就廬，而泣而耕，生生至今者，固其功也，所謂萬世永賴者也。然問之耕者弗知，粒者弗知，廬者弗知，陸者弗知。故曰：王之功忘，譬之天生物而物忘之，泳者忘其川，棲者忘其枝，民者忘其聖人，非忘之也，不知之也，不知自忘。及其菑也，號呼而祈恤，於是智者則指之所從來，而廟者興矣、河盟津東也，蹙曠肆悍，勢猶建瓴，隄堰一決，數郡魚鼈，於是昏墊之民，匍匐詣廟，稽首號曰：『王在，吾奚役斯？』所謂思也。故不忘不大，不思不深，深莫如地，大莫如王，天之道也。

霸者非不功也，然不能使之不忘，而不能使之不疑，何也？不忘者小，小則近，近則淺，淺則疑，如秦穆賜食善馬肉者酒是也。夫天下未聞有廟桓，文者也。故曰：予觀禹廟，而知王霸之功也。」

或問湯、文不廟。李子曰：「聖人各有其至，堯仁舜孝，禹功湯義，文王之忠，周公之才，孔子之學是也。夫功者，切於菑者也。大梁以菑故，是故獨廟禹。」

是時監察御史澶州王子，會按江南，登臺四顧，乃亦愴然而悲曰：

「嗟呼！予於是而知功之言徵也。吾少也覽，嘗躡州城，眺滄渤，南目大梁之墟。乃今歷三河、攬淮、泗，極洪流而盡滔滔，使非有神者至之，桑而海者久矣！尚能粒耶？耕耶？廬耶？能飢者寧耶？川陸者耶？

嗟呼，予於是而知功之言徵也。所謂微禹吾其魚者耶？所謂美哉勤而不德者耶？」於是飭所司葺其廟，而屬李子碑焉。

王子名溱，以嘉靖元年春按江南，明年秋代去，乃李子則爲迎送神辭三章，俾祭者歌之，以侑神焉。其辭曰：

「天門兮顯闢，赫赫兮雲吐，窈黃屋兮陸離，靈總總兮上下。羌若來兮儵不見，不見兮奈何？望美人兮徒怨，若橫四海兮怒波。絙絃兮絙鼓，神不來兮誰怒？執河伯兮顯戮，飭陽侯兮清路。靈雹靄兮來至，風泠泠兮堂户。舞我兮我酹，尸既飽兮顏酡。惠我人兮乃土乃粒，日云莫兮尸奈何？風九河兮濤莫，雲曈曈兮昏雨。王駕鳳兮驂文魚，龍翼翼兮兩旟。悵佳期兮難屢，心有愛兮易離。愛君兮思君，肴芳兮酒芬，君歸來兮庇吾民。」

二、何景明

何景明、字仲默、號大復，信陽人，八歲能屬文，年十五舉鄉試第一，登弘治十五年進士，授中書舍人，歷官陝西提學副使，志操耿介，與李夢陽並有國士風，人稱何、李，又與邊貢、徐禎卿合稱四傑，卒年卅九（1483～1521），著有《大復集》。

仲默忠直敢言，不畏強橫，尙節義而鄙榮利。其教諸生，專以經術世務，遴秀者於正學書院，親爲說經，士始知有經學。英年早逝，天下同傷。傳具《對山集‧送何大復還信陽序》、《孟有涯集‧何君墓誌銘》、《太函集‧信陽何先生墓碑》、《丘隅集‧何先生傳》、《弇州山人四部稿‧何大復集序》、《皇明獻實》、《聖朝名世考》、《名山藏》、《明史‧卷二百八十六‧文苑‧二》、《列朝詩集小傳‧丙集》。

王渼陂有〈讀仲默集二首〉，其一云：「大雅久不作，之子起詞林。萬里風雲氣，千篇錦繡心。青霄看鳳翥，碧海託龍吟。卻恨重泉閉，空遺清廟音。」其二云：「爾與崆峒子，齊升大雅堂。風流驚絕代，培植荷先皇。日月層霄麗，江河萬古長。斯文如不廢，吾黨有輝光。」（《渼陂集》卷四）可謂推崇備至。對山謂仲默之文善於敘事論理，其〈何仲默集序〉云：「嗟呼！文其在茲乎！夫序述以明事，要之在實；論辯以稽理，要之在明；文辭以達是二者，要之在近厥指要，凡仲默之所作，三者備焉，故予歆慕歎息，非私之地。」（《對山集》卷四）汪伯玉爲仲默撰墓碑文，論李、何二子所造各異，其言曰：「獻吉兢兢業業，非規矩不由；先生志在運斤斲輪，務底於化。于時主典則者張獻吉，主神解者附先生。要諸至言各有所當，顧其相直若繩墨，而相濟若和羹，即言逆耳而莫逆於心，耳視者弗察也。今兩家並懸書海內，海內不啻戶說之，漫假得終其天年，先生化矣！」《四庫提要》亦謂二人天分各殊，取徑稍異，所尙亦復有不同。沈歸愚編《明詩別裁》，亦云：「北地詩以雄渾勝，信陽詩以秀朗勝，同是憲章少陵，而所造各異。薛君采云：『俊逸終憐何大復，麤豪不解李空同。』任意抑揚，詎爲定論？」又云：「洪、宣以後，詩教日衰，雖李西涯起而振之，終未能力挽流俗，向微李、何二家，蛙聲紫色，竊據壇坫，流極何所底耶？凡信口掎摭者，其論吾不敢取。」

錄其詩五首、文一篇於下：

〈擣衣〉

涼飆吹閨門，夕露淒錦衾，言念無衣客，歲暮方寒侵。皓腕約長袖，雅步飾鳴金。寒機裂霜素，繁杵叩清碪。哀音緣雲發，斷響隨風沈。顧影惜流月，仰盼愁橫參。路長魂屢徂，夜久力不任。君子萬里身，賤妾萬里心。燈前揮妙匹，運思一何深，裁以金剪刀，縫以素絲鍼，願爲合歡帶，得傍君衣襟。

〈俠客行〉

朝入主人門，暮入主人門，思殺主讐謝主恩，主人張鐙夜開宴，千金爲壽百金餞。秋堂露下月出高，起視廐中有駿馬，匣中有寶刀。拔刀躍馬門前路，投主黃金去不顧。

〈明月篇〉

長安月，離離出海嶠。遙見層城隱半輪，漸看阿閣銜初照。瀲灩黃金波，團團白玉盤。青天流影披紅蕊，白露含輝汎紫蘭，紫蘭紅蕊西風起，九衢夾道秋如水，錦帽高褰杳霧濃，瑣闈斜映輕霞舉。霧沈霞落天宇開，萬户千門月明裏。月明皎皎陌東西，柏寢岧嶢望不迷。侯家臺榭光先滿，戚里笙歌影乍低。濯濯芙蓉生玉沼，娟娟楊柳覆金隄。鳳凰樓上吹簫女，蟋蟀堂前織錦妻。別有深宮閉深院，年年歲歲愁相見。金屋螢流長信階，綺櫳燕入昭陽殿。趙女通宵侍御牀，班姬此夕悲團扇。秋來明月照金微，榆黃沙白路逶迤。征夫塞上行憐影，少婦窗前想畫眉。上林鴻雁書中恨，北地關山笛裏悲。書中笛裏空相憶，幾見盈虧淚沾臆。紅閨貌減落春華，玉門腸斷逢秋色。春華秋色遞如流，東家怨女上妝樓。流蘇帳卷初安鏡，翡翠簾開自上鉤。河邊織女期七夕，天上嫦娥奈九秋。七夕風濤還可渡，九秋霜露迥生愁。九秋七夕須臾易，盛年一去眞堪惜。可憐揚彩入羅幃，可憐流素凝瑤席。未作當壚賣酒人，難邀入座援琴客。客心對此歎蹉跎，烏鵲南飛可奈何，江頭商婦移船待，湖上佳人挾瑟歌。此時凭闌垂玉箸，此時滅燭斂青蛾。

玉箸青蛾苦緘怨，緘怨含情不能吐。麗色春妍桃李蹊，遲輝晚媚菖蒲浦。與君相思在二八，與君相期在三五，空持夜被貼鴛鴦，空持暖玉擘鸚鵡。青衫泣掩琵琶絃，銀屏忍對箜篌語。箜篌再彈月已微，穿廊入闥靄斜暉。歸心日遠大刀折，極目天涯破鏡飛。

〈昭烈廟〉

漂泊依劉計，間關入蜀身。中原無社稷，亂世有君臣。峽路元通楚，岷江不向秦。空山一祠宇，寂寞翠華春。

〈秋興〉

漢水東流入楚來，長沙秋望洞庭開。江清樓閣中流見，日落帆檣萬里回。去國尚悲王粲賦，逢時空惜賈生才。湘南兩度曾遊地，惆悵煙花暮轉哀。

〈師問〉

有問於何子者曰:「今之師，何如古之師也？」何子曰:「古也有師，今也無師。」「然則今之所謂師者何稱也？」曰:「今之所謂師也，非古之所謂師也！其名存，其實亡，故曰無師！」曰:「古之師可得聞歟？」曰:「古者教之之法，曰性，曰倫。性則仁、義、禮、智、信、是也；倫則君臣、父子、兄弟、長幼、朋友是也；於是而學焉以由之曰道；學焉以得之曰德；用之而足以舉於天下曰業。是故古之師，將以盡性也，明倫也，則其道德而蓄其業也，是謂古之師也。」曰:「何謂今之師？」曰:「今之師，舉業之師也；執經授書，分章截句，屬題比類，纂摘簡略，剽竊程式，傳之口耳，安察心臆，叛聖棄古，以會有司。是故今之師，速化苟就之術，干榮要利之媒也！」曰:「師止是二者乎？」曰:「否！不止是也！漢有經師，作訓詁以傳一家之業者也；君子有尚之。唐宋以來，有詩文師，辨體裁，繩格律，審音響，啓辭發藻，較論工鄙，咀嚼齒牙，媚悅耳目者也；然而壯夫猶羞稱之！故道德師爲上；次有經師；次有詩文師，次有舉業師。師而至於舉業，其卑而可羞者，未有過焉者也！曰:「然則廢舉業已乎？」曰:「何可廢也！今之取士之制也，士進用之階也！」曰：「是既不可廢，子何謂其卑而可羞也？」曰：「吾所謂卑而可羞者，非其制使然也；師舉業者之敝也！古之師之教者，立廉恥之節，守禮義之閑，不重貴富，不羞貧賤，不詘身於威武，不失志於患難，故上樂得人而用之。夫今獨不欲得是人用哉！顧以身求之，勢爲難也，故以言觀之；以言觀之，故有科舉之制；豈逆其師之教弟子之學，乃以爲利之門也！嘗見今之爲其子弟求師，及其子弟之願學者，口訪耳採；有告之曰：「某，高官也！其前，高第也！其舉業，則精也！其師之！」於是雖千里從之也！又告之曰：「某，未有高官也！未有高第也！其道德則可師也！」於是雖比舍弗從之矣！夫巫醫樂工，與凡百工相師法以習其技藝，所以求食也；安有士相師以求食而可爲也！此吾所謂卑而可羞者也。曰：「若是則何如而可也？」曰：「今之舉業，所習者，固古聖人之言也；因其言，求其道，修之內而不願乎其外，達則行之，困則存之；興斯教也，安知今之師非古之師哉！」問者於是避席曰：「今日乃承益我以師之說。」

三、徐禎卿

徐禎卿，字昌穀，吳縣人，弘治十八年進士，官國子博士，少與祝允明、唐寅、文徵明游，號吳中四才子，既登第，與李夢陽、何景明游，名亦相亞。年三十三卒（1479～1511），有《迪功集》、《談藝錄》。

昌穀天資穎特，家不蓄一書，而無所不通，爲諸生時，已工詩歌。既舉進士第，孝宗遣中使訪問禎卿、陸深名，深得館職，而昌穀以貌寢不與。乞徙南就養，授大理寺副，坐失囚，貶官，卒於京師，傳具《空同子集・徐迪功集序》、《皇甫司勳集・徐迪功外集後序》、《王文成公全書・徐公墓誌銘》、《吳郡二科志》、《聖朝名世考》、《姑蘇名賢小紀》、《列朝詩集小傳・丙集・徐博士禎卿》、《明史・卷二百八十六・文苑・二》。

鄭繼之〈祭徐昌穀文〉云：「行與時忤，文與古瀕。」（《少谷集》卷十二）顧璘《國寶新編》亦謂昌穀「幼精文理」。其〈交誡〉、〈感暮賦〉等篇，詞旨沈鬱，闖晉、宋之藩，凌躐曹魏。其詩鎔鍊精警，爲吳中詩人之冠。張煒《談藝集》謂其：「淵致秀語，天然獨步，又如唐玄宗霓裳羽衣於月下，嫋爾仙樂。」

昌穀持論最喜劉賓客、白太傅，沈酣六朝，散華流豔，文章烟月之句，尤膾炙人口。登第之後，與獻吉游，改趨漢、魏、盛唐，而標格清妍，摛詞婉約，江左風流，故自在也。皇甫涍序其《迪功外集》云：「可以繼軌二晉，標冠一代。」

茲錄其詩四首如下：

〈雜謠〉

夫爲虜，妻爲囚，少婦出門走，道逢爺娘不敢收。東市街，西市街，黃符下，使者來，狗觫觫，雞鳴飛上屋，風吹門前草肅肅。

〈留別邊子〉

我車駕言邁，將子城之隅。豈無他人親，婘戀心自知。握手一爲歎，忽忽從此辭。驅車何迢迢，迢迢復遲遲，匪我車輪遲，行子有所思。登高望河水，河水何瀰瀰，褰裳欲涉之，俛首以踟躕。孤楊生河干，婀娜何參差。民生失儔匹，惻爾令心悲。

〈月〉

故園今夜月，迢遞向人明。只自懸清漢，那知隔鳳城。氣兼風露發，光逼曙烏驚。何事江山外，能催白髮生。

〈送耿晦之守湖州〉

遠下吳江向霅川，高秋風物倍澄鮮。鵁鶄菰葉翠相亂，錦石遊鱗清可憐。郵渚頻撾津吏鼓，漁歌唱近使君船。吳興峴山足勝事，漢水襄陽空昔賢。

四、邊　貢

邊貢字廷實，號華泉，歷城人。年二十，舉山東鄉試第四人，弘治九年進士，與李夢陽等號弘治十才子，授兵科給事中。劉瑾擅權，貢出守衛輝、荊州，嘉靖時官至南京戶部尚書。貢早負才名，美風姿，久官留都，優閒無事，游覽江山，揮毫浮白，都御史劾其縱酒廢職，罷歸。平生癖於聚書，凡數萬卷，一夕燬於火，仰天大哭，遂病卒，年五十七（1476～1532），有《華泉集》。傳具《涇野先生文集・贈邊華泉致政序》、《方齋存稿・送大司徒華泉邊公致政序》、《皇明名臣墓銘離集・邊公神道碑》、翁方綱《復初齋文集・邊華泉簡書像贊》、《掖垣人鑑》、《皇明世說新語》、《列朝詩集小傳・丙集・邊尚書貢》、《明史・卷二百八十六・文苑・二》。

華泉之文興象飄逸，造語清圓，魏允孚謂其文詞「溫然粹然」〔註1〕；袁袠則謂李、何、徐、邊，世稱四傑，而華泉才力稍遜，祇堪鼓吹三家。陳臥子《明詩選》謂華泉「才情甚富，能于沈穩處見其流麗，聲價在昌穀之下，君采之上。」李廷相謂其：「力追古作，妙悟眞機。」

錄其詩三首如下：

〈留別張西盤大參〉

滿酌豈辭醉，未行先憶君。山城稀見菊，關樹不開雲。地入河源渺，天連塞日曛。那堪北來雁，偏向別時聞。

〈謁文山祠〉

丞相英靈迥未消，絳帷燈火颯寒飈。黃冠日月胡雲斷，碧血山河龍馭遙。花外子規燕市月，水邊精衛浙江潮。祠堂亦有西湖樹，不遣南枝向北朝。

〈嫦娥〉

月宮秋冷桂團圓，歲歲花開只自攀，共在人間說天上，不知天上憶人間。

五、康　海

康海，字德涵，號對山，又號滸西山人，一號沜東漁父，武功人。舉弘治十五年進士第一，授修撰。劉瑾專政，欲招致之，海不往；會

〔註 1〕見魏氏〈邊華泉集序〉。

李夢陽下獄，海乃謁瑾說之。後瑾敗，坐瑾黨落職。每與王九思等相聚沜東、鄠杜間，以山水聲伎自娛，卒年六十六（1475～1540），有《對山集》、《沜東樂府》等。

對山妙於歌彈，間作樂府小令，使二青衣被之絃索，歌以侑觴，西登吳嶽，北陟九嵕，南訪經台、紫閣，東至太華、中條。居恒徵歌選妓，窮日落月，嘗生日邀各妓百人，爲百年會。歸田三十餘載，其歿也，以山人巾服殮，遺囊蕭然，大小鼓有三百副，流風餘韻，關西人津津樂道之。傳具《涇野先生文集·壽對山先生康子七旬序》與〈康公墓表〉、《渭上稿·對山先生全集序》、《國朝獻徵錄·康公行狀》、《渼陂續集·康公神道碑》、《何文定公文集·康修撰對山墓表》、《狀元圖考》、《明史·卷二百八十六·文苑·二》、《列朝詩集小傳·丙集·康修撰海》等。

對山好史遷之文，瑪星阿景謙於清乾隆廿六年刻《對山文集》，序云：「對山先生文神明於漢唐宋作者之法，無北郡摹擬手痕，兼有經濟才，不濶於事實，在勝國允爲名家。」《四庫全書總目提要》謂對山文勝於詩，其言曰：「明人論海集者，是非不一，要以俞汝成『文過於詩』一語爲不易之評，崔銑、呂柟皆以司馬遷比之，誠爲太過，然其逸氣往來，翛然自異，固在李夢陽等割剝秦漢者上也。」孫景烈選〈康對山先生文集序〉云：「先生於文探龍門之源，格高而神清，每晦詞難字，……詩有寄託深遠，自遠其志者。」王世懋序《對山集》，論其詩尤爲詳盡切當，其言曰：「樂府蔚健，故是風雅所寄，而五七言古律間多率意之作，又慕少陵直攄胸臆，或用時人名號爵里，或韻至便押。」

茲錄其詩三首如下：

〈閒居永懷〉

窮居無別悰，掃徑揖清靄。濁醪自斟酌，幽花復芬藹。雖微恣性歡，亦鮮迷津慨。寒蟲相續鳴，潦水參互沛。節次漸以更，人事給相代，猗彼巢田徒，曠音昭物外。

〈詠懷〉

悠悠不能寐，惻惻與心違。百歲若一瞬，怨言長分飛。結髮遡伊始，搴帷念餘輝。紉蘭坐崇阿，調弦拂金徽。志願各相許，窀穸幸同歸，豈期中道別，空餘衾與衣。臨風想德音，當牕拭殘機，往者既莫諒，嗣者安可希？

〈飲酒〉

獨居意靡暢，行吟心更傷。晨發望原際，佳氣鬱相望。恨無同懷人，躍馬陡瞰岡；徘徊日忽暮，感歎琴屢張，山妻出美酒，斟酌爲君嘗，三觴起孤抱，百憂忽若忘。丈夫生世間，磊落斯所藏，何須久轡轡，自如陌上桑。

六、王九思

王九思，字敬夫，號渼陂，鄠人。弘治九年進士，授檢討，降壽州同知，勒致仕。九思善歌彈、工詞曲，與康海、何景明等號十才子，年八十四卒（1468～1551）。有《渼陂集》、《碧山樂府》、《遊春記》等。

敬夫與對山同里同官，並以瑾黨見廢，嘉靖初，纂修實錄，議起敬夫，讒者言於朝曰：「遊春記，李林甫固指西涯，楊國忠得非石齋，賈婆婆得非南塢耶？」盛年屏棄，每相聚沜東、鄠杜之間，挾聲伎酣飲，製樂造歌曲，以寄其怫鬱，李中麓曰：「敬夫詞曲新奇，得元人心法。」王元美曰：「敬夫詞曲與德涵齊名，秀麗雄爽，康大不如也。」論者以爲不在關漢卿、馬東籬之下。傳具《對山集・渼陂先生集序》與〈春雨亭記〉、《涇野先生文集・題渼陂辭》、李中麓《閒居集・渼陂王檢討傳》與〈康王王唐四子補傳〉、《皇明世說新語》、《名山藏・文苑》、《明史・卷二百八十六・文苑・二》、《列朝詩集小傳・丙集》。

敬夫館選試詩，效西涯體，遂得首選，其《渼陂集》自序謂爲翰林時詩學靡麗，文體萎弱，其後遇獻吉，遂舍所學而從之，爲詩與之同調，而文則由對山改正者甚多。對山序其集云：「予觀渼陂先生之集，其敘事似司馬子長而不屑屑於言語之末，其議論似孟子輿而能從容於抑揚之際，至其因懷陳致，寫景道情，則出入于風雅騷選之間而振迅於天寶、開元之右，可謂當世之大雅，斯文之巨擘矣！」（見《對山集》卷二）敬夫之門人王獻謂其師「思遠調高，音節爾雅，蓋炎漢之博綜，曹魏之雋永。」（〈跋渼陂先生集〉）張宗孟亦云：「先生當罷棄之餘，其見諸文詞者疑頹焉自放，憤懣不平，而諸文詞復溫厚爾雅，不失詩人之旨。於戲！先生蓋文人而儒行者也。」（〈重刻渼陂王太史先生全集序〉）錢牧齋則謂《渼陂集》「粗有才情，沓拖淺率，續集尤爲冗長。」（《列朝詩集小傳・丙集・王壽州九思》）

茲錄其詩三首如下：

〈九日無菊之二〉

不對黃花酒，空添白髮愁。南山如有待，西圃竟誰留？風雨梧桐夜，門庭蟋蟀秋。兒孫仍燕喜，沈醉王箜篌。

〈摘菜〉

夏旱憂方歇，秋霖苦更繁。來年停永耜，秔稻阻饔飧。野濕牛羊瘦，亭空鳥雀喧。兒童晨摘菜，隨我到西園。

〈醉後歌〉

子美長鑱白木柄，黃精無苗空歎息；恒饑稚子色憔悴，時入深林拾橡栗。吟詩萬首逼風雅，奇寶千金賤楚璧，金谷主人金塞樹，明眸皓齒爲歡娛，剪霞百里錦步障，出一丈紅珊瑚，劍鋒展轉死孫秀，樓上須臾墜綠珠。嗚呼，財多自古爲身累，貧士從旁笑爾穢，君不見北鄰白金不滿千，兒操白刄爺叫天，南隣埜老錢幾何，白首猶能醉後歌。

七、王廷相

王廷相，字子衡，號平厓，又號浚川，河南儀封人。弘治十五年進士，選庶吉士，授兵科給事中。嘉靖中以右副都御史巡撫四川，討平芒部賊沙保，累遷左都御史加兵部尚書。博學好議論，以經術稱，年七十一（1474～1544），諡肅敏。著有《王氏家藏集》、《內臺集》、《慎言》、《雅述》。

子衡幼丰姿秀發，聰慧奇敏，好爲文賦詩，留心經史。及長德器弘粹，氣稟剛大，修身力學，以聖賢自期。歷事三朝，以忠誠不欺爲本。許文簡公讚謂其持守類洪洞韓忠定，參贊類青溪倪文毅，掌憲類安福張簡齋；若方之古人，宋李沆之忠義，魯宗道之骨鯁，二陸之理學，蘇、黃之詞藻。其生平見《石龍集・紀言贈浚川子》、《少華山人文集・送王浚川先生序》、《葛端肅公文集・王浚川文》、高拱〈浚川王公行狀〉、張鹵〈少保王肅敏公傳〉、《明史・列傳卷六十三》、《明史・卷一百九十四》、《明儒學案・卷五十》、《列朝詩集小傳・丙集・王宮保廷相》。

子衡起李、何之後，淩厲馳騁，欲與並駕齊驅。錢牧齋謂其五、七言古詩才情可觀，而摹擬失眞；近體殊無解會，七言尤爲笨濁〔註2〕。

錄其詩三首如下：

〈赭袍將軍謠〉

萬壽山前擂大鼓，赭袍將軍號威武。三邊健兒猛如虎，左提戈，右張弩，外廷言之赭袍怒。牙旂閃閃軍門開，紫茸罩甲如雲排，大同來，宣府來。

〈祭臺〉

古人不可見，還上古時臺。九月悲風發，三江候雁來。浮雲通百粵，寒日隱蓬萊。逐客音書斷，憑高首重回。

〈古陵〉

古陵在蒿下，啼鳥在蒿上，陵中人不聞，行客自惆悵。

第二節　其他成員

一、朱應登

朱應登，字升之，號凌溪，寶應人，弘治十二年進士，與李夢陽、何景明等稱十才子，所至以文學飾吏事。歷陝西提學副使，遷雲南參

〔註2〕見《列朝詩集小傳・丙集・王宮保廷相》。

政，致仕卒，年五十。(1477～1526)。有《凌溪集》十八卷。

與顧璘、陳沂、王韋號稱四家，升之稱晚出，羽翼北地，執政忌其文，曰：「此賣平天冠者。」爲外吏，廓落易直，恃才傲忽，復訾議西涯，卒落拓以終。傳具《對山集・送朱升之序》、《空同集・凌溪墓志銘》、顧璘〈朱先生墓碑〉、《明代寶應人物志》、《國寶新編》、《四友齋叢說》、《皇明書》、《明史・卷二百八十六・文苑》、《列朝詩集小傳・丙集》。

升之才華彪發，泉湧錦燦，顧華玉謂其詩「上準風雅，下採沈、宋，旁礴蘊藉，與一代之體。」(〈凌溪先生墓碑〉)

錄其詩二首如次：

〈鳳縣道中〉

山下條梅動早春，山腰棧閣倍愁人。江流滾滾西通蜀，斜谷嶢嶢北控秦。物色向陽猶晻藹，客心隨馬共逡巡。羊腸鳥道開天險，騁望臨高發興新。

〈晚次盈口口號〉

盈口人家聚落成，驛亭臨水有餘清。寵光山色丹楓麗，點綴山河白石明。估客暗依殘火宿，漁舟習傍急湍行。蓴鱸萬里虛乘興，蝦菜一飧聊繫情。

二、熊　卓

熊卓字士選，號東溪。豐城人。弘治九年進士，知平湖，遷監察御史，巡撫廣東，豪強斂迹。劉瑾誣以姦黨，勒令致仕〔註3〕，卒年四十七(1463～1509)，有《熊士選集》。傳具《費文憲公摘稿・乘驄拜慶序》、《空同子集・熊士選詩序》與〈熊士選祭文〉、《列朝詩集小傳・丙集・熊御史卓》。

獻吉嘗爲士選刻詩六十餘篇，而錢牧齋《列朝詩集》所錄則出於俞氏百家選而爲獻吉所汰去者。陳德文重刻《熊士選集》而論其詩云：

〔註3〕見《空同先生集・卷五十・熊士選詩序》、《列朝詩集小傳・丙集・熊御史卓》與楊廉〈熊士選墓誌銘〉。

「破犂寶徑，妙覽貞玄，鵠刻于少陵，鶱翔于天寶，和平溫厚疏越如朱絃，惻怛憤幽嚴凝如素雪。其正可以興而變不過于怨，蓋庶幾風人之遐思，藝林之超乘者矣。」

錄詩二首如下：

〈送客南還〉

遙望城南道，青青草色新。春風生錦棹，時送楚江人。

〈有懷〉

展卷春日遲，輕陰閉香閣。舊雨人不來，鳥哢閒花落。

三、樊　鵬

樊鵬字少南，信陽人。嘉靖五年進士，官至陝西按察僉事，有《樊氏集》，傳具《趙浚谷文集・樊子集後敘》、《列朝詩集小傳・丙集・樊僉事鵬》。

康對山嘗謂少南「學初唐而得初唐，學漢魏而得漢魏，學古君子使皆如少南，斯可以鳴我有明之盛矣乎！」(〈樊子少南詩集序〉) 趙時春則謂少南雖受學於仲默，唯能「獨堅壁立玄甲之幟，不襲其師說，燦然成一家言，視大曆以還蔑如也。」(〈樊子集序〉) 孔天胤謂其詩唐詩正始之音，「其詞雄，其調古，其風流邈矣，而其天才俊逸，神思英欝。」(〈刻樊氏集序〉)。

四、黃省曾

省曾字勉之，號五嶽，吳縣人，魯曾弟。舉嘉靖十年鄉試，從王陽明、湛若水游，又學詩於李夢陽，以任達跅跑終其身，於書無所不覽，卒年五十一（1490～1540）。有《西洋朝貢典錄》、《擬詩外傳》、《客問騷苑》、《五嶽山人集》等書。傳具《明史・卷二百八十七》，又見《明儒學案・卷二十五》、《皇明書・卷三十九》、《吳縣志》。

勉之於詩最推重獻吉，當獻吉就醫京口之時，勉之鼓枻往候，拜授其全集以歸。文學六朝，好談經濟，其姪河水曰：「季父文藻獨富，學海滋深，其詩攬景輒取，摹事必得，時有神詣，使人意消。」

錄其詩一首於後：

〈江南曲〉

旖旎綠楊樓，儂傍秦淮住，朝朝見潮生，暮暮見潮去。

五、顧　璘

顧璘字華玉，號東橋居士，蘇州人，寓居上元。弘治九年進士，授廣平知縣，仕至南京刑部尚書。與同里陳沂、王韋號金陵三俊。後寶應朱應登繼起，稱四大家。華玉虛己好士，如恐不及。歷官有吏能，晚罷歸，構息園，客常滿，卒年七十（1476～1545），有《浮湘集》、《山中集》、《憑几集》、《息園詩文稿》、《國寶新編》。

華玉少負才名，官留曹六年，學益有聞，所與游若李獻吉、何仲默、徐昌穀，相與頡頏上下，聲名籍甚。致仕之後，希風問業者，戶屨恒滿。待客設讌，必用教坊樂工，以箏琶佐觴。議論英發，聽者傾座，允爲江左騷壇之領袖，傳具《甫田集·送開封守顧君左遷全州敘》、《袁水之集·大司空顧公董役顯陵工完序》、《甫田集·顧公墓誌銘》、《嬾眞草堂文集·金陵名賢墨蹟跋》、《名山藏》、《明史·卷二百八十六·文苑·二》、《列朝詩集小傳·丙集·顧尚書璘》。

錢牧齋《列朝詩集小傳》謂華玉詩「矩矱唐人，才情爛然，格不必盡古，而以風調勝。」（丙集）《四庫總目提要》謂其「遠挹晉、宋之波，近驂信陽之乘，在正、嘉間，固堪以之首舉者也。」

錄其詩二首如次：

〈度楓木嶺〉

初指山拂天，飛鳥不可度。艱苦躡危磴，即是我行路。百折頻攀援，十步九回顧。崚嶒忽在下，衣襟帶雲霧。倒景猶照人，平地黯將暮。東北望故鄉，江流莽傾注。長風萬里來，獨立難久竚。

〈庚辰元日〉

諸侯玉帛會長安，天子南巡歷壯觀，共想正元趨紫殿，翻勞邊將從金鞍。滄江飲馬波先靜，黃竹回鑾雪未乾。北極巍巍天咫尺，五雲長護鳳樓寒。

六、薛　蕙

薛蕙字君采，號西原，亳州人，舉正德九年進士，累官吏部考功司郎中。大禮議起，蕙撰〈爲人後解〉、〈爲人後辨〉，及辨張璁、桂萼所論七事，以忤旨獲罪，又爲陳洸所譖，遂解仕歸，卒年五十三（1489～1541），有《西原遺書》、《約言》、《考功集》。

君采年十二，即以能詩聞，王子衡亟賞之，曰：「可繼何、李。」解佩之後，屛居西原，陂魚養花，著書樂道，淡泊自守，學者稱西原先生。晚歲有得於二氏玄寂之旨，註老子以自見。傳具《荆川先生文集・薛西原先生墓誌銘》、《葛端肅公文集・祭薛考功文》、《四友齋叢說》、《明史列傳》、《明史・卷一百九十一》、《明儒學案》、《列朝詩集小傳・丙集・薛郎中蕙》。

君采詩溫雅麗密，有王、孟之風，《四庫提要》謂其「古體上挹晉、宋，近體旁涉錢、郎，核其遺篇，雖亦擬議多而變化少，然當其自得，覺筆墨之外，別有微情，非生吞漢、魏，活剝盛唐者比。」

錄其詩二首如次：

〈效阮公詠懷〉

飄風振玄幕，若木零朱華。六龍匿西山，濛氾揚頹波。翩翩市中子，於心太回衺。不見顔頯色，但聞慷慨歌。卑辱誠未遠，禍亂豈在多。人人各懷私，安能顧其他。已矣勿重陳，嗟予可奈何。

〈昭王臺〉

燕昭無故國，薊野有空臺。寂寞黃金氣，淒涼滄海隈。儒生終報主，亂世始憐才。回首征塗上，年年此地來。

七、鄭善夫

鄭善夫字繼之，號少谷，閩縣人。弘治十八年進士，授戶部主事，榷稅許墅，以清操聞。憤嬖倖用事，棄官去。正德中起禮部主事，進員外郎，諫南巡受杖，明年力請歸。嘉靖二年起南吏部郎中，便道游武夷，風雪絕糧，得病死，年三十九（1485～1523）。善夫敦行誼，所交盡名士，工書，有《經世要談》、《少谷山人集》。

繼之撰〈少谷子傳〉云：「少谷子南野鄙人，性極拙且懶，少居貧，不識榮利，以親故竊食公家。持論迂濶，不切時務，不能析疑義。年及三十而一無所成，分必為棄物。近復得丘壑痼疾，藥不能療，行將解脫束縛，著道履短衣，登岱宗，望東海，歷江淮，浮震澤，訪石橋，窮會稽、雁宕諸山而後歸廬於武夷，與所謂少谷者閉關息焉，守其玄而葆其眞云。」（《少谷集》卷十一）蓋自傳也，又《息園存稿・別鄭繼之序》、《石龍集・少谷亭記》、《棠陵文集・祭鄭繼之文》、《國琛集》、《疇人傳》、《皇明書》、《列朝詩集小傳・丙集・鄭郎中書夫》、《明史・卷二百八十六・文苑・二》。

顧華玉稱繼之詩，氣秀巖谷，雖才韻弗充，而古言精思，霞映天表。黃河水則云：「繼之才故沈鬱，去杜為近，過為摹倣，幾喪其眞。」《四庫總目提要》謂其「不襲李、何緒論，別開生面，盤空硬語，往往氣過其詞，雖源出少陵，實於山谷為近。集中感時之作，激昂慷慨，寄托頗深。」朱彝尊《靜志居詩話》謂少谷詩「有獨立不遷之概，當時孫、鄭並稱，孫非鄭敵，朱、鄭並稱，朱非鄭匹。」朱即朱應登，孫蓋指孫一元也。

錄其詩三首如次：

〈初離京邑留別諸同志〉

驅車遵城闉，振策率廣路。仰盼孤雲征，俯見波流泝。感今平生歡，豈以酒杯故，群居不自察，相失增怨慕。川河引舟楫，陵陸曠煙霧。重覯難可尋，努力敦襟素。

〈送蘇侍御從仁使蜀〉

驄馬今何去，玄冥歲已殘。風雲行劍閣，鉦鼓動松潘。事在西戎部，功虧舊將壇。懷柔亦邊略，要識聖恩寬。

〈秋夜〉

七月欲盡天氣清，殘月未上江猶明。流螢渡水不一點，玄蟬咽秋無數聲。獨客尚未送貧賤，四方況是多甲兵。立罷西風夜無寐，吳歈嫋嫋感人情。

八、殷雲霄

殷雲霄，字近夫，號石川，山東壽張人。弘治十八年進士，累官南京工科給事中，武宗納有娠女子馬姬宮中，雲霄諫，不報，未幾卒，年三十有七（1480～1516），有《石川集》。

近夫修眉碧目，口可容拳。平生方峭克約，與孫太初、鄭繼之爲友，所至登臨山水，不以政事廢吟咏，爲官多務清簡，峭直敢言。傳具《泉翁大泉集·送殷近夫尹靖江敘》、《皇甫司勳集·殷給事集選序》、《棠陵文集・祭殷近夫文》、《掖垣人鑑》、《明史・卷二百八十六・文苑・二》、《明儒學案》、《列朝詩集小傳・丙集・殷給事雲霄》。

近夫才情富贍，詩體偪側，略近繼之，而風調不及，王元美謂其詩如越兵縱橫江、淮，終不成霸〔註 4〕。

茲錄其詩一首如下：

〈春望〉

二月澄江春水深，北孤山頭雲陰陰，北孤山頭雲作雨，我欲渡江愁我心。

九、戴　冠

戴冠字仲鶡，號邃谷，信陽人，先世江西吉水人。正德三年進士，爲戶部主事，上疏極諫，貶廣東烏石驛丞。嘉靖初起官，歷山東提學副使，以清介聞。有《邃谷集》。傳具《苑洛集・送邃谷子詩序》、《國朝獻徵錄・戴君墓誌銘》、《列朝詩集小傳・丙集・戴副使冠》、《明史列傳》、《明史・卷一百八十九》。

仲鶡學詩於仲默，周右梅謂其五言律較仲默爲優。獻吉〈九十詠〉嘗贊仲鶡云：「南州實才窟，小戴亦橫騖。探鐶乃叨竊，對孔豈在屢。左古佩采薺，追趨信陽步。傾城在夙昔，贈我陸機賦。」

錄其詩一首如下：

〔註 4〕見《藝苑卮言》卷五。

〈立春日舟中題〉

作客尚無地，他鄉空復春，舟中兒女大，天末歲時新。樂事喧殊俗，羈愁滯遠人。椒盤懷故里，腸斷白頭親。

十、孟　洋

孟洋，字望之，一字有涯，信陽人。弘治十八年進士都察院僉都御史，聞母病，不待報而歸，起官至大理寺卿。蒞職清勤，事無疑滯，有《孟有涯集》，年五十有二（1483～1534）。

望之為仲默妹婿〔註 5〕，與李、何、王子衡、崔子鐘、田勤甫等切劘為文章，時稱十才子。望之有集十七卷，子衡刻之吳中，遂盛傳於世。論詩以仲默為宗，傳具《鈐山堂集・孟公墓誌銘》、《國朝獻徵錄・孟公墓誌銘》、《中丞馬先生文集・祭南京大理寺卿有涯孟公文》。

望之與戴仲鶡、樊少南之詩格調相似，獻吉〈九子詠〉贊望之云：「孟生瑚璉器，英邁徵古篇。登泰夙所期，望洋豈徒然。欽趨瞠顏後，抗志恥盧先。吾方把任釣，倘借襄陽鯿。」（見《空同集》卷十二）

錄其詩一首如下：

〈煙〉

湘流落日外，沙迥暮生煙。杳杳千峯失，霏霏萬壑連。鵲翻知浦樹，人語辨江船。暗裏猿聲起，愁深夜不眠。

十一、張　含

張含，字愈光，永昌衞人，正德中舉鄉試，少與楊慎同學，能詩，有《禺山文集》、《禺山詩選》。傳具《皇明世說新語》。

愈光於丙寅除夕，以二詩遺用修，文忠公極稱之。師事獻吉，友仲默，然平生知契，白首唱酬者，用修而已，其詩選亦經用修親手評隲。

〔註 5〕錢牧齋《列朝詩集小傳》丙集謂望之為仲默妹婿，惟嘉靖十七年徐九皋蘇州刊本則謂望之為仲默姊丈。

獻吉〈贈張含二首〉之一云：「子也苟寧志，川廣豈難越。」其二云：「豈不念爾單，室邇泥路滑。三日兩賡歌，一日一通札。」（見《空同集》卷十二）師弟之情，由斯可見。

茲錄其詩一首如下：

〈己亥秋月寄楊升庵〉

金馬秋風十載餘，芙蓉深巷閉門居。登樓莫作依劉賦，奉使曾傳諭蜀書。臥病可憐天一柱，獨醒無奈楚三閭。比來消息風塵斷，白首滄江學釣魚。

十二、孫　宜

孫宜，字仲可，一字仲子，號洞庭漁人，華容人，繼芳子。嘉七年舉人，著述甚富。今存有《洞庭漁人集》、《續集》、《遯言》，卒年五十（1507～1556），傳具《丘隅集．孫仲子墓表》、《二酉園文集．洞庭漁人傳》、《弇州山人四部稿．洞庭漁人傳》、《徐氏海隅集外編》、《皇明世說新語》、《名山藏》、《列朝詩集小傳．丙集．孫舉人宜》。

仲可孩提時受學於仲默，與左國璣、黃省曾、張含皆以老舉子有名於時，其《洞庭漁人集》有詩三千八百多首，王元美謂其詩得杜肉〔註6〕，錢牧齋則論之云：「剽竊字句，了無意味。」（《列朝詩集小傳》丙集）

錄詩一首如次：

〈閒居〉

苦憶南湖子，平生野興高。水傳滄海興，山有白雲謠。酒伴時相過，綸竿日自操，深居憐寂寞，飛夢故蕭蕭。

十三、周　祚

祚字天保，號定齋，浙江山陰人。正德十六年進士，由直隸來安縣令，徵拜兵科給事中，陞工科左，以疾罷歸。善文辭，工詩，有《周氏集》、《定齋集》。傳具《甫田集．送周君天保知來安序》、《涇野先

〔註6〕見《藝苑巵言》卷六。

生文集·別周東阿序》、《群玉樓稿·周君墓誌銘》、《掖垣人鑑》。

錄詩一首如次：

〈楊花〉

三月楊花暮，看花并送春。茫茫渡江去，白日易愁人。

十四、孫繼芳

孫繼芳，字世其，號石磯，華容人。正德六年進士，授刑部主事，東廠獲數人誣爲盜，繼芳知其冤，卒出之。御史張璞、劉天龢、王廷相以忤宦官繫詔獄，繼芳抗疏力救，不報，因謝病歸。起改兵部，陞員外郎，諫南巡受廷杖。官至雲南提學副使，卒年五十九（1483～1541），有《石磯集》。

世其受學於仲默，其子宜，爲兒時得侍仲默，父子俱以詞賦名。世其居官亢直，屢遭擠擯以死，傳具《洞庭漁人集·先提學府君行實》、《洞庭漁人續集·先大夫傳》、《大泌山房集·孫公嚴直人墓誌銘》、《來禽館集·世其孫公碑》、《列朝詩集小傳·丙集·孫副使繼芳》。

錄詩一首如次：

〈嵩明次韻〉

海畔青山山上城，野橋驛路接昆明。風開林木千章秀，水抱沙田十頃平。蠻井夜深人尚汲，炎洲霜後瘴還生。飄飄萬里西南路，莫採芙蓉愴獨行。

十五、張　詩

張詩，字子言，自號崑崙山人，北平人，書放勁驚人，嘉靖十四年卒，年七十九（1487～1535），有《崑崙山人集》。

子言生父姓李，衡州同知張君抱以爲子，學舉業於呂涇野。順天府試士，令自負桌凳以進，拂衣而去。北渡滹沱，陟太行，廣覽黃河素汾，遍遊雒川、伊闕，南走留都，上金、焦，歷吳會，探禹穴，還大梁，晤李空同於吹台，哭大復於汝南，乃旋京師，子言狀貌魁傑，人以燕山豪士稱之，爲文雄奇譎怪，傳具《三酉園文集·崑崙山人集序》、李中麓《閒居集・崑崙張詩人傳》、《名山藏》、《列朝詩集小傳・丙集・崑崙山人張詩》。

子言學詩於何大復，其〈罵鬼〉、〈詰髮〉、〈笑琳〉、〈七子〉等文，曼衍怪奇。

錄詩一首如下：

〈都下贈秦餘岳子〉

山色隨龍劍，何時別五湖，風塵萬人裏，鸞鳳一身孤，足躡烟霞具，腰盤海嶽圖。三秋今獨見，莫惜倒金壺。

十六、王維楨

王維楨，字允寧，號槐野，華州人。嘉靖十四年進士，選庶吉士，授簡討，累官南京國子祭酒，卅四年陝西大地震壓死，年四十九（1507～1555），有《王氏存笥稿》。

允寧熟諳九邊要害，扼腕時事，職文墨，志不得伸，使酒嫚罵，人多畏避之，傳具《渭上稿・槐野文選跋》、《四友齋叢說》、《皇明世說新語》、《名山藏》、《明儒學案》、《列朝詩集小傳・丁集上》、《明史・卷二百八十六・文苑・二》。

《王氏存笥稿》二十卷爲允寧之友孫陞所編，孫氏爲之序云：「王氏爲文法司馬遷，詩法漢、魏，其爲近體法盛唐，尤宗杜氏少陵，居常好深沈之思，務引於繩墨，必結構中度而後脩辭。」錢牧齋則深疵之，謂其所作「麄笨棘澀，滓穢滿紙，譬如潦倒措大，經書講義，塡塞腹笥，拈題竪義，十指便如懸錐，累人捧腹，良可一笑也。」（《列朝詩集小傳・丁集上・王祭酒維楨》）

錄詩二首於後：

〈春意〉

春意今朝動，鄉關萬里遙。客心共江柳，日夜緒千條。

〈送駱太史謝病歸湖州〉

忽謝金門直，言尋碧海濱。明時豈無意，旅病苦傷心。白髮愁中長，青山夢裏眞。知非鷗鷺侶，暫與薜蘿鄰。

第三章 後七子派人物小傳及其詩文

第一節 後七子之前茅

一、王宗沐

宗沐字新甫，號敬所，臨海人。嘉靖甲辰（二十五年）進士，授刑部主事，擢江西提學副使，修白鹿洞書院，引諸生講學其中，拜右副都御史，督漕運，進刑部右侍郎，以京察拾遺罷歸，年六十九卒（1523～1591），諡襄裕。有《海運詳考》、《海運志》、《漕撫奏疏》、《敬所文集》。傳具《明史‧卷二百二十三》，又見《明儒學案》、《臨海縣志》。

新甫初與伯承、峻伯結社，元美入社，即由其推介。元美謂新甫年齒雖卑，然「最擅曹中稱，自謂得初唐體，未易許也。」（詩評）

錄其詩一首如下：

〈寄李一吾在告〉

> 蚤歲相期共挂冠，俄傳疾足竟爭先。十年名在甯俱隱，萬里身輕始自全。如縷茶烟依竹試，半痕紋簟傍花眠。馳驅只恐雄心在，對酒休歌伏櫪篇。

二、劉爾牧

爾牧字成卿，一字長民，號堯麓，東平人，源清子。嘉靖二十三年進士，授戶部主事，晉郎中，在部八年，榷會精核，出納明允，以忤嚴世蕃，廷杖，奪爵歸，卒年四十三（1525～1567），有《堯麓集》。元美謂其詩「質秀才雋，尙未成家。」（詩評）傳具《穀城山館文集》、《國朝獻徵錄》。

錄其詩一首如下：

〈妾薄命〉

自憐妾命薄，敢怨主恩移？遘此萋菲日，能忘歡樂時？秋風難再熱，落葉不勝悲。獨有高樓月，流光與恨隨。

三、高　岱

岱字伯宗，號鹿坡居士，京山人。嘉靖廿九年進士，官刑部郎中，時董傳略、張羽、吳時來等疏劾嚴嵩，嵩欲置之死，岱力言於尙書鄭曉，得遣戍，又爲治裝，送之出郊，嵩大怒，會景王之國，出爲長史。岱善屬文，嘗采國家大業，成《鴻猷錄》，又著《樵論》、《楚漢餘談》、《西曹集》。傳具《皇明世說新語》、《二酉文集》、《京山縣志》。

伯宗初與伯承結社長安，迨于鱗諸人鵲起，伯宗左遷落魄，遂不與七子之列。其詩體與伯承略似，而時多矜厲之語，開七子之前茅。

錄其詩一首如下：

〈春日署中即事〉

吏散雅嚥户不扃，淡烟疏霧晝冥冥。春深藤蔓侵書幌，官冷苔痕滿訟庭。客鬢祇從愁裏白，故山時向夢中青。花陰柳陌家家醉，盡倚東風笑獨醒。

第二節　後七子

一、謝　榛

謝榛字茂秦，自號四溟山人，一號四溟子，又號脫屣山人，眇一目，故有「眇君子」之稱。原籍山東臨清，遭吳門之亂，移家鄴城。

茂秦十六歲學作樂府商調，頗以柳三變自居〔註1〕，請正於鄉丈蘇東皋，東皋教之作詩，遂以聲律聞於時。游彰德，趙康王賓禮之。康王嗜禪，茂秦得以印證，其詩遂悟入玄解。復謁崔後渠，相與論詩，益精進。

嘉靖中，濬縣人盧次楩以事繫獄，茂秦携其賦之長安，平湖陸光祖代爲縣令，平反其獄。諸豪貴多其誼，爭與交驩。與于鱗、元美、子與、子相、公實、明卿結社燕市，而爲之長。已而于鱗名益盛，茂秦與論詩，頗相鐫責，于鱗遺書絕交，削其名於七子、五子之列。

茂秦遂遊秦晉，諸藩爭延致之，河南北皆稱「謝先生」。嘉靖卅九年，康王薨，茂秦歸東海。

萬曆癸酉冬，自關中還，偕鄭若庸謁康王之曾孫穆王，上新竹枝十四闋，王命賈姬按而譜之，歸姬於茂秦邸，明年仲秋，寓汾陽，成《四溟詩話》四卷〔註2〕。翌年冬，客請賦壽詩百首，至八十餘，投筆而逝，享壽八十有一焉（1495～1575），有《四溟山人全集》。傳具《明史・卷二百八十七・文苑・三》、《臨清州志》、《臨清直隸州志》、《明詩綜》、《列朝詩集小傳・丁集上・謝山人榛》。

趙康王最爲推重茂秦，謂其詩得少陵體與太白格調〔註3〕，劉一軒謂其：「沈痛清逸，灑然物表，不食烟火。」朱中立則云：「四溟詩法盛唐，而氣格不逮。」王元美謂茂秦習杜僅得其形體，其詩如「大官舊庖爲小邑設宴，雖事饌非奇，而飳飣不苟。」（《藝苑卮言》卷五）錢牧齊謂茂秦詩有兩種：「其聲律圓穩持擇矜慎者，弘、正之遺響也；其應酬牽率排比支綴者，嘉、隆之前茅也。」（《列朝詩集小傳》丁集上）

茲錄其詩五首如下：

〔註1〕見王世貞《曲藻》。
〔註2〕見《四溟山人詩》附〈詩家直説自序〉。
〔註3〕見趙康王〈四溟旅人詩序〉。

〈秋日懷弟〉

生涯憐汝自樵蘇，時序驚心尚道塗。別後幾年兒女大，望中千里弟兄孤。秋天落木愁多少，夜雨殘燈夢有無。遙想故園揮涕淚。況聞寒雁下江湖。

〈對酒示五子〉

冰雪頻驚歲序過，向平心事獨蹉跎。貧欺老子疎狂在，懶到兒曹感歎多。鴻雁暮依沙岸草。鳳凰時下玉山禾。且傾陶令杯中物，月白空庭一放歌。

〈還家〉

二十餘年寄鄴城，歸來誰不訝狂生？白頭況帶風塵色，青眼深知父老情。共話江湖多故事，自憐詞賦亦空名。仲宣踪跡猶無定，遙指浮雲意未平。

〈哀哉行之一〉

燕京老人鬢若絲，生長富貴無人欺。少年慷慨結豪俠，彎弓氣壓幽并兒。自嗟爾來筋力衰，動須僮僕相扶持。忽驚雜虜到門巷，黃金如山難解危。餘息獨存劍鋒下，子孫散盡生何爲？廐馬北驅嘶故主，勁風吹斷枯桑枝。哀哉行，天如何。

〈哀老營堡〉

嚴冬胡馬來，不意破高壘。縱有飛將軍，倉皇那可恃？殺氣與人煙，相侵慘如此。樹寒啼老鴟，月黑亂新鬼。親戚一聞變，競走霜風裏。寧言積血腥，各認骸骨是。群號振山顛，萬淚迸流水，俯身不回顧，勿復虜塵起。潛復林谷中，狡黠殊無比。部落入空壁，屠戮甚羊豕。刦虜又北驅，哽咽苦千里。男女不兩存，去留見生死。生者詎得歸，死者長已矣！嗟哉仗鉞人，奮烈向朔鄙。

二、李攀龍

攀龍字于鱗，山東歷城人。嘉靖廿三年進士，除刑部主事，歷郎中，出知順德府，升陝西提學副使，轉參政，終河南按察使，編《古今詩刪》，有《滄溟集》。

于鱗少孤家貧，稍長嗜詩歌，日讀古書，性簡傲，里人目爲狂生，嘗爲詩云：「意氣還從我輩生，功名且付兒曹立」，蓋自況之詞也。母喪，以毀卒，年五十七（1514～1570）。傳具《明史・文苑傳》，又見《列朝詩集小傳》、《明詩綜》、《明人傳記資料索引》、《歷城縣志》。

王承甫〈與屠青浦書〉論于鱗詩云：「其七言歌行莽不合調，五言古選樂府，元美謂之臨摩帖後十九首，何異東家捧心益醜，陌上桑改自有爲他人，非點金成銕也？絕句間入妙境，五言律亦平平，七言律最稱高華傑起。拔其選，即數篇可當千古；收其凡，則格調辭意，不勝重複矣！」元美則亟稱之，其「祭李于鱗文」云：「惟子文章，珠藏玉府。示世模楷，爲明粉黻。獨立熙台，子鼓余舞。」

錄其詩五首如下：

〈古意〉

秋風西北吹，吹我遊子裳。浮雲從何來，安知非故鄉。蕭蕭胡馬鳴，翩翩下枯桑。暮色入中原，飛蓬轉戰場。往路不可懷，行役自悲傷。

〈和許殿卿春日梁園即事〉

梁園高會花開起，直至落花猶未已，春花著酒酒自美。丈夫但飲醉即休，纔到花前無白頭，紅顏相勸若爲留。春風何處不花開，何處花開不看來，看花何處好空回。

〈初春元美席上贈謝茂秦得關字〉

鳳城楊柳又堪攀，謝脁西園未擬還。客久高吟生白髮，春來歸夢滿青山。明時抱病風塵下，短褐論交天地間。聞道鹿門妻子在，祇今詞賦且燕關。

〈懷子相〉

薊門秋杪送仙槎，此日開尊感歲華。臥病山中生桂樹，懷人江上落梅花。春來鴻雁書千里，夜色樓臺雨萬家。南粵東吳還獨往，應憐薄宦滯天涯。

〈送子相歸廣陵〉

廣陵秋色雨中開，繫馬青楓江上臺，落日千帆低不度，驚鴻一片雪山來。

三、王世貞

世貞字元美，號鳳洲，又號弇州山人，籍隸太倉。嘉靖丁未（廿六年）進士，除刑部主事，歷郎中，出爲山東副使，以父難解綬。補大名兵備，歷浙江參政、山西按察使、南京刑部侍郎，改兵部，進南京刑部尚書。有《弇州正續四部稿》。

元美官刑部主事時，楊繼盛被讒下獄，爲進湯藥，代其妻草疏，既死，復具棺殮之，嚴嵩大恨，會元美父忬以灤河失事，遂構忬於帝，繫獄，元美與弟麟洲伏嵩門乞貸，卒論死。隆慶初，伏闕訟冤，復忬官。萬曆十八年，元美卒，年六十五（1526～1590）。傳具《明史》本傳，又見《列朝詩集小傳・丁集上》、《明詩綜》、《明人傳記資料索引》、《太倉州志》。

胡元瑞著《詩藪》，於元美詩推崇備至，論歌行、樂府則云：「古詩歌行，靡所不有，亦鮮所不合；樂府隨代遺詞，隨題命意；詞與代變，意逐題新。」論律詩則云：「五律宏麗之內，錯綜變化，不可端倪。排律百韻以上，滔滔莽莽，杳無涯際。……七律高華整栗，沈著雄深，伸縮排蕩，如黃沙溟渤，宇宙偉觀；又如龍宮海藏，萬怪惶惑。」論絕句則云：「五、七絕句，本李青蓮、右丞、少伯，而多自結構，奇逸瀟灑，種種絕塵。」《四庫總目提要》謂元美詩文「眞僞駢羅，良楛雜淆，而名材瓌寶，亦未嘗不錯出其中。」平步青《霞外攟屑》謂元美「文之模擬龍門，似有套括塡寫者，使人厭棄；至匠心獨運之作，色韻古雅，掌故淹通，實足與荊川方駕。」（卷七上）

錄其詩四首、文二篇如下：

〈天門開〉

> 天門旭，呀然豁，竅混沌，金精發，猋若電，燭潢漢，十二樓，梟魚貫，琉璃甃階，火齊鋈圮，光液四射，不可仰視。屏翳走，彴約馳，霓晻靄，若搖支，朱明曜以東起，纖阿迫以西垂，白榆歷歷河之湄，天漿潆洄示昭儀。天門開，朝紫宮，中有使者冠芙蓉，朱衣璧簡，縹緗青，類有

疑無觸若冥，將上帝命況群生，顓精稽懇臚所希，惠我來恩庇蒸黎，韡韡帝功斂希夷。

〈戰城南〉

戰城南，城南壁，墨雲壓我城北，伏兵搗我東，遊騎抄我西，使我不得休息。黃塵合匝日爲青，天模糊，鉦鼓發，亂讙呼，胡騎斂，飆迅驅，樹若薺，草爲枯，啼者何，父收子，妻問夫，戈甲委積，血淹頭顱，家家招魂入，隊隊自哀諕。告主將，主將若不知，生爲邊陲士，野葬復何悲？釜中食，午未炊，惜其倉皇遂長訣，焉得一飽爲？野風騷屑魂依之，曷不覩主將，高牙大纛坐城中，生當封徹侯，死當廟食無窮。

〈書庚戌秋事〉

傳聞胡馬塞回中，候火甘泉極望同。風雨雕戈秋入塞，雲宵玉几晝還宮。書生自抱終軍憤，國士誰識魏絳功？北望蒼然天一色，漢家高碣倚寒空。

〈西宮怨〉

點點蓮花漏未央，乍寒如水浸羅裳，誰憐金井梧桐露，一夜鴛鴦瓦上霜。

〈養餘園記〉

吏科右給事中崑山許子，去其官之五歲，而始爲園，去踰歲而園成。其地闉陽而郊陰，右負城，左瞰山，竹林森秀，臺榭館庯之類，錯居而各所有，窈窕靚深，潔不容唾，規池矩沼，負抱宛轉，皆許子之所意締而手啓者。

邑侯大梁王君名其堂曰「遂初」，取晉孫盛所爲賦語也。許子居，復與俞仲蔚先生謀，而名其閣曰「穆如」，閣之後饒竹，竹時時以清風至也。名其樓曰「棲雲」，山所出雲，東度則時止也。名其亭曰「叢桂」，傍亭多桂，取淮南小山招隱語也。名其庵曰「靜觀」，許子所時默坐澄慮處也。名其館曰「貯春」，春之雜英駢焉。名其園曰「養餘」，而問記於王子，將以釋許子之所謂養餘者，而勒諸珉。

許子之言曰：「吾向者嘗一再備從官，出入承明之廬，與聞國家大計，蓋歲旦而憂暮之計，而歲不足，日旰而始進朝之備，而目不足，吾故幸貴，然不敢以爲樂也。縣官程既廩，以吾不任職而棄子，而吾乃一旦復爲吾有，吾晨起而視晷而日吾餘，歲受歷而歲吾餘；吾之田，有餘秔足以饔，有餘秫足以酒；而吾之舍家子爲什一者，其餘足脯脩果茹；而吾又幸有茲餘地，稍出吾之餘力以爲園，園成而吾未嘗不一日適也，則吾歸乃始幸矣。」

王子曰：「子知子之餘乎？而不知子之餘，天地之所餘，而子取以爲養者也。天地之所餘恆在，而人不知取以爲養，今子獨得之，則雖謂子之餘亦可也。」因爲歌曰：「園有畬，可稼可蔬，樂子之恆餘。園有滉，可釣可網，樂子之能養。」

既歌，而復記其事。

〈藺相如完璧歸趙論〉

藺相如之完璧，人皆稱之，予未取以爲信也。夫秦以十五城之空名，詐趙而脅其璧，是時言取璧者，情也，非欲窺趙也。趙得其情則弗予，不得其情則予；得其情而畏之則予，得其情而弗畏之則弗予；此兩言決耳，奈之何既畏而復挑其怒也？

且夫秦欲璧，趙弗予璧，兩無所曲直也。入璧而秦弗與城，曲在秦；秦出城而璧歸，曲在趙。欲使曲在秦，則莫如棄璧；畏棄璧，則莫如弗予。夫秦王既按圖以與城，又設九賓，齋而受璧，其勢不得不與城。璧入而城弗予，相如則前請曰：「臣固知大王之與城也。夫璧非趙璧乎？而十五城，秦寶也。今使大王以璧故，而亡其十五城；十五城之子弟，皆厚怨大王以棄我者草芥也。大王弗予城而紿趙璧，以一璧故而失信於天下。臣請就死於國，以明之失信。」秦王未必不返璧也，今奈何使舍人懷而逃之，而歸直於秦？

是時秦意未欲與趙絕耳。今秦王怒而僇相如於市，武安君十萬眾壓邯鄲，而責璧與信；一勝而相如族，再勝而壁終入秦矣！吾故曰：「藺相如之獲全於璧也，天也。」若其勁澠池，柔廉頗，則愈出而愈妙於用：所以能完趙者，天固曲全之哉！

四、徐中行

徐中行字子與，號龍灣，自稱天目山人，籍隸長興。嘉靖廿九年進士，除刑部主事，出知汀州府，歷雲南參政、福建按察使、江西左右布政使，萬曆六年卒於宜，享壽六十二歲（1517～1578），有《青蘿》、《天目》兩集。

子與性亢爽好客，喜飲酒，胸中塊壘，有觸輒發，醒即忘之。不道人之短，好薦人，揚之過其量。貧士有所請不休，力不能稱，強應之曰：「奈何令人有慚色耶？」客死無後，人多哀之，傳具《太函集・徐汀州政績碑》、《宗子相集・贈徐子與入計敘》、《滄溟先生集・送汝南太守徐子與序》、《弇州山人續稿・徐天目先生集序》、《皇明世新語》、《明史・卷二百八十七・文苑・三》，《列朝詩集小傳・丁集上・徐布政中行》。

茂秦嘗論子與詩云：「才高兼二陸，格古變三吳。」（〈暮秋寄懷徐子與，時官長蘆十二首之四〉）。

錄其詩二首如次：

〈暮發滁陽〉

荒城一騎出，落日萬峯西，澗水流人影，松陰散馬啼。懸崖青欲滴，芳草綠堪迷。洵美非吾土，翻然憶故溪。

〈盤江驛阻雨寄門人汪維〉

天連益部長多雨，路出盤江況毒淫。春早蟄龍蒸赤水，夜深山鬼嘯青林。已憐道遠妻孥累，更恐年衰瘴癘侵。吹笛袁生應好在，懷予堪和武溪吟。

五、梁有譽

有譽字公實，號蘭汀，廣州順德人。少時與歐大任等同師事於黃才伯（名佐），嘉靖廿九舉進士第，嚴世蕃欲納之，有譽不從，遂稱病歸，卒年三十六（1518～1553），有《蘭汀存稿》。傳略見《列朝詩集小傳》、《明詩綜》、《明人傳記資料索引》。

公實甫入七子社，即移病去，捐館舍最早，故叫囂剽竊之習未深，其詩詞意婉約，殊有風人之致。王元美〈詩評序〉云：「梁率易，寡世好，尤工齊梁，近始幡然悔之。」曹天佑〈梁比部集敘〉則云：「其文沈鬱古雅，有深思，雖馳騁變幻，不閑一律，道不詭聖賢，讀之有可嗜之味，其必重當時而名後世無疑也。」

茲錄其詩二首於後：

〈姑蘇懷古〉

看山幾日到吳中，遊客登臨感慨同，金虎跡荒靈氣滅，水犀軍散霸圖空。春歸茂苑烏啼月，花落橫塘蝶怨風。誰識倦遊心獨苦，扁舟長憶五湖東。

〈燕京感懷〉

塵塞戈鋋血未乾，龍庭烽火報長安。擬擒頡利先開幕，欲拜嫖姚更築壇。青海月明胡馬動，黃榆風急皀鵰寒。材官羽騎多如雨，夜夜旄頭倚劍看。

六、吳國倫

國倫字明卿，號川樓，亦號南嶽山人，其先嘉興人，徙居湖廣興國。嘉靖廿九年進士，除中書舍人，升兵科給事中，楊繼盛死，倡眾賻送，忤嚴嵩，謫南康推官，調歸德，歷知建寧、邵武、高州三府，遷貴州提學副使，移河南參政，有《甔甀洞正續稿》、《興國州志》。

明卿才氣橫放，跞踔自負，而好客輕財，歸田之後，聲名籍甚，海內噉名之士，不東走弇山，則西走下雉，晚年入吳訪王元美，入苕弔徐子與，年七十而卒（1524～1593）。傳略見《列朝詩集小傳．丁集上、》《明詩綜》、《明人傳記資料索引》。

錄其詩三首如下：

〈送徐行父少參赴關內〉

咸陽天下險，洛邑天下中，潼關睥睨周西東。君自三川歷三輔，分陝經營王命同，登車忼慨千人雄，矯若八翼凌蒼

穹，左馮翊，右扶風，漢關秦畿指顧通，爲將匣裏雙龍劍，
擲作天邊二華峯。

〈高州雜詠〉

粵南天欲盡，風氣迥難持。一旦更裘葛，三家雜漢夷。鬼
符書辟瘴，蠻鼓奏登陴。遙夜西歸夢，惟應海月知。

〈鄱陽湖〉

欲向匡盧臥白雲，宮亭水色晝氤氳。千山日射魚龍窟，萬
里霜寒鴈鶩群。浪擁帆檣天際下，星蟠吳楚鏡中分。東南
歲暮仍鼙鼓，莫遣孤舟逐客聞。

七、宗　臣

宗臣字子相，號方城，揚州興化人。嘉靖九年進士。除刑部主事，改吏部，歷員外郎中，出爲福建參議，遷提學副使。嘉靖三十九年卒，年三十六（1525～1560）。著有《方城集》。

子相重義尚德，楊繼盛冤死，賻以金。其在郎署也，與茂秦，于鱗、元美、子與、公實合稱五子，而以茂秦爲長，已而謝、李交惡，于鱗黜茂秦而進明卿、德甫，號爲七子。子相詩，元美稱其天才奇秀，雄放橫厲，以爲上掩王、孟，下亦錢、劉。傳具《明史・卷二百八十七・文苑・三》，又見《明詩綜》、《列朝詩集小傳・丁集上》、《明人傳記資料索引》、《興化縣志》。

子相嘗與吳明倫論詩，不勝，遂精思苦索，累日月，卒卓然成家，《四庫總目提要》謂其詩「跌宕俊逸，頗能取法青蓮而意境未深，間傷淺俗。」《靜志居詩話》謂使其遇王、李充之，不難與昌穀、蘇門伯仲，自入七子之社，漸染習氣，日以窘弱，最可惋惜。所言誠切中其病，然天才婉秀，吐屬風流，究無剽劉塡砌之習，本質未盡漓也。

錄詩二首、文一篇如次：

〈登雲門諸山〉

山頭月白雲英英，千峯倒插千江明。手把芙蓉步石壁，蒼
翠亂射猿鳥驚。誰其雲外吹紫笙，欲來不來空復情。天風
吹我佩蕭颯，恍疑身在崑崙行。

〈長庚純一舜隆既別憶之〉

一別不自意，茫然空復愁。孤舟仍盜賊，多病已春秋。明月半江水，故人何處樓。風塵雙淚眼，爲我寄滄洲。

〈與劉一丈書〉

數千里外，得長者時賜一書，以慰長想，即亦甚幸矣；何至更辱餽遺，則不才益將何以報焉？書中情意甚殷，即長者之不忘老父，知老父之念長者深也。至以「上下相孚，才德稱位」語不才，則不才有深感焉。

夫才德不稱，固自知之矣，至於不孚之病，則尤不才爲甚。且今世之所謂孚者，何哉？日夕策馬候權者之門，門者拒不入，則甘言媚詞作婦人狀，袖金以私之；即門者持刺入，而主者又不即出見，立廄中僕馬之間，惡氣襲衣裾，即饑寒毒熱不可忍，不去也。抵暮，則前所受贈金者出報客曰：「相公倦，謝客矣！客請明日來！」即明日，又不敢不來。夜披衣坐，聞雞鳴，即起盥櫛，走馬抵門，門者怒曰：「爲誰？」則曰：「昨日之客來。」則又怒曰：「何客之勤也？豈有相公此時出見客乎？」客心恥之，強忍而與言曰：「亡奈何矣？姑容我入。」門者又得所贈金，則起而入之，又立向所立廄中。幸主者出，南面召見，則驚走匍匐階下。主者曰：「進！」則再拜，故遲不起；則見上所上壽金，主者故不受，則固請；主者故固不受，則又固請；然後命吏內之，則又再拜，又固遲不起；起者五六揖始出，出揖門者曰：「官人幸顧我，他日來，幸亡阻我也！」門者答揖，大喜奔出，馬上遇所交識，即揚鞭語曰：「適自相公家來，相公厚我！厚我！」且虛言狀。即所交識，亦心畏相公厚之矣。相公又稍稍語人曰：「某也賢，某也賢。」聞者亦心計交贊之。此世所謂：「上下相孚」也。長者謂僕能之乎？

前所謂權門者，自歲時伏臘，一刺之外，即經年不往也。間道經其門，則亦掩耳閉目，躍馬疾走過之，若有所追逐者。斯者僕之褊哉，以此常不見悅于長吏，僕者愈益不顧也。每大言曰：「人生有命，吾惟守分爾矣。」長者聞此，得無厭其爲迂乎？

鄉園多故，不能不動客子之愁。至于長者之抱才而困，則又令我愴然有感。天之與先生者甚厚，亡論長者不欲輕棄之，即天意亦不欲長者之輕棄之也。幸寧心哉！

第三節　後五子

一、余曰德

余曰德，初名應學，字德甫，號干渠，南昌人。嘉靖廿九年進士，歷官至福建按察副使，卒年七十（1514～1583）。有《余德甫集》。傳具《太函集·贈余德甫序》、《弇州山人續稿·余公墓誌銘》與〈余德甫先生詩集序〉、《二酉園續集·余德甫先生詩序》、《明史·卷二百八十七·文苑·三》。

德甫之詩頗爲元美所推重，而朱竹垞《靜志居詩話》則謂其未窺門戶。

二、魏　裳

裳字順甫，蒲圻人。嘉靖廿九年進士，性質直，博學工詩文。以刑部侍郎出守濟南，晉山西副使，罷歸，杜門著書，後進之士爭師事之，爲後五子之一，有《湖山堂集》、《湖廣通志草》。傳具《明史·卷二百六十七》，又見《皇明世說新語》、《弇州山人四部稿》、《蒲圻縣志》。

元美《藝苑卮言》論順甫詩云：「如黃梅坐人，談上乘縱未透汗，不失門宗。」（卷五）

錄詩一首於後：

〈送高伯宗還楚〉

文園多病轉相親，搖落秋風白髮新。寂寞潘輿傷往賦，淒涼郢調倦遊人。雨聲萬壑懸江樹，暝色孤帆落漢濱。此去烽烟開北極，側身天地更沾巾。

三、汪道崑

汪道崑，字伯玉，號南明，歙縣人。嘉靖廿六年進士，授義烏知縣。後備兵閩海，與戚繼光募義烏兵破倭寇，累陞兵部侍郎，卒年六十九（1525～1593）。嘗與李攀龍、王世貞輩切劘爲古文辭，與世貞稱天下兩司馬。有《太函集》及副墨。傳具《弇州山人四部稿・少司馬公汪伯子五十序》、《山居文稿・汪南明先生墓誌銘》、《快雪堂集・祭汪司馬伯玉先生文》、《大泌山房集・太函集序》、《明史・卷二百八十七・文苑・三》。

伯玉得幸于張江陵，與元美名位相當，山人詞客之噉名者，不東之婁東，則西之谼中。其古文勦襲空同、槐野二家，名成之後，肆意縱筆，沓拖潦倒。元美譽其文簡而有法〔註4〕；爲詩則沿襲七子末流，大言欺世。

四、張佳胤

佳胤字肖甫，銅梁人，嘉靖廿九年進士，知滑縣，擢戶部主事，累遷至右僉御史，兵部尚書，加太子太保，卒年六十二（1527～1588），生平見《列朝詩集小傳・丁集上》、《明詩綜》、《明人傳記資料索引》。

肖甫文武兼資，巡撫浙江時，平馬文英、劉廷用之亂；鎭雄邊，定大變，卒謚襄憲，以功名始終。與元美諸人唱酬，合南昌余德甫、新蔡張助甫稱三甫〔註5〕。肖甫賓禮寒素，鼓吹風雅，文士之落拓失志者皆援以爲重。著《崌崍山房集》六十五卷，《詩居》三十餘卷，才氣縱橫，惜乏深雅之致，其視助甫，亦魯衛之政也。

錄其詩二首如下：

〔註4〕見《藝苑卮言》卷七。

〔註5〕《藝苑卮言》卷七：「吾黨有三甫，肖甫之雄爽流暢，助甫之奇秀超詣，德甫之精嚴穩稱，皆吾所不及也。」

〈宿黃牛峽〉

春到黃牛峽，江辭白帝城。楚雲高不落，巴水去無聲。絕塞書難得，孤舟月更明。櫂歌聽自短，幾處夜猿鳴。

〈登函關城樓〉

樓上春雲雉堞齊，秦川芳草自萋萋。黃看雨後河流急，青入窗中華岳低。客久獨憑三尺劍，時清何用一丸泥。登高遠眺鄉心起，關樹重遮萬嶺西。

五、張九一

張九一，字助甫，號周田，新蔡人。嘉靖三十二年進士，授黃梅知縣，官至右僉都御史，巡撫寧夏，卒年六十六（1533～1598），有《綠波樓詩集》。傳具《大泌山房集·張中丞集序》、《明史·卷二百八十七·文苑·三》、《列傳詩集小傳·丁集上·張僉都九一》。

助甫與張肖甫、余德甫合稱三甫，其後又益以汪伯玉、魏順甫，爲後五子。其詩格調沿襲七子，缺乏創意。

錄詩一首如下：

〈寄見甫弟〉

歷盡巴山白髮新，西風何處不傷神。馬曹蹭蹬官難達，鳥道崎嶇老更貧。九派長江春後鴈，一年芳草夢中人。相思況是無消息，徒倚天涯涕淚頻。

第四節　廣五子

一、俞允文

俞允文，字仲蔚，崑山人。年十五，爲馬鞍山賦，長老異之。年未四十，謝去諸生，專力於詩文書法。爲廣五子之一，卒年六十七（1513～1579），有《俞仲蔚集》。傳具《弇州山人四部稿·俞仲蔚集》、《寶庵集·俞仲蔚先生集序》、《皇明世說新語》、《明史·卷二百八十八·文苑·四》、《列朝詩集小傳·丁集上》。

仲蔚不喜于鱗，而與元美交最善，元美嘗論其五言古氣調殊高，所乏者精思耳，歌行絕句則如披沙揀金，往往見寶。吳明卿於仲蔚讚譽有加，謂其「託迹蓬蒿，棲志玄漠，抗夷婁之節而抽屈、宋、揚、馬之思，才本兼人，境復無累。」（《甔甀洞稿・卷四十九・報俞仲蔚書》）

錄詩一首如下：

〈塞上曲〉

風高塞虜入龍堆，大羽琱弓象月開。一片黃雲秋磧裏，遙看精騎射雕來。

二、盧　柟

盧柟字少楩，一字次楩，又字子木，濬縣人，太學生，有《蠛蠓集》。生平見《四溟詩話》、《列朝詩集小傳》、《明詩綜》、吳景旭《歷代詩話》、《明人傳記資料索引》、《濬縣志》、《明史・卷二百八十七・文苑・三》。

次楩博聞強識，負才氣，好使酒罵座，嘗爲具召縣令，令有他事，日昃乃至，次楩醉臥不能具賓主，令心銜之，誣以殺人，榜掠論死，繫獄幾十五年。茂秦攜次楩賦游長安，見諸豪貴曰：「生有一盧柟，視其死而不救，乃從千古惆悃，哀沅而弔湘乎？」平湖陸光祖代爲縣令，平反其獄，得不死。由是感激，寄茂秦詩云：「魯連自是紫烟客，倜儻長揖二千石。一朝談笑解聊城，車入滄溟渺無跡。」茂秦〈有感次楩〉云：「燕霜終古憤，梁獄昔年書。世事疏狂裏，交情患難餘。」

次楩才氣橫溢，興至成詩，不假思索，胡元瑞稱其詩「華藻不如茂秦而氣勝之。」牧齋謂其「詩律不如茂秦之細，而才氣橫放，實可以驅駕七子。」（《列朝詩集小傳》丁集上）《四庫總目提要》云：「史稱其騷賦最爲王世貞所稱，詩亦豪放如其爲人，今觀其集，雖生當嘉、隆之間，王、李之焰方熾，而一意往還，眞氣坌涌，絕不染鉤棘塗飾之習，蓋其人光明磊落，藐玩一時，不與七子爭聲名，故亦不隨山子學步趨然。」

錄詩二首於後：

〈寄徐龍灣比部〉

相思木葉落，迢遞起重哀。瀚海雲初斷，盧龍秋正來。慙無國上報，獨憶鳳城隈。坐令生華髮，臨風一痛哉！

〈隴水曲〉

隴山當面起，隴水向西流。中舍妾墮淚，幾日到涼州。

三、李先芳

先芳字伯承，濮州人，初號東岱，更號北山。嘉靖丁未（廿六年）進士，除新喻知縣，徵授刑部主事，歷郎中，改尚寶司丞，升少卿。有《讀詩私記》、《江右詩稿》、《李氏山房詩選》、《東岱山房稿》、《清平閣集》。

伯承才高氣傲，未第時，詩名籍甚齊、魯間，元美隸事大理，招延入社，元美實扳附焉。伯承爲介元美於于鱗，七子之社，伯承其若敖蚡冒也。其後王、李之名漸盛，而伯承左官落魄，五子、七子之目，皆不及伯承。伯承年八十四而卒（1511～1594）。傳略見《列朝詩集小傳》、《明詩綜》、《明人傳記資料索引》。

伯承歸田之後，大搆園亭，廣蓄聲伎，諳曉音律，尤妙琵琶，賞音者謂江東查八十無以過也。

錄詩一首如後：

〈江上晚行〉

褰帷方出郭，江上欲黃昏。卻望東原道，青山蔽縣門。蟬鳴月裏樹，犬吠水邊村。何處分漁火，蘆花隱釣艙。

四、吳維嶽

維嶽字峻伯，孝豐人。嘉靖十七年進士，知江陰縣，入爲刑部主事，陞山東提學副使，以僉都御史巡撫貴州，在郎署與濮州李伯承，天台王新甫攻詩，峻伯尤爲同社所重，已而入王元美社，實弟蓄之，乃于鱗出，元美舍吳而歸李，峻伯愕眙盛氣，欲奪之，不能勝，乃罷去，不復與七子、五子之列。元美後爲「廣五子詩」，追錄伯承、峻伯，二公皆諱言之，頗以牛後爲恥，有《天目山齋歲編》。元美詩評云:「峻伯詩小巧清新，足炫市肆，無論風格。詩之風格，有出於清新二字者乎？」卒年五十六（1514～1569）。傳略見《列朝詩集小傳》、《明詩綜》、《明人傳記資料索引》、《孝豐縣志》。

錄詩一首於後：

〈雨村道中〉

踏凍看山興亦新，梅花偷放臘前春。路緣半壁時停騎，屋傍懸崖少過人。晴雪背陽留北崦，寒流伏草出前津。松山到處羣麋鹿，何必桃源稱隱淪。

五、歐大任

歐大任，字楨伯，順德人。讀書纘言，確有元本，嘉靖時以貢生歷官國子博士，終南京工部郎中，爲廣五子之一，年八十卒（1516～1595）。有《虞部集》。傳具《弇州山人續稿・歐虞部楨伯歸嶺南詩卷序》、《太函集・軺中集序》、《余學士集・秣陵集序》、《明史・卷二百八十七・文苑・三》、《列朝詩集小傳・丁集上・歐郎中大任》。

楨伯與梁公實、黎惟敬皆出於黃佐（才伯）之門，雖馳騖五子之列，而詞氣溫厚，無蹶張叫囂之習。

錄詩二首如下：

〈除夕九江官舍〉

餞歲潯陽館，羇懷強笑歡。燭銷深夜酒，菜簇異鄉盤。淚每思親墮，書頻寄弟看。家人計程遠，應以夢長安。

〈九月十五夜月〉

瑤草三秋色，金風一夕寒。書緣多難絕，月在異鄉看。淒斷驚霜角，遲迴望露盤。刀頭今未定，誰最憶長安。

第五節　續五子

一、王道行

王道行，字明輔，號龍池，陽曲人。嘉靖廿九年進士，歷蘇州知府，官至四川布政使。爲續五子之一，有《桂子園集》。傳具《趙浚谷文集・送鳳翔王太守擢知蘇府序》、《大泌山房集・杜子園集序》。

錄詩一首如下：

〈九月朔夜與友人飲南城樓〉

玉棟飛雲矗太空，銀河咫尺若爲通。群公環珮天風外，萬疊林巒烟雨中。叢菊喜逢佳節近，芳尊先與故人同。祇今青海無傳箭，坐鎮深知鎖鑰功。

二、石　星

石星，字拱宸，號東泉，東明人。嘉靖卅八年進士，擢吏科給事中。隆慶初上疏言內臣恣肆，詔杖黜爲民。萬曆初起故官，累進兵部尚書，加少保。倭入朝鮮，星力主沈惟敬封貢議。及封事敗，奪星職。未幾，倭破南原閑山，帝大怒，逮星下獄死，年六十二（1538～1599）。傳具《逍遙園集選・賀少保石公誕震器序》、《趙忠毅公文集・東泉石公墓誌銘》、《掖垣人鑑》、《明史列傳・卷八十五》。

錄詩一首如下：

〈同穆敬甫舟中〉

風雨蕭蕭野色昏，故鄉歸去掩柴門。殘春花鳥收詩卷，大地山河入酒尊。抗疏匡衡歸計絀，窮途阮籍壯心存。相逢東道如相問，洛下猶餘數畝園。

三、黎民表

黎民表，字惟敬，自號瑤石山人，從化人。嘉靖十三年舉人，授翰林孔目，轉吏部司務。萬曆中官至河南布政使參議致仕。民表性坦夷，好讀書，其詩與梁有譽、歐大任齊名。工畫，尤善書法。有《瑤石山人稿》、《北游稿》。傳具《王奉常集・送黎中秘惟敬假還嶺南序》

與〈祭黎惟敬文〉、《弇州山人四部稿・瑤石山人詩稿序》、《二酉園文集・瑤石山人詩序》、《列朝詩集小傳・丁集上・黎參議民表》、《明史・卷一百八十一》。

惟敬嘗師事黃佐，以行業自飭，朱彝尊謂其詩「似質悶而實沈著堅韌」（見《靜志居詩話》），《四庫提要》謂維敬詩「雖錯采鏤金而風骨典重，無綺靡塗飾之習，蓋與太倉歷下同源而派別則稍異焉」，推其詩爲續五子之首。

錄詩三首如下：

〈紫荊關〉

徑轉蛇盤險，雲連鳥去長。山桃微著紫，沙柳不成黃。重鎮臨天府，神功劃大荒。金城誰獻議，老作尚書郎。

〈橫翠樓〉

高樓當絕塞，春望轉氤氳。百戰全燕地，千重大漠雲。控弦無掠騎，飲羽憶將軍。老去親戎馬，悲笳向夕聞。

〈同鄺別駕蔡山人登九成臺〉

芙蓉秀色半陰晴，影入空江百丈深。紫閣倒垂星宿象。碧天吹落鳳鸞音，烽塵正屬談兵日，雲路誰爲出世心。風景故園猶想象，丹梯吾肯倦登臨。

四、朱多煃

朱多煃，字用晦，權六世孫，封奉國將軍。因南昌余曰德入七子詩社，王世貞作續五子詩，多煃與焉。有《朱用晦集》。傳具《二西園續集・朱用晦詩序》、《國朝獻徵錄》、《藩獻記》、《明史・卷一百一十七・諸王・二》。

五、趙用賢

趙用賢，字汝師，號定宇，常熟人。隆慶五年進士，萬曆時官檢討，疏論張居正奪情，與吳中行同杖戍。居正歿，起官，終吏部侍郎，卒年六十二（1535～1596），諡文毅。用賢剛直嫉惡，議論風發，官庶子時，常言蘇松嘉湖財賦半天下，民生坐困，條十四事上之。有《松石齋集》、《國朝典章》。傳具《玉茗堂全集・奉別趙汝師先生序》、《嬾眞草堂文集・代祭趙少宰文》、《天遠樓集・祭趙少宰》、《牧齋初學集・趙公神道碑銘》、《明史列傳》卷八十二、《明史・卷二百二十九》。

汝師強學好問，爲文博達詳贍，少年訾謷弇州，晚而北面稱弟子，弇州作續五子詩及之，又列之於末五子之首。

錄詩一首於後：

〈宿昭陵齋房呈溟南趙館丈〉

先皇原廟俯層陰，肅穆祠官奉御心。月露夜零千峉曉，風泉寒咽九龍吟。空傳遺舃留園寢，猶想鳴珂直禁林。繡草宣臺何日事，侍臣惟有淚沾襟。

第六節　末五子

一、李維楨

李維楨，字本寧，京山人，隆慶二年進士，萬曆間遷提學副使，天啓初以布政使家居、年七十餘，召修神宗實錄，累官禮部尚書，年八十卒（1547～1626），博聞強記，文章弘肆，負重名垂四十年。著有《史通評釋》、《大泌山房集》一百三十四卷。

本寧弱冠登朝，與新安許文穆齊名，史館中人語曰：「記不得，問老許；做不得，問小李。」爲人樂易濶達，自詞林左遷海內，謁文者如市，洪裁艷詞，援筆揮灑，屈曲以屬厭求者之意。碑版之文，照耀四裔，聲價騰湧，而詩格漸下。

本寧性仁慈，賓客雜進，有背負者窮而來歸，遇之益厚。其左遷値江陵當國時，江陵敗，人謂宜抗疏自列，本寧曰：「江陵遇我厚，左官非江陵意也。奈何利其死，以贅於時世乎？」有溫厚長者之風，傳具《弇州山人續稿・四遊集序》、《嬾眞草堂文集・太史本寧先生七十序》、《啓禎野乘》、《牧齋初學集・李公墓誌銘》、《列朝詩集小傳・丁集上》、《明史・卷二百八十八・文苑・二》。

錄詩一首如下：

〈銀州〉

前旌時隱見，石壁轉縈迴。流水寒城咽，孤城遠戍哀。山盤光祿塞，雲鎮赫連臺。忽爾風沙合，駿驛萬馬來。

二、屠　隆

屠隆，字緯眞，一字長卿，鄞人。有異才，落筆數千言立就。舉萬曆五年進士，除穎上知縣，調青浦，飲酒賦詩，縱遊九峰三泖而不廢吏事。遷禮部主事，罷歸，卒年六十四（1542～1605）。有《鴻苞》、《由拳》、《白榆》、《采眞》、《南遊》諸集。

長卿壯年見廢，遂寄情山水，遨遊吳越，尋山訪道，嘯傲賦詩，出盱江，登武夷，窮八閩之勝。阮堅司理晉安之日，以癸卯春秋，大會詞人於烏石山之隣霄台，眾推長卿爲祭酒，堪稱風雅盛事。好交游，蓄聲伎，家無餘貲，不得已而出游人間，落拓以終。傳具《虞德園先生集·祭屠緯眞先生文》、《皇明世說新語》、《列朝詩集小傳·丁集上·屠儀部隆》。《明史·卷二百八十八·文苑·四》。

長卿答友人書自云所作姿敏而意疏，姿敏故多疾給，意疏故少精堅，長篇短什，信心矢口。迨乎晚年，精華垂盡，率筆應酬，取悅耳目，冗長不足觀矣！

錄詩二首如下：

〈劉生〉

遊俠重三秦，微軀可借人。肯負將軍諾，寧辭丞相嗔。桃花嬌寶騎，芳草映文裀，不向沙場上，誰知百戰身。

〈荊卿歌〉

荊卿薄舞陽，匕首挾秋霜。殺氣衝寒日，悲風下大荒。繡柱猶堪遶，金屏不可防。燕魂飲恨沒，春草逐年芳。

三、魏允中

魏允中字懋權，南樂人，爲諸生，副使王世貞器之，歲鄉試，戒門吏曰：「非魏允中第一，無伐鼓以傳也。」已而果然。時無錫顧憲成、漳浦劉廷蘭並爲舉首，負儁才，時人稱三解元。舉萬曆八年進士，官至吏部考功主事，十三年卒。有《魏仲子集》。傳具《弇州山人續稿．魏懋權時義序》、《顧端文公集．哭魏懋權文》與〈再哭魏懋權文〉、《列朝詩集小傳．丁集上．魏考功允中》、《明史．卷二百三十二》。

懋權與兄允貞、弟允孚稱三魏，皆舉進士第。江陵專政，懋權與顧、劉皆不肯阿附；江陵歿，允貞爲御史，彈射新執政，時人側目，以懋權爲黨魁。

錄詩一首如下：

〈重陽前日〉

落葉夜如雨，長安寒氣催。明朝又重九，何處臨高臺？白雁成行去，黃花帀徑開。天涯有兄弟，墮淚滿金杯。

四、胡應麟

胡應麟字元瑞，號少室山人，更號石羊生〔註 6〕，蘭谿人。幼能詩，舉萬曆四年鄉薦，久不第，築室山中，購書四萬餘卷。記誦淹博，多所撰著，携詩謁王世貞，世貞激賞之，置諸末五子之列，卒年五十二（1551～1602）。有《少室山房類稿》，《筆叢》、《詩藪》等。傳具《太函集．送胡元瑞東歸記》、《弇州山人續稿．胡元瑞傳》、《二酉園文集．胡元瑞詩集序》、《婺書．卷四》、《明史．卷二百八十七．文苑．三》。

元瑞少從其父宦燕中，從諸名士稱詩。既識元美，爲詩效之唯恐不似。

錄詩一首如下：

〈石城曲〉

踏青無限好，江頭二三月。恨殺潯陽風，吹郎上三峽。

〔註 6〕見王世貞撰〈石羊生傳〉。

第七節　其　他

一、王世懋

王世懋字敬美，號麟洲，世貞弟。嘉靖三十八年進士，累官太常少卿，好學善詩文，卒年五十三（1536～1588），著有《王奉常集》、《藝圃擷餘》。傳具《草禺子・贈藩大夫敬美王公入賀》、《弇州山人續稿・亡弟敬美行狀》、《王文肅公文草・王公墓志銘》與〈祭王麟洲文〉、《白榆集・關洛紀遊稿序》、《列朝詩集小傳・丁集上・王少卿世懋》、《明史・卷二百八十七・文苑・三》。

敬美弱冠稱詩，于鱗呼之曰「小美」。論本朝詩，獨推徐昌穀。高子業二家。

錄詩二首如下：

〈送李太史元甫冊封蜀藩〉

玉檢金泥出大庭，雙旌萬里去冥冥。漢宮朝浥仙人露，益部宵占使者星。巫峽雲中流濯錦，峨眉天半落空青。先驅恥作臨邛客，橐筆重題劍閣銘。

〈橫塘春泛〉

吳姬小館碧紗窗，十里飛花點玉釭。蠟屐去尋芳草路，青絲留醉木蘭艭。山連暮靄迷前浦。雲擁春流入遠江。棹裏長干聽一曲，煙波起處白鷗雙。

二、周天球

天球字公瑕，號幼海。太倉人，隨父徙吳。從文徵明遊，善寫蘭草，尤善大小篆古隸行楷，一時豐碑大碣，皆出其手，卒年八十二（1514～1595）。傳具《太霞草・壽周公瑕先生序》、《弇州山人續稿・周公瑕先生七十壽敘》、《賜閒堂集・周公瑕祠堂記》、《處實堂集・跋周公瑕蘭》、《列朝詩集小傳・丁集中・周秀才天球》、《明史・卷二百八十七・文苑・三》。

公瑕於隆慶間游長安，燕集唱酬之作，一時詞客皆爲讓坐。胡元瑞稱其觀眾臺諸作，以爲絕倫〔註 7〕。其詩規摹王、李，聲調雄壯。

〔註 7〕見《詩藪・續編》卷二。

錄詩一首如下：

〈秋色〉

小窗秋色點年華，寂寞無營自煮茶。賴有短牆芳草積，不教蝴蝶過鄰家。

三、許邦才

許邦才字殿卿，歷城人。嘉靖廿二年解元，官永寧知州，遷德周二府長史，隆慶初相周藩六年，周王崇易爲其《梁園集》作序。與于鱗相友善，合著《海右倡和集》，傳具《明詩綜》、《歷城縣志》、《列朝詩集小傳・丁集上》。

殿卿與于鱗同調，魯藩觀熰謂其氣格雖不如于鱗，「然于鱗詩多客氣，而殿卿溫厚或過之。」謝茂秦評殿卿詩云：「軒軒豪舉，傍若無人。」

錄詩一首如下：

〈汴河守凍〉

客館寒燈淚滿襟，間關萬里欲歸心，眼前一水冰霜苦，又說三江瘴癘深。

四、俞安期

俞安期字羨長，初名策，一字公臨，吳江人。魁顏長身，才氣蜂湧，嘗以長律一百五十韻投王世貞，世貞爲之延譽，名由是起，有《翏翏集》四十卷及《唐類函》、《詩雋類函》。傳具《太泌山房集・俞羨長集序》、《弗告堂集・俞羨長河賦序》、《太函集・翏翏集序》、《列朝詩集小傳・丁集下・俞山人安期》。

羨長善言辭，與人談，盱衡抵掌，意氣勃如。少受知於龍君揚，君揚被謫，往慰之。與丁元甫善，及元甫歿，厚遇其子，海內歸義焉。詩謁元美後，復訪汪伯玉於新安，吳明卿於下雉，皆與結社。晚年悔落七子之窠臼，然聲調時時闌出，不能自禁。

錄詩二首於下：

〈憶家〉

故國千山外，經秋遠別離。浮生能幾日，爲客此多時。衰眼高堂淚，寒砧少婦悲。天涯念游子，風雨共淒其。

〈登祝融峯〉

中天積氣入清涼，雲霧翻看地混茫。雨挾蒼龍奔下嶺，星縣朱鳥定南方。何年右匱藏金簡，自古山衹禮赤璋。壇上長流青玉乳，神池高捧帝臺漿。

五、吳稼竳

吳稼竳字翁晉，孝豐人，少以詩見稱于王世貞，與吳夢暘、臧懋循、茅維遊，時稱四子，官南京光祿寺典簿，累遷雲南通判。有《元蓋副艸》廿卷〔註 8〕，傳具《列朝詩集小傳・丁集下・吳通判稼竳》、《中國文學家大辭典》。

翁晉乃峻伯之子，峻伯與王元美爲同舍郎，引元美入詩社。翁晉弱冠稱詩，得元美與汪伯玉二人之大力揄揚，頗爲時流所推重。自漢魏以及三唐，無不含咀採擷，然而習元美、伯玉之學，熏染既深，欲自成一家，實有未能。

錄詩一首如下：

〈金陵酒肆贈茅平仲〉

暮年看爾壯心孤，落落酣歌擊唾壺。但數一錢憐姹女，纔誇千騎笑羅敷。梨花雨濕紅襟燕，楊柳春藏白項烏。欲向盧家借雙槳，莫愁不是舊時湖。

六、潘之恒

潘之恒字景升，歙縣人，僑寓金陵。嘉靖間，官中書舍人。工詩，初受知于汪道崑、王世貞。既而赴公車不得志，乃渡江，歷尋陽、武昌，從公安袁宏道兄弟遊，著有《涉江集》二十卷。

景升廣交遊，能急人之難，以倜儻奇偉自負。晚而倦游，家益落，留連曲中，徵歌度曲，縱酒乞食，落拓以終。傳具《太函集・贈潘景升北游序》、《睡庵文稿・蒹葭館詩集序》、《列朝詩集小傳・丁集下》。

〔註 8〕元蓋即天目山。

景升才敏詞贍，入汪伯玉白榆社，又師事王元美。久之，結交袁中郎兄弟，然其詩故服習王、汪二子，雖傾心公安，終不能有所駁也。

七、鄒迪光

鄒迪光字彥吉，無錫人。萬曆二年進士，官至湖廣提學副使。年四十，即罷歸，築室惠山，多與文士觴詠。優遊林下者幾三十載，卒年七十餘，有集凡三百餘卷，今僅見《鬱儀樓集》五十四卷、《石語齋集》廿六卷、《調象稿》四十卷。傳具《太泌山房集・調象庵稿序》、《玉茗堂全集・調象庵集序》、《牧齋初學集・鄒彥吉七十序》、《列朝詩集小傳・丁集下》。

元美既歿，雲杜回翔覊宦，由拳潦倒，於是彥吉與雲間馮元成乘間而起，思狎主晉楚之盟。排詆公安，並撼眉山，力爲弇州護法。彥吉詩雖優於元成，惜連篇累牘，繁縟醲豔，骨氣猥弱，其文又不如詩。

錄詩一首如下：

〈塔照亭〉

後峯極岧嶢，前嶺復秀整。嶺樹蔚以蒼，儼然設畫屏。浮屠從中出，白雲爲項領。返照注射之，大地琉璃影。

八、梅鼎祚

梅鼎祚字禹金，宣城人。少年時即負詩名，與沉君典齊名，以古學自任，詩文博雅，爲王世貞所稱。申時行欲荐于朝，辭不赴，歸隱書帶園，構天逸閣。藏書著述其中，嘗與焦竑、馮開之及虞山趙玄度訂約訪異書逸典，期三年一會于金陵，各出所得互相讎寫，惜未竟其志。亦工曲，著有雜劇《崑崙奴》，傳奇《玉合記》、《長命縷》；詩文有《梅禹金集》廿卷；小說有《才鬼記》十六卷、《青泥蓮花記》十三卷。卒年七十（1549～1618）。傳具《素雯齋集・祭梅禹金》、《太函副墨・古樂苑序》、《列朝詩集小傳・丁集下》。

禹金爲守德之子，守德友陳鳴壄、王仲房並能詩，故禹金少即爲吟哦之學，乃長，宗法李、何，游獵漢、魏、三唐，惜博而不精，終不脫模擬氣習；七言效顰于鱗，尤爲靡弱。

九、冒愈昌

愈昌字伯麐，如皋人，諸生。負氣伉直。爲怨家所中，浪跡避地，徧遊吳楚。作詩敏捷，又富辯才。傳具《大泌山房集・冒伯麐詩序》、《小三吾亭文甲集・擬麐先生家傳》、《列朝詩集小傳・丁集下》。

伯麐遊於元美、明卿之門，奉二公爲祖禰，恪守師說，迄不少變。

第四章　詩文論產生之背景

第一節　太祖詔復漢唐衣冠

元以胡虜入主中原，用夷變夏，先王之法，蕩然無存，志士仁人有冠履倒置之歎！明太祖崛起布衣，四方響應，萬民景從，其〈諭中原檄〉曰：「予恭天成命，罔敢自安，方欲遣兵北逐羣虜，拯生民於塗炭，復漢官之威儀，……歸我者永安於中華，背我者自竄於塞外。蓋我中國之民，天必命中國之人以安之矣，夷狄何得而治哉？」〔註 1〕乃以「驅逐韃虜，恢復中華」爲職志。

明代開國，思復三代之華風，盡掃百年之胡俗，洪武元年《實錄》云：「詔復衣冠如唐制。初，元世祖自朔漠起，盡以胡俗變異中國之制，士庶咸辮椎髻，深襜胡帽，無復中國衣冠之舊，甚至易其姓名爲胡名，習胡語。俗化既久，恬不知怪。上久厭之，至是悉令復舊，衣冠一如唐制，士民皆以髮束頂。其辮髮椎髻，胡服胡言胡姓，一切禁止。於是百有餘年之胡俗，盡復中國之舊。」其宏規偉制足與漢唐媲美。

就軍事而言，明衞所兵於唐之府兵多所取法，《明史・兵志序》云：「明以武功定天下，革元舊制，自京師達於郡縣，皆立衞所，外

〔註 1〕此文爲宋濂所撰，不見於《宋學士集》，而見於《皇明文衡》卷一。

統之都司，內統於五軍都督府，而上十二衛爲天子親軍者不與焉。征伐則命將充總兵官，調衛所軍領之，既旋，則將上所佩印，官軍各回衛所，蓋得唐府兵遺意。」考唐府兵之制，其養兵不耗財，且兼有生財之用，允稱美善，《新唐書・兵志》云：「初府兵之置，居無事時，耕於野，其番上者，宿衛京師而已。若四方有事，則命將以出，事解輒罷，兵散於府，將歸於朝，故士不失業，而將帥無握兵之重，所以防微杜漸，絕禍亂之萌也。」太祖馬上得天下，爲節制悍將驕兵，是以有衛所之制，《明史・食貨志》云：「明太祖既以武功定天下，慮兵不可常聚，分軍衛以安之。……有事則調發從征，事平則各還原伍。將無專兵，兵無私將，永杜跋扈尾大之患，而成安攘無競之烈，計至周也。」

軍事而外，太祖立法，遵用唐律，官制多沿漢唐舊規，薦舉、科目、屯田等亦斟酌損益乎漢唐之間。

如上所述，太祖恢復漢唐衣冠，不遺餘力，其功不在湯武之下〔註2〕，葉式題《誠意伯劉公集》云：「昔之入主者，頗皆用夏貴儒，惟元不然，此其爲穢，尤使人涕泗沾臆。其胎禍遠而播惡廣，奄及百年，不知變革。當是時也，薰蒸融液，無地非狄，若將不可復易者。我太祖高皇帝洗滌乾坤，爲中國皇王賢聖復讎纘緒，所謂功高萬古而莫與同者。」是元之遭鄙薄也固宜，而趙宋一代積弱不振，亡於胡元，亦在擯棄之列，明初雖有方正學提倡宋學甚力，其言曰：「唐之諸儒，惟韓子爲近道，其他俱不若宋。宋之士，以言乎文，固未必盡過乎唐，然其文之所載，三代以下未之有，而漢又足以方之。」(〈與趙伯欽〉)又有絕句云：「前宋文章配兩周，盛時詩律亦無儔。今人未識崑崙派，卻笑黃河是濁流。」而靖難之變，身殉社稷，文禁甚嚴，其集遏而不行，至宣德間始稍傳於世；論者至譏其「以學誤國」。是政治上、學

〔註2〕王紳仲縉擬大明鐃歌鼓吹曲十二首，並作序云：「伏觀太祖皇帝，手提三尺，取胡元，平僭亂，以肇造區夏，所以雪近代之恥，其功誠不武下。」

術上宋、元俱不被齒及，故朱明一朝論文者多尊漢、唐而輕宋、元。

文尊漢、唐，元末已然，戴良序《夷白齋集》〔註3〕曰：「漢興，董生、司馬遷、揚雄、劉向之徒出，而斯文始進於古。至唐之久，昌黎韓子以道德仁義之言起而麾之，然後斯文幾於漢。宋廬陵歐陽氏又起而麾之，而天下文章復侔於漢、唐之盛。」又其〈皇元風雅序〉云：「漢去古未遠，風雅遺音，猶有所徵，魏晉而降，三光五嶽之氣分，而浮靡卑弱之辭遂不能以復古。唐一函夏，李、杜出焉。宋歐、蘇、王、黃之徒，亦皆視唐爲無媿。然宋詩主議論，則其去風雅遠矣。能得夫風雅之正聲，以一掃宋人之積習，其唯我朝乎？（〈與趙伯欽書〉）宋景濂著《潛溪前集》，陳旅爲之序云：「文不可無淵源，西京而下，唯唐代爲盛。」歐陽元之序亦云：「三代而下，文章唯兩京爲盛。逮及東都，其氣寖衰，至李唐復盛。……我元龍興，以渾厚之氣變之，而至文生焉，……意將超唐宋而至西京矣！」貝廷琚〈隴上詩稿序〉亦云：「蓋元初文治方興，而吳興趙公子昂，浦城楊公仲弘，清江范公德機，務鏟宋之陳腐，以復於唐。」諸家所言，非尊漢，即尊唐。

明初提倡「宋學」最力之方正學亦云：「今人多謂宋不及唐，唐不及漢，此自其文而言耳，非所謂考道德之會通而揆其實也。」其意以爲宋之學術視漢唐固有加，而文章則不及也。

邵寶與何孟春皆出於西涯之門，二泉論文，上推秦漢〔註4〕，子元亦謂當至西京而止〔註5〕。

至於詩尚盛唐之說，在殷璠時已漸露端倪，所謂「開元十五年後，聲律風骨始備」是也〔註6〕。璠之後，有司空表聖者，謂：「沈、宋始

〔註 3〕《夷白齋集》乃陳基所作，而由戴良編次者。陳氏字敬初，臨海人，生於元仁宗延祐元年，嘗襄贊張士誠幕，卒於洪武三年，壽五十七歲（1314～1370）。

〔註 4〕見浦瑾〈容春堂前集序〉。

〔註 5〕見《餘冬敘錄・卷五十・論詩文》。

〔註 6〕見〈河嶽英靈集自序〉。

興之後，傑出於江寧，宏肆於李、杜，極矣！右丞、蘇州趣味澄敻，若清風之出岫。」（〈與王駕評詩書〉）江寧即王昌齡，與李、杜、右丞並爲盛唐時人。

降及趙宋，張戒謂李、杜言志詠物，無不俱佳，爲古今詩人之冠冕〔註 7〕。嚴儀卿著《滄浪詩話》，倡言「以漢魏盛唐爲師，不作開元天寶以下人物。」又欲人枕藉李、杜，博取盛唐，期能悟入。

元楊伯謙始揭盛唐爲主〔註 8〕。逮乎明代，論詩者祖儀卿而祧表聖，崇盛唐者頗夥。貝廷琚推盛唐，尊李、杜〔註 9〕，林子羽爲閩中十子之首〔註 10〕，謂開元、天寶聲律大備，宜楷式之〔註 11〕，高彥恢確立四唐之說，以李、杜、王、孟冠於盛唐〔註 12〕；李西涯之於李、何，猶陳涉之啓漢高，論詩亦特重盛唐，其言曰：「予嘗譬今之爲詩者，一等俗句俗字，類有燕京琥珀之味而不能自脫，安得盛唐內法手爲之點化乎？」（《懷麓堂詩話》）

綜上所述，知殷璠之後，崇盛唐者不絕如縷，其說歷儀卿而漸著，至彥恢而始大，李、何承前人遺緒而大張旗幟，擬古派因以形成，遂爲明代詩壇之主流。

第二節　明以八股爲取士之法

有明一代，選舉之法大致有四：曰學校；曰科目，曰薦舉，曰銓選；而前二者尤爲重要，蓋學校爲教育之所，科舉必由學校，科目則

〔註 7〕見《歲寒堂詩話》卷上。

〔註 8〕趙宋以降，選唐詩者多側重晚唐而忽略盛唐，及楊伯謙出，編唐音十四卷，其後高彥恢《唐詩品彙》與李于鱗《唐詩選》皆以盛唐爲主。

〔註 9〕見〈乾坤清氣集序〉。

〔註 10〕閩中十子即林鴻、王恭、王偁、高棅、鄭定、王褒、唐泰、陳亮、周玄、黃玄。

〔註 11〕見《明史・卷二百八十六・文苑・二》。

〔註 12〕見〈唐詩品彙總序〉。

爲登進人才之法，自洪武十七年定科舉之式，薦舉因以漸輕，而翰林、宰輔則非科目莫由矣〔註13〕。

科目沿唐宋之舊而其法稍變，「專取四子書及易、書、詩、春秋、禮記五經命題試士，蓋太祖與劉基所定。其文略仿宋經義，然代古人語氣爲之，體用排偶，謂之八股，通謂之制義。」（《明史・卷七十・選舉志・二》）是終明之世，皆以八股取士也。

八股之興，實遠肇於唐，毛大可（奇齡）《西河集》云：「唐制試士，改漢魏散詩而限於比語，有破題，有承題，有領比，有頸比，有腹比，有後比，而後結以收之；六韻之首尾即起結也，其中四韻八比也，然則試文之八比視此矣。」顧律體之排比徒具八股形骸而已。迨宋王安石當國，罷詩賦帖經墨義，令士各占治易、書、詩、周禮、禮記一經，兼論語、孟子，每試四場，初大經，次兼經，大義凡十道，後改論語、孟子義各三道。元仁宋皇慶二年，立德行明經之科，詔令出題用四子書，體式有冒題、原題、講題、結題等。降及明代，太祖以八股取士，洪武十八年會試，題曰「天下有道則禮樂征伐自天子出」，會元黃子澄之作、格律已大體具備，其後文人學士竭智盡才，益臻嚴密。作之者截本題爲二，每截作四股，每四股之中，一反一正，一虛一實，一淺一深；其兩扇立格，則每扇之中，各有四股，其次第之法亦如之。先破題，次承題，開始點出題目，亦即原題之意；起講之，往往又須點出題目，謂之領題；起股之後，亦須點出題目，謂之出題；此二段大約即講題之意。破題、承題、起講、提股，爲由散文引入排比之步驟，格律緊嚴，作者可因難以見巧。引入排比之後，則全看對仗工夫。排比之後，文章已盡，大結但許言前代，不及本朝，無可發揮，止三四句，甚至一句而已！

八股題目多出自《四書》，初場試《四書》義三道、經義四道，《四書》主《朱子集註》，《易》主《程傳》、朱子《本義》，《書》主蔡氏

〔註13〕見《明史・卷七十・選舉・二》。

《傳》及古註疏，《詩》主朱子《集傳》，《春秋》主《左氏》、《公羊》、《穀梁》三傳及胡安國、張洽傳，《禮記》主古註疏。」（〈選舉志〉三）永樂間，胡廣等撰修《五經大全》、《四書大全》，頒行天下，註疏遂廢而不用。稍後，《春秋》亦不用張洽傳，《禮記》僅用陳澔集說。二場試論一道，判五道，詔誥表內科一道。三場試經史時務策五道。

如上所述，八股既限就四書五經命題，文體復須摹擬古人語氣，不許自作議論，格律嚴苛，字數一定，文人才士之思想與智慧備受束縛，然利祿所趨，又不能不傾全力而為之，必至中式而後已。顧炎武嘗論其弊曰：「國家之所以取生員，而考之以經義論策表判者，欲其明六經之旨，通當世之務也。今以書坊所刻之義，謂之時文，舍聖人之經典，先儒之註疏與前代之史不讀，而讀其所謂時文。時文之書，每科一變，五尺童子能誦數十篇而小變其文，即可以取功名；而鈍者至白首不得遇。老成之士既以有用之歲月消磨於場屋之中，而少年捷得之者又易視天下國家之事，以為人生之所以為功名者，惟此而已。故敗壞天下之人才，而至於士不成士，官不成官，兵不成兵，將不成將。」（《文集・卷一・生員論中》）又曰：「今之經義論策，其名雖正，而最便於空疏不學之人。……今之經義始於宋熙寧中王安石所立之法，命呂惠卿、王雱等為之。……陳後山談叢言：『荆公經義行，舉子專誦王氏章句而不解義。荆公悔之，曰：本欲變學究為秀才，不謂變秀才為學究也。』豈知數百年之後，並學究而非其本質乎？此法不變，則人才日至於消耗，學術日至於荒陋，而五帝三王以來之天下將不知其所終矣！」（《日釋・卷十六・經義論策》）以卑劣之人才，荒陋之學術，而欲國治天下平，其可得乎？

科目既以八股取士，在學諸生為求中舉，自必日夕沈浸涵泳於四書五經之中，而其應試之文，謂之舉業，「四書義一道，二百字以上，經義一道，三百字以上。」萬曆十五年，禮部奏云：「弘治、正德、嘉靖初年，中式文字純正典雅，宜選其尤者，刊布學宮，俾知趨向。」（以上《明史・卷六十九・選舉志・一》）此後學子即以刊布之百十餘篇文字揣摩程式，所見既狹，又以模擬爲法，畢生精力俱付諸時文，誠如黃梨洲〈明文案序〉所云：「三百年人士之精神，專注於場屋之業，割其餘以爲古文，其不能盡如前代之盛者，無足怪也。」顧炎武亦云：「使枚乘、相如而習今日之經義，則必不能發其文章。」（《日釋・卷九・人材》）

古文不振，詩又如何？科目雖有試帖詩，然限五言八韻，形式、內涵兩俱空洞，於風雅之道無所裨益。吳修齡〈答萬季埜詩問〉即云：「明代功名富貴在時文，全段精神俱在時文用盡，詩其暮氣爲之耳。」

李、何輩思有以救之，倡言「文必秦漢，詩必盛唐」，使天下復知有古書〔註 14〕，用意至善，七子派形成之一因，即爲對八股之反響也。然七子多出身於科目〔註 15〕浸潤既久，積習難改，復古其表，擬古其實，嚬笑盛唐，衣冠老杜，多襲貌遺神，上者爲優孟，下者成盜跖。獻吉不云乎？「夫文與字一也，今人模臨古帖即太似不嫌，反曰能書，何獨至於文而欲自立一門戶邪？」（〈再與何氏書〉）又云：「古人之作，其法雖多端，大抵前疎者後必密，半濶者半必細，一實者一必虛，疊景者意必二。」此與八股文之作法何異？其言既不以貌似爲非，所作遂「牽率模擬剽賊於聲句字之間」（見錢謙益《列朝詩集小傳・丙集》）徐昌穀亦云：「詩貴先合度而後工拙，縱橫格軌，各具風雅；繁欽定情，本之鄭、衞；生年不滿百，出自唐風；王粲從軍，得之二雅；張衡同聲，亦合關雎；諸詩固自有工醜，然而並馳者，託之軌度也。」（《談藝錄》）所謂合度，原不出乎三百篇之謂，猶如八股之尊經也。王元美《藝苑巵言》則云：「見聞既雜，下筆之際，自然於筆端攪擾，驅斥爲難。若摹擬一篇，則易於驅斥，又覺侷促，痕跡宛露，非斲輪手，自今而後，擬以純灰三斛，細滌其腸，日取六經、周禮、孟子……熟讀涵泳之，令其漸漬汪洋，遇有操觚，一師心匠，氣從意暢，神與境合，分途策馭，默受指揮。」（卷一）又云：「篇法

〔註 14〕見《四庫全書總目提要》。
〔註 15〕前七子皆於弘治中舉進第，後七子除謝榛外，亦於嘉靖間釋褐。

有起有束，有收有斂，有喚有應，大抵一開則一闔，一揚則一抑，一象則一意。」（卷一）綜觀上述，七子派雖旨在救八股之弊，奈積重難返，以非易非，自一窠臼脫身，旋又陷於另一窠臼之中而不自知，寧不哀哉！

第三節　表彰儒術優禮文學

明太祖奄有四海，一統天下之後，講論道德，網羅碩學〔註16〕，「時中外大小臣工，皆得推舉，下至倉庫司局諸雜流，亦令舉文學才幹之士。其被薦而至者，又令轉薦，以故山林、巖穴、草茅、窮居，無不獲自達於上。」（《明史・選舉志》三）如是自有助於修明治術，興起文教，「大臣以文學登用者，林立朝右，而英宗之世，河東薛瑄以醇儒預機政，雖弗究於用，其清修篤學，海內宗焉；吳與弼以名儒被薦，天子修幣，聘之殊禮，前席延見，想望風采。」《明史・儒林一》復立學校，定科舉之制，爲明代文運奠良善之根基。成祖命胡廣等撰修《四書》、《五經》、《性理大全》、編《永樂大典》，籠絡文人，獎勵學術。

太祖即位之初，詔求四方遺書，設祕書監丞，旋改翰林典籍以掌之，成祖復遣使購書於民間，宣宗臨文淵閣披閱經史。是時祕閣貯書約二萬餘部，近百萬卷，皆宋元所遺，頗爲精美，主其事者亦能善加保存〔註17〕，而御製之詩文，儒臣修纂之書與夫象魏布吉之訓，卷帙浩繁，文藻亦優，頒行天下，他如公侯士夫之論撰，騷人墨客之雅言，彬彬之盛，大備於時。

明人刻書風氣極盛，官刻之書有由內府所刻者，司禮監領其事，設漢經廠、番經廠、道經廠〔註18〕，其所刻本謂之經廠本，有由各部院與南北國子監所刻者，有由各直省所刻者，中以蘇州府刻爲最多，

〔註16〕見《明史》卷二百八十二，〈文苑〉一前序。
〔註17〕見《明史》卷九十六，〈藝文〉一前序。
〔註18〕漢經廠專刻四部書籍，番經廠刻佛經，道經廠刻道藏。

淮安府次之，福建且有書坊，坊刻之書，四部皆備，數量較蘇州多兩倍有奇〔註19〕，有由藩府所刻者，據《古今書刻》所記，凡十五府〔註20〕。官刻而外，私刻、坊刻數量多不勝舉。推求其因，可得三端，一爲在上位者之提倡，李開先〈張小山樂府序〉曰：「洪武初年，親王之國，必以詞曲千七百本賜之。」葉德輝亦云：「明時官吏奉使出差，回京必刻一書，以一書一帕相餽贈，書即謂之書帕本。」（《書林清話》卷七）顧炎武《日知錄》謂書帕本多由餽贈者自刻，一般慣例，止一書一帕，唯亦有一書二帕者，耿定向《先正遺風》卷下云：「梁材爲杭州守，會入覲，止具一書二帕，以贄京貴。」葉德輝《書林清話》卷七引王士禎《居易錄》云：「明時翰林官初上或奉使回，例以書籍送署中書庫，後無復此制矣！又如御史巡鹽茶學政部郎榷關等差，率出俸錢刊書。」是士夫縉紳刻書在當時已蔚爲風氣。而刻工廉，人人能刻、能印、能賣，則爲原因之二。弘治以降，銅活字盛行，亦有用鉛活字印刷者〔註21〕，以錫山華氏蘭雪堂、會通館、安氏桂坡館與建業張氏三家爲最著名；崇禎中，胡正言《箋譜》、《十竹齋畫譜》二書以五色套印，精美異常，印刷技術高明，爲原因之三。

表彰儒術，訪求古籍，勤於刻書之外，君王貴族喜愛文學，優禮作者，風動於上，波震於下，攀龍附鳳之徒，握瑾懷瑜之士，展其才智，馳騁於文場之中，縱橫於詩壇之上。錢牧齋《列朝詩集小傳》曰：「《太祖高皇帝御製文集》共五卷，翰林學士樂韶鳳、宋濂編錄。濂之言曰：『臣侍帝前者十有五年，帝爲文或不喜書，詔臣濂坐榻下，操觚受辭，終日之間，出經入史，袞袞千餘言。嘗爲濂賦醉學士歌二，奉御捧黃綾以進，揮翰如飛，須臾成楚辭一章。上聖神天縱，形諸篇翰，不待凝思而成，自然渡越今古，誠所謂天之文哉！』」（〈乾集〉

〔註19〕福建有建陽麻沙、崇化兩坊，坊賈射利，求多而不求精。

〔註20〕即弋陽王府、淮府、益府、楚府、吉府、遼府、汝府、趙府、德府、魯府、代府、秦府、韓府、慶府、蜀府。

〔註21〕見《金臺紀聞》。

上）太祖能詩善文，據《明史・藝文志》著錄，有文集五十卷，詩集五卷，又喜戲曲，嘗論《琵琶記》云：「《五經》、《四書》，布帛菽粟也，家家皆有；《琵琶記》如山珍海錯，富貴家不可無。」（見〈徐渭南詞敘錄〉）降及仁宗，聖學淵博，酷好歐陽永叔之文，宣宗天縱神敏，潛心經史，長篇短歌，援筆力就，宣宗聖學緝熙，光明純粹，武宗祭大學士靳貴喪，御製一首云：「朕居東宮，先生爲傅；朕登大寶，先生爲輔。朕今南遊，先生已矣。嗚呼哀哉！」老於文學之臣皆斂手歎服。世宗萬機之暇，喜爲詩文，大學生楊一清進呈〈元宵詩〉，有「愛看冰輪清似鏡」之句，上以爲類中秋詩，改云「愛看金蓮明似月」，一清疏謝，以爲曲盡情景，不問可知爲元宵作矣。神宗留心翰墨，每攜大令鴨頭九帖，虞世南臨樂毅論、米芾文賦以自隨〔註22〕。

蜀獻王椿博綜典籍，延攬名士李叔荊、蘇伯衡等商榷玄史，高皇帝呼爲蜀秀才，有《獻園集》。寧獻王權於書無所不窺，旁通釋、老，尤深於史，自稱大明奇士，弘獎風流，海寧胡奎以儒雅著名，請爲世子師傅者七年。凡羣書有祕本，必刊布國中，古今著述之富，無逾王者。周憲王有燉留心翰墨，製《誠齋樂府傳奇》若干種，音律諧美，流傳內府，又有詩集《誠齋錄》、《新錄》傳於世。秦簡王成泳幼學詩於湯潛名，嗣位後日賦一詩，積三十年。延攬文儒，譚論不倦，有《賓竹小鳴集》。他如瀋憲王胤栘，德平榮順王胤梗昆仲，瀋憲王子恬烄、恬焯、恬爑俱以詩名。趙康王厚煜文藻弘麗，折節愛賓客，文酒讌游，有淮南梁苑之風，著《居敬堂集》十卷〔註23〕。

上有好者，下必有甚焉，明代文人之多，文風之盛，邁越前朝，錢牧齋《列朝詩集》所收有二千多家，朱竹垞《明詩綜》凡三千四百家，質雖不及唐代，量則多千餘家。文人尤喜結社，集會之日，動輒千人，自有助於推進詩風，擴展文運，而文人之流連詩酒，閒放自適，均爲社會所容忍，甚或讚許。

〔註22〕皆參閱《列朝詩集小傳》乾集上。
〔註23〕以上皆見《列朝詩集小傳》乾集下。

《列朝詩集小傳》謂楊維楨〔註 24〕不應張士誠之召，又忤達識丞相，自蘇徙松，「海內薦紳大夫與東南才俊之士，造門納履，殆無虛日。酒酣以往，筆墨橫飛，鉛粉狼藉。或戴華陽巾，披鶴氅，坐船屋上，吹鐵笛作梅花弄。或呼侍兒歌白雪之辭，自倚鳳琶和之，賓客皆蹁躚起舞，以為神仙中人也。」（甲前集）蓋已開一代風氣。

《列朝詩集小傳》又謂曾棨「居長安右門外，因醉不戒於火，延及禁垣，上弗問也。……病革將絕，呼酒痛飲，自為贊曰：『宮詹非小，六十非夭。我以為多，人以為少。易簀蓋棺，此外何求？青山白雲，樂哉斯丘！』」（乙集）

王芾〔註 25〕，工於繪事，「遊覽之頃，遇長廊素壁，索酒引滿，淋漓揮灑，有投金帛購片楮者，拂袖而起，至詬詈弗顧。嘗在京邸，與一商人鄰居，月下聞吹簫聲，甚喜，明日往訪其人，寫竹以贈，曰：『我為簫聲而來，以簫才報之。』其人甚不解事，以紅氍毹為餽，乞再寫一枝為配，孟端大笑，取前畫裂之，而還其餽。」（《列朝詩集小傳》乙集）

張靈〔註 26〕嘗與唐寅遊武丘，「會數賈飲於可中亭，且賦詩。靈更衣為丐者，賈與之食，啖之；且與談詩，詞辯雲湧，賈始駭，令賡詩，揮毫不已，凡百絕。抵舟易維蘿陰下，賈使人跡之不得，以為神仙。賈去，復上亭，朱衣金目，作胡人舞，形狀殊絕。」（《列朝詩集小傳》丙集）

祝允明〔註 27〕「好酒色六博，善度新聲，少年習歌之間，傅粉墨登場，梨園子弟相顧弗如也。海內索其文及書，贄幣踵門，輒辭弗

〔註 24〕楊維楨字廉夫，號鐵崖，一號鐵笛，會稽人。詩文俊逸，號為「鐵崖體」，有《東維子集》、《鐵崖古樂府》等。

〔註 25〕王芾字孟端，無錫人。永樂初，以善書薦，供事文淵閣，拜中書舍人。

〔註 26〕張靈字夢晉，工繪事，受業於祝允明之門下。

〔註 27〕祝允明字希哲，長洲人，幼穎慧，及長，除興寧知縣，遷通判應天府，有《祝氏集略》等。

見，伺其狎游，使女伎掩之，皆捆載而去。」（《列朝詩集小傳》丙集）

康海罷官後，「以山水聲妓自娛，間作樂府小令，使二青衣被之絃索，歌以侑觴，西登吳嶽，北陟九嵕，南訪經台、紫閣，東至太華、中條，停驂命酒，歌其所製感慨之詞，飄飄然則欲仙去。……其歿也，以山人巾服殮，遺囊蕭然，大小鼓卻有三百副，其風致可思也。」（《列朝詩集小傳》丙集）

顧璘在楚欲見王稚欽而不可得，「稚欽有狎客二人，日共鬥雞走狗，不去左右，使人劫之曰：『若朝夕與王公遊，而王公固不見撫公，若兩人死無日矣！』兩人大恐曰：『敢不如命。雖然，必以計掩之可也。』候稚欽狎遊時，趣報華玉，華玉疾趨而至，稚欽惶遽將走匿，二人夾持之不聽去，乃強留具賓主，自是遂定交。」（《列朝詩集小傳》丙集）

史忠〔註28〕有女及笄，「壻家貧不能具禮，詭詞攜之觀燈，與其婦送之壻家，大噱而去。……自知死期，預命發引，命親朋歌虞，殯相攜出聚寶門，謂之生殯，至期無疾而逝。」（《列朝詩集小傳》丙集）

徐霖〔註29〕善製小令，「武帝南巡，……嘗午夜乘月幸其家，夫婦蒼黃出拜，上命置酒，家無供具，以蔬筍畦菜進御，上大喜，爲之引滿酣暢而去。已而數幸其家；御晚靜閣垂釣，得一金魚，宦官爭買之，上大笑，失足落池中。……扈從還京；每夜宿御榻前，與上同臥起，將授官禁近，固辭。」（《列朝詩集小傳》丙集）

豐坊〔註30〕爲人狂誕傲僻，「嘗要邑子沈嘉則具盛饌，結忘年交，相得其驩。或問之曰：『是嘗姍笑公詩。』即大怒，設醮上章，詛之上帝，所詛凡三等，一等皆公卿大夫有仇隙者，二等則布衣文士，嘉則爲首，三等鼠蠅蚊蚤虱。」（《列朝詩集小傳》丁集上）

〔註28〕史忠，字廷直，金陵人，能詩善畫，自號癡翁。

〔註29〕徐霖字子仁，金陵人，能爲小令，亦工詩畫。

〔註30〕豐坊字存禮，鄞縣人。嘉靖二年進士，除禮部主事，以吏議免官。高才博學，家藏古碑刻甚富。

又《明史・文苑二》謂楊循吉〔註31〕性狷隘，「尚書顧璘道吳，以幣贄，促膝論文，歡甚。俄郡守邀璘，璘將赴之，循吉忽色變，驅之出，擲還其幣，明日璘往謝，閉門不納。」

觀上所述，知有明一代，文風甚盛，上自君主王公，下至僧道傭丐，甚或婦人女子〔註32〕，操觚染翰者，頗不乏人，明代文運至弘治中，其勢之盛可謂如日中天，七子生丁其時，以文會友，詩社成而詩派立，其說遂風靡一時。

第四節　內憂外患紛至沓來

前七子世稱弘治七才子，一稱弘正七才子，後七子世稱嘉靖七才子，一稱嘉隆七才子。弘治元年（1488）至萬曆十五年（1587）凡百歲〔註33〕，歷孝宗、武宗、世宗、穆宗、神宗五朝，大明帝國由盛轉衰，內憂外患交相煎迫，無復昔日雄風，茲將此百年間大事擇要條列如下：

弘治元年（1488）

冬十一月甲申，妖僧繼曉伏法。

是月，土爾番阿合穆特殺忠順王哈商，襲破哈密城。

弘治六年（1493）

三月寧夏地震，連三年共三十震。

六月庚午，京畿大旱。

壬申，總督湖廣右都御史閔珪擊古田叛獞，破之。

〔註31〕楊循吉字君卿，吳縣人，成化二十年進士，授禮部主事，卒年八十九（1456～1544），有《松籌堂集》、《南峯樂府》等。

〔註32〕《列朝詩集》收有僧道、香奩、傭丐之詩。朱彝尊《靜志居詩話》謂明初識字婦女，得舉女秀才，入尚功局，獎勵女學，故明代女子詩文傳世者頗多。

〔註33〕弘治元年，獻吉已十七歲，餘六子均已出生；萬曆十五年，後七子除元美、明卿外，均已逝世。

弘治十四年（1501）

春正月，陝西延安、慶陽二府，同華諸州，咸陽、長安諸縣，潼關諸衞，連日地震，城垣民舍多摧，壓人畜死甚眾。

二月，寇犯榆林。

六月甲辰，雲南雲龍州大疫。

秋七月丁未，泰寧衞入犯遼東。

十二月戊辰，遼東大饑。

弘治十五年（1502）

江西盜起。

秋七月己丑，王軾平普安，斬賊婦米魯。

九月丙戌，南京、徐州、大名、順德、濟南、東昌、兗州同日地震。

冬十一月壬申，瓊州黎賊作亂。

弘治十八年（1505）

春正月己丑，小王子諸王圍靈州。

五月辛卯，帝崩；壬寅，太子厚照即皇帝位。

九月甲午，南京及蘇、松、常、鎮、淮、揚、寧七府，通和二州同日地震。

冬十月，南安、建昌、廣信大疫。

正德二年（1507）

春三月辛未，劉瑾矯詔榜奸黨于朝堂。

秋八月，作豹房。

命天下鎮守太監悉如巡撫都御史之制，干預刑名政事。

正德三年（1508）

夏六月壬辰，劉瑾執朝官三百餘人下獄。

秋七月己亥，平廣西柳州叛獞。

八月辛巳，立內廠，劉瑾自領之。

正德五年（1510）

夏四月庚寅，安化王寘鐇反。

戊申，游擊將軍仇鉞執寘鐇，平寧夏。

秋八月戊申，劉瑾伏誅。

冬十二月乙丑，四川賊破江津。

正德十四年（1519）

夏六月丙子，寧王朱宸濠反。

秋七月丁巳，王守仁擒宸濠。

嘉靖元年（1522）

秋七月辛亥，兩廣盜起。

己巳，南京暴風雨，江水溢，災甚。

嘉靖八年（1529）

春二月，河南襄陽大饑。

夏四月甲戌，禁勳戚妄乞莊田。

嘉靖十九年（1540）

春正月辛亥，濟農寇大同。

秋八月甲戌，寇犯平涼，流劫岢嵐、石州等處。

嘉靖廿一年（2542）

夏六月辛卯，諳達率眾寇山西。

冬十月丁酉，宮婢楊金英謀逆復誅，殺端妃曹氏。

嘉靖廿三年（1544）

秋七月，諳達犯大同。

八月己巳，進嚴嵩太子太傅。

冬十月，小王子掠蔚州，至完縣，京師戒嚴。

嘉靖廿六年（1547）

秋七月丙辰，河決山東曹縣，人民死傷甚重。

冬十二月乙亥，倭犯寧波、台川，大肆殺掠。

嘉靖廿七年（1548）

春三月癸巳，殺總督三邊侍郎曹銑，逮夏言。

嘉靖廿九年（1550）

春正月甲午，戶部上去年會計錄，歲共入銀三百九十五萬七千一百十六金，出乃四百十二萬二千七百二十七金，請一切節用，報聞。

秋八月戊寅，寇至通州，京師戒嚴。

嘉靖卅九年（1560）

春正月丙戌，諳達犯宣府。

二月丁巳，南京振武營兵變。

是月，敘擒汪直功。

秋九月，濟農部落寇陝西米脂等縣。

冬十二月己亥，京師嚴寒，貧民多凍餒死。

是歲，福建之倭流劫各州縣，奸民乘間迭起，遂有大埔之窖賊、南灣之水賊、尤溪之山賊、龍岩之礦賊、南靖永定之流賊蠭起。

嘉靖四十一年（1562）

春三月庚寅，石憲平容山之亂。

夏四月庚申，土默特犯遼東。

五月壬寅，嚴嵩以罪免，下嵩子世蕃於獄。

冬十一月辛丑，北寇數萬騎犯寧夏清水營。

己酉，倭攻陷福建興化府。

隆慶二年（1568）

春正月癸丑，寇犯靖虜城。

秋七月丙子，台州颶風大作，潮溢，溺三萬餘人。

隆慶五年（1571）

夏四月甲午，河復決邳州。

五月，土默特犯遼東。

冬十月己亥，河南、山東大水。

萬曆十年（1582）

春正月辛未，淮、揚海溢，浸豐利等鹽場三十，渰死二千六百餘人。

三月庚申，杭州兵變。己卯，倭寇浙江溫州。

夏六月己巳，加張居正太師；丙午，居正卒。

冬十月丙申，蘇州、松江諸府大水，衝壞民居以千萬計，漂流田禾十餘萬頃，死者二萬人，詔賑之，蠲免稅糧。

萬曆十一年（1583）

春正月，緬甸犯雲南。

夏四月，廣東羅定兵變。

五月，滿州主努爾哈赤攻尼堪外蘭，取圖倫城。

萬曆十四年（1586）

夏五月，江南北江西大水，河南、山西、陝西大旱。

六月癸未，松、茂番平。山西盜起。

秋七月，河南淇縣賊王安聚眾流劫，尋剿平之。

萬曆十五年（1587）

春正月庚子，禁左道妖教。

夏四月，京師旱，大疫，詔百官祈雨。

秋七月丙申，河決開封。

冬十一月，戊子，鄖陽兵亂。

如上所述，孝宗之時，旱乾水溢，癘疫流行，連年地震，兩畿蝗災，遼東饑饉，加以盜賊橫行，獞、苗俱叛，韃靼入寇，勢家侵奪民利，所謂太平盛世，不復見矣！

正德之時，荒淫好逸樂〔註 34〕，政事之裁決一委之於劉瑾〔註 35〕，瑾貪暴驕橫，朝廷善類一空，後雖伏誅，國家元氣已大為斵傷。

〔註 34〕帝為羣閹蠱惑，於西華門作豹房，朝夕處其中，耽宴樂，早朝日講俱罷；又聽江彬言，數巡幸，索美婦人。

〔註 35〕瑾每奏事，必伺帝為戲弄時，帝厭之，亟揮去，曰：「吾用若何事？乃溷我。」自大小事，瑾皆專決，不復白帝。參閱《明鑑》武宗戊辰三年春正月紀事。

武宗在位十六年間，先後有安化王寘鐇之亂、寧王朱宸濠之亂，廣西妖人李通寶之亂，江西、湖廣、四川、陝西、直隸、山東、河南、兩廣盜賊四起，黃河氾濫，廬舍盡成邱墟，遼東大疫，人畜死傷無數，地震頻劇，雲南有一日達二三十次者，武宗復不恤民命，建豹房、大修宮室，屢次巡幸，於是乎小王子、土爾番、烏梁海朵顏衞伺機入寇，國勢愈弱！

嘉靖中，嚴嵩父子狼狽爲奸垂二十載〔註 36〕，朝政大壞，大內有宮婢楊金英謀逆，國中水潦、旱災、地震、疾疫接踵而至，府庫空虛，入不敷出，勳戚妄乞莊田，河南襄陽、開原、延綏、遼東、宣大二鎮餓殍盈途，大同、廣陵、遼東、甘州、南京振武營兵變相繼發生〔註 37〕，盜賊伺機崛起，計有廣東之猺賊、巢賊，惠、潮之山賊，浙江開化與江西德興之礦賊，兩廣、河南、山東與遼東之流賊，四川芒部與廣西田州岑猛擾叛不已，加以海盜汪直勾結倭寇，東南一帶受創甚巨〔註 38〕，外患則有諳達、濟農、小王子、土默特、土魯番、朵顏三衞，廿三年冬十月，小王子且曾入寇至完縣，京師爲之戒嚴；廿九年諳達至通州，世宗詔檄諸鎭兵勤王，敵兵距都城僅三十里，明兵不敢接戰，寇遂飽掠而去〔註 39〕。夷考其因，除嚴嵩爲惡外，世宗亦經

〔註 36〕嚴嵩於嘉靖廿一年秋八月癸巳加武英殿大學士，入閣預機務，至嘉靖四十一年夏五月壬寅以罪免，前後垂二十載。

〔註 37〕明代中葉之後，軍紀敗壞，士卒殺將之事層出不窮，余珊於嘉靖四年陳十漸，其言曰：「正德間國柄下移，王靈不振，是以有安化南昌之變，賴陛下起而振肅之。乃塞上戍卒，近益驕恣，曩殺許巡撫而姑息，頃遂殺張巡撫而效尤；曩囚貫參將以立威，近又縛桂總兵而報怨。致榆關妖賊效之，而戕主事，北邊庫吏倣之，而賊縣官。陛下惑鄙儒姑息之談，牽俗吏權宜之計，遂使廟堂號令，出於二三戍卒之口，此國勢日衰，其漸三也……。」曾銑於遼東軍亂後亦言甘肅大石軍變處之過輕，羣小遂狃爲故常，力主嚴懲。

〔註 38〕汪直徐海陳東麻葉輩，悉逸海島爲主謀，倭悉聽其指揮，分艘掠內地，無不大利。

〔註 39〕兵部尚書丁汝夔承嚴嵩意旨，堅守勿戰，寇遂燬城外廬舍，縱橫內地，凡八日，所掠已過望，徐由古北口出塞。

年不視朝，日事齋醮，工作煩興，復無察納忠言之雅量，辛丑二十年春二月，監察御史上疏言天下大勢如人衰病已極，猶且奔競成風，賄賂公行，遇災不憂，非瑞稱賀，邪佞日親，諍臣日遠。疏上，帝震怒，立下詔獄搒掠；主事周天佐、御史浦鋐疏救，三人俱死獄中，自是忠藎杜口，天下事可知矣！

穆宗在位爲時甚短，唯內憂外患，無日或已，天災人禍，時有所聞，復箝制忠言〔註40〕，命廠衛刺部院事〔註41〕，閹豎氣燄薰天，朝官爲之側目。

神宗昏庸闇弱，萬曆十年之前，張居正當國，雖專權擅勢，然亦革除不少弊政，舉將才，嚴懲盜賊，勦倭寇，禦邊得法，復撙節用，改革稅制；居正既卒，戚繼光、李成梁相繼罷免，海瑞亦死，努爾哈赤崛起滿州，倭患加劇，朝政日非，民生日蹙，越五十年，明社遂屋。

綜而言之，此百年間，逆閹爲非，奸臣作惡，忠良慘死，正直斥逐，天災人禍，相踵不絕，加以地制混亂，稅捐苛重，社會已漸呈不安狀態。軍事方面，弘治中、葉淇變法，開中之制壞而邊儲枵然〔註42〕；其後邊陲多事，財政益窘，軍伍空虛，而將領剋扣軍餉，中官典兵〔註43〕，軍紀因之敗壞，士氣因之低落，聞作戰則縮頸而股慄〔註

〔註40〕戊辰二年春正月，石星上疏言，陛下爲鼇山之樂，縱長夜之飲，極聲色之娛，朝講久廢，章奏遏抑，一二內臣，威福自恣，肆無忌憚，天下將不可救。帝大怒，詔杖六十，黜爲民。

〔註41〕帝以災異頻仍，由部院政事不平所致，令廠衛密訪以聞，於是尚書毛愷，侍郎萬士和等，皆自劾求去。

〔註42〕《明史·食貨志·屯田下》云：「明初，募鹽於各邊開中，謂之商屯。迨弘治中，葉淇變法，而開中始壞。諸淮商悉撤業歸，西北商亦多徙家於淮，邊地爲墟，米石直銀五兩，而邊儲枵然矣。」

〔註43〕中官典兵始於成祖信任鄭和，至武宗任用劉瑾，敗壞軍制，激變軍心，《明史》卷三百四《宦官傳》稱：「都指揮以下求遷者，瑾第書片紙曰：『某投某官』，兵部即奉行不敢復奏。邊將失律，賂入即不問，有反陞擢者。又遣其黨丈邊塞屯地，誅求苛刻，邊軍不堪，焚公廨，守臣諭之始定。」

44〕，九邊空虛〔註45〕，海防脆弱〔註46〕，讎虜皆有輕中國之心，外患因以頻仍。

七子生丁國家多難之秋，對臺閣體之粉飾太平，骫骳不振，深致不滿，李獻吉不云乎？「古之文，文其人，如其人便了……而今之文，文其人，無美惡，皆欲合道傳志，其甚矣！是故考實則無人，抽華則無文。」（〈論學〉上第五）又《四庫提要》論鄭善夫云：「集中感時之作，激昂慷慨，寄託頗深，或病其時非天寶，地遠拾遺，爲無病呻吟，然正德時閹豎內訌，盜賊外作，詩人蒿目，未可謂之無因。」由是觀之，七子之尊漢宗唐，其初衷固不止在學其聲調字句，尤重在抒寫胸臆，歌生民之病，冀供當路施政之龜鑑也〔註47〕，故獻吉云：「詩者非徒言者也。」（〈林公詩序〉）

第五節　臺閣體與茶陵派之反動

《明史·文苑傳》論李、何之崛起曰：「永、宣以還，作者遞興，皆冲融演迤，不事鉤棘，而氣體漸弱；弘、正之間，李東陽出入宋、元，溯流唐代，擅聲館閣；而李夢陽、何景明倡言復古，文自西京，詩自中唐而下，一切吐棄，操觚談藝之士翕然宗之，明之詩文於斯一變。」（卷二百八十五）是七子派之形成，乃對臺閣體與茶陵派之反

〔註44〕明代以三大營之兵衛京師，九邊之兵禦外寇，至萬曆間馬半羸敝，人半老弱，怯於臨戎，《明史》卷八十九〈兵志〉云：「萬曆廿九年入寇，兵部尚書丁汝夔覈營伍不及五六萬人，驅出城門，皆流涕不敢前，諸將亦相顧變色。」

〔註45〕魏煥《九邊考》曰：「初設遼東、宣府、大同、延綏四鎮，繼設寧夏、甘肅、薊州三鎮。……又以山西鎮巡統馭偏頭三關，陝西鎮巡統馭固原，亦稱二鎮，遂爲九邊。」（卷一）

〔註46〕歸有光《備倭事略》云：「今倭賊馮陵，所在莫之誰何，但見官司紛紛，抽點壯丁，及原設民快，皆素不教練之民，驅之殺賊，以至一人見殺，千人自潰。」

〔註47〕謝榛亦多憂時念亂之作，如〈哀哉行〉四首、〈哀老營堡〉、〈漁樵歎〉等。

動也。

就臺閣體而言，自永樂以迄成化（1403～1489），八十餘年間，政治上隸於一尊，其間雖有高煦之亂〔註48〕，顧爲時短暫，承平日久，詩風「體崇臺閣，骫骳不振。」（沈德潛《明詩別裁》）解縉倡之，三楊（楊士奇、楊榮、楊溥）、姚恭靖、胡文穆、金文靖繼之，詩體平正可觀，以主唱者多據要津，故謂之「臺閣體」。

三楊之作雖平正典雅，雍容和易，然「秉國既久，晚進者遞相模摹，城中高髻，四方一尺，餘波所及，漸流爲膚廓冗長，千篇一律。」（《四庫提要》卷一百七十）弊已漸呈。

宣德、正統二朝習氣流易，曾子啓（名棨）、劉孟熙（名績）、張靜之、李昌祺及閩中諸王輩，「皆浸潤明風，鮮脫元習。」（《詩藪．續編》卷一），其弊愈甚。

王元美《藝苑卮言》嘗言：「成、弘之際，趣不及古，中道便止，搜不及深，遇境隨就，一唯拙速，和章累押，無患才多。」（卷五）成化之後，如《四庫提要》所言：「愈久愈弊，陳陳相因，遂至嘽緩冗沓，千篇一律。」應酬排比，和韻率易，勢有不得不變者，其時振興之功，以李東陽爲最大。

胡應麟《詩藪》有言：「成化以還，詩道旁落，唐人風致幾於盡隳，獨李文正才具宏通，格律嚴整，高步一時，興起李、何，厥功甚偉。是時中晚、宋、元諸調雜興，此老砥柱其間，故不易也。」（《續編》卷一）西涯爲茶陵人，立朝五十年，推挽後進，不遺餘力，故有「茶陵派」之稱。因鑒於當時模擬成風，元習宋體，紛然並陳，決意廓而清之，以返於眞。

西涯之言曰：「今之爲詩者，能軼宋窺唐，已爲極致，兩漢之體，已不復講。而或者又曰：『必爲唐，必爲宋。』規規焉俯首縮步，至

〔註48〕成祖有子三，長曰高熾，次曰高煦，三曰高燧，高煦有戰功，請奪嫡不成，被徙於樂安（山東益都）。宣宗立，遂舉兵反，敗降，廢爲庶人，後被殺。

不敢易一辭，出一語，縱使似之，亦不足貴矣，況亦未必似乎？」（《懷麓堂集文稿・八・鏡川先生詩集序》）以不經人道語爲貴〔註49〕。《四庫提要》論《懷麓堂詩話》即云：「李、何未出以前，東陽實以臺閣耆宿，主持文柄，其論詩主於法度音調，而極論剽竊模擬之非，當時奉以爲宗。」（卷一百九十六）西涯在當時操天下之政柄與文柄者垂數十年。

西涯之外，楊一清、石瑤、謝鐸、吳寬、程敏政諸人〔註50〕，風格和平暢達，所謂「演繹有餘、覃研不足。」（《詩藪・續編》卷一）李、何遂乘機崛起。

《明史》稱「弘治時，宰相李東陽主文柄，天下翕然宗之，夢陽獨譏其萎弱，倡言文必秦漢，詩必盛唐，非是者弗道。」（《明史・卷二百八十六・文苑傳・二》）實則譏議西涯之文者，固不僅獻吉一人，德涵、仲默輩莫不如是，《明史》不云乎？「康海字德涵，武功人，弘治十五年殿試第一，授修撰，與夢陽相倡和，訾議諸先達。」（卷同上）諸先達蓋指西涯等人。七子而外，譏議西涯者亦不乏人，王九思詩曰：「進士山東李伯華，相逢亦笑李西涯。」伯華，開先字也，謂西涯爲相，「詩文取熟爛者，人材取軟滑者，不惟詩文靡敗，而人材亦從之。」伯華爲豪傑之士，非七子之流所能範籠〔註51〕，亦有是言，足見效西涯詩者固眾，訾之者亦不少也。

細究諸子訾議之由，於西涯詩不盡愜意外，對其政治上之立場與措施亦大加訕謗。錢牧齋《列朝詩集小傳》嘗曰：「敬夫之再謫以及

〔註49〕見《懷麓堂詩話》。

〔註50〕楊一清字應寧，有《石淙類稿》，與西涯被獻吉並稱爲楊、李，石瑤字邦彥，出於西涯之門，有《恆陽集》。吳寬字原博，有《匏庵集》。程敏政字克勤，有《篁墩文集》。謝鐸字鳴治，有《同聲集》，與西涯同館唱酬。

〔註51〕錢謙益《列朝詩集小傳》曰：「伯華與羅達夫、趙景仁諸人，左提右挈，李、何文集幾于遏而不行。」（丁集上）

永錮，皆長沙秉國時，盛年屛棄，無所發怒，作爲歌謠及杜甫春游雜劇，力詆西涯。」（丙集）謝茂秦《四溟詩話》亦曰：「李西涯久於相位，陸滄浪以詩諷之曰：『聲名高與斗山齊，伴食中書日已西。回首湘江春草綠，鷓鴣啼罷子規啼』」（卷二）羅玘，西涯之高弟也，上書於師，勸其早退，至請削門生籍〔註52〕。凡此種種，吾人於西涯之爲人，宜作深一層之了解焉。

《明史》謂西涯「以戍籍居京師，四歲能作徑尺書，天順八年，年十八，成進士，選庶吉士，授編修。……旱災求言，東陽摘孟子七篇大義，以附時政得失，累數千言上之，帝稱善。……參預機務，與謝遷同日登用，久之，進太子少保禮部尚書兼文淵閣大學士，……與首輔劉健等竭心獻納，時政闕失，必盡言極諫。……明年（弘治十八年）與劉健、謝遷等同受顧命。武宗立，屢加少傅兼太子太傅。劉瑾入司禮，東陽與健、遷即日辭位，中旨去健、遷，而東陽獨留，恥之，再疏懇請，不許。初健、遷持議欲誅瑾，詞甚厲，惟東陽少緩，故獨留，健、遷瀕行，東陽祖餞，泣下，健正色曰：『何泣爲？使當日力爭，與我輩同去矣！』東陽默然。……瑾兇暴日甚，無所不詘侮，於東陽猶陽爲禮敬，凡瑾所爲亂政，東陽彌縫其間，亦多所補救。……劉健、謝遷、劉大夏、楊一清反平江伯陳熊輩幾得危禍，皆賴東陽而解。其潛移默奪，保全善類。天下陰受其庇，而氣節之士多非之。」（卷一百八十一）是西涯外圓內方，虛與逆閹委蛇，以保全善類之一番苦心，終不爲氣節之士所諒。其詩既有熟爛萎弱之病，行事復難盡如人意，氣節之士因論其人而議其詩，自爲意料中事。

七子皆爲氣節之士，於西涯之詩與人兩不愜意，因思有以攻之，亦思有以自立，故結成擬古一派。

〔註52〕見《明史》卷一百八十一〈李東陽傳〉。

第六節　朋黨與詩社之影響

方九敘〈西湖八社詩帖序〉曰：「士必有所聚，窮者聚於學，達則聚於朝，及其退也，又聚於社。」是士人結聚乃爲必然之事，政治上則結而爲朋黨，文事上則聚而爲文社與詩社。

朋黨之興，歐陽永叔謂遠肇於古，「堯之時，小人共工、驩兜等四人爲一朋，君子八元、八愷十六人爲一朋。……及舜自爲天子、而皐夔、稷、契等二十二人，並立於朝，更相稱美，更相推讓，凡二十二人爲一朋。」(〈朋黨論〉) 東漢末葉，士夫品覈公卿，裁量時政，遂召黨錮之禍，唐之晚年，牛、李黨爭，相互擠擾；逮乎趙宋，熙寧變法，而有新黨與舊黨之分。

雅集門庭，王船山謂自建安始〔註53〕，曹子桓等人南皮之會是也。晉代則金谷稱觴，蘭亭修禊〔註54〕；南朝則有竟陵八友，顧越文會〔註55〕。詩盛於唐，賦詩唱酬之多，可謂空前，香山七老會爲其尤者〔註56〕。宋元以來，詩流結社，代不乏人〔註57〕。

〔註53〕見《薑齋詩話》卷下。

〔註54〕金谷園爲石崇所構，在河南洛陽縣界金谷澗中，晉惠帝元康六年嘗有雅集於此。又蘭亭在山陰縣西，東晉穆帝永和九年三月三日，王羲之與孫綽、王彬之、謝安、郄曇、王蘊等四十餘人於此修祓禊之會，羲之有序紀其事。

〔註55〕竟陵八友即蕭衍、王融、謝朓、沈約、任昉、陸倕、蕭琛、范雲是也。南史王僧儒傳云：「竟陵王子良嘗夜集學士，刻燭爲詩，四韻者則刻一寸，以此爲率。(蕭) 文琰曰：『頓燒一寸燭而成四韻詩，何難之有？』及與 (丘) 令偕、江洪等共打銅鉢立韻，響滅則詩成，皆可觀。」《南史・儒林傳》亦云：「越以世路未平，無心仕進，因歸鄉，棲隱於虎丘山，與吳興沈炯、同郡張、會稽孔奐等，每爲文會。」

〔註56〕白居易〈七老會詩序〉曰：「胡、吉、劉、鄭、盧、張等六賢，皆多年壽，余亦次焉。偶於東都敝居履道坊合成尚齒之會。七老相顧，既醉且歡，靜而思之，此會希有，因各賦七言六韻詩一章以紀之。或傳諸好事者，會昌五年三月二十四日，於白家履道宅同宴，宴罷賦詩。」(《白香山詩集・補遺》下)

〔註57〕全祖望嘗謂甬上至元祐間已有詩社，其〈句餘土音序〉云：「吾鄉詩社，其可考者，自宋元祐、紹聖之間，時則有若豐清敏公、鄞江周

有明一代，朝士分朋，秀才結社。就朋黨而言，士大夫好爭意氣，君子受理學薰陶，尚氣節，重名分；小人則朋比爲奸，排除異己。此種情況，明初已然，正德、嘉靖之際，劉瑾、嚴嵩當國，附之者眾，君子則掛冠求去或起而劾之。神宗親政，二十五年不見群臣，不省章奏，延不立長子常洛爲太子，而屬意於鄭貴妃子常洵，吏部郎中顧憲成力爭，削職歸里，講學於無錫東林書院，評議時政，部分朝士相與應合，忌之者稱之爲東林黨。朝臣中則有顧天俊爲首之崑黨，湯賓尹之宣黨，亓詩教之齊黨，官應震之楚黨，姚宋文之浙黨，均以東林爲公敵，勾結宦官魏忠賢，在政治上形成東林與非東林兩派，勢同水火，歷神宗、光宗、熹宗三朝而始休。繼東林黨而起者則爲復社，與權奸領導之中江社分庭抗禮，是終明之世，黨爭固未嘗一日息止也。

就詩社而言，明代文學有復古與創新兩派，賞悟殊途，意見各異，類聚群分，自所難免。詩社既立，門戶遂分，派別因以成矣。胡元瑞《詩藪》謂明初詩派有五，「吳詩派昉高季迪，越詩派昉劉伯溫，閩詩派昉林子羽，嶺南詩派昉於孫蕡仲衍，江右詩派昉於劉崧子高。」（《續編》卷一）除越派外，皆有詩社，吳派有吳中四傑，北郭十友之稱，閩派林子羽與鄭宣、王元諸人結社唱酬，嶺南詩派有五先生之目，江右詩派亦有結社痕迹。初明以降，李西涯之茶陵派，三袁之公安派，鍾、譚之竟陵派，莫不有社，詩社與詩派關係之密切於斯可見。

公、嬾堂舒氏，而寓公則陳忠肅公景迂、晁公之徒預焉。」（《鮚埼亭集・外編》卷廿五）又吳可《藏海詩話》亦謂元祐間北方有詩社，其言曰：「元祐間，榮天和先生客金陵，僦居清化市爲學館，質庫王四十郎，酒肆王念四郎，貨角梳陳二叔，皆在席下，餘人不復能記。諸公多爲平仄之學，似乎北方詩社。」南宋則范成大、周必大、王齊、史彌寧、樂備、馬先覺、宗偉、溫伯諸人皆嘗結社，甚至書賈陳起亦組桐陰吟社，即僧人法輝亦與士大夫唱酬。

南宋既亡，其遺老逸民寄情山水，託志田園，則有月泉吟社、杭清吟社、孤山社、武林社、武林九友會、古杭白雲社等。

元末天下大亂，士人多爲詩酒之社，浙西有濮仲溫之聚桂文會、劉仁本續蘭亭之會，崑山則有顧德輝仲瑛詩酒之社，其他海昌、甬上各地莫不有社。

胡元瑞曰：「弘、正間宗工巨擘，若李獻吉、何仲默、羅景鳴，皆文人兼氣節者。」（《詩藪・續編》卷一）前七子直骨凌霜，獻吉則不畏貴戚，疏刻劉瑾，《明史》謂其成進士後，嘗榷關格勢要，下獄得釋，弘治十八年應詔上書，「陳二病、三害、六漸，凡五十餘言，極論得失，末言壽陵侯張鶴齡招納無賴，罔利賊民，勢如翼虎。……夢陽途遇壽陵侯，詈之，擊以馬箠，墮二齒，壽陵侯不敢校也。孝宗崩，武宗立，劉瑾等八虎用事，尙書韓文與其僚語及而泣，夢陽進曰：『公大臣，何泣也。』文曰：『奈何？』曰：『比言官劾羣奄；閣臣持其章甚力，公誠率諸大臣伏闕爭，閣臣必應之，去若輩易耳。』文曰：『善。』屬夢陽屬草，會語洩，文等皆逐去，瑾深憾之，矯旨謫山西布政司經歷，勒致仕。既而瑾復摭他事，下夢陽獄，將殺之，康海為說瑾，乃免。」（《明史・卷二百八十六・文苑・二》）

仲默則志操耿介，有國士風，當劉瑾亂政時，「上書吏部尙書許進，勸其秉政毋撓，語極激烈，已遂謝病歸，踰年，瑾盡免諸在告者官，景明坐罷。……李夢陽下獄，眾莫敢為直，景明上書吏部尙書楊一清救之。九年，乾清宮災，疏言義子不當畜，邊軍不當留，番僧不當寵，宦官不當任。……廖鵬弟太監鑾鎮關中，橫甚，諸參隨遇三司不下馬，景明執撻之。」（《明史・卷二百八十六・文苑・二》）

廷實則糾彈中官，裨補闕漏，「孝宗崩，疏劾中官張瑜、太醫劉文泰、高廷和用藥之謬，又劾中官苗逵、保國公朱暉、都御史史琳用兵之失。」（《明史・卷二百八十六・文苑・二》）

李、何、邊三子而外，子衡著有政聲，亦以言事貶謫〔註 58〕，昌穀清廉自持，德涵、敬夫不附權奸〔註 59〕，近人黃晦聞著《詩學》

〔註 58〕子衡鯁直敢言，以忤中官劉瑾、廖鐣，屢躓屢起。

〔註 59〕《明史・文苑傳》二云：「正德初，劉瑾亂政，以海同鄉，慕其才欲招致之，海不肯往。會夢陽下獄，……海乃謁瑾，……海因設詭辭說之，瑾意解，明日釋夢陽。」（卷二百八十六）德涵謁瑾，權宜之計也，是以瑾欲超拜其為吏部侍郎，力辭之。德涵、敬夫之見廢，以瑾黨故，揆其實情，出於無奈，非肯阿附逆閹也。

一書，謂：「李、何二子以風節見重於時，故天下翕然宗之，初不以其詩文爲得海內學者之歸往。」要非無見。

其他如羽翼七子之熊卓〔註 60〕、孫繼芳〔註 61〕、鄭善夫〔註 62〕等，以及與七子交遊之王守仁、崔銑〔註 63〕諸人亦均爲氣節之士。

後七子之茂秦則拯危紓難〔註 64〕，于鱗事親至孝〔註 65〕，元美孝義兩全〔註 66〕，明卿義薄雲天〔註 67〕，子與捕盜活民〔註 68〕，公實澹泊明志〔註 69〕，子相抗倭全城〔註 70〕。元美《藝苑卮言》有云：「吾

〔註 60〕劉瑾亂政，大臣科道，同日勒令致仕四十，以其名榜示天下，士選與焉。

〔註 61〕正德中，御史張璞、劉天龢、王廷相以忤宦官繫詔獄，繼芳抗疏力救，不報，遂謝病歸。

〔註 62〕正德初，劉瑾擅權，善夫力告得請，築少谷草堂於金鼇峯，作遲清亭以見志。起改禮部祠祭，武宗南巡，與黃鞏等跪闕門泣諫，杖闕下，乞歸。

〔註 63〕崔銑字子鍾，一字仲鳧，號後渠，復號少石，又號洹野，河南安陽人。弘治十八年進士，授編修，忤劉瑾，出爲南京吏部主事。世宗即位，擢南京國子監祭酒。大禮議起，銑疏劾張璁、桂萼等，勒致仕。

〔註 64〕嘉靖間，盧柟以事繫獄，茂秦攜其賦游長安，見諸豪貴曰：「生有一盧柟，視其死而不救，乃從千古惆悃，哀沅而弔湘乎？」平湖陸光祖代爲縣令，平反其獄，得不死。

〔註 65〕《明史・文苑三》云：「（攀龍）奔母喪歸，哀毀得疾，疾少間，一日心痛卒。」（卷二百八十七）

〔註 66〕《明史・文苑三》云：「（世貞）父忬以灤河失事，嵩搆之，論死繫獄。世貞解官奔赴，與弟世懋日蒲伏嵩門，涕泣求貸，……忬竟死西市，兄弟哀號欲絕，持喪歸，蔬食三年，不入內寢，既除服，猶却冠帶，苴履葛巾，不赴宴會。」又云：「居正婦弟辱江陵令，世貞論奏不少貸。」（以上卷二百八十七）居正以世貞同年生，欲引之；世貞不甚親附。世貞又置義田千畝，尤喜表彰節義。

〔註 67〕《明史・文苑三》云：「楊繼盛死，（國倫）倡眾賻送，忤嚴嵩，假他事，謫江西按察司知事。」

〔註 68〕《明史・文苑三》云：「（子與）稍遷汀州知府，廣東賊蕭五來犯，禦之有功。……遷湖廣僉事，掩捕湖盜柯彩鳳，得其積貯，活饑民萬餘。」

〔註 69〕《明史・文苑三》謂公實除刑部主事，「以念母告歸，杜門讀書，大吏至，辭不見。」

曹實未嘗相標榜也，而分宜氏當國，自謂得旁採風雅權，讒者間之，眈眈虎視，俱不免矣！」（卷七）足見後七子不恥嚴嵩之惑主誤國，而公然與之抗也。

七子之外，劉爾牧、高岱、張九一皆與嚴嵩父子對立，趙用賢、魏允中抗疏論江陵，彈射新執政，他如與七子唱酬之曾銑〔註71〕、睢景淳、尹臺、吳翰臣、王宗茂、林爊、史朝賓、徐學詩、盧宗哲皆與分宜氏誓不並存〔註72〕，負重望，爲清流，雖當路亦畏忌三分。

前七子既爲節義之士，文學觀又大致相同，因能聲應氣求，時日一久，相同或相似之格調形成，其後附之者眾，而詩派成矣！後七子徐茂秦外，皆於嘉靖中舉進士，紹李、何、崇盛唐，結社燕市，其說至公安、竟陵二派之起而後衰。

總之，明代士氣之盛，幾欲凌東漢而上之，朋黨結社蔚爲風尚，前、後七子在政治上既處於與權奸對峙之立場，文學觀又頗爲相近，於是詩社立而詩派成，乃勢之所必至，理之所宜然也。

〔註70〕《明史・文苑三》謂子相爲嚴嵩所憎，出爲福建參議，值倭薄城，子相守西門，「納鄉人避難者萬人，或言賊且迫，曰：我在不憂賊也。與主者共擊退之。」

〔註71〕曾銑字子重，號石塘，江都人。嘉靖八年進士，歷總督陝西三邊軍務，立志復河套，條上方略十八事，爲嚴嵩所誣，誅死。

〔註72〕睢景淳字師道，號崑湖，常熟人。清介自持，錦衣陸炳先後四妻，欲封其最後者，嚴嵩爲請，不應。
尹臺字崇基，號洞山，永新人，嚴嵩以同鄉，欲與爲婚，不許。
吳翰臣字子修，應山人。居官清廉，嚴嵩乞賄，不能應，乞休。
王宗茂字時育，號虹塘，京山人。拜官甫三月，即疏劾嚴嵩負國八罪，謫平陽縣丞。
林爊字貞恒，號對山，閩縣人。嘉靖丁未（廿六年）進士，授檢討，嚴嵩專政，不之附。
史朝賓字應之，號觀吾，晉江人，嘉靖丁未年進士。楊繼盛死西市，應之爲收殮，因降判泰州。
徐學詩字以言，號龍川，上虞人，嘉靖廿三年進士，官刑部郎中時，疏陳嚴嵩奸狀，下獄削籍。
盧宗哲字濬卿，號涞西，德州衛人，嘉靖十四年進士，累官戶部侍郎，以不附嚴嵩，罷歸。

第七節　無新變以代雄

昔蕭子顯嘗云：「習玩爲理，事久則瀆，在乎文章，彌患凡舊。若無新變，不能代雄。」是以昭明揭時義之旨〔註73〕，炎武有代變之言〔註74〕。近人王靜安亦云：「文體通行既久，染旨遂多，自成習套，豪傑之士亦難於其中自出新意，故遁而作他體，以自解脫，一切文體始盛而終衰者，皆由於此。」（《人間詞話》）一時代有一時代之所勝，詩至唐而極盛，宋爲詞之時代，詩之不如唐也固宜。洪武初，襲元纖靡之詞；永樂以還，體崇臺閣；李、何欲振起痿痺，復鑒於宋元之不足法，於是乎倡言：「古體必漢魏，近體必盛唐。」夫漢魏是已，盛唐是已，七子之失在擬其形貌而遺其神理，而所以致此者，蓋不悟新變之理故也。

七子既不悟新變之理，視傳奇小說爲小道而不爲，及其爲詩，復無法自出新意，唯有託言復古，復之不善，轉成模擬。揆諸事實，明詩固不若歸愚之言〔註75〕，全爲復古，然復古爲明代詩壇之主流，則爲不爭之事實，《明史．文苑傳》不云乎？「明初文學之士，承元季虞、柳、黃、吳之後，師友講貫，學有本原，宋濂、王褘、方孝儒以文雄，高、楊、張、徐、劉基、袁凱以詩著，……永、宣以還，李東陽出入宋元，溯流唐代，擅聲館閣。……王愼中、唐順之輩，文宗歐、曾，詩倣初唐。……而徐渭、湯顯祖、袁宏道、鍾惺之屬，亦各爭鳴一時，於是宗李、何、李、王者稍衰。至啓、禎時錢謙益、艾南英準北宋之矩矱，張溥、陳子龍擷東漢之芳華，又一變矣。」（卷二百八十五）高季迪爲初明詩人之冠，而其所作亦以模擬爲能事。《明史》謂其「詩才富健，工於摹古，爲一代巨擘。」（卷二百八十五．〈文苑傳〉一）《四庫提要》論其詩云：「擬漢魏似漢魏，擬六朝似六朝，擬

〔註73〕見蕭統〈文選序〉。

〔註74〕《日知錄》云：「詩文之所以代變，有不得不變者，一代之文沿襲已久，不容人人皆道此語，今且數千年矣，而猶取古人之陳言，一一而摹仿之，以是爲詩，可乎？」（卷廿一）

〔註75〕見沈氏〈明詩別裁序〉。

唐似唐，擬宋似宋，凡古人之所長，無不兼之。振元末纖穠縟麗之習，而返之於古，啓實爲有力，然行世太早，殞折太速，未能鎔鑄變化，自成一家，特其摹倣古調之中，自有精神意象存乎其間，譬之褚臨褉帖，究非雙黃硬鈎者可比。」季迪實爲開明代擬古風氣之先者，唯不偏主一家，才富力健，故尙有精神意象存乎作品之中。再以高漫士爲例，錢牧齋《列朝詩集小傳》論其詩云：「漫士所謂嘯臺集者，其山居擬唐之作，音節可觀，神理未足。」（乙集）亦不免於模擬之譏。二高如是，臺閣體之徒具形骸自是意料中事。王愼中、唐順之、茅坤、歸有光輩，雖力攻李、何之短，而其所自作，則詩倣初唐，文法唐、宋，宗主雖異，其爲復古則無二致。

尤有進者，嘉隆以前諸儒，篤信程朱，衍伊洛之緒言，師承有自，矩矱秩然〔註 76〕，兼以洪武、永樂二朝大肆殺戮，文士避禍，唯恐不及，性靈才智備受桎梏，此皆有助於模擬風氣之盛行。

綜上所述，可知模擬之風綿亘有明一代，特七子爲尤甚耳。其說之所以能風靡一時者，除其聲力氣義足以翕張賢豪，吹嘘才俊外，蓋能迎合當代模擬風習耳，而卒所以攻敗垂成者，則緣昧於新變之理，既不遁而作他體，復不善師古有以致之。

〔註 76〕《明史・儒林傳序》云：「原夫明初諸儒，皆朱子門人之支流餘裔，師承有自，矩矱秩然。曹端、胡居仁篤踐履，謹繩墨，守儒先之正傳，無敢改錯・與術之分，則自陳獻章、王守仁始。」（卷二百八十二）

第五章　詩文論之淵源

第一節　殷　璠

據《唐書・藝文志》著錄，殷璠有《丹陽集》一卷、《河嶽英靈集》二卷。

《河嶽英靈集》載有常建、李白、王維、李頎、高適、岑參、崔顥、孟浩然、儲光羲、王昌齡、張謂、王季友、綦毋潛等人作品，於各家皆有所評騭，重視詩旨，兼論及行事。

璠自云所集廿四家，起甲寅（開元二年），終癸巳（天寶十二年），凡四十載，其自序曰：「自蕭氏以還，尤增矯飾。武德初微波尚在，貞觀末標格漸高，景雲中頗通遠調，開元十五年後，聲律風骨始備矣。實由主上惡華好朴，去僞從眞，使海內詞場，翕然尊古，有同風雅，稱闡今日。」聲律，調也；風骨，格也〔註1〕。璠之意蓋謂唐初猶有六朝纖靡餘習，迨乎貞觀末、景雲中，格高調遠，漸入佳境；其後玄宗好風雅，惡華靡，風動於上，波震於下，詩壇風氣趨向復古，於是

〔註 1〕日人鈴木虎雄謂「格」與「體」相等，格之內涵爲「詩意」，格之外在爲「詩的組織法」（構造）；調則含有由一字之音調至由全體之關係所生之音調。見《中國詩論史》，洪順隆譯，臺灣商務印書館出版，頁 135～136。

乎格調備矣！明代李、何七子派出，倡言詩必盛唐，又謂詩有七難，首二項即爲格古與調逸〔註2〕，此爲殷璠影響於七子者一。

璠於入集論又曰：「昔劉倫造律，蓋爲文章之末也。是以氣因律而生，節假律而明，才得律而清焉，寧預於詞場而不可不知音律焉。孔聖刪詩，非代議所及。自漢魏至於晉、宋，高唱者千有餘人，然觀其樂府，猶有小失。齊、梁、陳、隋，下品實繁，專事拘忌，彌損厥道。夫能文者，匪謂四聲盡要流美，八病咸須病之，縱不拈綴，未爲深缺。即『羅衣何飄飄，長裾隨風還。』雅調仍在，況其他句乎？故詞有剛柔，調有高下，但令詞與調合，首末相稱，中間不敗，便是知音。而沈生雖怪曹王曾無先覺，隱侯去之更遠。璠今所集，頗異諸家，既閑新聲，復曉古體，文質半取，風騷兩挾，言氣骨則建安爲儔，論宮商則太康不逭。」爲詩者固不可不知聲律，顧詞調相合已足，如或不然，專事拘忌，必有損於斯道，是故其所集諸家有建安之風骨而無六朝之輕靡，閑聲律而不拘忌。王元美〈徐汝思詩集序〉亦云：「盛唐之於詩也，其氣完，其聲鏗以平，其色麗以雅，其力沈以雄，其意融而無跡。」（《四部稿》卷六十五）此爲殷璠影響於七子者二。

第二節　司空圖

司空圖，字表聖，自號耐辱居士，一號知非子，河中虞鄉人（今山西省虞鄉縣）。

《四庫提要》稱表聖持論非晚唐所及，茲析論其《詩品》二十四則、〈與王駕評詩書〉、〈與李生論詩書〉，以證其確爲七子淵源之所自。

表聖〈與王駕評詩書〉曰：「國初主上好文章，雅風特盛，沈、宋始興之後，傑出於江寧，宏肆於李、杜，極矣！右丞、蘇州，趣味澄敻，若清風之出岫。大曆十數公，抑又其次焉。元、白力勍而氣孱，

〔註2〕見《空同集》卷四十七〈潛虬山人記〉。

乃都市豪估耳；劉公夢得、楊公巨源，亦各有勝會。浪仙、東野（一作無可）、劉德仁輩，時得佳致，亦足滌煩。厥時所聞，適褊淺矣！胡元瑞《詩藪》譽其「擷重概輕，緜巨約細，品藻不過數十公，而初盛中晚肯綮悉投，名勝略盡」（〈外編〉卷四）細繹〈與王駕評詩書〉，表聖確宗盛唐而斥元、白也。

《詩品》一卷分詩之流品爲二十有四，《四庫提要》謂其「諸體畢備，不主一格。」表聖〈與李生論詩書〉亦以爲體悉備而味外之旨斯得，其言曰：「文之難而詩之難尤難。古今之喻多矣，而愚以爲辨於味而後可以言詩也。江嶺之南，凡足資於適口者，若醯非不酸也，止於酸而已；若鹺非不鹹也，止於鹹而已。中華之人所以充飢而遽輟者，知其鹹酸之外醇美者有所乏耳。彼江嶺之人習之而不辨也，宜哉！詩貫六義，則諷諭抑揚，渟蓄淵雅，皆在其中矣。然直致所得，以格自奇，前輩諸集，亦不專工於此，矧其下者邪？王右丞、韋蘇州澄澹精緻，格在其中，豈妨與遒舉哉？（遒舉一作道學）賈閬仙誠有警句，然視其全篇意思殊餒，大抵務於蹇澀，方可致才，亦爲體之不備也。矧其下者哉？噫！近而不浮，遠而不盡，然後可以言韻外之致耳。」又曰：「今足下之詩，時輩固有難色，儻復以全備爲工，即知味外之旨矣！」

七子以盛唐爲鵠的外，取表聖「儻復以全備爲工，即知味外之旨」一語，而謂爲詩當兼并古人；謝茂秦語社友選十四家詩集之最佳者，錄成一帙，雄渾、秀拔、壯麗、古雅、老健、清逸、明淨、高遠、芳潤、奇絕諸格俱全，集眾長而爲一，必可名家〔註3〕；王元美亦謂師匠宜高，捃拾宜博〔註4〕。

許印芳謂自表聖揭味外之旨，嚴滄浪衍爲詩話，學者無高情遠識，得其皮毛而遺其神理，詩道因以日衰〔註5〕。嗟夫！七子學之不

〔註3〕見《四溟詩話》卷三。
〔註4〕見《藝苑卮言》卷一。
〔註5〕見《詩法萃編》〈與李生論詩書跋〉。

善，致招「贗古」之譏，豈非坐此病乎？

第三節 張 戒

張戒，正平人。著有《歲寒堂詩話》二卷《四庫總目》其名附見《宋史·趙鼎傳》。

卑薄東坡與山谷為七子論詩之一貫主張，然張戒《歲寒堂詩話》已論之於先〔註 6〕，其言曰：「詩以用事為博，始於顏光祿而極於杜子美；以押韻為工，始於韓退之而極於蘇、黃。……蘇、黃用事押韻之工，至矣盡矣，然究其實，乃詩人中一害。」（卷上）又曰：「自漢魏以來，詩妙於子建，成於李、杜，而壞於蘇、黃。子瞻以議論作詩，魯直又專以補綴奇字。學者未得其所長，而先得其所短，詩人之意掃地矣。……蘇、黃習氣淨盡，始可以論唐人詩。」（卷上）

戒推尊李、杜，其《歲寒堂詩話》曰：「建安陶、阮以前詩專以言志，潘、陸以後詩專以詠物，兼而有之者，李、杜也。」又以子美為第一，太白次之，退之第三，其《詩話》曰：「杜子美、李太白、韓退之三人才力俱不可及，而就其中退之喜奇崛之態，太白多天仙之詞，退之猶可學，太白不可及也。至於杜子美則又不然，氣吞曹、劉，固無與為敵。」又曰：「詩文字畫大抵從胸臆中出，子美篤於忠義，深於經術，故其詩雄而正；李太白喜任俠，喜神仙，故其詩豪而逸；退之文章侍從，故其詩文有廊廟氣。退之詩正可與太白為敵，然二豪不並立，當屈退之第三。」（以上卷上）李、杜二人之才氣雖不相上下，「而子美獨得聖人刪詩之本旨，與三百五篇無異，此則太白所無也。」（卷下）子美所以獨步千古，以其具全備之才也，《詩話》又曰：「在山林則山林，在廊廟則廊廟，遇巧則巧，遇拙則拙，遇奇則奇，遇俗則俗，或放或收，或新或舊（按《說郛》本作「或

〔註 6〕戒之前，魏泰《臨漢隱居詩話》與陳巖肖《庚溪詩話》亦嘗指山谷詩之瑕疵。

刻或奮」)，一切物，一切事，一切意，無非詩者。」（卷上）七子亦以李、杜為極致。

七子古體必漢魏，此亦有取於戒。《歲寒堂詩話》曰：「人才高下，固有分限，然亦在所習，不可不謹。其始也學之，其終也豈能過之？屋下架屋，愈見其下。後有作者出，欲與李、杜爭衡，當復從漢、魏詩中出爾。」（卷上）徐昌穀著《談藝錄》，以漢詩為堂奧，魏詩為門戶，六朝則無取焉，所謂「繩漢之武，其流也猶至於魏；宗晉之體，其敝也不可以悉矣。」此即戒取法乎上之意。

第四節　嚴　羽

嚴羽，字儀卿，一字丹邱，自號滄浪逋客，邵武人。

《滄浪詩話》沾溉後世，既深且遠，明代詩人鮮有不蒙其厚澤者。七子論詩，尤時引儀卿之言，于鱗〈與茂秦詩〉有云：「吾道指滄浪。」胡元瑞《詩藪》亦云：「嚴羽卿，（按羽卿應作儀卿）崛起燼餘，滌除榛棘，如西來一葦，大暢玄風，昭代聲詩，上追唐漢，實有賴焉。」（〈雜編〉卷五）是七子亦自承有取於滄浪詩話而不諱。常熟馮定遠以排擊儀卿為職志，著《滄浪詩話糾謬》，謂「嘉靖之末，王、李名盛，詳其詩焉，盡本於嚴滄浪。」洵為洞見本源之語。茲列述《滄浪詩話》之影響於七子者如下：

儀卿《滄浪詩話》云：「夫學詩者以識為主，入門須正；立志須高，以漢魏晉盛唐為師（按《詩人玉屑》引無「晉」字），不作開元天寶以下人物。」師法漢魏盛唐，其因在於「詩有詞理意興，南朝人尚詞而病於理，本朝人尚理，病於意興，唐人尚意興而理在其中，漢魏之詩，詞理意興，無迹可求。」七子古體必漢魏，近體必盛唐，此有取於儀卿者一。

儀卿最為推尊李、杜，推究其因，凡有二端，一為「詩之極致有一，曰入神。詩而入神，至矣盡矣，蔑以加矣！惟李、杜得之。」

二爲「論詩以李、杜爲準，挾天子以令諸侯也。」於二子不加軒輊，所謂：「李、杜二公，正不當優劣。太白有一二妙處，子美不能道；子美有一二妙處，太白不能作。」、「子美不能爲太白之飄逸，太白不能爲子美之沈鬱。」（以上皆見《滄浪詩話》）七子尊李、杜而多不爲之甲乙，王元美《藝苑卮言》本儀卿之言而益以發揮云：「五言古選體及七言歌行，太白以氣爲主，以自然爲宗，以俊逸高暢爲貴；子美以意爲主，以獨造爲宗，以奇拔沈雄爲貴。其歌行之妙，咏之使人飄揚欲僊者，太白也；使人慷慨激烈，歔欷欲絕者，子美也。選體太白多露語率語，子美多穉語累語，置之陶、謝間，便覺傖父面目，乃欲使之奪曹氏父子位耶？五言律、七言歌行；子美神矣，七言律，聖矣。五、七言絕，太白神矣，七言歌行聖矣，五言次之。太白之七言律，子美之七言絕，皆變體，間爲之可耳，不足多法也。」（卷四）此其二。

《滄浪詩話》曰：「即以李、杜二集枕藉觀之，如今人之治經，然後博取盛唐名家，醞釀胸中，久之自然悟入。」七子亦主兼并古人，如茂秦之欲學十四家，元美之謂「拾拾宜博」，此其三。

宋人論詩多有盛唐與晚唐之分，至儀卿化爲五體，曰唐初體、盛唐體、大曆體、元和體、晚唐體，而云：「盛唐人詩亦有一二濫觴晚唐者，晚唐人詩亦有一二可入盛唐者。」又云：「大曆之詩，高者尚未失盛唐，下者漸入晚唐矣。」（以上《滄浪詩話》）王世懋著《藝圃擷餘》，亦曰：「學者固當嚴於格調，然必謂盛唐人無一語落中，中唐人無一語落盛，則亦固哉其言詩矣！」又曰：「然亦有初而逗盛，盛而逗中，中而逗晚者，何則？逗者，變之漸也，非逗故無繇變。」可謂善學滄浪者，此其四。

儀卿自云論江西詩病，若取心肝劊子手，其《詩話》曰：「近代諸公乃作奇特解會，遂以文字爲詩，以才學爲詩，以議論爲詩。夫豈不工，終非古人之詩也。」蓋於一唱三歎之音，有所歉焉。且其作多務使事，不問興致，用字必有來歷，押韻必有出處。讀之反復終篇，不知著到何處。其末流甚者，叫噪怒張，殊乖忠厚之氣，殆以罵詈爲詩。詩而至此，可謂一厄也。李獻吉〈缶音序〉曰：「宋人主理，作理語。詩何嘗無理？若專作理語，何不作文而詩爲耶？」（《空同集》卷五十二）胡元瑞《詩藪》亦云：「禪家戒事、理二障，蘇、黃好用事而爲事使，事障也；程、邵好談理而爲理縛，理障也。」（〈內編〉卷二）皆就滄浪之意而益以引申闡發者，此其五。

儀卿以禪喻詩，謂「大抵禪道惟在妙悟，詩道亦在妙悟，……惟悟乃爲當行，乃爲本色。」又曰：「詩有別材，非關書也；詩有別趣，非關理也；然非多讀書，多窮理，則不能極其至。」（以上《滄浪詩話》）七子亦屢言妙悟，何仲默即云：「欲富於材積，領會神情，臨景結構，不倣形迹。」（〈與空同論詩書〉）徐昌穀亦曰：「詩者，乃精神之浮英，造化之祕思也。」（《談藝錄》）謝茂秦謂非悟無以入其妙，其《四溟詩話》曰「：作詩有專用學問而堆垛者，或不用學問而勻淨者，二者悟不悟之間耳。此不專於學問，又非無學問者所能到也。」（卷三）王元美則欲學者取盛唐佳作，熟讀涵泳，以求「神與境合」〔註 7〕。王敬美（世懋字）謂絕句之妙，「在有意無意之間。」「作詩到神情傳處，隨分自佳，下得不覺痕跡。」（皆見《藝圃擷餘》）胡元瑞自承由儀卿處得一悟字，且云：「悟不由法，外道野狐耳。」（《詩藪・內編》卷五）此其六。

儀卿以爲作律詩宜重起結，所謂「對句好可得，結句好難得，發句好尤難得。」「發端忌作舉止，收拾貴在出場。」（以上皆見《滄浪詩話》）謝茂秦亦云：「凡起句當如爆竹，驟響易徹；結句當如撞鐘，清音有餘。」又云：「律詩無好結句，謂之虎頭鼠尾，即當擺脫常格，夐出不測之語，若天馬行空，渾然無迹。」（以上皆見《四溟詩話》卷一）王元美則直襲儀卿之說，謂「七言律不難中二聯，難在發端及結句耳。」（《藝苑卮言》卷一）此其七。

〔註 7〕見《藝苑卮言》卷一。

儀卿論古體與近體之難易曰：「律詩難於古詩，絕句難於八句。七言律詩難於五言律詩，五言絕句難於七言絕句。」元美曰：「五言律差易得雄渾，加以二字，便覺費力。」又曰：「絕句固自難，五言尤甚。」（《藝苑卮言》卷一）與儀卿之言若合符節，胡元瑞亦謂七言律難於五言律〔註 8〕，顧不以「五言絕難於七絕」爲然耳〔註 9〕，此其八。

滄浪多言律詩，七子亦然，復多擅於律，此其九。

總之，儀卿之所謂詩法者五：曰體製，曰格力，曰氣象，曰興趣，曰音節，多爲七子論詩之所資，而體製、格力、氣象三項尤爲格調說者之所必具。

第五節　宋　濂

宋濂，字景濂，浦江人。有《宋學士集》等書，《明史》卷一百廿八有傳。

景濂謂五美備始可言詩，所謂五美，一曰才，二曰古，三曰法，四曰勤，五曰境；才欲其超逸，古欲審音節體製，法欲師友有以示之，勤欲宵咏朝吟，境欲得江山之助。其〈劉兵部詩集序〉曰：「詩緣情而託物者也，其亦易易乎？然非易也。非天賦超逸之才，不能有以稱其器。才稱矣，非加稽古之功，審諸家之音節體製，不能有以究其施。功加矣，非良師友示之以軌度，約之以範圍，不能有以擇其精。師友良矣，非雕肝琢腎，宵咏朝吟，不能有以驗其所至之淺深。吟咏侈矣，非得江山之助，則塵土之思，膠擾蔽固，不能有以發揮其性靈。五美云備，然後可以言詩矣。蓋不能助於清暉者，其情沈而鬱；業之不專者，其辭蕪以龐；無所授受者，其制澀而乖；師心自高者，其識卑以陋；受質蹇鈍者其發滯而拘。古之人所以擅一世之名，雖其格律有不

〔註 8〕見《詩藪・內編》卷五。
〔註 9〕見《詩藪・內編》卷六。

同，聲調有弗齊，未嘗有出於五者之外也。」（《宋學士集》卷六）重才、遵法、師古三者爲七子詩論之所同然，如獻吉之欲守古而尺尺寸寸之〔註10〕，元美謂才思異則格調殊〔註11〕；至乎勤、境二美，獻吉有情、物相遇之說〔註12〕，茂秦亦有勤改、世變之論〔註13〕，實不勝枚舉也。

景濂又謂初學者宜師古，而後始足以成家，其〈答章秀才論詩書〉曰：「近來學者類多高自操觚，未能成章，輒闊視前古爲無物，且揚言曰：『曹、劉、李、杜、蘇、黃諸作雖佳，不必師，吾即師，師吾心耳。故其所作，往往猖狂無倫，以揚沙走石爲豪，而不復知有純和沖粹之意，可勝歎哉，……詩之格力崇卑，固若隨世而變遷，然謂其皆不相師，可乎？第所謂相師者，或有異焉。其上焉者師其意，辭固不似，而氣象無不同；其下焉者師其辭，辭者似矣，求其精神之所寓，固未嘗近也。然唯深於比興者，乃能察之耳。雖然，爲詩當自名家，爲人臣僕，尚烏得謂之詩哉？古之人其初有所沿襲，末後自成一家，烏乎！此未易爲初學道也。』（《宋學士集》卷二十八）七子之論，莫不如是，尤以獻吉〈駁何氏論文書〉最具代表性。

言爲心聲，景濂以爲詩即個性之反映，其〈林伯恭詩集序〉曰：「詩，心之聲也。聲因於氣，皆隨其人而著形焉。是故凝重之人，其詩典以則；俊逸之人，其詩藻而麗；躁易之人，其詩浮以靡；苛刻之人，其詩峭厲而不平；嚴莊溫雅之人，其詩自然從容而超乎事物之表。」（《宋學士集》卷六）獻吉襲其說而謂詩爲情之鳴〔註14〕，昌穀謂藝隨品殊〔註15〕，德涵謂因情命思，詩遂以成〔註16〕，茂秦養性情而尚

〔註10〕見《空同集》卷六十一〈駁何氏論文書〉。
〔註11〕見《藝苑卮言》卷一。
〔註12〕見《空同集》卷五十〈梅月先生詩序〉。
〔註13〕見《四溟詩話》卷一。
〔註14〕見《空同集》卷五〈鳴春集序〉。
〔註15〕見《談藝錄》。
〔註16〕見《對山集》卷四〈太微山人張孟獨詩集序〉。

眞詩〔註17〕，至乎明卿謂詩之用有二：一以道性情，二以宣教化，則直如景濂所云「發乎情止乎禮義」「詩之用所以養性情之正」之複述耳〔註18〕。

以上所言，爲景濂詩論之影響於七子者；至其文論，亦可一述。

景濂謂爲文者之目的在「辭達而道明」〈文原〉道爲本根，文爲枝葉，是以師古者宜振葉以尋根，切忌捨本而逐末，其〈師古齋箴〉曰：「道存諸心，心之言，形諸書，日誦之，日履之，與之俱化，無間古今也。若曰專溺辭章之間，上法周虞，下蹴唐宋，美則美矣，豈師古者乎？」職是之故，德立文明者爲上，以文明道次之，日以學文爲事者最下，〈贈梁建中序〉曰：「文非學者之所急，昔之聖賢初不暇於學文，措之身心，見之於事業，秩然而不紊，粲然而可觀者，即所謂文也。其文之明，由其德之立；其德之立，宏深而正大，則其見於言，自然光明而俊偉，此上焉者之事也。優柔於藝文之場，饜沃於今古之家，搴英而咀華，遡本而探源，其近道者則而效之，其害教者闢而絕之，俟心與理涵，行與心一，然後筆之於書，無非以明道爲務，此中焉者之事也。其閱書也，搜文而摘句，其執筆也，厭常而務新，晝夜孜孜，日以學文爲事……佳則誠佳，其去道益遠矣，此下焉者之事也。」子衡取其說，謂文之用在闡道耳，發而爲文，則有蹈道之言與見道之言，文士之言以不合道傳志，故靡而寡用〔註19〕。獻吉謂古之文優於今之文，以前者合道，後者適成詞腴也〔註20〕。懋權亦謂道本文末〔註21〕。

景濂既謂文宜明道，自當徵聖宗經，其〈文學篇序〉曰：「文學之事，自古及今，以之自任者眾矣，然當以聖人之文爲宗。」又其〈葉夷仲文集序〉一文曰：「昔者先師黃文獻公嘗有言曰：『作文之

〔註17〕見《四溟詩話》卷一。

〔註18〕見《甔甀洞稿》卷卅九〈李尚書集序〉及卷四十一〈楚遊稿序〉。

〔註19〕見王氏《雅述・上篇》。

〔註20〕見王氏《文箴》。

〔註21〕見《魏仲子集》卷七〈答宋公書〉。

法以群經爲本根，遷、固二史爲波瀾，本根不蕃，則無以造道之原；波瀾不廣，則無以盡事之變；舍此二者而爲文，則槁木死灰而已。』予竊識之不敢忘，於是取一經而次第窮之，……朝夕諷咏之，沈潛之，益見片言之間，可以包羅數百言者，文愈簡，而其義愈無窮也。由是去讀遷、固之書，則勢若破竹，無留礙矣！」治群經而後讀史、漢，由難而易，未有不迎刃而解者。聖賢雖不可見，而其文具在，「其道德仁義之說，存乎書，求而學焉，不徒師其文而師其行，不徒識諸心而徵諸身，小則文一家，化一鄉，大則文被乎四方，漸漬生民，賁及草木。」〈文說〉是以思修辭不可不修身，思修身不可不修心養氣，誦聖人之言，則當服聖人之服，行聖人之行。景濂又謂三代皆成文，六經盡文法，其〈曾助教文集序〉曰：「傳有之，三代無文人，六經無文法。無文人者，動作威儀，人皆成文；無文法者，物理即文，而非法之可拘也。」又〈王君子與文集序〉亦云：「非無人也，人盡能文；非無法也，何文非法？秦漢以來，班、馬之雄深，韓、柳之古健，歐、蘇之峻雅，何莫不得乎此也。」對山取景濂之說，謂沈潛於經訓之間，爲文自必過人〔註 22〕；趙汝師謂言必出於經，否則無以載道，垂諸後世〔註 23〕；元瑞嘗謂「文人無出三代，文法無大六經。」（《詩藪・內編》卷一）汪伯玉〈太函集自序〉亦云：「非無人也，言則人人文也；非無法也，文則言言法也。」與景濂之說若合符節。

第六節　劉　基

劉基，字伯溫，青田人。有《誠意伯文集》。

伯溫通經史，爲文閎深肅括，詩則沈鬱頓挫，持論謂文章關乎世運，其〈蘇平仲文集序〉曰：「文以理爲主，而氣以攄之，理不明

〔註 22〕見《對山集》卷二〈與張用昭〉。

〔註 23〕見《松石齋集》卷八〈櫻寧王先生續集序〉。

爲虛文，氣不足則理無所駕。文之盛衰，實關時之泰否，是故先王以詩觀民風，而知其國之興廢，豈苟然哉？文與詩同生於人心，體製雖殊，而其造意出辭，規矩繩墨，固無以異也。唐虞三代之文，誠於中而形爲言，不矯揉以爲工，不虛聲而強聒也，故理明而氣昌，玩其辭，想其人，蓋莫非聖賢之徒，知德而聞道者也，而況又經孔子之刪定乎？漢興，一掃衰周之文敝而返諸朴，……是故賈疏、董策、韋傳之詩，皆妥帖不詭，語不驚人而意自至，由其理明而氣足以攄之也，周之下，享國延祚，漢爲最久，蓋可識矣。……此西漢之文，所以爲盛，……東漢班孟堅之外，雖無超世之文，要亦不改故尙，故亦不失西京舊物。下逮魏晉，降及于隋，駁雜不一，而其大概，惟日趨于綺靡而已，是故非惟國祚不長，而聲教所被，亦不能薄四海，觀國風者盍於是求之哉？繼漢而有九有，享國延祚，最久者唐也，故其詩文有陳子昂，而繼以李杜，有韓退之，而和以柳，於是唐不讓漢，則此數公之力也。繼唐者宋，而有歐、蘇、曾、王出焉，其文與詩，追漢、唐矣，而周、程、張氏之徒，又大闡明道理，于是高者上窺三代，而漢、唐若有歉焉。」（《誠意伯文集》卷五）七子尊漢尙唐，伯溫不已言之於先乎？

文章既與世運推移，作詩者必以諷諫爲事，切忌吟風月，嘲花鳥，其〈照玄上人詩集序〉云：「夫詩何爲而作哉？情發于中而形于言，國風二雅列于六經，美刺風戒，莫不有裨於世教，是故先王以之驗風俗，察治忽，以達窮而在下者之情，詞章云乎哉！後世太師職廢，於是夸毗戚施之徒，悉以詩將其諛，故溢美多而風刺少，流而至于宋，於是誹謗之獄興焉，然後風雅之道，掃地無遺矣！今天下不聞有禁言之律，而目見耳聞之習未變，故爲詩者莫不以哦風月弄花鳥爲能事，取則於達官貴人，而不師古，定輕重於眾人，而不辨其爲玉爲石，惛惛怓怓，此倡彼和，更相朋附，轉相詆訾，而詩之道無有能知者矣！」（《誠意伯文集》卷五）渼陂論詩亦謂馳情肆志，誇多鬥靡，無補風教者，弗作可也〔註 24〕。明卿謂詩之用有二：一以道性情，二以宣教化〔註 25〕。王、吳二子論詩多取資於伯溫。

第七節　貝瓊與高啓

貝瓊，一名闕，字廷琚，又字廷臣，崇德人。著有《清江文集》卅一卷、《詩集》十卷（《四庫總目》）。

廷琚論詩，尊盛唐而賤宋，其〈乾坤清氣序〉曰：「詩盛於唐尚矣！盛唐之詩稱李太白、杜少陵而止，乾坤清氣常斬於人，二子得所斬而形之詩。」（《清江集》卷一）又謂：「元代詩家，金舂玉應，駸駸然有李、杜之氣骨，而熙寧、元豐諸家爲不足法矣！」（《清江集》卷廿九）七子之受影響，必其然也！

高啓，字季迪，自號青丘子，長洲人。博學工詩，尤邃史學。洪武初授編修，與修《元史》，累官戶部侍郎。爲魏觀撰上梁文，迨觀以改修府治獲罪，啓因連坐，腰斬於市，年卅九（1336～1374），有《大全集》十八卷、《鳧藻集》五卷，《明史》卷二百八十五〈文苑〉有傳。

季迪之影響於七子者有二，一曰兼師眾長，其〈獨庵集序〉云：「淵明之善曠，而不可以頌朝廷之光；長吉之工奇，而不足以詠丘園之致；皆未得其全也。故必兼師眾長，隨事摹擬，待其時至心融，渾然自成，始可以名大方；而免夫偏執之弊矣。」（《鳧藻集》卷二）

二曰辨體、達情、臻妙，〈獨庵集序〉又云：「詩之要有三，曰格，曰意，曰趣而已。格以辨其體，意以達其情，趣以臻其妙也。體不辨則入於邪陋，而師古之意乖；情不達則墮於浮虛，而感人之實淺；妙不臻則流於凡近，而超俗之風微。」茂秦亦謂詩有興、趣、意、理四格〔註 26〕。

〔註 24〕見《渼陂續集》卷下〈涇野別集序〉。
〔註 25〕見《甗甀洞稿》卷卅九〈李尚書集序〉及卷四十一〈楚遊稿序〉。
〔註 26〕見《四溟詩話》卷二。

第八節　林　鴻

林鴻，字子羽，福清人。有《鳴盛集》四卷（《四庫總目》），《明史》卷二百八十六〈文苑〉有傳。

子羽詩以盛唐爲宗，陳田謂其諸體並工，「天姿卓絕，心會神融。」（《明詩紀事》）而持論亦推尊開、寶，大指謂：「漢魏骨氣雖雄，而菁華不足；晉祖玄虛，宋尚條暢，齊、梁以下但務春華少秋實。惟唐作者可謂集大成，然貞觀尚習故陋，神龍漸變常調，開元、天寶間聲律大備，學者當以是爲楷式。」（見《明史・卷二百八十六・文苑・二》）與殷璠之言如出一轍。

高彥恢（名棅）影響於七子者可謂至深且鉅，而其《唐詩品彙》體例雖取自楊伯謙（名士弘）《唐音》，品題標準却本於子羽，窮本溯源，吾人不能不謂七子詩論備受子羽之賜也。

第九節　高　棅

高棅，後改名廷禮，字彥恢，號漫士，福建長樂人。《明史》卷二百八十六有傳。

彥恢性善飲，工詩畫，尤專於詩，胡元瑞《詩藪》論其〈擬早朝大明宮〉及〈送王、李二少府詩〉，如：「『旌旗半捲天河落，閶闔平分曙色來。』『清川雨散巴山出，大澤天寒楚樹微。』殊有唐風。國初襲元，此調罕覩。」（〈續編〉卷一）著有《嘯臺集》二十卷、《木天清氣集》十四卷，又編選《唐詩品彙》一書，爲七子論詩之所宗。

先是有元人楊士弘者，字伯謙，襄城人，於至正四年選《唐音》十四卷，即〈始音〉一卷，〈正音〉六卷，〈遺響〉七卷。〈始音〉錄王、楊、盧、駱四家；〈正音〉則以體分，初、盛唐爲一類，中唐爲一類，晚唐爲一類；〈遺響〉則諸家之作咸在，而附以僧詩、女子詩。李、杜、韓三家不入選，以世多有全集故也。

子羽以盛唐爲宗，彥恢實左右之，其門人林誌志其墓云：「詩至唐爲極盛，宋失之理趣，元滯於學識，而不知由悟以入。自襄城楊士弘始編唐詩正始遺響，然知之者尙鮮。閩三山林膳部鴻獨唱鳴，其徒黃玄、周玄繼之，先生與皆山王恭起長樂，頡頏齊名，而殘膏賸馥，沾溉者多。」彥恢品彙即參酌士弘、子羽二家之論而成書者。

彥恢自云：「竊願偶心前哲，採摭群英，芟夷繁蕪，裒成一集，以爲學唐詩者之門徑。……近代襄城楊伯謙氏《唐音集》，頗能別體製之始終，審音律之正變，可謂得唐人之三尺矣。然而李、杜大家不錄，岑、劉古調微存。張籍、王建、許渾、李商隱律詩，載諸正音，渤海高適、江寧王昌齡五言，稍見遺響。每一披讀，未嘗不歎息於斯。」因伯謙書不能愜其意，故編《品彙》，以爲學者之津梁。王漁洋《香祖筆記》亦云：「宋元論詩，不甚分初盛中晩，故三體鼓吹等集，率詳中晩而略初盛，覽之憒憒。楊仲宏唐音始稍區別，有正音，有餘響，然猶未暢其說，間有舛謬。迨高廷禮《品彙》出，而所謂正始、正宗、大家、名家、羽翼、接武、正變、餘響，皆井然矣。」是自嚴儀卿以降，彥恢爲確定四唐說之第一人。

彥恢之書成，影響既深，弊病亦多，《明史》謂「終明之世，館閣以爲宗，厥後李夢陽、何景明等摹擬盛唐，名聲崛起，其胚胎實肇於此。」《明史・文苑傳二》錢牧齋《列朝詩集小傳》亦曰：「自閩詩一派盛行，永天之際，六十餘載，柔音曼節，卑靡成風，風雅道衰，誰執其咎？自時厥後，弘、正之衣冠老杜，嘉隆之嚬笑盛唐，傳變滋多，受病則一。」（乙集）蓋確認《品彙》爲七子論詩之本源，伐其本則枝自枯，塞其源而流自絕也。要之，以《四庫全書總目提要》之論最爲平允，其言曰：「《唐音》之流爲膚廓者，此書實啓其弊，唐音之不絕於後世者，亦此書實衍其傳。」功首罪魁，彥恢實集二者於一身也；然則欲明七子之論，不可不知彥恢之說。

《品彙》選六百二十八家，自貞觀至天祐，凡五千七百六十九首，分爲九十卷，有五言古、五言律、五言絕、五言排律、七言絕、七言古、七言律等七類。以世次定品，初唐爲正始；盛唐爲正宗，爲大家，爲名家，爲羽翼；中唐爲接武；晚唐爲正變，爲餘響；方外異人爲傍流。間有一二成家特立自異者，則不以世次拘之，如陳子昂之與李白同列正宗，劉長卿、錢起、韋應物之與高適、岑參並列名家是。

彥恢特重盛唐，其《品彙總序》曰：「開元、天寶間，則有李翰林之飄逸，杜工部之沈鬱，孟襄陽之清雅，王右丞之精緻，儲光羲之眞率，王昌齡之聲俊，高適、岑參之悲壯，李頎、常建之超凡，此盛唐之盛者也。」又其李白諸卷之〈小序〉曰：「使學者入門立志，取正於斯。」蓋本儀卿「入門須正，立志須高」之意，而爲七子所師法者。

「由悟以入」爲彥恢論詩要旨，其〈品彙總序〉曰：「觀者苟非窮精闡微，超神入化，則於玲瓏透徹之悟，莫得其門。」〈自序〉曰：「今試以數十百篇之詩，隱其姓名，以示學者，須要識得何者爲初唐，何者爲盛唐，何者爲中唐，爲晚唐。」皆與儀卿「妙悟」、「熟參」之言相近而示學者以悟入之法。李獻吉倡格調而不忽風韻，何仲默之欲領會神情，不倣形迹〔註27〕，徐昌穀之言超悟〔註28〕，王元美之主神合氣完〔註29〕，胡元瑞之法悟並重〔註30〕，皆有取於《品彙》，七子派末流之步趨形骸，蓋學之不善耳。

第十節　李東陽

李東陽，字賓之，號西涯，茶陵人。

西涯立朝五十年，清節不渝，當劉瑾用事時，西涯潛移默禦，保全善類，氣節之士多非之，於正德七年致仕。著有《懷麓堂集》一百卷、《懷麓堂詩話》一卷，又有《燕對錄》、《東祀錄》等書（均《四庫總目》）。

〔註27〕見〈與空同論詩書〉。
〔註28〕見《談藝錄》。
〔註29〕見《藝苑卮言》卷一。
〔註30〕見《詩藪・內編》卷五。

王元美《藝苑巵言》嘗云：「東陽之於李、何，猶陳涉之啓漢高。」（卷六）胡元瑞《詩藪》亦云：「成化以還，詩道旁落，唐人風致幾於盡隳，獨李文正才具宏通，格律嚴整，高步一時，興起李、何，厥功甚偉。」（〈續編〉卷一）皆謂西涯爲前七子詩論之先聲。王漁洋《池北偶談》曰：「海鹽徐豐厓詩談云：『本朝詩莫盛國初，莫衰宣正，至弘治，西涯倡之，空同、大復繼之，自是作者森起，於今爲烈。』當時前輩之論如此，蓋空同、大皆及西涯之門。」（卷十四）李、何譏西涯詩萎弱，操戈固有之矣，而入室之事亦不虛也。

西涯論詩，主於法度音調，其《懷麓堂詩話》曰：「律詩起承轉合，不爲無法，但不可泥，泥於法而爲之，則撐拄對待，四方八角，無圓活生動之意。然必待法度既定，從容閑習之餘，或溢而爲波，或變而爲奇，乃自然之妙，是不可以強致也，若并而廢之，亦奚以律爲哉？」又曰：「今泥古詩之成聲，平仄短長，句句字字，摹倣而不敢失，非惟格調所限，亦無以發人之情性。」法不可廢，亦不可泥，原爲西涯詩論之一貫主張。獻吉襲其說而謂「守之不易，久而推移，因質順勢，融鎔而不自知，……故不泥法而法嘗由，不求異而其言人人殊。」（〈駁何氏論文書〉）仲默既主舍筏登岸，又謂：「僕嘗謂詩文有不可易之法者，辭斷而意屬，聯類而比物也。」（〈與空同論詩書〉）王元美謂作詩當窮態極變，光景常新，其《藝苑巵言》曰：「詩有常體，工自體中；文無定規，巧運規外。」（卷一）謝茂秦《四溟詩話》曰：「寫景述事，宜實而不泥乎實。」（卷一）胡元瑞則曰：「體正格高，聲雄調鬯，積習之久，形迹俱融，興象風神，自爾超邁。」（《詩藪・內編》卷五）諸子之論皆有取於西涯也。

就格調而言，西涯有具眼與具耳之說，「眼主格，耳主聲，聞琴斷知爲第幾絃，此具耳也。月下隔窗辨五色線，此具眼也。」細故末節，多加注意，時日既久，以具眼觀之，「則急讀疾誦，不待終篇盡帙，而已得其意。」由具耳言，「今之歌詩者，其聲調有輕重清濁長短高下緩急之異，聽之者不問而知其爲吳爲越也。漢以上古詩弗論，所謂律者，非獨字數之同，而凡聲之平仄，亦無不同也。然其調之爲唐爲宋爲元者，亦較然明甚。此何故耶？大匠能與人以規矩，不能使人巧。律者，規矩之調，而其爲調則有巧存焉。」至此，則能「於諸家辨若蒼素，甚者望而知之。」「試取所未見詩，即能識其時代格調，十不失一，乃爲有得。」（皆見《懷麓堂詩話》）七子之言格調，欲人熟讀盛唐名家，皆有取於西涯也。

西涯取逕固不限於盛唐，然以第一義論詩，自必宗唐而抑宋，其《詩話》曰：「六朝宋元詩，就其佳者，亦各有興致，但非本色，只是禪家所謂小乘，道家所謂尸解仙耳。」又曰：「唐人不言詩法，詩法多出於宋，而宋人於詩無所得，所謂法者，不過一字一句對偶雕琢之工，而天眞興致則未可與道。其高者失之捕風捉影，而卑者坐于黏皮帶骨。」宋元詩非無佳者，顧非最上乘耳。宋非僅難望唐之項背，亦不如元，《懷麓堂詩話》曰：「宋詩深，却去唐遠；元詩淺，卻去唐近。顧元不可爲法，所謂取法乎中，僅得其下耳。」從最上乘，悟第一義，宋不如元，七子派皆有是論，尤以胡元瑞最能得西涯之遺意，其《詩藪》曰：「宋人調甚駁，而材具縱橫浩瀚過於元；元人調頗純，而材具卑陬劣於宋。然宋之遠於詩者，材累之；元之近於詩者，亦材使之也。故蹈元之轍，不失爲小乘；入宋之門，多流於外道者也。」（〈外編〉卷六）

第十一節　邵寶與何孟春

邵寶，字國賢，號二泉，無錫人。有《定性書說》、《容春堂集》等書。

二泉爲西涯所得士，其詩文家數盡得西涯之傳，浦瑾爲其〈容春堂前集序〉云：「瑾晚末無似，辱公寵而教之，嘗從容問公曰：『文將安師？』曰：『師今之名天下者，無以，則先進乎？無以，則古之人乎？』曰：『先進而上宋，古乎？』曰：『有唐，有東西漢者在。』『唐兩漢古乎？』曰：『有先秦古文在。』『古至先秦至矣乎？』曰：『庶乎其亦古也已。』曰：『將不有六經在？』曰：『六經尚已，夫學文而曰必且爲六經，吾則不敢也。』」取徑雖較七子爲寬，而沿波討源，上推秦漢，實爲七子導夫先路。

二泉論詩力主鍛字鍊句，以近於古，〈答王郡公簡二首〉云：「其爲詩往往上希古人，……但中間時出今人句語，有志於古者，宜一切去之，以求近古，一字未鍛必鍛之，一句未調必調之，久久成熟，有不爲，苟爲之，當前無古人矣！」茂秦五律句烹字鍊，謂一字不工，若美玉之有微瑕，未爲全寶。〔註31〕二泉同文續云：「選詩詞意有不可入歌行者，歌行詞意有不可入律詩意，蓋古今之別如此，以古入近體，可也；以近體入古，無乃病於雅乎？」（《容春堂續集》卷十七）元美亦謂古樂府選體歌行有可入律者，有不可入律者，惟近體必不可入古〔註32〕。

何孟春字子元，號燕泉，郴州人，學問賅博，受業於西涯之門，論文於《懷麓堂詩話》多所稱引，著有《餘冬敘錄》、《何燕泉詩》等。

子元持論謂文至西京，詩至曹魏而止，其〈論詩文〉曰：「六經之文不可尚已！後世言文者至西漢而止，言詩者至魏而止，何也？後世文趨對偶而文不古，詩拘聲律而詩不古也。文不古而有宮體焉，文益病矣；詩不古而有崑體焉，詩益病矣。復古之作是有望於大家。」（《餘冬敘錄》卷五十）七子文必秦漢，古詩必漢魏之主張正有取於此，徐昌穀更謂曹魏之下，俱無足取。

〔註31〕見《四溟詩話》卷三。
〔註32〕見《藝苑卮言》卷一。

第六章　前七子派之詩文論

自來耳食者咸以「文必秦漢、詩必盛唐」一語概括七子之論，實則細繹諸子之說，不唯前七子與後七子之間差距甚大，即僅就前七子而言，各家之論亦不盡相同；惟異中取同，故能以漢唐之說號令一世，而其異固自在也。

袁袠，獻吉之後輩也，嘗云：「李、何、徐、邊，世稱四傑。邊稍不迨，祇堪鼓吹三家耳。」〔註1〕王元美著《藝苑卮言》，亦云：「今中原豪傑，師尊獻吉；後俊開敏，服膺何生，三吳輕雋，復為昌穀左袒。」（卷六）胡元瑞為應聲之蟲，逕取元美之說，謂：「弘正間詩流特眾，然追逐李、何。士選、繼之、升之、近夫，獻吉派也；華玉、君采、望之、仲鶡，仲默派也；昌穀雖服膺獻吉，然絕自名家，遂成鼎足。」（《詩藪・續編》卷二），錢牧齋以排擊七子為職志，其《列朝詩集小傳》曰：「仲默與獻吉創復古學，名成之後，互相詆諆，兩家堅壘，屹不相下。於時，低頭下拜，王渼陂倒前徒之戈；俊逸麄浮，薛西原分北軍之袒。」又謂昌穀登第後與獻吉游，改而趨漢、魏、盛唐，「然而標格清妍，摛詞婉約，絕不染中原傖父槎牙奡兀之習，江左風流，故自在也。」（以上丙集）是獻吉與仲默之論頗不相同，二人交游亦分左右袒，昌穀詩猶帶吳地氣習，其《談藝錄》又不言近體，

〔註1〕見錢謙益《列朝詩集小傳・丙集・邊尚書貢》。

與子衡、華泉、德涵、敬夫宜另爲一節以述之。

第一節 獻吉派

此派奉獻吉爲渠魁，有熊卓〔註 2〕、鄭善夫、朱應登〔註 3〕、殷雲霄、黃省曾、王維楨、張含、屠應埈等人，玆先言獻吉之論。

第一目 李夢陽

獻吉生休明之代，負雄鷙之才，黃勉之謂其「非姬公、宣父之書不涉於目，非左、馬、班、揚之策不發于笥，非騷、選、李、杜之篇不歷于思」，以復古爲己任，「卒能浣學囿之污沿，新彤管之瑣習，起末家之頹散，復周漢之雅麗」，斯時天下學士大夫趨風而宗之，其影響不可謂不大。獻吉師法古學，品擬先民，「銓情播義，醲浸於洙典；星離縉貫，幅尺於丘明；約暢淵綺，橐鑰於宋、荀；騁頓激昂，陶鑪于遷、固；緣方彤侶，合步於相如；體新揮述，齊能于杜甫；祖轍專源，法同於康樂；扶衰續古，功並於拾遺。」（以上皆見〈空同先生文集序〉）其文既爲天下作者之首冠，其論亦足以興復一代，振起痿痹。

昔揚子雲論賦有雕蟲之喻，曹子建評詩亦有小道之歎，獻吉則不謂然，其〈論學下〉云：「『小子何莫學乎詩？』孔子非不貴詩也。『言之不文，行之不遠。』孔子非不貴文也。乃後世謂詩文爲末技，何歟？豈今之文非古之文，今之詩非古之詩歟？」此說含有二義：一爲承認

〔註 2〕熊卓字士選，有《熊士選集》二卷，無論詩語。

〔註 3〕朱應登字升之，有《凌谿先生集》十八卷，中無論詩語，唯門人許宗魯爲之序曰：「昔先生訓諸生云：『文者。言之精也；詩者，言之華也。精則寓文於質，故先體格而後組飾；華則緣情製詞，故首興致而尚婉約。聿觀先民之文，不有左、史乎，簡而文，覈而該，左氏之秘也，昌而順，質而蔚，馬遷之雄也。其稱詩也，漢魏雅而邃，六朝艷而縟，辭隨世異，情由衷發，吾於唐有取其溫厚焉。』此爲升之論詩之大旨也。

詩文之實用性外，其藝術性亦不可忽；二爲欲提高詩文之地位，非復古不爲功。茲將其說闡述如次：

一、為文當以第一義為準

獻吉倡言文必秦漢，謂：「西京之後，作者勿聞矣！」（〈論學上〉第五）而西漢則以賈誼之文最稱高古〔註4〕，陵夷至於宋儒，古文遂廢，其因在於「古之文，文其人，如其人便了；……而今之文，文其人，無美惡，皆欲合道傳志，其甚矣！是故考實則無人，抽華則無文，故曰：「宋儒興而古文廢。」（〈論學上〉第五）今之文不若古之文，蓋「古之文以行，今之文以葩；葩爲詞腴，行爲道華。」（《空同集・卷六十・六箴文・六》）是以獻吉斷然宣稱漢以後無文焉。

論詩則有取於《滄浪詩話》，謂宜從最上乘，具正法眼，以第一義爲準，其〈潛虬山人記〉云：「山人商宋梁時，猶學宋人詩。會李子客梁，謂之曰：『宋無詩』。山人於是遂棄宋而學唐。」（《空同集》卷四十七）彼固以唐詩誨人，然取徑甚寬，唐之上以至三百篇皆在師法之列，其詩集〈自序〉云：「王子曰：『是音也（按指雅頌之音）不見於世久矣，雖有作者。微矣！』李子於是憮然失已，灑然醒也，於是廢唐近體諸篇，而爲李、杜歌行。王子曰：『斯馳騁之技也。』李子於是爲六朝詩。王子曰：『斯綺麗之餘也。』於是詩爲晉、魏。曰：『比辭而屬義，斯謂有意。』於是爲騷賦。曰：『異其意而襲其言，斯謂有蹊。』於是爲琴操古歌詩。曰：『似矣！然糟粕也。』於是爲四言，入風出雅，曰：『近之矣，然無所用之矣！子其休矣！』（《空同集》卷五十）諸體皆以第一義爲準，宋以降則無取焉。擇格高而取徑寬，此獻吉論詩之特色也。

作五言古須祖漢、魏，其〈刻阮嗣宗詩序〉云：「夫三百篇雖遜絕，然作者猶取諸漢魏。」漢魏之後，無妨兼取晉、宋，〈刻陸謝詩序〉云：「夫五言不祖漢則祖魏，固也，乃其下者即當效陸、謝矣！」

〔註4〕見《空同集・刻賈子序》。

三家而外，又刻曹、陶二家詩。

七言古與近體，獻吉雖未明言欲宗奉何朝，唯觀其〈駁何氏論文書〉云：「爲曹爲劉，爲阮爲陸，爲李爲杜。」(《空同集》卷六十一）知必以盛唐爲依歸也。何以故？蓋曹、劉、阮、陸皆以五言古名世，是所謂學李、杜者，在學其七言古與近體耳。袁袠即云：「弘治間，李公夢陽以命世之雄材，洞視玄古，謂文莫如先秦西漢，古澹莫如漢魏，近體詩莫如初盛唐。」(〈李夢陽傳論〉) 清人王鴻緒撰《明史稿》一書，其中〈李夢陽傳〉亦云：「倡言文必秦漢，詩必盛唐，非是者不道。」綜獻吉之言與袁、王二家之說，吾人知獻吉作七言古與近體必以盛唐爲師也。

作詩既以第一義爲準，則宋詩宜加排斥，以其調亡也。〈缶音序〉云：「詩至唐，古調亡矣，然自有唐調可歌，高者猶足被管絃。宋人主理不主調，於是唐調亦亡。」(《空同集》卷五十一）

二、言格調而不失神韻

「格調」二字爲七子之所樂道，獻吉所謂七難，即合格與調而言之，其〈潛虬山人記〉云：「詩有七難，格古、調逸、氣舒、句渾、音圓、思沖、情以發之，七者備而後詩昌也，然非色弗神。」七者齊而益之以色，則神矣，既神矣，則所作不致流於膚廓，如此多言格調又何妨？

獻吉〈駁何氏論文書〉謂古之爲文者必具十三美，所作始爲可貴，其言曰：「辭斷而意屬者，具體也，文之勢也。聯而比之者，事也。柔澹者，思也。含蓄者，意也。典厚者，義也。高古者，格也。宛亮者，調也。沉著、雄麗、清峻、閒雅者，才之類也。而發於辭，辭之暢者，其氣也。中和者，氣之最也。夫然，又華久以色，永之以味，溢之以音，是以古之文者一揮而眾善具也。」(《空同集》卷六十一）爲文作詩能具十三美，格求其高古，調求其宛亮，思求其柔澹，意求其含蓄，氣求其中和，復求其色、音、味俱佳，所作必不爲贗鼎也。

《滄浪詩話》爲格調、神韻二說之所從出，獻吉有取於滄浪者以格調爲多，顧論詩亦略帶「興趣」成份，其〈論學下篇〉曰：「古詩妙在形容之耳，所謂水月鏡花、所謂人外之人，言外之言……形容之妙，心了了而口不能解，卓如躍如，如有而無，無而有。」此與「羚羊挂角，無迹可求」之說無以異也。

又其論歷代詩之語亦極富象徵趣味，〈潛虬山人記〉云：「三百篇色，商彝周敦乎，苔漬古潤矣。漢魏珮玉冠冕乎。六朝落花豐草乎。初唐色，如朱甍繡闥。盛者，蒼然野眺乎。中，微陽古松乎。晚，幽巖積雪乎。」宋詩之弊，在於直陳乏味，〈論學下〉又云：「古詩妙在形容耳……宋以後則直陳之矣。於是求工於字句，所謂心勞日拙者也。」持神味以論宋詩，則山谷與后山直木偶耳，〈缶音序〉曰：「黃、陳師法杜甫，號大家，今其辭艱澀，不香色流動，如入神廟，坐土木骸，即冠服與人等，謂之人，可乎？」詩之佳者，必也氣柔調雅，含蓄宛轉，饒有神味，同文續云：「夫詩，比興錯雜，假物以神變者也。難言不測之妙，感觸突發，流動情思，故其氣柔厚，其聲悠揚，其言切而不迫，故歌之則心暢，而聞之者動也。」（《空同集》卷五十一）

三、法不可廢

法之所以不可廢，以其爲作詩者之所必同也，〈再與何氏書〉曰：「詩云：『有物有則。』故曹、劉、阮、陸、李、杜能用之而不能異，能異之而不能不同。」（《空同集》卷六十一）風格可以各殊，而法不可不同，作詩如是，構屋亦然，〈駁何氏論文書〉曰：「古之工，如倕如班，堂非不殊，戶非同也，至其爲方也、圓也，弗能舍規矩，何也？規矩者，法也。僕之尺尺而寸寸之者，固法也。」大匠雖巧，舍規矩不能成方圓；李杜才高，廢法亦難以成佳構。如此而欲舍法，烏乎可？規矩之內，各極其能，各盡其妙，有作者之眞性情，眞面目在，安能以「古人影子」譏之？同文續曰：「假令僕竊古之意，盜古之形，剪裁古辭以爲文，謂之影子誠可；若以我之情，述今之事，尺寸古法，罔襲其辭，猶班圓倕之圓，倕方班之方，而倕之木非班之木也，此奚不可也？」規矩既無妨於創造，又爲製作者之所必遵，則不必廢，亦不可廢。同文又云：「夫筏我二也，猶兔之蹄、魚之筌，舍之可也；規矩者，方圓之自也，既欲舍之，烏乎舍？」（《空同集》卷六十一）基於此理，仲默「舍筏登岸」之說自不爲獻吉所贊同。

循法而作，時日既久，必能深造而自成一家，〈駁何氏論文書〉云：「阿房之巨，靈光之巋，臨春結綺之侈麗，揚亭葛廬之幽之寂，未必倕與班爲之也，大小鮮不中方圓也，何也？有必同者也。獲所必同，寂可也，幽可也，侈以麗可也，巋可也，巨可也。守之不易，久而推移，因質順勢，融鎔而不自知，於是爲曹爲劉，爲阮爲陸，爲李爲杜，即令爲何大復，何不可哉？此變化之要也。故不泥法而法嘗由，不求異而其言人人殊。」有物必有則，法古非擬古之謂，正所以自則也。〈答周子書〉曰：「文必有法式，然後中諧音度，如方圓之於規矩。古人用之，非自作之，實天生之也。今人法式古人，非法式古人也，實物之自則也。」（《空同集》卷六十一）

綜上所述，獻吉應非盜跖者流，彼既云：「能異之而不能不同」，必知異中有同，同中有異之理，惜乎持論不一，前後矛盾，致授人以柄，其〈再與何氏書〉云：「夫文與字一也，今人模臨古帖，即太似不嫌，反曰能書，何獨至於文而欲自立一門戶邪？」作文與臨帖之法本不相同，獻吉強而同之，過矣！書家於太似之後，必思有以自創一格，自成一體，此非自立門戶而何？

四、真　詩

詩爲感情之表現，獻吉於〈鳴春集序〉一文中曰：「詩者，吟之章，而情之自鳴者也。」情與物相遇而成聲，〈梅月先生詩序〉云：「雪益之色，動色則雪。風闌之香，動風則香。日助之顏，動顏則日。雲增之韻，動韻則雲。月與之神，動神則月。故遇者物也，動者情也。情動則會，心會則契，神契則音，所謂隨遇而發音者也。」（《空同集》

卷五十）

詩以道志，其〈林公詩序〉云：「夫人，動之志，必著之言，言斯永，永斯聲，聲斯律，律和而應，聲永而節，言弗睽志，發之以章，而後詩生焉，故詩者物非徒言者也。」（《空同集》卷五十）詩既爲言志之物，則宜正不宜邪，宜莊不宜詖，〈與徐氏論文書〉曰：「夫詩，宣志而道和者也，故貴宛不貴嶮，貴質不貴靡，貴情不貴繁，貴融洽不貴工巧，故日聞其樂而曰知其德，故音也者，愚知之大防，莊詖簡侈浮孚之大界也。」（《空同集》卷六十一）

志有通塞，悲歡由之，聲由氣使，聲氣之不同，以其區有異，〈張生詩序〉云：「夫詩發之情乎？聲氣其區乎？正變者時乎？夫詩言志，志有通塞，則悲懽以之，二者小大之所共由也。至其爲聲也，則剛柔異而抑揚殊，何也？氣使之也。是故秦、魏不貫調，齊、衞各擅節，其區異也。唐之詩，最李、杜。」（《空同集》卷五十一）

詩既在抒情言志，則其情愈眞，其詩愈佳，〈詩集自序〉曰：「曹縣蓋有王叔武，其言曰：『夫詩者，天地自然之音也。今途咢而巷謳，勞呻而康吟，一唱而羣和者，其眞也，斯之謂風也』。孔子曰：『禮失而求啫野。今眞詩乃在民間，而文人學子顧往往爲韻言，謂之詩。……夫文人學子每興寡而直率多，何也？出於情寡而工於詞多也。』」（《空同集》卷五十）職是之故，有學詩者，獻吉教以唱〈瑣南枝〉〔註 5〕。又其〈缶音序〉亦云：「予觀江海山澤之民，顧往往知詩，不作秀才語，如缶音是也。」（《空同集》卷五十一）

了悟斯理，獻吉遂內自省曰：「自錄其詩，藏篋笥中，今二十年矣，乃有刻而布之者，李子聞之懼且慚，曰：「予之詩非眞也，王子所謂文人學子韻言耳，出之情寡而工之詞多者也。」（〈詩集自序〉）是獻吉非無自知之明也，奈處於當時極端濃厚之模擬風氣中，欲振乏力，口言復古，筆實擬古，不亦悲乎？

〔註 5〕錢牧齋語，見《初學集・卷三十二・王元昭集序》。

五、文章與風俗世運

詩可以反映現實,「是故先王知風之神也,於是節八音以行八風,然患其乖也,於是使陳詩觀焉。詩者,風之所形也,故觀其詩以知其政,觀其政以知其俗,觀其俗以知其性,觀其性以知其風,於是彰美而癉惡,湔澆而培淳,迪純以剷其駁而後化可行也。」(《空同集・卷四十七・觀風亭記》)是文學除抒情言志之外,猶須懲惡勸善。

覘文可知一時一地之風俗,而時代環境亦可影響文風,〈章園餞會詩引〉云:「說者謂文氣與世運相盛衰,六朝偏安,故其文藻以弱,又謂六書之法至晉遂亡,而李杜二子推重鮑謝,……大抵六朝之調悽惋,故其弊靡,其字俊逸,故其弊媚。」(《空同集》卷五十五)

綜上所述,獻吉之論可歸納為下列數項:

一、文必秦漢,宋儒興而古文廢。

二、論詩擇格高而取徑寬,五言古須祖漢、魏,兼取晉、宋,七言古與近體宗奉盛唐,宋詩宜加排斥。

三、言格調而不失神韻,論詩富象徵趣味。

四、尺寸古法,罔襲其辭,深造有得而後自成一家。

五、作詩如臨帖,不嫌太似。

六、詩以抒情言志,其情愈眞,其詩愈佳。

七、唐詩以李、杜為最佳。

八、時代環境影響文風,詩須彰美癉惡,湔澆培淳。

第二目　殷雲霄

近夫謂情之為用甚大,感能窮變,適能極和,而感與適相通,其〈古遂八詠序〉云:「殷子曰:『因於物而情生焉,情之用廣矣,君子惟其感與適為多也。惟感也故能窮古今之變,惟適也故能極心性之和。荒於物者,非適弗得於情,而因物以戚者,匪感之正。古今者,物之化也。心蘊為性,性發情,情動以物,滯於物者無已,罔其心者惟知夫己焉耳。彼忘其心者,謂之無情,情與己俱存亡,而情也久于己，己忘情存者，千萬世可識也，彼忘其心者，亦徒無已焉耳。』或曰：『用世者其感多，忘世者其適多。』殷子曰：『物與情相離也，感與適相通也，千載之上，千載之下，其得也必有所以得，其失也必有所以失，得失之迹顯矣。異者氣之分，變者化之窮，其得其失，有弗可以弗得弗失者，而況吾之得失，吾可以有得而無失邪，而況物之得失，彼我無與也，而謂惟彼以感，匪彼無適者，未識君子之情也。』」（《石川文稿》）

〈古樂府詩序〉一文又謂樂之動人也深，惜乎三代、漢、魏之音不傳，其言曰：「凡詞不見於經而曰唐、虞、三代者，未必皆其本詞，後世漢最近古，豈其去古未遠，風雅餘韻猶存？而魏文不及西漢遠甚，詩獨近之，乃知樂之入人，深，未易泯也。……詩，樂之聲也，余愛漢、魏諸樂府，故錄其詞。噫！茲其詞焉而已耳，其聲弗可知也，況三代之音也哉？」（《石川文稿》）

近夫謂六經高於諸子，唯經子俱宜學之，以二者並有益於文也，其〈題少谷文集後〉云：「六經之文，天也；諸子，山川草木也；鉅纖醜正不倫，亦各有生意矣。」

要之，近夫之論可歸納爲下列數點：

一、情之爲用甚廣。

二、漢魏樂府至於後世有詞無聲。

三、六經高於諸子。

第三目　鄭善夫

繼之〈前丘生行已外篇序〉云：「其爲詩實上下魏、晉，抗聲於武德、天寶之間，大曆而還，不論也，余誠愛之慕之，其不能使余忘情者是篇耶？」（《少谷集》卷九）推求其意，蓋謂古體晉代以後不足取，而近體則當取法初、盛唐也。

繼之論詩尊杜，且謂宋代學杜詩者以山谷、后山、簡齋三子最爲特出，其〈葉古厓集序〉云：「杜詩渾涵淵澄，千彙萬狀，兼古今而有之，他人不足，彼乃有餘；又善陳時事，精深至千言不少衰，世之學者劬情畢生，往往只得一肢半體，杜亦難哉！山谷最近而較少恩，后山散文過山谷遠而氣力弗逮，簡齋鐲而少春融，宋詩人學杜無過三子者，乃爾其他可論耶？」閩詩去杜最遠，林子羽、高廷禮輩且未易至，餘子可知，唯葉古厓爲豪傑之士，故所作自有丰神，同文續云：「吾閩詩病在萎腇多陳言，陳言犯聲，萎腇害氣，其去杜也，猶臣地理至京師，聲息最遠，故學之比中國爲最難焉。若非豪傑之士，鮮不爲風氣所襲者，況遂至杜哉？國初如林鴻、王偁、王恭、高廷禮輩，逷然離羣出黨，去杜且顧遠與！古厓，閩產也；余讀古厓詩，蓋所謂豪傑者，竊嘗評其詩如春空游絮，隨溫風飛颺，衝條附葉，雖乏穠綺，然自有一段丰神，猶至京師者，越浙度淮，駸駸乎北軌矣，尙論風氣哉？或曰：如國初數子何如？昔人云：詩道如花，論高品則色不如香，論逼眞則香不如色。」（《少谷集》卷九）

〈與楊叔亨書〉謂玩文喪志，有德者必有言，學者宜先立其大本，其言曰：「詞章實是玩器，最能沈溺人，區區於此求出頭未得，而叔亨顧欲入頭耶？古人用志不分，分則兩無成立，得大根本在，所謂有德者必有言，於詞章何難？」（《少谷集》卷十八）

觀上所述，繼之之論可約爲如下數點：

一、古體晉以降不足取，近體宜法初、盛唐。

二、宋人學杜俱不足以言大家。

三、德本文末，有德者必有言。

第四目　黃省曾

勉之謂文之生也自然，而文之美也，不待外飾，理固然爾，以其抒寫性靈，發闡倫理，無遠弗屆而垂諸久遠，故爲聖賢所尙，其言曰：「夫文者所以發闡性靈，敘詔倫則，形寫人紀，彰泄天化，物感而言生，聲諧而節會，乃玄黃之英華而神理之自然也。譬彼霞輝星采，匪燴而煥，龍章鳳色，不繡而奇……深居几榻，可達於八方；暫控形骸，得寓心於萬代；一言耀帙，黃壤如生；片撰升堂，藻園不廢；所以達賢古聖莫不尙之。」六經乃聖人之道，依本准實，六經之後，多虛詞濫說，西漢爾雅，唯渾質漸泯，作者能入聖人之室者蓋寡，將欲拯弊，非眞莫由，勉之又云：「解繩以來，六籍厎績，體各殊科，道由一致，故裁訓者必依其本，贊事者必准其實，此命觚之骨髓而執簡之要規也。經熄時遷，茲教燼喪，飾虛者繁，眞核者寡；炎漢御宇，載煽王風，西京之文，號爲爾雅，但渾質既淪，儒流瀾縱，得之者虎蔚於藝林，失之者螢息於晨草，校披千載，入室幾何？蓋詞非僞借之可傳，語必肺本而攸永，來世方遠，焉可眩欺？鬼燦神昭，若握柄宰，如執簣之韻，耕田之唱，短調無芊眠之富，直音無潤色之美，亦且緝陟孔經，采居匱吏者，良由出之惻怛嗟歎之眞，自當流誦於無極也。」（以上皆見〈空同先生文集序〉）

勉之之論可約爲下列各點：

一、文本乎情，詩貴乎眞。

二、文所以抒寫性靈，發闡倫理。

第五目　王維楨

允寧論詩，推崇子美，自謂獨得神解，尤深于七言近體，以爲有照應、開闔、關鍵、頓挫，其意主興，主比，其法有正插、倒插，而獻吉文有太史公之長，詩則不讓於李、杜，其〈答張太谷書〉曰：「本朝作者空同老翁聖矣，即大復猶刦數舍，蓋空同有神交無方之用，有精純不雜之體，讀一篇詩，見一事首終，雖縱橫奇正，弗一其裁，而粹美同也；珩琚璸瑫，弗一其形，而溫栗同也；至若倒插頓挫之法，自少陵善用之者，空同一人而已。學者未睹其大，謾肆醜詆，以爲空同掠古市美，比之剽虜。嗟夫！空同富才解，能自作古，假令與李、杜二豪並生同代，二豪當約爲兄弟，補所未逮，增所未能，故官帑失金，不可疑陶朱也；良驥駢足，不可謂相肖似也。空同生李、杜先，不爲李即爲杜，若李、杜後空同生，亦必爲空同，豈可謂李、杜掠美

哉？」(《王氏存笥稿》卷十四)

允寧謂作詩必先程古，其〈鈐山堂集序〉曰：「夫古者今之範也，君子之言也，非法不道，故美而傳，今夫公輸子天下之巧人也，若釋規矩而自創，則拙此道。」(《王氏存笥稿》卷一)惟擬古非因襲不變之謂，達曲者當識通變之理，其〈思惠張翁輓詩序〉曰：「夫情之感人，猶之風之著物也，春聲噓唏，秋聲蕭瑟，所值不齊，則音隨之變，執一律者難與論詞，膠古者道難與語化，惟達曲識變者能解也。」(《王氏存笥稿》卷一)蓋歌詠生於情性〔註6〕，旨在言志，其〈少華贈言序〉曰：「詩者言乎，言者志乎，然根之動矣！夫美劣區材，則欲惡殊情；純秕判政，則悅悒異向；述欲昭惡，闡悅章悒，則言興焉。故曰：言者志之華標，情之外際，文以宣之，斯謂之詩。今說詩者脈脈而興，咨咨而吟，泠泠而發，鏗鏗而嚮，則嘆曰：詩在斯，詩在斯。夫脈脈咨咨，意也；泠泠鏗鏗，音也；其興其吟，其發其嚮，孰使之耶？動於志也。惟動故音，惟音故詩。風噫而葉切，湍激而瀨語，物亦有然，而況詩哉？」(《王氏存笥稿》卷一)竊意擬體掠語之行，皆爲允寧所不取，〈與胡蒙谿書〉曰：「古稱作者謂創制立言，自明其指也。今之好古之士苟幸徼名，往往襲而用之，但可稱述，難語作者。故詩有自立俗格，竊奪古意者，則尸祝之傳告也。既擬其體，復掠其語者，則莊生之胠篋也。」(《王氏存笥稿》卷十六)中古人之規矩，吐自我之胸臆，方是上乘之作，〈與平田管公書〉曰：「他家皆臨帖字模粉畫耳，獨翁自吐胸臆，披寫性情，所不能離者，古人體裁耳。」(《王氏存笥稿》卷十六)

總上所述，允寧之論可約爲下列二點：

一、作詩固宜程古，唯須識通變之理，蓋詩所以抒情言志，剽竊之作，不足貴也。

二、獻吉詩文兼具子美與史遷之長。

〔註6〕見《王氏存笥稿・與孫季泉少宰書》。

第二節　仲默派

此派除何景明外，尚有顧璘、薛蕙、孟洋、樊鵬〔註7〕、戴冠、孫繼芳、孫宜、張詩等人，茲先述景明之說。

第一目　何景明

仲默與獻吉創復古學，並稱李、何，《四庫提要》謂二人天分各殊，取徑稍異，所尚自不相同，汪伯玉爲仲默撰墓碑云：「其論世則周、秦、漢、魏、黃初、開元，其人則左、史、屈、宋、曹、劉、阮、陸、李、杜，都人士所膾炙者，宜莫如彭澤、宣城、昌黎，先生宣言古文之法亡于韓，詩溺於陶，亡于謝，睥睨千古，直與左、史、屈、宋、曹、劉、阮、陸、李、杜游。」繼言兩派和而不同，實爲君子之爭：「獻吉兢兢尺寸，非規矩不由；先生志在運斤斲輪，務底於化。于時主典則者張獻吉，主神解者附先生，要諸至言各有所當，顧其相値若繩墨而相濟若和羹，即言逆耳而莫逆於心，耳視察者弗察也。」

仲默謂詩之厄有二，一牽於時好而亡其意，二鄙詩賦而亡其辭，其言曰：「稱學爲理者比之曲藝小道而不屑爲，遂亡其辭；其爲之者率牽於時好，莫知上達，遂亡其意。辭意併亡，而斯道廢矣！」（〈袁海叟詩集序〉）復興之道，厥爲復古！蓋復古必辭意並重，務使知學向道者好辭，而晝夕呻吟者重意也。茲將其說之精要者分二項列述如次：

一、古體必漢、魏，近體則唐初、盛唐

仲默持論亦以第一義爲準，嘗曰：「秦無經，漢無騷，唐無賦，

〔註7〕樊鵬字少南，師事仲默，錢牧齋謂其論詩「一以初唐爲宗，亦原本於仲默也。」（《列朝詩集小傳》丙集）有《樊氏集》七卷，現國家圖書館藏有嘉靖十三年孔天胤陝西刊本，趙時春爲之序曰：「其源出於何大復氏，獨堅壁立玄甲之幟，不襲其師說，燦然成一家言，視大曆以還蔑如也。」《樊氏集》無論詩語，合錢、趙二家之說，少南詩論或可豹窺一斑也。

宋無詩。」(《大復集・卷三十八・雜言十首之五》)蓋皆懸高格以爲鵠的。

又自述其學詩之經歷云:「景明學詩,自爲舉子歷官,於今十年,日覺前所學非也。蓋詩雖盛於唐,其好古者自陳子昂後,莫如李、杜二家,然二家歌行近體,誠有可法,而古作尙有離去者,猶未盡可法之也。故景明歌行近體有取於二家及唐初、盛唐諸人,而古作必從漢魏求之。」(〈海叟集序〉)

古體所以必學漢、魏者,其故在周末詩亡,漢詩古樸,曹魏猶盛而其風漸衰,六朝益衰,唐工詞,宋談理,古風蔑如矣!〈漢魏詩集序〉曰:「夫周末文盛,王蹟息而詩亡,孔子、孟軻氏蓋嘗慨嘆之。漢興不尙文,而詩有古風,豈非風氣規模猶有樸略宏遠者哉?繼漢作者,於魏爲盛,然其風斯衰矣。晉逮六朝,作者益盛,而風益衰。其志流,其政傾,其俗放,靡靡乎不可止也。唐詩工詞,宋詩談理,雖代有作者,漢魏之風蔑如也。」其〈王右丞詩集序〉亦云:「竊謂右丞他詩甚長,獨古作不逮,蓋自漢魏後而風雅渾厚之氣罕有存者,右丞以清婉峭拔之才,一起而綽然名世,宜乎就速而未之深造也。」(《大復集》卷卅四)明初猶有元代纖靡之習,弘、正間言漢、魏者略有一二,惜非心知其意,〈漢魏詩集序〉復云:「國初詩人尙承元習,累朝之所聞,漸格而上,至弘治、正德之間盛矣。學者一二,或談漢、魏,然非心知其意,其間不能無疑義,故信而好者,少有反之。」是學古體必從漢魏求之,此即所謂悟第一義也。

至於近體必學李、杜二家及唐初、盛唐之理亦可一談。盛唐爲格調說者之所樂道,仲默亦云:「近詩亦盛唐爲尙,宋人似蒼老而實疏鹵,元人似秀峻而實淺俗。」子美與四傑互有長短,四傑音節可歌而去古遠甚,子美則辭極沈著而調失流轉,復乏風人之義,〈明月篇序〉曰:「僕始讀杜子七言詩歌,愛其陳事切實,布辭沈著,鄙心竊效之,以爲長篇聖於子美矣。既而讀漢、魏以來諸詩及唐初四子者之所爲,而反復之，則知漢、魏固承三百篇之後，流風猶可徵焉，而四子雖工富麗，去古遠甚，至其音節往往可歌。乃知子美辭固沈著而調失流轉，雖成一家語，實則詩歌之變體也。夫詩本性情之發者也，其切而易見者，莫如夫婦之間，是以三百篇首乎雎鳩，六義首乎風；而漢魏作者，義關君臣朋友，辭必託諸夫婦，以宣鬱而達情焉，其旨遠矣！由是觀之，子美之詩博涉世故，出於夫婦者常少，致兼雅頌，而風人之義或缺，此其調反在四子下焉。」四傑與子美既互有長短，效之者宜擇長去短，不然，執此廢彼，或執彼廢此，必爲通人所譏也。

宋、元二朝詩皆爲仲默所不取，嘗自論己作與獻吉詩之異云:「今僕詩不免元習，而空同近作間入於宋。」戒己作勿墮入下劣詩魔，亦所以諷獻吉也。

二、富於材積，領會神情

獻吉力主師法古人，守而勿失，仲默則不謂然，其〈與空同論詩書〉曰:「僕則欲富於材積，領會神情，臨景結構，不倣形迹。詩曰:『惟其有之，是以似之。』以有求似，僕之愚也。」所謂求似即求神之合而非形之似，職是之故，獻吉之刻意古範，畫虎類狗，遂爲仲默所譏。同文續曰:「空同貶清俊響亮，而明柔澹沈著，含蓄典厚之意，此詩家要旨大體也。然究之作者命意敷詞，兼於諸義，不設自具。若閑緩寂寞以爲柔澹，重濁剜切以爲沈著，艱詰晦澀以爲含蓄，野俚輳集以爲典厚，豈惟謬於諸義，亦併其俊語亮節而失之矣！」

既不以形似爲然，則宜推其極變，開其未發，〈與空同論詩書〉曰:「曹、劉、阮、陸，下及李、杜，異曲同工，各擅其時，並稱能言。何也？辭有高下，皆能擬議以成其變化也。若必例其同曲，夫然後取，則既主曹、劉、阮、陸矣，李、杜即不得更登詩壇，何以千載獨步也？……今爲詩不推其極變，開其未發，泯其擬議之迹，以成神聖之功，徒敘其已陳，修飾成文，稍離舊本，便自杌隉，如小兒倚物能行，獨趨顛仆，雖由此即曹、劉，即阮、陸，即李、杜，何以益於道化也？」（以上皆見《大復集》卷卅二）泯其擬議，成其神聖，始克千載獨步，否則，終是個古人影子。

雖然，仲默之所謂「舍筏登岸」者，蓋以爲作詩不可擬古而泥於法，非謂可以無法也，其〈與空同論詩書〉續曰：「僕嘗謂詩文有不可易之法者，辭斷而意屬，聯類而比物也。上考古聖立言，中徵秦、漢緒論，下采魏、晉聲詩，莫之有易也。夫文靡於隋，韓力振之，然古詩之法亦亡於謝。比空同嘗稱陸、謝矣，僕詳參其作，陸語俳，體不俳也，謝則體語俱俳矣。未可以其語似，遂得並例也。」此不可易之法若盡捨棄之，必如韓文公與謝康樂，可以爲功首，亦可以爲罪魁！

要之，仲默之論可約爲如次數項：

一、詩之厄有二：一牽於時好而亡其意，二鄙詩賦而亡其辭，復興之道，厥爲復古，而復古須辭意並重。

二、古體必漢魏，近體則唐初、盛唐。

三、爲文作詩固不可因擬古而泥於法，然非謂可以無法也，「辭斷而意屬，聯類而比物」，此即不可易之法也。

第二目　顧　璘

華玉之詩文論可分三點敘述：

一、論詩則推漢、魏，兩晉猶有餘風，迨乎盛唐，俊才雲蒸；論文則六經、諸子、西京、韓愈、蘇洵亦可師法。

華玉〈遺七弟英玉書〉云：「即今且取五經、六子、史記、漢書、離騷及李、杜、王、岑諸公詩，晝夜諷讀，更進一格，自見得別，文選且緩看，魏晉以下，枝葉太繁，恐爲所蔽。」（《息園存稿》文卷九）此其論詩文之大旨也。

華玉謂漢、魏得三百篇之傳，兩晉猶有遺風，大謝一出，刻畫山水，陵夷至於陳、隋，古風盡矣，迨乎陳子昂、李太白登高一呼，風雅因之大興，其〈寄後渠〉一文曰：「詩則風雅之後，唯漢十九首及建安得其傳；兩晉若阮、陸、左、郭、靖節諸公，猶有存者可恎；宋謝氏一出，倡爲刻劃，鑿死混沌，即他日西崑之義山，學者靡然從之，而末流遂至陳隋之靡麗，古風盡滅，可爲痛哭。至唐陳、李崛起，蘇州繼之，眞可謂大雅，工部及王、岑諸公格律雄健，當孟氏泰山之巖巖，謂非聖人之徒哉？」（《憑几集》卷二）

論文則亟推六經、左氏、莊生、屈原、馬遷、賈誼、仲舒、子卿諸人，其〈答友人論文少作〉云：「夫文章士之業也，孔子脩六經以建百世之則，而百世弗能述，蓋折衷理道之極，經緯天地之章，子淵不能得其止，游、夏不能贊其辭，身歿響絕！亦其然耳。下是左氏蜚聲於東周，莊生逸響於蒙土，靈均哀鳴於漢土，太史建議於西京，誼、舒、子卿、淵、雲、褒、向揚芳擷藻，前後相屬，而漢之文章炳然於金馬石渠之署，雖純疵相形，遐邇異趣，要皆作者之殊別也，烏可訾之哉？僕雖殫力竭智，不敢望其下體，然仰探六經，下逮數子，未嘗不拊膺擊節，悵然遠懷。」（《息園存稿》文卷九）又〈會心編序〉謂六經、諸子皆宜師法，缺一不可，其言曰：「客有雜坐談古今文者，其一曰：『邃古之道，修於仲尼，六經垂焉。六經者，禮義之統紀，文章之準繩也，以談道者探其精，以摛辭者軌其度，又奚取諸子之紛紛乎？』其一曰：『風隨世遷，簡繁成變，文由變生，古今成體，故才疊蹟而承學有由然矣。茲欲紀宴遊之迹，而上擬冠昏之義，不亦遠乎哉？文章異體，存乎世變，莫可廢也。』新昌令洪都涂子者，從而平之曰：『旨哉！二客之言幾備已乎？文章之難，患之久矣！不根六經，無以成學；不參諸子，無以成體。諸子者，文之變也。上世之事簡而大，後世之事詳而纖，故文體由之，譬之衣服宮室，適今之制眾矣！何必強同古原而令乖戾不諧也乎？反其敝，存其實，由今之辭，道古之道，雖聖哲不易也。』或曰：『諸子太繁，奈何？』涂子曰：『才有近似，道有獨得。觀古人之書，苟有會於心焉，則鏤精而內注，神變而時發，雖守一氏俗如矣，何必

多乎哉？語曰：鼹鼠飲河，不過滿腹，此之謂也。抑諸子之文，今體也，若猶不免爲今人也，安可廢乎？』」（《息園存稿》文卷一）

〈寄後渠〉謂屈、莊、荀、賈、太史公之宏文偉詞可繼經傳，下則昌黎、老泉最爲傑出，其說云：「文序詮古人之文，死者自當心服。璘精神衰耗，祇見此道非用力可量，所謂得之於心，應之於手，雖陳言，然至理實不出此，譬之聖人之道，動容周旋中禮者，安有點檢其間？必至耳順心從，乃神化之域也。作者其始病於有意，其終病於有迹。自曹丕立意爲宗，一言啓六代雕鏤無窮之禍，孟子曰：『始作俑者，其無後乎？』五經、四子固勿論，歷代文人吾所深服者，屈原、莊生、荀況、賈誼、大史公，其人皆直吐胸次，無所鑽研粉藻於筆墨谿徑，故文詞明直，意味深永，可續諸經傳，視左傳、國語猶夷惠也。其後韓愈氏獨得其宗，當觀其原道諸篇爲的，若進學解諸文必其少作，未可論定。宋歐、王、蘇氏父子所見甚確，老蘇得矣，王傷刻，歐、蘇傷易，乃其天性使然，猶師商之過不矣，不可深病也。六朝之非，不俟更談，若揚雄、王通與柳宗元諸君，皆見其末，未見其本，柳氏晚年黨之，故柳永之作極可誦，惜乎不久而遽沒也。」（《憑几續集》卷二）

二、文章盛衰，關諸氣運

文章與氣運相關，故覘文而知氣運之盛衰，華玉〈謝文肅公文集序〉云：「或問謝文肅公之文，璘曰：『是醇氣之積也。夫文章盛衰，關諸氣運而發乎其人，非運弗聚，非人弗行，豈小物也哉？昔周之盛也，文、武、成、康迭興，謨訓雅頌之辭，爾雅深厚，意若有聖人之徒操觚其間，何其若是善也。幽、厲以降，辭命寖繁，黍離、板、蕩之篇，氣索然矣，非行人人史官矯誣眩眾，則羈臣棄士哀思悲鳴，以紓其憤懣者也，即國家何賴乎？是故觀文體之險易，可以知氣運之盛衰，而人材由之矣。唯我皇明聖祖神宗，體道敦化，至憲、孝二朝盛矣！』（《息園存稿》文卷一）明變宋、元纖瑣繁蕪之習，弘治之時，文運尤盛，惟不能不警而戒之者，切勿愈變而愈衰也，〈與陳鶴論詩書〉曰：「觀前代之文，蔽萌於所勝，變生於所窮、盛衰相同，關係非細。漢承亡秦縱橫之餘，建武一變，文章爾雅，其季乃至萎靡不振；唐變六朝，開元之音幾復正聲；宋變五代，元佑諸賢遂倡道學，及其季也，各有纖瑣繁蕪之陋。文盛則運盛，文衰則運衰，……國家今日之文不知一變而盛乎？再變而衰乎？不可不深長慮也。」(《息園存稿》文卷九)

三、文質貴適其中

文以澤用，質以立體，能得其中，最爲可貴，否則，寧可質勝於文，華玉曰：「文章之道，與政同也，其具質文而已矣，質以立體，文以澤用，本末相維，貴適其中，然義有輕重，故取捨擇焉。質過則野，文過則華，與其華也，寧野。故治先尚忠，禮貴反本，孔子之從先進，其義一也。道喪俗敝，然後色澤雕龍之文興，豈不艷哉？本之則無，卒歸於浮僞而已矣！夫浮僞者，士之惡也，顧引以爲業也，何居？又爲大者，曰六經。夫六經，聖人之學，不可以強幾也，有強焉者，浮僞之類耳，君子不視。常聞君子之教曰：「騷賦期楚，文期漢，詩期漢魏，其爲近體也期盛唐。此數則者，文以質化，言由性成，古今同軆，所謂適中，豈非詞教之正宗，文流之永式乎？」騷賦尊楚，文崇漢，古體尚漢、魏，近體希盛唐者，以其文質適中也。華玉又云：「今人士論文於宋齊梁陳之間，率皆醜其不振，徐取其業觀之，則盡是物也。猶曰：第師其辭，不師其體。嗚呼！辭既然矣，體又安所求哉？是罔人而已矣！粵自前元襲衰宋之纖弱，世無文矣，比其辭也。賢者振於幽遯，醇氣醞發，昌運乃開。我高祖皇帝統一聖眞，剷雕濯釆，返之古樸，于時上倡下和、渾噩浤深，建皇極之典則，東浙諸公爲盛，蔓延熙洽之朝過崇白賁，闇闇然幾於無色矣！宏治以還，作者翩起，挺望南北，承學翕然向風，宗爲領袖。」(以上見《息園存稿・文卷一・嚴太宰鈐山堂集序》)六朝文勝於質，體格不振，宋元纖弱，明太祖劃除雕飾，返樸復古，至宏治間，彬彬之盛，大備於時矣！又其論李、何、徐三家，頗有見地。其意蓋謂獻吉氣雄，仲默才逸，昌穀情深；獻吉師杜，仲默法李，昌穀主盛唐，王岑諸人，而各因質就長，立體成家。復謂詩之爲道，貴乎文質相半，否則「得質則野，過文則靡，無氣弗壯，無才弗華，無情弗蘊。杜宗雅頌而實其實，其弊也樸，韓昌黎以及陳后山諸君是也；王、岑諸公依稀風雅，而以魏晉爲歸，夷有餘韻矣，其弊也易。」學古者宜取精去弊，「上漢魏，次李、杜、王、岑諸賢，今賢雖眾儔能訾議，則詞林之規矩在是的矣。與六朝則曰靡弱，舉唐初則曰變體未純，雖承先生之常談，其實確論乎外是謬矣。奈何臨楮灑翰，就其所非而棄其所是，綴疊雙聲，比合五色，雖呈燦爛，實昧性情，豈中道難從，偏長易勉乎？抑新奇易以驚世，乃違心以騰名乎？」（《息園存稿・文卷九・與陳鶴論詩書》）大抵風雅之道，苟離性情，雖綺羅鉛華，亦不足貴也。〈啓浚川公〉一文云：「近得蘇州所刻有涯集，沖夷爽朗，絕類其人，孰謂言不可知人？大抵藝文苟涉其界，不須深求，亦占精力，若君采近來著作，盡棄其從前脂澤，似爲得之。空同、後渠之詩文，璘嫌其老而益工，不知此義是否，或賤性偏著耳。」（《憑几續集》卷二）文勝於質，雖工無益，必也文質彬彬，始稱能事，如或不然，以雕華相尙，必至實日傷而本日削，雖欲不亡，其可得乎？」〈重刻劉蘆泉集序〉曰：「國朝之文，本取醇厚爲體，其弊也樸；弘治間，諸君務飾以文藻盛矣，所貴混沌，猶可存也，然華不止則實日傷，雕不已則本日削，不幾於日鑿一竅已乎？」（《憑几續集》卷二）

綜上所述，華玉之論可約爲數點如次：

一、詩推漢、魏、兩晉、盛唐，文尙六經、諸子、前漢，韓文公、蘇老泉亦有可取之處。

二、觀文體之險易而知氣運之盛衰，明代變宋元纖瑣之習，唯切勿愈變而愈衰也。

三、文質貴適其中，兩京之文，漢魏之古體，盛唐之近體合於此一標的，是以可尊。

第三目　孟　洋

望之謂情感於物而後動，情既各異，詩因以殊，其〈跋顧子華玉上方山玩月詩卷〉曰：「嗚呼！人之情也，感物而動；景之會也，適志則愉。詩不云乎，『泌之洋洋，可以樂飢。』是以仲尼在川上而興歎於點也，而喟然意深遠矣。顧子上方山玩月之詠，其有所適乎？跡同一軌，情有殊途，諸子所取於月，是其一也；至乃鼎茵輝映於華屋，藜藿黯淡於蓬居，羈旅怊悵於舊鄉，別客徘徊於遠道，戍子聞羌笛而隕淚，閨婦睇破鏡以懷歸，壯士悲年時而慷慨，靜女撫容華而含思，物之不齊，物之情也。嚮往異趣，惟人所擇，謂之他山之石，可以攻玉，而況造化品味之章，天理流行之盛，顧弗可以樂乎？雞鳴而起，舜與跖同，若乃惡為利而戒晨興，病矣！予觀諸子之詩，流思與星月同輝，摛藻擬湖山競彩，彬彬乎！洋洋乎，雖寄興靡一，要皆有得云爾，否則譬之驅瞽夫以觀陽阿，引聾叟而聽廣樂，焉能審其曲節，按其條理哉？」（《孟有涯集》卷十六）

觀上所述，望之之論可約為如下二點：

一、感情因環境而產生，所謂觸景生情是也。

二、物既不齊，情遂殊塗，詩因以異。

第四目　薛　蕙

君采謂作詩宜義歸鑒戒，辭尚簡質，其言曰：「夫三百篇經訓也，然作者之法存焉耳。今考論其篇籍，雖間有畸人放士悲憤感激之音，男女姚冶之言，義既歸夫鑒戒，其辭又簡質矣，列之於經，不亦宜乎？降是騷人作焉，靈均已傷繁麗，要之有以；至宋玉則誇失實，淫越禮，詩人之義亡矣！代相沿襲，其靡日甚，說者皆曰：『義苟有合，雖靡何害？』於乎！其如文過於質何？揚雄譏文簡而用寡，勸百而風一，非過言也。夫文已遠於實矣，放而不止，其遠益盛，終則徒文而亡實，此古今作者之通蔽也。」文勝質衰，於風雅之道大有損害，君釆因是微諷子衡所作宜復於簡質：「竊觀先生之作，較其工且多於古人皆不啻過之，故宜更少約之。其近於怨調宮體豪氣太露者，一切弗錄，此數者他人有之以爲美，在先生則棄而去之耳。去之者皆止於禮義歟，可謂損之而益也。自敘所云文貴精而不貴多者，非此論也。文章之弊久矣，作者蕩而不反，後生惑於所習，生誠悼之，每思得大人君子爲當世所思，嚮者變之，使復於簡直，迺先生之事也。」（以上《考功集・卷九・答王浚川先生論文書》）

才與學爲作詩者之所必具，兩者相成而不相妨，君釆於〈升庵詩序〉中曰：「古今言詩者病詩之難，夫詩之所以難者，才與學之難也。才本於天，學繫於人，非其才，雖學之不近也；有其才矣，非篤於學，則亦不盡其才也；古之人以詩名家，必兼於斯二者。顧其才有高下，學有疏密，故文體又各爲品第焉。夫才之不足，有所限而不可進也；學之不足，無所禦自止也。彊其才而進者寡，陋於學而止者眾，學而不止，極於不可進而後廢，古之作者猶難之。國朝能詩者盛於弘治、正德之際，其時數君子始尚古學，文體爲之一變，至於今日，鴻筆麗藻之士彬彬間出，數君子爲有功矣！然此數君子亦各才有高下，學有疏密，雖其高才嗜學者，要未有窮其學之所至，竭其才之所能者也。」觀上所述，知君釆於七子詩猶有未盡愜意者，其故在七子未窮學之所至，竭才之所能也。而後進之士復溺於時好，知學李、何之爲事，不知因流溯源，振葉尋根，取法乎上也。同文續曰：「嘗以爲知近而闇其遠，學所易能而後其難，人之公患也。眩於時好而不悟其短，沿於時習而不進求其上，世之常蔽也。語曰：『取法乎上，僅得乎中；取法乎中，斯爲下矣！』余懼將來者徒隨先進之後而雅道之日趨於下也。」（以上《考功集》卷十）是七子派之蔽，君釆在當日已言之矣！

君釆之論可約爲如下數點：

一、作詩宜義歸鑒戒，辭尚簡質。

二、才與學合則兼美，離則兩傷。

三、學空同、仲默不若學太白、子美。

第三節　其　他

第一目　徐禎卿

《談藝錄》爲昌穀論詩之作，語多精妙，茲將其要旨析述如下：

一、宗尊漢魏

《談藝錄》一書所論者皆爲古體，蓋傷漢末禮樂崩，晉宋新聲作，古風沈滯已甚，故「上緣聖則，下擿儒元，廣教化之源，崇文雅之致，削浮華之風，敦古樸之習」，於近體固未嘗齒及之也。

昌穀謂西京樂府可繼雅頌，其《談藝錄》曰：「漢祚鴻朗，文章作新，安世楚聲，溫純厚雅；孝武樂府，壯麗宏奇。縉紳先生，咸從附作，雖規迹古風，各懷剞劂，美哉歌詠，漢德雍揚，可爲雅頌之嗣也。」此緣建國之初，楚聲特盛，高祖大風、鴻鵠二歌而外，唐山夫人亦作房中樂歌十六章，迨乎孝武，立樂府，採歌謠，於是有代、趙之謳，秦、楚之風，皆頌神饗宴之樂，故爲雅頌之嗣也，而民歌則爲國風之次，所謂「興忽觸感，民各有情，賢人逸士，呻吟於下里；棄妻思婦，歎詠於中閨；鼓吹奏乎軍曲，童謠發於閭巷，亦十五國風之次也。」〔註 8〕

降及曹魏，孟德父子並擅篇章，攀龍托鳳，自致屬車者眾，彬彬之盛，于時大備矣，昌穀《談藝錄》云：「然國運風移，古朴易解，曹、王數子，才氣慷慨，不詭風人，而特立之功，卒亦未至。」其意謂魏詩古朴，弗叛於風人，所欠者特立耳。

〔註 8〕昌穀〈與朱君升之敘別〉亦云「夫文者聖賢不得已而後作，非若今之鬪靡而誇富也。」

漢、魏詩之可取處，在其古意猶存，可以養德，不殊經術，昌穀曰：「失詞士輕偷，詩人忠厚，訪漢、魏，古意猶存，故蘇子之戒愛景光，少卿之厲崇明德，規善之辭也；魏武之悲東山，王粲之感鳴鶴，子恤之辭也；甄后致頌於延年，劉妻取譬於唾井，繾綣之辭也；子建言恩，何必衾枕；文君怨嫁，願得白頭，勸諷之辭也。究其微者，何殊經術？作者蹈古轍之嘉粹，刊佻靡之非輕，豈眞精詩，亦可以養德也。」是以爲古詩者於漢、魏二朝不可不尊而宗之也。昌穀又云：「魏詩，門戶也；漢詩，堂奧也。入戶升堂，固其機也。而晉氏之風，本之魏焉，然而判迹於魏者，何也？故知門戶非定程也。」魏失之文質襍興，本末並用；晉失之由文求質，氣格衰下，反本之道，舍削文去末不爲功，此晉詩之所以不可宗也。昌穀續云：「夫欲拯質，必務削文，欲反本必資去末，是固曰然，然非通論也。玉韞于石，豈曰無文？淵珠露采，亦匪無質。由質開文，古詩所以擅巧，由文求質，晉格所以爲衰。若乃文質襍興，本末並用，此魏之失也。故繩漢之武，其流也猶至於魏；宗晉之體，其敝也不可以悉矣！」〔註9〕取法乎上，由質開文，格斯高矣！

二、先合度而後工拙

何以作詩先須合度？蓋大匠雖巧，無規矩不能成方圓，是以「詩貴先合度而後工拙，縱橫格軌，各具風雅。繁欽定情，本之鄭衞；生年不滿百，出自唐風：王粲從軍，得之二雅；張衡同聲，亦合關雎；諸詩固自有工醜，然而並馳者，託之軌度也。」不合古人軌度，必無聞於後焉；而中人學詩，循軌以求，更有其必要，昌穀曰：「夫哲匠鴻才，固自內穎；中人承學，必自迹求。大抵詩之妙軌，情若重淵，奧不可測；詞如繁露，貫而不襍；氣如良駟，馳合不軼；由是而求，可以冥會矣。」

顧所謂託之軌度者，非墨守不變之意也。情志既異，辭必因勢，

〔註9〕〈與朱君升之敘別〉亦云：「文詞不患其太華，而患於氣格之不振。」

是所謂合度者乃因情立格，不當尺尺而寸寸之也。昌穀曰：「夫情既異其形，故辭當因其勢，譬如寫物繪色，倩盼各以其狀；隨規逐矩，圓方巧獲其則，此乃因情立格，持守環圜之大略也。」作手則從心所欲不踰矩：「神工哲匠，顛倒經樞，思若連絲，應之杼軸；文如鑄冶，逐手而遷；從橫參互，恒度自若；此心之伏機，不可強能也。」大家變化多端，無施不可；較次者各擅一能，此力之所限，不可強也：「夫任用無方，故情文異尚，譬如錢體為圓，鈎形為曲，箸則尚直，屏則成方。大匠之家，哭飾襍出，要其格度不過總心機之妙，應假刀鋸，以成功耳。至於眾工小技，擅巧分門，亦自力限有涯，不可強也。」

三、論超悟

詩固貴能合度，惟其情必眞，感人始深，「若乃歔欷無涕，行路必不為之興哀；愬難不膚，聞者必不為之變色。」性情而外，昌穀謂宜再益之以深研宏識之法，方克有濟，其言曰：「古詩三百，可以博其源；遺篇十九，可以約其趣；樂府雄高，可以厲其氣；離騷深永，可以裨其思；然後法經而植旨，繩古以崇辭。」性情與學問相輔，則不致流於膚廓，此外於環境對創作之影響，宜加注意，昌穀曰：「若夫款款贈言，盡平生之篤好；執手送遠，慰此戀戀之情；勗勵規箴，婉而不直；臨喪挽死，痛旨深長；襍懷因感以詠言，覽古隨方而結論。行旅迢遙，苦辛各異；遨遊晤賞，哀樂難常；孤孽怨思，達人齊物；忠臣幽憤，貧士鬱伊，此詩家之錯變而規格之縱橫也。」環境各異，所作遂殊，此理之所固然，勢之所必至也。再者，個性與品格亦關乎作品風格，昌穀曰：「故宗工鉅匠，詞淳氣平；豪賢碩俠，辭雄氣武；遷臣孽子，辭厲氣促；逸民遺老，辭奪氣嚴；閹童壼女，辭弱氣柔；媢夫倖士，辭靡氣蕩；荒才嬌麗，辭淫氣傷。」

瞭然於上述諸項，知讀詩者不可求於字句之間，蓋「詩者，所以宣元鬱之思，光神妙之化者也。」昌穀續云：「若夫妙騁心機，隨方合節，或約旨以植義，或宏文以敘心，或緩發如朱絃，或急張如躍楛，或始迅以中留，或既優而後促，或慷慨以任俠，或悲悽以引泣，或因拙以得工，或發奇而似易，此輪扁之超悟，不可得而詳也。易曰：『書不盡言，言不盡意。』若乃因言求意，其亦庶乎有得歟！」既主超悟，遂重神韻，昌穀又論詩之原素曰：「朦朧萌拆，情之來也；汪洋漫衍，情之沛也；連翩絡屬，情之一也；馳軼步驟，氣之達也；簡練揣摩，思之約也；頡頏纍貫，韻之齊也；混沌貞粹，質之檢也；明雋清圓，詞之藻也。」詩須含蓄而有餘味，雄渾之作，切忌索露，所謂「氣本尙壯，亦忌銳逸。」由是觀之，昌穀有取於滄浪詩話者，神韻實多於格調也。

昌穀之論可歸納爲下列數點：

一、西漢樂府可繼雅頌，曹魏亦不詭風人，唯特立之功未至；漢魏詩猶存古意，可以養德。晉詩由文求質，故其格衰下，爲詩宜取乎上，故晉不可宗。

二、詩貴先合度而後工拙，唯合度非墨守不變之意，宜因情立格。

三、作詩性情與學識缺一不可。

四、環境、個性、品德決定風格。

五、言超悟，所論雖以格調說之第一義爲準，特重神韻，謂作詩須含蓄而有餘味。

六、《談藝錄》一書不言近體。

第二目　邊　貢

華泉持「文以求道」之說，其〈書博文堂冊後〉云：「古之君子之於文也，非徒務其博而已也，彼固有所取焉。傳曰：文以載道。又曰：文者，貫道之器。則是君子之取於文者，固將以求道也。」（《邊華泉集》卷十四）

論詩則謂其法有正有奇，善爲詩者宜守正而時出奇焉，其〈題史元之所藏沈休翁高鐵溪詩卷〉云：「兵法有奇有正，詩法亦然，而知者寡矣！……世之論詩者多厭正而喜奇，喜奇則難矣！正固不易造

也，奇非正則多失，正非奇則茸然不振，其病均耳。守之以正而時出奇，非老將孰能當之？」（《邊華泉集》卷十四）

李、杜而外，岑嘉州詩兼具俊逸奇悲壯五美，〈刻岑詩成題其後〉云：「夫俊也，逸也，是太白之長也；若奇焉而又悲且壯焉，非子美孰能當之？……今誦其集（《岑嘉州集》）如所謂『山風吹空林，颯颯如有人』，斯悲壯而奇矣！又如『長風吹白茅，野火燒枯桑』之句，不俊且逸也乎哉？夫俊也，逸也，奇也，悲也，壯也五者，李、杜弗能兼也，而岑詩近焉，斯不可以刻而傳之也乎哉？」（《邊華泉集》卷十四）

華泉於當世雖最推重獻吉，謂其詩、書兼有顏魯公與杜子美之長，唯戒人作詩寫字勿學獻吉，而宜溯源探本，以顏、杜爲宗師也，其〈題空同書翰後〉云：「魯公聖於書者也，子美聖於詩者也，李子兼之，可謂豪傑之士已矣！今之學者之爲詩若書，莫不曰：乃所願則學李子也。及其成也，弗顏弗杜，則顧曰：非我也，天也。嗟乎！詩有宗焉，曰三百篇；書有祖焉，曰蟲沙鳥跡，斯李子之學也矣！今之學者求顏、杜於李子，無乃已疏乎？古之人有言乎？取法乎上，僅得乎中，斯李子之謂矣！」（《邊華泉集》卷十四）以第一義爲準，七子皆有是論。

華泉之論可約爲下列數點：

一、文以求道。

二、諸法有正有奇，善爲詩者守之以正而時出其奇。

三、李、杜而外，嘉州其傑出者乎？

四、學獻吉不若學子美，蓋取法乎上，僅得乎中，取法乎中，斯爲下矣！

第三目　王廷相

子衡推崇李、何，於李尤盛，其〈李空同集序〉謂獻吉邁越少陵，秦漢以來，一人而已，其言曰：「杜子美雖云大家，要自成己格爾，

元稹稱其薄風雅，呑曹、劉，固知溢言矣。其視空同規尚古始、無所不極，當何以云信斯言也。」(《王氏家藏集》卷廿三)

至其論詩，則貴比興而賤賦，喜透瑩而惡黏著，〈與郭介夫學士論詩書〉曰:「夫詩貴意象透瑩，不喜事實黏著，古謂水中之月，鏡中之影，可以目睹，難以實求是也。三百篇比興雜出，意在辭表；離騷引喻借論，不露本情，……斯皆包韞本根，標顯色相，鴻才之妙擬，哲匠之冥造也。若夫子美北征之篇，昌黎南山之作，玉川月蝕之詞，微之陽城之什，漫敷繁敘，塡事委實，言多趁帖，情出附輳，此則詩人之變體，騷壇之旁軌也。」(《王氏家藏集》卷廿八)

程古爲作詩之首要條件,「蓄材會調，飾章命意，求合往古之度，用鶩大雅之塗。」程古者非四務三會不爲功，子衡曰:「措手施斤，以法而入者有四務；眞積力久，以養而充者有三會。謂之務者，運庸其力者也；謂之會者，待其自至者也。」所謂四務即運意、定格、結篇、練句是也,「意者，詩之神氣，貴圓融而忌闇滯；格者，詩之志向，貴高古而忌蕪亂；篇者，詩之體質，貴貫通而忌支離；句者，詩之肢骸，貴委曲而忌直率。是故超詣變化，隨模肖形，與造化同工者，精於意者也；構情古始，侵風匹雅，不涉凡近者，精於格者也；比類攝故，辭斷意屬，如貫珠累累者，精於篇者也；機理混含，辭尠意多，不犯輕佻者，精於句者也。」所謂三會，即博學以養才，廣著以養氣，經事以養道是也,「才不贍則寡陋而無文，氣不充則思短而不屬，事不歷則理舛而犯義，三者所以彌綸四務之本也。」(以上皆見《王氏家藏集・卷廿八・與郭介夫學士論詩書》)

如上所述，作詩必先擬古，及其久也，由熟而悟，則舊迹泯而變化成矣，子衡〈與郭价夫學士論詩書〉又曰:「工師之巧，不離規矩；畫手邁倫，必先擬摹。風騷樂府，各具體裁；蘇、李、曹、劉辭分界域；欲擅文囿之撰，須參極古之遺，調其步武，約其尺度，以爲我則，所不能已也。久焉純熟，自爾悟入，神情昭於肺腑，靈境徹於視聽，開闔起伏，出入變化，古師妙擬，悉歸我闥，由是搦翰以抽思，則遠古即今，高天下地，凡具形象之屬，生動之物；靡不綜攝，爲我材品；敷辭以命意，則凡九代之英，三百之章，及夫仙聖之靈，山川之精，靡不會協，爲我神助。此非取自外者也，習而化於我者也，故能擺脫形模，凌虛構結，春育天成，不犯舊跡矣。」正是由師谷入手，而後自成一家之意。

其論格調，則謂以三百篇爲骨格，再讀楚騷與漢、魏、晉、宋四朝詩，〈與王孔昭書〉云：「文字枯而不暢，詩興思沖淡，惜宋人格調爾。試以三百篇爲骨格，取材於離騷、漢魏晉宋四代，當自有得也。」（《家藏集》）

子衡修身力學，以聖賢自期，論文亦主實用，其〈石龍集序〉云：「浚川子曰：余讀石龍，知黃子學有三尙，而爲文之妙不與存焉。何謂三尙？明道，稽政、志在天下是也。」同文續謂文若不涉載道德政事，有意求工，必華而無實，爲君子所病，反之，志於道而無意爲文者，其文必至：「夫今之人刻意模古，修辭非不美也。文華而意劣，言繁而蔑實，道德政事，寡所涉載，將於世奚意？謂不有歉於斯文也哉？嗟乎！有意於爲文者，志專於文，雖裁製衍麗，而其氣常塞，組繪雕刻之跡，君子病之矣。無意於爲文者，志專於道，雖平易疏淡，而其理常暢，雲之變化，湍之噴激，窅無定象可以執索，其文之至矣乎！黃子之文，當以無意求之可也。故曰學有三尙，而爲文之妙不與存焉。」又其〈華陽稿序〉謂詩文非所以示於世，亦非不得已而言之，乃在適性而未嘗有意爲之也，其言曰：「浚川子游于蜀者三年，得所著詩文雜說幾三百餘首，萃爲帙而橐之。門人問曰：『羣品效材，萬象呈美，何若是多？子將以言示於世耶？飾旨摛辭，歸綜於道，何若是嚴？子將以賢示於世耶？』浚川子不答。門人退而思之，三日而再見，曰：『感於天機，萬物皆入吾之會，雖言之而非溢言耶？存乎道符，言也舉不畔其則，恐淆亂于外，而卓守其貞耶？夫子殆不得已而言，非乎？』浚川子不答。門人退而思之，又三日而再見，曰：『得之矣。雲之生於山，氣機也。升於太空，其象爲峰巒，爲水波，爲白衣，爲綵錦，爲人物，爲花卉，其變也，雲何嘗以意而爲之？龍之乘乎雲也，自適其性爾，感而爲雨，澤彼下土，不幾於神乎？使曰龍之致之，雖問之龍，龍亦不知。夫子之爲文，以是求之，可乎？』浚川子輾然而笑曰：『有是哉？』」（以上皆見《家藏集》）

文者，道之器，實之華，〈文王篇〉云：「六經之所陳者，皆實行之著，無非道之所寓矣。故無文則不足以昭示來世，而聖蘊莫之睹。尙書，政也；易，神也；詩，性情也；春秋，法也；禮，教也，聖人之蘊，不於斯可睹乎？是故學於六經而能行之則爲實，反而能言之則爲華，斯於聖蘊幾矣。是文也者，道也，非徒言也。」（〈愼言〉）文所以衍道，〈杜研岡集序〉云：「文章衍道之具也，要之，乃聖賢可久之業。文而蔑所關繫，徒言也，故有道者恥之。咸韶之歌，墳索之撰，世逖文湮，靡攸稽已；而風、雅、典、謨、華存軌式，觀其擬論中正，義旨疏朗，人紀、天道、性情、政理之外無淫獵焉。越千億祀仰求聖眞，此其衡準乎哉！」魏晉以降，華過其實，古雅沈淪，欲拯斯弊，則宜厚人倫，植風教，同篇續云：「嗟乎！文章之敝也久矣！自魏晉以還，刻意藻飾，敦悅色澤，以故文士更相沿襲，摹纂往轍，遂使平淡凋傷，古雅淪隕，辭雖華繪，而天然之神鑿矣。況志不存乎道者其識陋，情不周于物者其論頗，學不經乎世者其旨細，由是而爲文，乃於人也不足以訓，而況支贅淫巧，以垢衊乎風雅典謨之正乎？是故知言者病之矣。今觀研岡之集，氣沖筆建，學博思深，吐語符道德，發慮中經綸，其見愈眞，其機愈含，其情愈切，其言愈婉，可以厚人倫，可以植風教，所謂人紀、天道、性情、政理之外無文章者，乃於是乎可睹。且不爲凌駕巇怪，援取異端，持辯堅白，漁獵駁雜之談，眞得乎六籍之周行，斯文之會通矣。研岡子乃古之遺雅，非乎？語云：『清廟之瑟，朱絃而疏越，一唱而三歎，有遺音者』，言其音致備極而不盡用，若遺之也；又曰：『文章得天地中和之氣，則高不入於荒唐，下不梏於凡近』，言閎深典雅，澤乎道德之中也。嗟乎！此皆可以贊研岡矣。」（以上皆見《內臺集》）

言須合道傳志，故文所以闡道，〈雅述〉上篇云：「文以闡道，道闡而文實，六經所載皆然也。晉，宋以往，競尚浮華，刻意俳麗，劉勰極矣。至唐韓、柳雖稍變其習，而體裁猶文。道止一二，文已千百，謂之闡道，眇乎微矣！今之言者曰：宋儒興而古之文廢，以其人無美惡，皆欲合道傳志，故考實而無人，抽華而無文。嗟乎！豈其然哉？夫人有蹈道之言，有見道之言，安論性行一軌？言而不欲合道傳志，將何爲邪？故知文士之言靡而寡用。」

子衡之論可約爲如下數點：

一、作詩宜合往古之度，意貴圓融，格貴高古，篇貴貫通，句貴委曲，以此四者措手施斤；復博學以養才，廣著以養氣，經事以養道，而後詩之能事始備。

二、詩先擬古而後自成一家。

三、貴比興而賤賦。

四、詩、騷、漢魏晉宋四代皆可師法。

五、文之可貴者，以其適性而無意爲之也。

六、文所以闡道衍道，魏晉以還，華過其實，將欲救弊，必也厚人倫，植風教乎？

第四目　康　海

錢牧齋嘗謂德涵於詩文持論甚高，與獻吉興起古學，排抑長沙，一時奉爲標的〔註 10〕。

馬理謂德涵幼穎異，七八歲授毛詩，無何通大義，又讀陳止齋文，倣而論事，雜陳文中，人莫能辨焉。其〈對山先生墓誌銘〉稱德涵自言「讀蘇文，曰：老泉集吾取二三策焉，其簡書之謂也。讀韓、柳文曰：退之吾取其論議焉，子厚吾取奇敘事焉。已矣讀史記、漢書，曰：固書所載，漢文獻爾；遷史則春秋戰國前文獻在焉；吾與其固，寧遷

〔註 10〕見《列朝詩集小傳・丙集・康修撰海》。

也。續讀程朱集，曰：旨哉！其味道也，文之則六籍可企，遷不足論矣！」此爲德涵學文之歷程，亦其論文之大旨也。

細言之，則尊六經而尚先秦，〈與張用昭〉云：「潛沈諷詠，自求經訓之間，既通融貫液，然後操紙命辭，自必有過人者。」（《對山集》卷二）〈漁石類稿序〉云：「唐子（指唐虞佐）嘗言文不如先秦，不可以云古非，誠哉！知言者乎？」（《對山集》卷三）

文不唯可以宣志，抑且可以致道，其極則推周、孔之經也，〈浚川文集序〉云：「夫言者，心之聲，文者，言之章者也。士自始學以及於其老，莫不唯道焉，是致道不可以無著也，莫不唯文焉，是業君子所以布其心志於天下後世者，文而已也。然天下後世讀其書，則有以考其德，考其德則有以識其人，是文之所以爲文者，以學而不以誇，以所能至而不以其所徒聞，故周公、孔、孟之文，當時誦之，後世仰之。其體如是也，故以其可守善，弗久而敝也，可謂之經。經者，常也，盡人倫之常者也，故濁世莫能蝕，盛世莫能加，巧者毋責，知者毋變也。」（《對山集》卷四）文之致者精而典〔註11〕，敘事宜實，論理宜明，〈何仲默集序〉云：「嗟乎！文其在茲乎？夫序述以明事，要之在實；論辯以稽理，要之在明；文辭以達是二者，要之在近厥指意。凡仲默之所作，三者備焉，故予歆慕歎息，非私之也。」（《對山集》卷四）

德涵工樂府，詩歌非其所長，而持論甚高，以復古爲職志，謂有明文章之盛，以弘治爲最，彼七子者即爲反古昔而變流靡之倡導人物，其〈渼陂先生集序〉曰：「而余亦幸竊附於諸公之間，乃於所謂孰是孰非者，不溺於剖劘，不怵於異同，有灼見焉。於是後之君子言文與詩者，先秦、兩漢、魏、晉、盛唐彬彬然盈乎域中矣。」（《對山集》卷三）此外，德涵於初唐亦有取焉，其〈樊子少南詩集序〉曰：「予昔在詞林讀歷代詩，漢魏以降，顧獨悅初唐焉，其詞雖縟而其氣

〔註11〕見《對山集・卷三・登峨山詩序》。

雄渾朴略，有國風之遺響。……或曰：『唐初承六朝靡麗之風，非儷弗語，非工弗傳，實雕蟲之末技爾，子以雄渾朴略與之，何邪？』曰：『正以承六朝之後而能卒然振奮，詞或稍襲其故，而格則力脫其靡也。』」（《對山集》卷四）

初唐因能脫六朝之靡，具雄朴之氣，爲國風之遺響，故可取也。然則又何取於國風邪？德涵於〈存笥集序〉中云：「存笥集者，淩谿朱子升之所作也。清新俊逸，苟有諷詠興起之益，雖鄉黨閭巷可也；況思深義熟，該備情理如淩谿子之撰哉？」（《對山集》卷四）詩能傳世與否，係於諷詠興起，思義兼具，情理該備，而與作者爵位年齒無關也，國風之可取者以此。

詩之生由於因情命思，其道則在比物陳興，德涵曰：「夫因情命思，緣感而生者，詩之實也；比物陳興，不期而與會者，詩之道也；君子之所以優劣古先，考論文藝，於二者參決焉。」（《對山集・卷四・太微山人張孟獨詩集序》）有諸中則必形諸外，詩之佳者不惟法度宛然，抑且志意不蝕，與剽竊模擬者相去何止千里？〈韓汝慶集序〉曰：「曹植而下，杜甫、李白爾，三子者，經濟之略，停蓄於內，滂沛洋溢，鬱不得售，故文辭之際，惟觸而應，聲色臭味，愈用愈出，法度宛然而志意不蝕，與他摹倣剽剟遠於事實者，萬萬不可同也。」（《對山集》卷四）德涵之不以摹擬爲然，蓋瞭然於「體裁因時而異，世道升降，聲音畢從」之理（《對山集・卷四・樊子少南詩集序》）。世代既移，風習各異，體裁聲調自不能不隨之而變也。

德涵之論可約爲下列數點：

一、論文推六經而尚先秦，論詩取漢、魏而悅初唐。

二、文者所以宣志致道。

三、詩生乎情思，其道則在比物陳興，剽竊之作不足取。

四、文之致者精而典，敘事宜實，論理宜明。

五、時代環境影響詩風。

第五目　王九思

敬夫自云爲詩得力於獻吉指引，而所作與之不盡相合，〈渼陂集自序〉曰：「予始爲翰林時，詩學靡麗，文體萎弱，其後德涵、獻吉導予易其習焉。獻吉改正予詩者，稿今尚在也；而文由德涵改正者尤多，然亦非獨予也，惟仲默諸君子亦二先生有以發之，顧予頑鈍，不能勉副其意。」

詩之當作與否，一以諷勸教化爲準，敬夫曰：「詩可作乎？曰：馳情肆志，誇多鬪靡，無補風教，作之奚益？詩可無作乎？曰：發乎情，止乎理義，可勸可懲，作之奚害于道也。」（《渼陂續集・卷下・涇野別集序》）

「文必秦漢，詩必盛唐」說，原爲七子之所樂道者，惟句擬字模之徒則不爲敬夫所取，其〈刻太微後集序〉曰：「嗚呼！文豈易爲哉？今之論者，文必曰先秦，兩漢，詩必曰漢、魏、盛唐，斯固然矣，然學力或歉，模倣太甚，未能自成一家之言，則亦奚取斯也。……往歲予嘗讀其詩矣（按指張孟獨詩），宛然漢魏盛唐之音響也，然未嘗掇其句，乃讀其文，宛然先秦兩漢之風氣也，然未嘗泥其故，蓋有今日之名士所未能免之疵，孟獨乃能灑然脫去，自爲一家之言，所謂不煩繩削而自合者，其在天下後必傳無疑也。」不求與古人合而與古人無所不合，此孟獨詩之所以爲敬夫擊節讚賞者也。

要之，敬夫之論可約爲下列數點：

一、詩宜懲惡勸善，發情止禮。

二、模倣太甚者不足以成家。

第七章　後七子派之詩文論（上）：後七子

第一節　謝　榛

當弘治七子之角逐文場也，李、王諸人猶未出世，而茂秦年已十餘〔註 1〕，於擬古派由盛轉衰之過程，非僅耳聞，且係目睹；又其交遊中有田汝耔、左國璣、黃省曾三人〔註 2〕；汝耔受業於獻吉，國璣爲獻吉妻弟〔註 3〕，省曾則千里致書，願爲弟子〔註 4〕，今雖乏實據可證茂秦與獻吉有否往來，然因三人而聞前七子之論，習其薰染，則無可疑；以故，作爲前七子與後七子之橋樑且足以領袖李、王諸子者，舍茂秦外，無他人焉，錢牧齋嘗論其詩云：「其聲律圓穩，持擇矜愼

〔註 1〕前七子以徐昌穀中式最遲，於弘治十八年舉進士第，是年茂秦已十一歲，餘子猶未出世。

〔註 2〕田汝耔字深甫，與茂秦善，茂秦有〈春日洹上過田深甫留酌〉、〈得田深甫書〉各一首以贈之，又其《四溟詩話》述及與深甫論詩者亦有數次之多，茂秦與左國璣（字舜齊）爲文字交，有〈寄左舜齊〉、〈悼左舜齊〉各一首。與黃省曾者則有〈酬五嶽山人黃勉之見寄一首〉，皆見《四溟山人全集》。

〔註 3〕見錢謙益《列朝詩集小傳》丙集。

〔註 4〕見《列朝詩集小傳・丙集・黃舉人省曾》與〈左舉人國璣〉、《明史・卷二百八十六・文苑二》。

者，弘、正之遺響也；其應酬牽率，排比支綴者，嘉、隆之前茅也。」（《列朝詩集小傳》丁集上），此爲茂秦重要性之一。

世之言嘉靖七子者，必稱李、王，實則諸人稱詩選格，多取定於茂秦〔註5〕，此爲四溟子重要性之二。

因是，言後七子之論，必以茂秦爲首焉。

一、以正爲主崇盛唐

茂秦論詩有取於嚴滄浪，其《四溟詩話》曰：「古人作詩，譬諸行長安大道，不由狹邪小徑，以正爲主，則通於四海，略無阻滯。」（卷三）既以正爲主，則宜師法前賢，蓋「學其上僅得其中，學其中斯爲下矣，豈有不法前賢而法同時者？」（卷一）李洞、曹松學賈島，唐彥謙學溫庭筠，盧延讓學薛能，趙履常學黃山谷，皆足以爲學者之誡。

以第一義爲準，自必宗唐抑宋，《詩話》曰：「七言絕句，盛唐諸公用韻最嚴，大曆以下稍有旁出者，作者當以盛唐爲法。盛唐人突然而起，以韻爲主，意到辭工，不假雕飾，或命意得句，以韻發端，渾成無迹，此所以爲盛唐也。宋人專重轉合，刻意精鍊，或難於起句，借用旁韻，牽強成章，此所以爲宋也。」（卷一）七言絕句盛唐人以韻爲主，不假雕飾；宋人刻意精鍊，牽強成章，其不如唐也固宜，此爲原因之一。

《詩話》曰：「唐人歌詩，如唱曲子，可以協絲簧，諧音節；晚唐格卑，聲調猶在，及宋柳耆卿、周美成輩出，能爲一代新聲，詩與詞爲二物，是以宋詩不入絃歌也。」（卷一）唐人詩類可入絃歌，宋則反是，故不如唐，此爲原因之二。

《詩話》又曰：「詩不厭改，貴乎精也。唐人改之，自是唐語；宋人改之，自是宋語，格調不同故爾。」（卷二）以格調之異，判唐

〔註5〕參閱《四溟詩話》卷三、《列朝詩集小傳・丁集上》、《明史・卷二百八十七》、吳喬《圍爐詩話》卷六。

宋高下，此爲原因之三。

《詩話》復云：「詩有辭前意，辭後意，唐人兼之，婉而有味，渾而無迹。宋人必先命意，殊無思致。」（卷一）此爲原因之四。

《詩話》續云：「唐人詩法六格，宋人廣爲十三：『一字血脈，二字貫串，三字棟梁，數字連續中斷，鈎鎖連環，順流直下，單拋雙拋，內剝外剝，前散後散，謂之層龍絕藝。』作者泥此，何以成一代詩豪邪？」（卷一）唐人脫化，宋人拘泥，此爲原因之五。

茂秦謂作詩有堂上、堂下、階下三等語，而以盛唐爲堂上語，宋人爲階下語，其《詩話》曰：「凡上官臨下官，動有昂然氣象，開口自別，若李太白『黃鶴樓中吹玉笛，江城五月落梅花』，此堂上語也。凡下官見上官，所言殊有條理，不免局促之狀，若劉禹錫『舊時王、謝堂前燕，飛入尋常百姓家』，此堂下語也。凡訟者說得顛末詳盡，猶恐不能勝人，若王介甫『茅簷長掃淨無苔，花木成蹊手自栽』，此階下語也。有學晚唐者，再變可躋上乘，學宋者則墮下乘而變之難矣！」（卷四）觀此，知茂秦之鄙薄宋人可謂甚矣！而宋之與唐，其氣象亦大有別也。

盛唐而外，初唐亦在茂秦師法之列，其《詩話》曰：「余客京時，李于鱗、王元美、徐子與、梁公實、宗子相諸君招余結社賦詩，一日因談初唐、盛唐十二家詩集，並李、杜二家孰可專爲楷範？或云沈、宋，或云李、杜，或云王、孟。予默然久之，曰：『歷觀十四家所作，咸可爲法。當選其詩集之最佳者，錄成一帙，熟讀之以奪神氣，歌詠之以求聲調，玩味之以裒精華，得此三要，則造乎沈淪，不必塑謫仙而畫少陵也。』」（卷三）十二家者，王、楊、盧、駱、沈、宋、陳、杜、王、孟、高、岑是也，皆爲初、盛唐時人，合李、杜即爲十四家。茂秦之意在兼并各家，取其神氣、聲調、精華，集眾長而爲一，繼以「奇古爲骨，平和爲體……高其格調，充其氣魄。」（卷四）能若是，則不失正宗矣！

十四家中最可尊者，厥爲李、杜，《詩話》曰：「大篇決流，短篇歛芒，李、杜得之。」（卷二）二子工於聲調，「盛唐以來，李、杜二公而已。」（卷三）其詩法又奇正參伍，最爲可貴，《詩話》曰：「發言平易而循乎繩墨，法之正也。發言雋偉而不拘乎墨，法之奇也。白樂天正而不奇，李長吉奇而不正，奇正參伍，李、杜是也。」（卷二）不僅此也，《詩話》曰：「情融乎內而深且長，景耀乎外而遠且大，當知神龍變化之妙，小則入乎微罅，大則騰乎天宇，惟李、杜二老知之。」（卷四）

李、杜二老難軒輊之，《詩話》曰：「子美五言絕句皆平韻，律體景多而情少；太白五言絕句平韻，律體兼仄韻，古體景少而情多；二公各盡其妙。」（卷二）顧學子美易，法太白難耳，《詩話》曰：「若太白、子美行皆大步，其飄逸沈重之不同，子美可法而太白未易法也。」（卷三）

學十四家之最終目的在自成一家，《詩話》曰：「夫大道乃盛唐諸公所共由者，予則曳裾躡屩，由乎中正，縱橫於古人眾跡之中，及乎成家，如蜂采百花爲蜜，其味自別，使人莫辨也。」（卷三）又曰：「是夕夢李、杜二公登堂謂余曰：『子老狂而遽言如此，若能出入十四家之間，俾人莫知所宗，則十四家又添一家矣。』」（卷四）茂秦以爲學盛唐者不宜畫地自限，宜越曹魏而追兩漢，其《詩話》曰：「今之工於近體者，惟恐官話不專，腔子不大，此所以泥乎盛唐，卒不能越魏，進而追兩漢也。」（卷三）

二、養眞與悟妙

茂秦《四溟詩話》嘗云：「體貴正大，志貴高遠，氣貴雄渾，韻貴雋永，四者之本，非養無以發其眞，非悟無以入妙。」（卷一）因體貴正大，故崇盛唐；志貴高遠，故欲自成一家；氣貴雄渾，故側重沈著痛快〔註6〕；韻貴雋永，故主興味；而四者之本則須養眞與悟妙。

〔註 6〕嚴儀卿謂詩之大概有二：一曰優游不迫，一曰沈著痛快，見《滄浪詩話》。

養眞之道有二：一曰德，二曰學；所欲養者亦有二：一養其性，二養其氣。至於悟妙，蓋直承滄浪，遠紹表聖者也。既欲養眞，當不以模擬爲然；既欲悟妙，學李、杜時切忌得其形似而遺其神理。

茲先論養眞之道。

何謂眞？《詩話》曰：「江淹擬劉琨，用韻整齊，造語沈著，不如越石吐出心肺。」（卷一）吐出心肺即爲眞，言不由衷，則失其眞，字模句擬者必失性情之眞，《詩話》曰：「今之學子美者，處富有而言窮愁，遇承平而言干戈，不老曰老，無病曰病，此摹擬太甚，殊非性情之眞也。」（卷二）夫學杜是已，學杜而失性情之眞，不若不學。明代詩人口言復古，筆實擬古，茂秦此言，當係有感而發。

養眞之道，其一曰德。《詩話》曰：「人非雨露而自澤者，德也；人非金石而自澤者，名也；心非源泉而流不竭者，才也；心非鑑光而照無偏者，神也。非德無以養其心，非才無以充其氣。心猶舸也，鳴世之具，惟舵載之；立身之要，惟舵主之。士衡、士龍有才而恃，靈運、玄暉有才而露，大抵德不勝才，猶泛舸中流，舵師失其所主，鮮不覆矣！」（卷三）道學家爲道而養德，茂秦則爲詩而養德，以無德必有害於詩也。欲以德養，必先去忌、奸、諂三害，《詩話》曰：「凡製作繫名，論者心有同異，豈待見利而變哉？或見有佳篇，面雖云好，默生毀端，而播於外，此詩中之忌也；或見有奇句，佯爲沈思，欲言弗言，俾其自疑弗定，此詩中之奸也；或見名公巨卿所作，不拘工拙，極口稱賞，此詩中之諂也。諂者利之媒，奸者利之機，忌者利之蠹，然愼交則保名，三者有一，不能無損，如藥加硝黃之類，其耗於元氣者多矣！」（卷三）

養眞之道，其二曰學。《詩話》曰：「漢人作賦，必讀萬卷書，以養胸次，離騷爲主，山海經、輿地志、爾雅諸書爲輔，又必精於字書，識所從來，自能作用，若揚施戍削之類，命意宏博，措辭富麗，千彙萬狀，出有入無，氣貫一篇，意歸數語，此長卿之所以大過人者也。」（卷二）賦家讀破萬卷，以養胸次，司馬長卿之過人者在此。讀書能貫經史而粹旨趣，必可名家，《詩話》續曰：「夫縉紳作詩者，其形也易腴，其氣也易充，貫乎經史，粹乎旨趣，若江河有源，而滔滔弗竭，欲造名家，殊不難矣！」（卷三）

次論所欲養者。

一養性情。《詩話》曰：「陶潛不仕宋，所著詩文，但書甲子；韓偓不仕梁，所著詩文，亦書甲子。偓節行似潛而詩綺靡，蓋所養不及爾。薛西原曰：『立節行易，養性情難。』」（卷一）是德行與性情爲二物，而性情尤爲難養。有眞性情斯有眞詩，《詩話》曰：「漢武帝『秋風起兮白雲飛』出自『大風起兮雲飛揚』，『蘭有秀兮菊有芳，懷佳人兮不能忘』出自『沅有芷兮澧有蘭，思公子兮未敢言』。漢武讀書，故有沿襲，漢高不讀書，多出己意。」（卷二）茂秦非謂作詩不必讀書，乃欲人勿因學而汩其本性，失其眞性情。《詩話》又云：「皇甫湜曰：『陶詩切以事情，使加藻飾，無異鮑、謝，何以發眞趣於偶爾，寄至味於澹然？』陳后山亦有是評，蓋本於湜。」（卷二）淵明詩所以克成隱逸之宗者，蓋得力於性情之眞爾。

二曰養氣。《詩話》曰：「自古詩人養氣，各有主焉。蘊乎內，著乎外，其隱見異同，人莫之辨也。熟讀初唐、盛唐諸家所作，有雄渾如大海波濤，秀拔如孤峰峭壁，壯麗如層樓疊閣，古雅如瑤瑟朱絃，老健如朔漠橫雕，清逸如九皋鳴鶴，明淨如亂山積雪，高遠如長空片雲，芳潤如露蕙春蘭，奇絕如鯨波蜃氣，此見諸家之所養不同也。」（卷二）熟味諸家，集其所長，必有助於養氣也。

再次言悟。《詩話》曰：「作詩有專用學問而堆垛者，或不用學問而勻淨者，二者悟不悟之間耳。惟神會以定取捨，日趨乎大道，不涉歧路矣。譬如楊升庵狀元謫戍滇南，猶尚奢侈，其粳糯黍稷，膊臠殽鱠，種種羅於前，而筋不周品，此乃用學問之癖也。又如遊五台山訪僧侶，廚下見一胡僧執爨，但以清泉注釜，不用粒米，沸則自成饘粥。此無中生有，暗合古人出處，此不專於學問，又非無學問者所能到也。」（卷三）是悟較學尤爲重要，有學而又能悟爲最佳，學而不悟，不若不學。能悟則能得中正之法，《詩話》曰：「或問作詩中正之法，《四溟子詩》曰：『貴乎同不同之間，同則太熟，不同則太生，二者似易實難，握之在手，主之在心，使其堅不可脫，則能近而不熟，遠而不生，此惟超悟者得之。』」（卷三）詩法或因小及大，或因著入微，而其悟則一，《詩話》曰：「詩固有定體，人各有悟性，夫有一字之悟，一篇之悟，或由小以擴乎大，因著以入乎微，雖小大不同，至於渾化則一也。」（卷四）

詩有四格，曰興、曰趣、曰意、曰理。走筆成詩即爲興，內蘊天機，「待時而發，觸物而成。」（卷二）否則，雖幽尋苦索，無益也。太白贈汪倫詩云：「桃花潭水深千尺，不及汪倫送我情。」即興在一時之作。興與悟不可相離，所謂「詩有不立意造句，以興爲主，漫然成篇，此詩之入化也。」（卷一）詩能入化，作者之能事備矣！

幽尋苦索，雖未必能悟，顧悟往往自苦思中來。蓋眞積力久則入，《詩話》曰：「思未周處，病之根也。數求改穩，一悟得純。子美所謂『新詩改罷自長吟』是也。」（卷三）又云：「或曰：『自然高妙，何必苦思？』四溟子曰：『新詩改罷自長吟，此少陵苦思處，使不得深入溟渤，焉得驪頷之珠哉？』」（卷二），悟以見心，勤以盡力，法雖不同，及其悟也則一，《詩話》曰：「凡作古體近體，其法各有異同，或出於有意無意之間，妙之所由來，不可必也。妙則天然，工則渾然。」（卷三）由悟入妙，或著力，或不著力，合則雙美，離則兩傷，《詩話》曰：「自然妙者爲上，精工者次之，此著力不著力之分，學之者不必專一而逼眞也。專於陶者，失之淺易；專於謝者，失之飣餖；孰能處於陶、謝之間，易其貌，換其骨，而神存千古？」（卷四）作詩能如陶、謝手，欲造妙悟之境，斯不難矣！

三、論批評

茂秦於《詩話》中首論批評之必要曰：「蓋擅名一時，寧肯帖然受詆訶！又自謂大家氣格，務在渾雄，不屑於字句之間，殊不知美玉微瑕，未爲全寶也。」(卷三) 雖古人詩亦有瑕疵，作詩者切勿自滿，《詩話》曰：「若識者詆訶則易之，雖盛唐名家亦有罅隙可議，所謂瑜不掩疵是也。」(卷二) 基於此理，遂勸盧次楩宜多思索，勤加修改，以成無瑕之玉，其言曰：「凡靜臥宜想頭流轉，思未周處，病之根也。數求改穩，一悟得純，子美所謂『新詩改罷自長吟』是也。吾子所作太速，若宿構然，再假思索，則無瑕之玉，倍其價矣！」(卷三) 良驥經伯樂之品第，其價益高，《詩話》曰：「雖躋上乘，得正法眼評之尤妙。勤以盡之，苦以精之，謙以全之，能入乎天下之目，則百世之目可知。」(卷三)

有明一代，士氣之盛，幾欲凌兩漢而上之，發而論詩，每放言高論，驕易妄庸，其失則在「我無妨奴蓄萬人而不許一人以議我」，茂秦被削名於七子之列，即緣於論詩太嚴。強者宰制，弱者俛首，不惟公論漸失，且模擬之風益盛，所謂千人一聲，萬口一響是也。茂秦心憂之，因拈「勤」、「苦」、「謙」三言以濟之。

至於論詩者不吐眞言，其因有二，《詩話》曰：「或終篇稱許，而不雌黃一字，恐有誤則貽笑爾；或灼見其疵，雖有奇字，隱而不言，恐人完其美，據其名，是出於意，非忌而何？」(卷三) 救弊之道，唯有益之以學而養之以德也。

四、其　他

(一) 非興則造語弗工

《詩話》曰：「凡作詩悲歡皆由乎興，非興則造語弗工，歡喜之意有限，悲感之意無窮。歡喜詩，興中得者雖佳，但宜乎短章，悲感詩，興中得者更佳。至於千言反覆，愈長愈健，熟讀李杜全集，方知無處無時而非興也。」(卷三) 以興爲詩固佳，然亦不可以害義：「李頎貽張旭詩曰：『長安百萬家，家家張屛新。誰家最好山？我願爲其鄰。』然好山非近一家，何必擇鄰哉？此亦寫興害義，與頎同病也。」(卷一) 又評李白與劉文房兩聯意重：「太白贈浩然詩，前云：『紅顏棄軒冕』，後云：『迷花不事君』，兩聯意頗相似。劉文房〈靈祐上人故居詩〉既云：『幾日浮生哭故人』，又云：『雨花垂淚共沾巾』，此與太白同病，興到而成，失於檢點。意重一聯，其勢意重，法不可從。」（卷三）

（二）尚雄渾

茂秦論詩尚雄渾，其《詩話》曰：「氣貫雄渾。」（卷一）崇盛唐之一因，即以其有雄渾之氣：「韓退之稱賈島『鳥宿池邊樹，僧敲月下門』爲佳句；未若『秋風吹渭水，落葉滿長安』，氣象雄渾，大類盛唐。」（卷二）又曰：「許用晦金陵懷古，頷聯簡板，對爾頸聯，當贈遠遊者，似有戒慎意，若刪其兩聯，則氣象雄渾，不下太白絕句。」（卷二）又曰：「趙章泉、韓澗泉所選唐人絕句，惟取中正渾厚，閒雅平易，若夫雄渾悲壯，皆不之取，惜哉！」（卷二）所以推重李白者以雄渾，所以稱人者亦以雄渾。又讚謝朓、陰鏗二人之詩曰：「謝宣城夜發新林詩：『大江流日夜，客心悲未央。』陰常侍曉發新亭詩：『大江一浩蕩，悲離足幾重。』二作突然而起，造語雄渾，六朝亦不多見。」（卷三）又曰：「賦詩要有英雄氣象，人不敢道，我則道之；人不肯爲，我則爲之，厲鬼不能奪其正，利劍不能折其剛。」（卷四）論詩特重雄渾，此爲格調說特色之一。

（三）反模擬

錢牧齋《列朝詩集小傳》予後七子以嚴厲之批判，獨於四溟山人深致讚詞云：「茂秦今體，工力深厚，句響而字穩，七子、五子之流，皆不及也。」錄七子之詠，首茂秦曰：「使後之尚論者，得以區別其薰蕕，條分其涇渭。」（皆見丙集）蓋謂茂秦在七子中眾醉而獨醒也。

茂秦雖主學十四家，然最終目的則在於自成一家。細閱《四溟詩話》，其基本立論乃在於「反模擬」，其故可得而言者有四：

1. 文隨世變

《四溟詩話》曰：「三百篇直寫性情，靡不高古，雖其逸詩，漢人尚不可及。今之學者，務去聲律，以爲高古，殊不知文隨世變，且有六朝、唐、宋影子，有意於古，終非古也。」（卷一）詩文隨環境而變，一味強學古人，適足以招「贋古」之譏而已。

2. 性情宜真

茂秦反對學子美者，處富有而言窮愁，遇承平而言干戈，不老曰老，無病曰病。又評江淹擬劉琨之作，雖用韻整齊，造語沈著，猶不如越石吐出心肺。又以爲漢武學高祖〈大風歌〉，故有沿襲。基於「爲詩要出自性情」之理，是以反模擬。

3. 自成一家

茂秦既志在自成一家，故欲意新語妙：「作詩最忌蹈襲，若語工字簡，勝於古人，所謂化陳腐爲新奇是也。」（卷二）又曰：「凡襲古人句，不能翻意新奇，造語簡妙，乃有愧古人矣！」（卷三）

4. 不可泥古

《詩話》曰：「夫學古不及，則流於淺俗矣。今之工於近體者，惟恐官話不專，腔子不大，此所以泥乎盛唐，卒不能超越魏，進而追兩漢也。」（卷三）是茂秦不欲泥古而以盛唐自限也。

（四）識　解

爲詩之道，才學而外，厥爲識解，茂秦論詩之識解，有如下述。

《詩話》謂作詩須重體、志、氣、韻（卷一），須處於陶、謝之間：「自然妙者爲上，精工者次之，此著力不著力之分，學者不必專一而逼眞也。專於陶者失之淺易，專於謝者失之餖飣，孰能處於陶、謝之間，易其貌，換其骨，而神存千古？子美云：『安得思如陶謝手？』此老猶以爲難，況其他者乎？」（卷四）淵明詩之自然高妙，雖較靈運之精工雕琢尤高一籌，然若專於前者，則流於淺易，專於後者，則失之餖飣，能出乎兩者之間，胎胎換骨，則神存其中矣！

作詩勿泥於辭或專於意，《詩話》云：「作詩者立意易，措辭難，然辭意相屬而不離。若泥乎辭，或傷於氣格；專乎意，或涉於議論，皆不得盛唐之調。」（卷四）六朝因泥乎辭，故其詩靡弱，宋代多議論，故其詩殊乏情韻。

詩戒艱深奇澀，字難韻險，皆宜避忌，《詩話》云：「詩用難韻，起自六朝，若庾開府『長代手中浛』，沈東陽『願言反魚簃』，從此流於艱澀。唐陸龜蒙『織作中流百尺蒸』，韋莊『汧水悠悠去似絣』，蒸絣二字，近體尤不宜用。譬若王羲之偕諸賢於蘭亭脩禊，適高麗使者至，遂延之席末，流觴賦詩，文雅雖同，如此眼生者，便非諸賢氣象。韓昌黎、柳子厚長篇聯句，字難韻險，然誇多鬪靡，或不可解，拘於險韻，無乃庾、沈啓之邪？」（卷四）又云：「詩曰：『游環脅驅，陰靷鋈續。』又曰：『鉤膺鏤鍚，鞹鞃淺幭。』此語艱深奇澀。」（卷一）其他宜加注意者，如「子美居夔州，上句曰：『春知催柳別，農事聞人說。』別、說同韻。王維溫泉上句曰：『新豐樹裏行人度，聞道甘泉能獻賦。』度、賦同韻。此非詩家正法，章碣上句皆用輪韻，尤可怪也。」（卷一）又如「山河廊廟之類，顛倒通用，若天地不可倒用，倒則爲泰卦，曹子建〈桂之樹行〉曰：『天下乃窮極地天』，豈別有見耶？又如詩酒、兒女皆兩物也，倒則一也。」（卷四）

（五）論詩法

茂秦論詩法，頗有足取之處，如云：「凡造句已就，而復改削求工，及示諸朋好，各有去取，或兼愛不能自足，可兩棄之，再加沈思，必有警句；譬泅者入海，捨蚌珠而獲驪珠，自不失重輕也。」（卷四）又云：「裨諶草創，世叔討論，子羽修飾，子產潤色，鄭國凡作辭命，必經四賢之手，故見重於列國。予因之以爲詩法，每見疑字，示諸社友定正，工而後已，能受萬益而不受一損，其立心何如也。或者過於服善，不思可否，欲求完美，反致氣格不純。昔陳王稱丁敬禮服善，恐異地則不然。惟賤士人得而指擿，其虛心請教，惟言是從，或有一二不合調者，當自詳審而無偏聽之弊，求其純亦不難矣。」（卷四）

古體貴有變化，《詩話》云：「長篇古風，最忌舖敘，意不可盡，

力不可竭，貴有變化。」（卷二）長篇寧拙勿巧：「長篇之法如波濤初作，一層緊於一層，拙句不失大體，巧句最害正氣。」（卷一）

近體須過誦、聽、觀、講四關，方有佳句，《詩話》云：「凡作近體，誦要好，聽要好，觀要好，講要好。誦之行雲流水，聽之金聲玉振，觀之明霞散綺，講之獨繭抽絲；此詩家四關，一關未過，則非佳句矣。」（卷一）

七絕宜法盛唐，《詩話》曰：「七言絕句，盛唐諸公用韻最嚴，大曆以下，稍有旁出者。」

律詩重在對偶，妙在虛實，《詩話》曰：「子美多用實字，高適多用虛字，惟虛字極難，不善學者失之。實字多，則意簡而句健；虛字多，則意繁而句弱；趙子昂所謂兩聯宜實是也。」（卷一）唯子美雖受用虛字，却無繁弱之病，「子美和裴迪早梅相憶之作，兩聯用二十二虛字，句法老健，意味深長，非巨筆不能到。」（卷一）又主情景交融：「景多則堆垜，情多則闇弱，大家無此失矣。八句皆景者，子美『棘樹寒雲色』是也；八句皆情者，子美『死去憑誰報』是也。」（卷一）又論濃淡之道云：「律詩雖宜顏色，兩聯貴乎一濃一淡，若兩聯濃，前後四句淡，則可；若前後四句濃，中間兩聯淡，則不可。亦有八句皆濃者，唐四傑有之；八句皆淡者，孟浩然、韋應物有之；非筆力純粹，必有偏枯之病。」（卷二）律詩當重結尾：「律詩無好結句，謂之虎頭鼠尾。即當擺脫常格，夐出不測之語，若天馬行空，渾然無迹。張祐金山寺之作，則有此失也。」（卷二）又論短律與長律作法之異：「短律貴乎精工，長律宜浩瀚奇崛，其法不可並論。」（卷三）末論排律結句不宜對偶：「若杜子美『江湖多白鳥，天地有青蠅』，似無歸宿。」（卷一）

（六）論構思

茂秦論詩思之生云：「凡作文靜室隱几，冥搜邈然，不期詩思遽生，妙句萌心，且含毫咀味，兩事兼舉，以就興之緩急也。予一夕欹枕面燈而臥，因詠蜉蝣之句，忽機轉文思，而勢不可遏。」（卷三）構思之道，先難後易：「若妙識所難，其易也將至；忽之爲易，其難也方來。此劉勰明詩至要，非老於作者不能發，凡構思當於難處用工，艱澀一通，新奇迭出，此所以難而易也；若求之容易中，雖千脫稿而無一警策，此所以易而難也。獨謫仙思無難易，而語自超絕，此朱考亭所謂聖於詩者是也。」（卷四）詩貴乎遠而近，否則渺無歸宿：「然思不可偏，偏則不能無弊。陸士衡文賦曰：『其始也收視反聽，耽思旁訊，精騖八極，心游萬仞。』此但寫冥搜之狀爾。唐劉昭禹詩云：『句向夜深得，心從天外歸。』此作祖陸士衡，尤知遠近相應之法。凡靜屋索詩，心神渺然，西遊天竺國，仍歸上黨昭覺寺，此所謂遠而近之法也。若經天竺，又向扶桑，此遠而又遠，終何歸宿？」（卷四）作詩勿專一意：「作詩不必執於一個意思，或此或彼，無適不可，待語意兩足乃定。《文心雕龍》曰：『詩有恒裁，思無定位。』可見作詩不專一意也。」（卷三）

（七）論鍛鍊

茂秦謂鍊句妙在渾然，一字不工，乃造物之不完（見《詩話》卷四），故欲琢句，必先鍊字，其《詩話》云：「左太沖〈魏都賦〉云：『八極可圍於寸眸』，子美『乾坤萬里眼』之句本於此，若曰眸，則不佳。」（卷一）又云：「庾信詠荷詩：『若有千年蔡，須巢但見隨。』梁簡文帝納涼詩：『遊魚吹水沫，神蔡上荷心。』蔡雖大龜，然字面入詩，殊欠明爽。包佶秋日園林詩：『鳥窺新罅栗，龜上半欹蓮』，晚唐雖下六期，由其不用蔡字，乃佳。」（卷四）又云：「耿湋贈田家翁詩：『蠶屋朝寒閉，田家晝雨閒。』此寫出村居景象，但上句語拙，朝、晝二字合掌，若作『田家閒晝雨，蠶屋閉春寒。』亦是王、孟手段。」（卷一）又云：「僧處默勝果寺詩：『到江吳地盡，隔岸越山多。』陳後山鍊成一句：『吳越到江分。』或謂簡妙勝默作。此到字未穩，若更爲『吳越一江分』，天然之句也。」（卷一）

繼之，《詩話》又論琢句之要云：「詩有至易之句，或從極難中來，雖非緊要處，亦不可忽，若使一句齟齬，則損一篇元氣矣。」（卷四）是以作詩宜情景俱工：「聯必相配，健弱不單力，燥潤無兩色，能用此法，則不墮歧路矣。少陵狀景極妙，巨細入玄，無可指摘者；寫情失之疏漏，若『讀書難字過，對酒滿壺傾』，上句眞率自然，下句爲韻所拘耳。昌黎寫情亦有佳者，若『飯中相顧色，別後獨歸情』，辭淡意濃，讀者靡不慨然；每拙於寫景，若『露排四岸草，風約半池萍』，下句清新有格，上句聲調齟齬，使無完篇，則血脈不同，病在一臂故爾。」（卷四）又謂句重自然，《詩話》云：「武元衡曰：『殘雲帶雨過春城』，韓致光曰：『斷雲含雨入孤林』，二句巧思，不及子美『澹雲疏雨過高城』句法自然。」（卷一）「今人作詩，忽立許大意思，束之以句則窘，辭不能達，意不能悉，譬如鑿池貯青天，則所得不多；舉杯收甘露，則被澤不廣，此乃內出者有限，所謂貯前意也。或造句弗就，勿令疲其神思，且閱書醒心，忽然有得，意隨筆生，而興不可遏，入乎神化，殊非思慮所及。或因字得句，句由韻成，出乎天然，句意雙美，若接竹引泉，而潺湲之聲在耳；登城望海，而浩蕩之色盈目；此乃外來者無窮，所謂辭後意也。」（卷四）子美雖有巧句，然句工氣渾，宋人則如村婦盛塗脂粉，令人發笑（見卷四）。子美句法有森嚴，亦有閒雅，《詩話》云：「子美『星垂平野闊，月湧大江流』，句法深嚴，湧字尤奇。可嚴則嚴，不可嚴則放過些，若『鴻雁幾時到？江湖秋水多』，意在一貫，又覺閒雅不凡矣！」（卷一）

（八）論聲律

茂秦所長者在律詩，論聲韻猶有獨到之處，王阮亭嘗云：「前明七子，惟謝榛精音律。」（《帶經堂集・嘉隆七子詠序》）茲將茂秦之說分審音與選韻論述如下：

就審音而言，詩法之妙在平仄四聲，且有清濁抑揚之分，《詩話》

云：「試以東董棟篤四聲調之，東字平平直起，氣舒且長，其聲揚也；董字上轉，氣咽促然易盡，其聲抑也；棟字去而悠遠，氣振愈高，其聲揚也；篤字下入而疾，氣收斬然，其聲抑也。夫四聲抑揚，不失疾徐之節，惟歌詩者能之，而未知其所以妙也，非悟何以造其極，非喻無以得其狀，譬如一鳥，徐徐飛起，直而不迫，甫臨半空，翻若少旋，振翮復向一方，力竭始下，塌然投於中林矣。沈休文固已定正，特言其大概。若夫句分平仄，字關抑揚，近體之法備矣！凡七言八句，起承轉合，亦具四聲，歌則揚之抑之，靡不盡妙，如杜子美〈送韓十四江東省親詩〉云：『兵戈不見老萊衣，嘆息人間萬事非』，此如平聲揚之也；『我已無家尋弟妹，君今何處訪庭闈』，此如上聲抑之也；『黃牛峽靜灘聲轉，白馬江寒樹影稀』，此如去聲揚之也；『此別應須各努力，故鄉猶恐未同歸』，此如入聲抑之也。」（卷三）特重聲律，謂「凡字異而義同者，不可概用之，宜分乎彼此，此先聲律而後義意。用之中的，尤見精工。」（卷三）譬若「禽不如鳥，翔不如飛，莎不如草，涼不如寒，此皆聲律中之細微，作者審而用之，勿專於義意而忽於聲律也。」（卷三）

就選韻而言，詩當擇韻，「若秋舟平易之韻，作家自然出奇；若眸甌粗俗之類，諷誦而無音響；若鍐鍐艱險之類，意在使人難押。」（卷一）繼謂進退格不可法：「李師中送唐介，錯綜寒山兩韻，謂之進退格，李賀已有此體，殆不可法。」（卷一）又謂字有兩音，不可誤爲一韻：「凡字有兩音，各見一韻，如二冬逢，遇也；一東逢音蓬，《大雅》：『鼉鼓逢逢。』四支衰，減也；十灰衰音崔，殺也，左傳：『皆有等衰。』十三元繁，多也；十四寒繁音盤，左傳：『曲縣繁纓。』四豪陶，姓也，樂也；二蕭音遙，相隨之貌，禮記：『陶陶遂遂』，皐陶，舜臣名。作詩宜擇韻審音，勿以爲末節而不詳考，賀知章〈回鄉偶書〉云：『少小離鄉老大回，鄉音無改鬢毛衰』，此灰韻衰字，以爲支韻衰字誤矣。」（卷三）近體詩不可用古韻：「張說送蕭都督曰：『孤城抱大江，節使往朝宗。果是台中舊，依然水土逢。京華逢此日，疲老颯如冬。竊羨能言鳥，銜恩向九重。』此律詩用古韻也。李賀〈詠馬〉曰：『白鐵挫青禾，碪聞落細莎。世人憐小頸，金埒愛長牙。』此絕亦用古韻也，二詩不可為法。」（卷一）古韻自有所協，漢代用韻參差，迨沈休文出，始趨嚴整，唐詩遂成定式：「古詩之韻，如三百篇協用者，『西北有高樓，上與浮雲齊』是也；如洪武韻互用者，『灼灼園中葵，朝露待日晞』是也；如沈約拘用者，『有鳥西南飛，熠熠似蒼鷹』是也。漢人用韻參差，沈約類譜，始為嚴整，早發定山岡，用山、先二韻。及唐以詩取士，遂為定式，後世因之，不復古矣。楊誠齋曰：『今之禮部韻，乃是限制士子成文，不許出韻，因難以見工爾。至於吟咏性情，當以國風、離騷為法，又奚禮部韻之拘哉？』鄒國忠曰：『不用沈韻，豈得謂之唐詩？』古詩自有所協，如『靡室靡家，玁狁之故』，曹大家字本此。」（卷一）

（九）論用事

用事須如水中著鹽，不落痕迹乃佳，《詩話》云：「世說新語：徐孺子九歲時，嘗月下戲，或云：『若令月中無物，當極明邪？』子美詩：『斫却月中桂，清光應更多。』意祖於此，造句奇拔，觀者不覺用事，所謂『讀書破萬卷，下筆如有神』，杜老不欺人也。」（卷四）用事多，難免流於議論，子美則無此病，氣格甚高（見卷一），《詩話》又云：「杜少陵『避人焚諫草』之句，善用羊祜事，此即是晏子『諫乎君不華乎外』之意。」（卷一）用事宜精確，避免謬誤：「陸厥孺子妾歌曰：『安陵泣前魚』。劉長卿湘妃廟曰：『未作湘南雨，知為何處雲？』盧仝贈馬異曰：『神農畫八卦』。楊敬之客思曰：『細腰沈趙女』。唐彥謙新豐曰：『半夜素靈先哭楚』，此皆用事之謬。」（卷一）

（十）論屬對

對偶之興，原依乎神理，順乎自然：「詩曰：『覯閔既多，受侮不少。』初無意於對也。十九首云：『胡馬依北風，越鳥巢南枝。』屬對雖切，亦自古老。六朝唯淵明得之，若『芳草何茫茫，白楊亦蕭蕭』

是也。」（卷一）六朝漸趨綺靡，《詩話》曰：「謝靈運折楊柳行：『鬱鬱河邊樹，青青田野草』，此對起雖有模倣，而不失古調。至於『騷屑出穴風，揮霍見日雪』，此亦對起，用於中則穩帖。卓文君白頭吟：『皚如山上雪，皎如雲間月』，其古雅自是漢人語，鮑明遠擬之曰：『直如朱絲繩，清如玉壺冰』，此亦用漢人機軸，雖能織文錦羅縠，惜時樣不同爾。」（卷三）

六朝之前，曹子建善於屬對：「陳思王五游詩云：『披我丹霞衣，襲我素霓裳。徘徊文昌殿，登陟太微堂。上帝休西櫺，羣后集東廂。帶我瓊瑤佩，漱我沆瀣漿。踟躕玩靈芝，徙倚弄華芳。王子奉仙藥，羨門進奇方。』此皆兩句一意，然祖於古樂府，觀其陌上桑：『相綺爲下裙，紫綺爲上襦。耕者忘其犂，鋤者忘其鋤。』焦仲卿妻：『東西植松柏，南北種梧桐。枝枝相覆蓋，葉葉相交通。』相逢行：『黃金爲君門，白玉爲君堂。』羽林郎：『長裙連理帶，廣袖合歡襦。』此皆古調，自然成對。陳思通篇擬之，步驟雖似五言長律，其辭古氣順如此。」（卷三）

六朝之後，子美厥爲大家，其「遣意」二首，「皆偏入格，『四更山吐月，殘月水明樓』，突然而起，似對非對，而不失格律，時孤城四鼓，睡起憑高，良工莫能狀其妙，不待講而自透徹，此豈偶然得之邪？此豈冥然思之邪？至於『囀枝黃鳥近，泛渚白鷗輕』，此亦對起，頗似簡板，況用二虛字，意多氣靡，緩於發端。夫鳴於枝上者黃鳥，則近而可親，泛於渚次者白鷗，則輕而可愛，著於前聯則可，子美起對固多切者，宜在中而不宜在首，此近體定法也。」（卷三）

要之，茂秦之論可歸納下列數點：

一、學初、盛唐之終極目標在自成一家。

二、學盛唐者宜越乎曹魏而追兩漢。

三、養眞、悟妙，重禪悟。

四、肯定批評之必要。

五、非興則造語弗工。

六、尙雄渾。

七、自然妙者爲上，精工者次之。

八、作詩勿泥於辭或專於意。

九、鍊句妙在渾然，一字不工，乃造物之不完。

十、詩法之妙在平仄四聲。

十一、持論必舉例。

第二節　李攀龍

〈于鱗答馮別賀書〉云：「秦漢以後無文矣。」又編《古今詩刪》，蒐羅作品，由古至明，然中唐以降，迄於元代，則闕而弗錄。《明史》本傳稱：「于鱗謂『文自西京，詩自天寶而下，俱無足觀……非是者詆爲宋學。』」又王元美〈贈李于鱗序〉亦云：「計于鱗所許，亡過北地之李生矣，次爲仲默，又次昌穀。」錢牧齋《列朝詩集小傳》謂其「論古則判唐，選爲鴻溝，言今則別中，盛如河漢。」（丁集上）由是觀之，知于鱗持論有取於前七子而附和「文必秦漢，詩必盛唐」之說。

獻吉嘗云：「詩至唐，古調亡矣，然自有唐調可歌詠，高者猶足被管絃。」（《空同集・卷五十一・缶音序》）于鱗襲其說，謂「唐無五言古詩，而有其古詩。」即以平淡清雅見長之陳子昂，亦難愜于鱗之意。于鱗以爲唐詩已無古意，而自有其優美之格調在。七言古子美最爲傑出，有盛唐縱橫之氣而兼具初唐風格；太白雖有縱橫之氣，然爲強弩之末，間雜長言，所謂英雄欺人是也。五言律諸家多有佳句。七言律王摩詰李東川較佳，子美之弊在於「憒焉自放。」絕句當推太白爲第一。〔註7〕

王元美〈李于鱗先生傳〉嘗云：「蓋于鱗以詩歌自西京逮於唐大曆，代有降而體不沿，格有變而才各至，故于法不必有所增損，而能

〔註 7〕見《藝苑巵言》卷四引于鱗〈選唐詩序〉。

縱其夙授神解於法之表。」錢牧齋《列朝詩集小傳》則云：「其擬古樂府也，謂當如胡寬之營新豐，雞犬皆識其家。」（丁集上）如王、錢二家所言，于鱗既主詩古，論文亦不以標新立異爲然，其〈王氏存笥稿跋〉曰：「今之不能子長文章者曰：『法自己立矣，安在於引繩墨？』即所用心，非不濯濯，唯新是圖，不知其言終日，卒未嘗一語不出於古人，而誠無以自異也。徒以子長所逡巡不爲者，彼方得爲之。若是其自異爾，奈何欲自掩於博物君子也。」由是觀之，于鱗所推重者，必獻吉甚於仲默也〔註8〕。

于鱗又謂詩可以怨，所謂「一有嗟歎，即有永歌，言危則性情峻潔，語深則意氣激烈，能使人有孤臣孽子之擯棄而不容之感，遁世絕俗之悲，泥而不滓，蟬蛻污濁之外者，詩也。」〔註9〕詩以言志，其〈比玉集序〉云：「夫詩言志也，士有不得其志而言之者，俟知己於後也。卞和氏奚泣哉？悲夫楚如是其大，三獻如是其數，而舉天下之器，題之以石也，又何難焉。魏之田父始疑之而卒恠之棄之，惟恐其不遠乎？是猶已置之廡下，佈其明照一室耳。宋人何見，而襲礫於篋，……乃曰：姑舍汝所學而從我，則寧抵於櫝中。詩之爲教，言之者無罪，而匹夫以賈害，則焉用此，君之服之，烏在其禦不祥也。」（《滄溟先生集》卷十八）

〈與子與書〉謂文章乃經國之大業，「是以君子欲及時也，顧文章自有其時，有欲焉而及之者，子與所謂文章老自知是也。」（《滄溟先生集》卷三十）

于鱗又辭闢王慎中、唐順之而推重前七子，其〈送王元美序〉云：「以余觀於文章，國朝作者無慮十數家稱於世，即北地李獻吉輩，其人也視古修辭寧失之理。今之文章如晉江、毘陵二三君子，豈不家傳戶誦，而持論太過，動傷氣格，憚於修辭，理勝相掩，彼豈此左丘明所載爲皆侏離之語而司馬遷敘事不近人情乎？故同一意一事

〔註8〕《明史》亦謂于鱗「於本朝獨推李夢陽」（卷二八七）
〔註9〕見《藝苑卮言》卷一引。

而結撰迴殊者，才有所至不至也。後生學士乃唯眾耳是寄，至不能自發一識，浮沈藝苑，眞爲相舍，遂令古之作者謂千載無知己，此何異途之群瞽者取道一夫，則皆相與拍肩隨之，累累載路，稱培塿則皆撟足不下，稱汗邪則皆曳踵不進，而雖有步趨，終不自施者乎？語曰：何知仁義，已嚮其利者爲有德。世之儒者苟治牘成一說，不憚脩俗，比之俚言而希在方策者耳，復以易曉，忘其鄙倍，取合流俗，相沿竊譽，不知自其非；及見能爲左氏、司馬文者，則又猥於不便，……二三君子家傳戶誦，則一人又何難焉？誠使元美與二三君子者比名量譽，誠不能以一人一旦遽奪其終身之見，而輒勝天下風靡之士。文章之道，童習白紛，乃欲一朝使舍所學而從我，日暮途遠，且彼奚肯苦其心志於不可必致者乎？夜蟲傳火，不疑於日，非虛語也。」能爲前山子之詩，始可超乘而上，同篇續云：「今之作者論不與李獻吉輩者，知其無能爲已。且余結髮而屬辭比事，今乃得一當生，僕願居前，先揭旗鼓，必得所欲，與左氏、司馬千載而比肩，生豈有意哉？蓋五年於此，少年多時時言余，元美不問也，世貞奈何乃從諸賢大夫知李生乎？自是之後，才年乃顧愈益知余，齊魯之間，其於文學雖天性，乃秦漢以來，素業散失，即關、洛世家亦皆漸由培植，竣諸王者，故五百年一名世出，猶爲多也。吳越鮮兵火，詩書藏於闤闠，即後生學士無不操染，然竽濫不可區別，超乘而上，是爲難爾，故能爲獻吉輩者乃能不爲獻吉輩者乎？」（以上皆見《滄溟先生集》卷十五）

于鱗之論可約下列數點：

一、文自前漢，詩自天寶以下，俱不足取。

二、於前七子中最推重獻吉，其次仲默，再次昌穀。

三、爲詩作文必須師古。

四、詩可以怨，亦所以言志。

五、王愼中、唐順之持論太過，動傷氣格，憚於修辭。

六、能爲李獻吉輩者始可自成一家。

第三節　王世貞

後七子初以茂秦爲魁，稍後于鱗取而代之，迨其謝世，元美嗣操文柄，垂二十載（1570～1590）。錢牧齋謂其「地望之高，游道之廣，聲力氣義，足以翕張賢豪，吹嘘才俊。」（《列朝詩集小傳》丁集上）噉名之士夫詞客，衲子羽流，爭赴其門，實爲七子中之主要人物，所謂「名雖七子，實則一雄」是也〔註10〕。其詩文論受前七子之影響甚大，尤以李、何爲甚；詩友之中，則于鱗、茂秦、伯承對元美亦有啓發之功，〈明詩評序〉自云：「既辭鄉學官，少知所創艾，且莫諷少陵氏集，於道漸有所窺。近而既得李、何二君集而讀之，未嘗不掩卷三歎也。宏規卓思，具體所微，間有一、二相襲，猶未悟象外，非若抵掌談笑而效叔敖者也。即世所鈎摘語，過矣！歷下李攀龍、貝人謝榛與予友，盛能言少陵氏，其所詣，力逐二子。」又云：「予居京師七年，友師李攀龍，次謝榛，次李先芳。」（《明詩評》卷四）其後，多歷年所，閱書博而見聞廣，遂能爲一家之言，其《藝苑卮言》自序云：「余讀徐昌穀談藝錄，嘗高其持論矣，獨怪不及近體，伏習者之無門也。楊用脩搜遺響，鈎匿跡，以備覽核，如二酉之藏耳；其於雌黃曩哲，橐籥後進，均之乎未暇也。手宋人之陳編，輒自引寐，獨嚴氏一書，差不悖旨，然往往近似而未覈。」昔賢之論未盡引當，難愜其意，爲其著書之主因。卮言而外，其序跋於詩文亦多所論述，茲將其說闡發如次：

一、師匠宜高，捃拾宜博

元美謂作詩「以專詣爲境，以饒美爲材，師匠宜高，捃拾宜博。」（《藝苑卮言》卷一）既以專詣爲境，故師匠宜高，須具正法眼，悟第一義；既以饒美爲材，故捃拾宜博，須兼併古人，爲我所用。

就師匠宜高而言：

須將古人佳構「熟讀涵泳之，令其漸漬汪洋。」熟參妙悟，深造

〔註10〕見朱彝尊《靜志居詩話》。

而自得之，逮乎操觚染翰，「一師心匠，氣從意暢，神與境合。」如是，雖有取於古人，而猶有自己之眞性情、眞面目在。如或不然，一落第二義，於創作必有害無益，所謂「世亦有知是古非今者，然使招之而後來，麾之而後却，已落第二義矣。」（以上《藝苑卮言》卷一）一經攪擾，即難以驅斥。

四言詩「須本風雅」，間亦可下及韋孟、曹操，唯不得相雜〔註11〕，否則專習潘、陸而忘其元本，必招舍本逐末之譏也。

近體宜以盛唐爲宗，「夫近體爲律。夫律，法也，法家嚴而寡恩；又於樂府亦爲律，律亦樂法也，其翕純皦繹，秩然而不可亂也，是故推盛唐。唐之於詩也，其氣完，其聲鏗以平，其色麗以雅，其力沈而雄，其意融而無迹，故曰盛唐其則也。」（《弇州山人四部稿・卷六十五・徐汝思詩集序》）中唐以下，「氣則漓矣，意纖然露矣，歌之無聲也，目之無色也，按之無力也。」（同上）是以不足爲法，七律亦「勿用大歷以後事。」（《藝苑卮言》卷一）「詩必盛唐」說，元美自承有取於弘治七子，爲愼子正《宋詩選》作序云：「自北地、信陽顯弘、正間，……近體非顯慶而下至大歷，俱亡論也。二季繇是屈矣。……余故嘗從二三君子後，抑宋者也。」（《弇州山人續稿》卷四十一）二季即宋、元兩朝。

元美之所以貶抑宋、元，其故在論詩自格調說出，所謂「才生思，思生調，調生格，思即才之用，調即思之境，格即調之界。」（《藝苑卮言》卷一）才、思、調、格乃爲彼所津津樂道者，抑宋正所以惜格〔註12〕。

元美嘗評林和靖〈梅花詩〉云：「景態雖佳，已落異境，見許渾至語，非開元、大曆人語。」直比處士詩於晚唐。又謂魯直「不足小乘，直是外道耳，已墮旁生趣中。」魯直好奇尙硬，求勝心切，欲凌於東坡之上，然「愈巧愈拙，愈新愈陳，愈近愈遠。」又譏江西派之

〔註11〕見《藝苑卮言》卷一。
〔註12〕見《弇州山人續稿・卷四十一・宋詩選序》。

竄改古人詩句爲：「點金成鐵。」南宋詩人尤、楊、范、陸最爲傑出，「陸務觀頗近蘇氏而麄，楊萬里、劉改之俱弗如也。」（以上皆見《卮言》卷四）眞有江河日下之勢。

有元一代，唯元好問〔註 13〕、趙孟頫、姚燧、劉因、馬祖長、范德機、楊仲弘、虞集、揭徯斯、張雨、楊廉夫，差値一顧，「趙稍清麗而傷於淺，虞頗健利，劉多傖語而涉議論，爲時所歸，廉夫本師長吉，而才不稱，以斷案雜之，遂成千里。」（《藝苑卮言》卷四）於遺山詩則未加評隲。

金朝有宇文虛中、蔡松年、蔡珪、党懷英、周昂、趙秉文、王庭筠諸人，惜「其大旨不出蘇、黃之外，要之，直於宋而傷淺，質於元而少情。」（《藝苑卮言》卷四）

宋金元難望盛唐項背，故不可法，可法者唯第一義之作耳。顧所謂「師匠宜高」者，貴能深造自得，否則，雖「途遵上乘，然不免邯鄲之步，無復合浦之還。」學書者日臨蘭亭一帖，終不能成書道，「情景妙合，風格自上，不爲古役，不墮蹊徑者爲最上，「隨分成詣，門戶既立，聲實可觀者」次之，「或名爲閏繼，實則盜魁，外堪皮相，中乃膚立」爲最下（以上皆見《藝苑卮言》卷五）。

就捃拾宜博而言：

汪伯玉序《四部稿》云：「元美於書無所不讀，於體無所不諳。」錢牧齋亦謂元美之才，高出于鱗〔註 14〕既是才高學富，故能洽而旁通。元美於〈答周俎書〉中曰：「始僕嘗病前輩之稱名家者，命意措語，往往不甚懸殊，大較巧於用寡而拙於用眾，故稍反之，使庀材博旨，曲盡變風變雅之致。」（《四部稿》卷一百二十八）師匠雖高，若捃拾不博，則無法巧於用眾，高手固可精而獨至，卻無法諸體俱佳，次焉者無法自出機杼，流於摹擬。其〈青蘿館詩集序〉論徐昌穀詩曰：

〔註 13〕元好問字裕之，號遺山，金亡不仕，生平附《金史・卷一百廿六・元德明傳》，《藝苑卮言》則將遺山列入元代。

〔註 14〕見《列朝詩集小傳・丁集上・王尚書世貞》。

「所不足者大也，非化也。昌穀其夷、惠乎？偏至而化者也。」（《四部稿》卷六十八）昌穀雖以專精名家，惜乎捃拾不博〔註15〕，終無法具體而化。

元美有鑒於此，遂曰：「世人選體，往往談西京、建安，便薄陶、謝，此似曉不曉者。毋論彼時諸公，即齊梁纖調，李、杜變風，亦自可采。」（《藝苑卮言》卷一）選體而及齊梁、李、杜，取材之廣，較之死守漢、魏者通達多矣！

七言絕「盛唐主氣，氣完而意不盡工，中晚唐主意，意工而氣不甚完。然各有至者，未可以代優劣也。」（《藝苑卮言》卷四）持論平允，高出于鱗多矣！

惜格必得抑宋，顧宋詩非無佳者，「代不能廢人，人不能廢篇，篇不能廢句。……今夫取食色之重者與禮之輕者比之，奚啻食色重。夫醫師不以參苓而捐溲勃，大官不以八珍而捐胡祿障泥，爲能善用之也。」（《弇州山人續稿·卷四十一·愼子正宋詩選序》）宋詩之佳者宜珍愛而善用之，所謂「骨格既定，宋詩亦不妨看」也（《藝苑卮言》卷四）看而擇其佳者，於創作必大有裨益，唯不可不知「以彼爲我則可，以我爲彼不可」之理也（《弇州山人續稿·卷四十一·宋詩選序》）。

迨乎晚年閱世已深，讀書愈細，其〈書西涯古樂府後〉曰：「余嚮者於李賓之先生擬古樂府，病其太涉議論，過爾剪抑，以爲十不得一；自今觀之，奇旨創造，名語叠出，縱未可被之管絃，自是天地間一種文字。若使字字求諧於房中鐃吹之調，取其字句斷爛者而模倣之，如是則豈非西子之顰，邯鄲之步哉？」捃拾愈博，遂悟摹擬之非，而深喜李西涯、陳白沙之詩。

二、窮態極變，光景常新

元美曰：「詩有常體，工自體中；文無定規，巧運規外。」（《藝

〔註15〕昌穀著《談藝錄》，不及近體，曰：「繩漢之武，其流也猶至於魏；宗晉之體，其敝也不可以悉矣！」曹魏之後，概無取焉。

苑卮言》卷一）既有常體，故詩法不可不論；因無定規，故新變不可不有。

就詩法而言：

篇法欲其「首尾開闔，繁簡奇正，各極其度。」句法欲其「抑揚頓挫，長短節度，各極其致。」字法欲其「點掇關鍵，金石綺綵，各極其造。」而不論句法與字法，「古樂府選體歌行，有可入律者，有不可入律者，……惟近體必不可入古耳。」（以上《藝苑卮言》卷一）

欲擬古樂府，下列數事不可不知：「如郊祀、房中，須極古雅，發以峭峻，鐃歌諸曲，勿使可解，勿遂不可解，須斟酌淺深質文之間，漢魏之辭，務尋古色相；和瑟曲諸小調，係北朝者，勿使勝質，齊梁以後，勿使勝文。近事毋俗，近情勿纖；拙不露態，巧不露痕；寧近無遠，寧朴無虛；有分格，有來委，有實境；一涉議論，便是鬼道。」（《藝苑卮言》卷一）

論歌行則以爲有三難，即起調、轉節與收結，而收結爲尤難，其言曰：「如作平調，舒徐綿麗者，結須爲雅調，勿使不足，令人有一唱三歎，奔騰洶湧，驅突而來者，須一截便住，勿留有餘；中作奇語，峻奪人魄者，須令上下脉相顧，一起一伏，一頓一挫，有力無迹，方成篇法。」（《藝苑卮言》卷一）

七律不難中二聯，「難在發端及結句耳。發端，盛唐人無不佳者，結頗有之，然亦無轉入他調及收頓不住之病。」其篇法有起束、收斂、喚應，大致言之，「一開則一闔，一揚則一抑，一象則一意，無偏用者。」其句法有直下與倒插之分，「倒插最難，非老杜不能也。」字法有虛有實，有沈有響，「虛響易工，沈實難至。五十六字如魏明帝淩雲臺材木，銖兩悉配乃可耳。」（《藝苑卮言》卷一）

七言絕句已不易爲，五言尤難。蓋「離首即尾，離尾即首，而要腹亦自不可少，妙在愈小而大，愈促而緩」也（《藝苑卮言》卷一）。

就新變而言：

法而能悟，其法始爲活法。所謂「篇法之妙，有不見句法者；句法之妙，有不見字法者；此是法極無迹，人能之至，境與天會，未易求也。有俱屬象而妙者，有俱屬意而妙者，有俱作高調而妙者，有直下不對偶而妙者，皆興與境詣，神合氣完使之。」古人與我以規矩，我又能巧而用之，不論合於法或離於法，必有佳構。蓋「法合者必窮力而自運；法離者必凝神而並歸，合而離，離而合，有悟存焉。」（以上《藝苑卮言》卷一）

試以《詩經》和《古詩十九首》爲例，「人謂無句法，非也，極自有法，無階級可尋耳。」而兩漢詩亦非琢磨可到，「要在專習，凝領之久，神與境會，忽然而來，渾然而就，無歧級可尋，無色聲可指。」三謝詩固以琢磨見長，「然琢磨之極，妙亦自然。」（以上《藝苑卮言》卷一）眞積力久則入，妙悟非漸修不爲功。

既是活法，則其法有定而無定，元美曰：「夫合而離也者，毋寧離而合也者，此伯承旨也。」（《四部稿・卷六十四・李氏擬古樂府序》）又曰：「不佞傷離，于鱗傷合。」（《四部稿・卷一百廿一・與吳明卿書》）離而合即求新變猶合於法之謂。元美又戒己勿爲法所累：「吾於詩文不作專家，亦不雜調，夫意在筆先，筆隨意到，法不累氣，才不累法，有境必窮，有證必切，敢於數子云有微長，庶幾未之逮也，而竊有志焉。」（《藝苑卮言》卷一）既有斯志，故所作不拘於一格，不限於一體。

如上所言，論活法，言妙悟，爲元美求新變原因之一；性情欲眞，則爲原因之二。其〈章給事詩集序〉曰：「昔人謂言爲心之聲，而詩又其精者，予竊以詩而得其人，……後之人好剽竊餘似，以苟獵一時之好，思踳而格雜，無取於性情之眞，得其言而不得其人，與得其集而不得其時者，相比比也。」（《四部稿》卷六十七）尺尺而寸寸之者，守而弗變，所作不爲贗鼎者幾希！詩之可貴者，以其眞也，元美又曰：「夫詩，心之精神發而聲者也。其精神發於協氣，而天地之和應焉；其精神發於噫氣，而天地之變悉焉。」（《四部稿・卷六十五・金臺十八子詩選序》）

地理環境之影響爲元美求新變原因之三，所謂「山川土俗，出不必異，而成不必同，務當於有物有則之一語。而會昨者涖魏，行戍燕趙，其他莽蒼磊塊，故於辭慷慨多節而清厲。尋轉治武林吳興間，其所遇清嘉而麗柔，故其辭婉而柔當於致。」（《四部稿・卷一百廿八・答周組書》）詠北國風物，則其辭壯而慷慨；寫江南光景，則其辭婉而麗柔。元美又曰：「自楚蜀以至中原，山川莽蒼渾渾，江左雅秀郁郁；詠歌描寫，須各極其致。吾輩編什既富，又須窮態極變，光景常新。」（《四部稿・卷一百一十八・與徐子與書》）守法僅能擬古，窮態始克極妍。

三、其　他

元美詩論舍上述二項之外，其餘較爲次要者，有如下述：

（一）窮而後工

自韓文公倡言：「歡愉之辭難工，窮苦之言易巧。」歐陽永叔師其說，曰：「文窮而後工。」後生論詩，襲其說者，代不乏人，元美亦云：「貧老愁病，流竄滯留，人所不謂佳者也，然而入詩則佳；富貴榮顯，人所謂佳者也，然而入詩則不佳。」又云：「泄造化之秘，則眞默讎；擅人羣之譽，則眾心未厭；故呻佔椎琢，幾於伐性之斧；豪吟縱揮，自傳爰書之竹；矛刃起於兔鋒，羅網布於雁池。」（以上《藝苑卮言》卷八）遂戲爲文章十命，一曰貧困，二曰嫌忌，三曰玷缺，四曰偃蹇，五曰流竄，六曰刑辱，七曰夭折，八曰無終，九曰無後，十曰惡疾，以證「文人多窮」一語之不虛。

（二）論求名

文人好名，自古已然，於明爲烈，有「挾貴而名者，有挾科第而名者，有挾他技如書畫之類而名者，有中於一時之好而名者，有依附先達假吹噓之力而名者，有務爲大言樹門戶而名者，有廣引朋輩互相標榜而名者。」凡此種種，皆非可大可久之道，蓋所作不佳，縱可獲譽於一時，必無法垂聲於萬世也。至若「狙獪賈胡，以金帛而買名；淺夫狂豎，至用詈罵謗訕，欲以脅士大夫而取名。」（以上《藝苑卮言》卷八）則爲無恥之尤，無怪乎元美詬爲「可恨」也！

（三）論才情

元美論詩重才，蓋有才始可以致其極，唯才不易得，其〈臥雪樓摘稿序〉云：「甚矣，詩之難言也。此何以故？夫工事則徘塞而傷情，工情則婉綽而傷氣，氣剛則厲直而傷思，思深則沈簡而傷態，態勝則冶靡而傷骨。護格者虞深，護藻者虞格，當心者倍耳，諧耳者恧心。信乎其難兼矣。雖然，非詩之難，所以兼之者難，其所以難，蓋難才也。」（《弇州山人續稿》卷四十四）以嚴儀卿之卓識，作詩猶缺才情，《卮言》云：「嚴滄浪論詩，至欲如哪吒太子析骨還父，析肉還母，及其自運，僅具聲響，全乏才情。」（卷四）才固可貴，然非創作之唯一因素，故不宜自恃太過，《卮言》又云：「今世文士，此患彌切，一事愜當，一句清巧，神厲九霄，志凌千載，自吟自賞，不覺更有傍人。加以砂礫所傷，慘於矛戟；諷刺之禍，速於風塵，深宜防慮，以保元吉。吾生平無進取念，少年時神厲志凌之病，亦或有之，今老矣，追思往事，可爲捫舌。」（卷八）

（四）論格調

才情雖不可缺，唯不可馳騖太甚，故「才騁則禦之以格，格定則通之以變，氣揚則沈之使實，節促則澹之使和。」（《弇州山人續稿・卷二百○六・答胡元瑞》）格調正所以範籠才氣。〈沈嘉則詩選序〉云：「夫格者，才之禦也；調者，氣之規也。子之嚮者遇境而必觸，蓄意而不達，夫是以格不能禦才，而氣恒溢於調之外，故其合者追建安，武開元，凌厲乎貞元、長慶諸君，而無愧色，即少不名而不免於武庫之利鈍。今子能抑才以就格，完氣以成調，幾於純矣。」《弇州山人續稿卷四十》既主格調之說，自當以第一義爲準，論文則云：「秦以前爲子家，人一體也。語有方言，而字多假借，是故難而易晦。」（《藝苑卮言》卷一）子書既人各一體，文字語言又多不定，故倣效非易，爲文者宜宗法秦、漢，〈古四大家摘言序〉云：「乃左氏則采輯魯史而自屬以己法，以爲春秋翼，蓋天下之稱事辭者宗焉。漢又衰，浸淫而爲六代，彼六代者見以爲含璞而露琢，不知其氣益漓而益就衰。昌黎、河東之所謂振，振六代之衰，欲以追配四子而猶未逮也。宋則廬陵、南豐、臨川、眉山者，稍又變之，彼見以爲舍筏而覓津，不知其造益易而益就下。明興、弘正間學士先生稍又變之，非先秦、西京弗述，彼見以爲溯流而獲源，不知猶墮於蹊也。」（《弇州山人四部稿》卷六十八）《卮言》亦云：「文至於隋、唐而靡極矣，韓、柳振之，曰：『斂華而實也』。至於五代而冗極矣，歐、蘇振之，曰：『代腐而新也』。然歐、蘇則有間焉，其流也，使人畏難而好易。」（卷四）六朝靡弱極矣，韓、柳起而振之，至五代而冗極，歐、蘇起而振之，其弊則使人畏難好易，故不足法。《卮言》又謂西漢文實，足以可尊：「西京之文實。東京之文弱，猶未離實也。六朝之文浮，離實矣。唐之文庸，猶未離浮也。宋之文陋，離浮矣，愈下矣，元無文。」

1. 論　詩

論詩則謂各體悉備於唐，至開元而極盛，〈唐詩類苑序〉云：「夫詩之體莫悉於唐，而唐莫孅於初唐。自武德而景龍者，初也；自開元而廣德者，盛也。大曆之半割之矣。初則由華而漸斂，以態韻勝；盛則由斂而大舒，以風骨勝，然其所遘之變漸多，而用之亦益以漸廣。」（《弇州山人續稿》卷五十三）五言古則兩漢、晉、宋宜宗法焉，〈梅季豹居諸集序〉云：「二家之業，殆猶溺嗜海錯，而廢八珍者也，……近亦濫觴，互相標榜，所謂有狐白之裘而反襲，飾嫫母以爲西子者也。如道思舊作，本可二三，僕故抑之，使世人罔啜其糟，毋曰蜉蝣撼樹也。」（《明詩評》卷三）

2. 文章與時代

文章與時代環境關係綦切，時移勢易，即後代有孔子、太史公亦無法刪六經，成史記，《卮言》云：「嗚呼，子長不絕也，其書絕矣。

千古而有子長也，亦不能成史記，何也，西京以還，封建、宮殿、官師、郡邑，其名不雅馴，不稱書矣，一也。其詔令、辭命、奏書、賦頌，鮮古文，不稱書矣，二也。其人有籍、信、荆、聶、原、嘗、無忌之流，足模寫者乎，三也。其詞有尙書、毛詩、左氏、戰國策、韓非、呂不韋之書，足薈蕞者乎，四也。嗚呼，豈惟子長，即尼父亦然，六經無可著手矣。」（卷三）時代環境之外，作家之天份亦爲因素之一，《卮言》又云：「吾於文雖不好六朝人語，雖然，六朝人亦那可言，皇甫子循，謂藻豔之中，有抑揚頓挫，語雖合璧，意若貫珠，非書窮五車，筆含萬化，未足云也，此固爲六朝人張價，然如藩、左諸賦，及王文考之靈光、王簡棲之頭陀，令韓、柳授觚，必至奪色，然柳州晉問，昌黎南海神碑、毛穎傳，歐、蘇亦不能作，非直時代爲累，抑亦天授有限。」（卷三）

3. **論歷代文**

先秦，史記爲文章之聖，漢書爲文章之賢，莊、列、佛經，則鬼神於文者也，《卮言》云：「檀弓、考工記、孟子、左氏、戰國策、司馬遷、聖於文者乎，其敘事，則化工之肖物，班氏，賢於文者乎，人巧極，天工錯，莊生、列子、楞嚴、維摩詰，鬼神於文者乎，其達見，峽決而河潰也，窈冥變幻，而莫知其端倪也。」（卷三）元美〈古四大家摘言序〉云：「莊余少年時，稱詩蓋以盛唐爲鵠云。已而不能無疑於五言古。及李于鱗氏之論曰：『唐無古詩，而有其古詩。』則灑然悟矣。進而求之三謝之整麗，淵明之閒雅，以爲無加焉。及讀何仲默之書曰：『詩盛於陶、謝，而亦亡於陶、謝。』則竊怪其語之過。蓋又近之而上爲三曹，又進之而上爲蘇、李、枚、蔡，然後知何氏之語不爲過也。四言則國風而後絕矣。騷則左徒神而文園聖。蓋並軌於康莊，而分鑣於廣漠，本不異也。」（《弇州山人續稿》卷五十五）

（五）論聲韻

元美謂沈休文四聲之說辨音固當，辨字則多訛，其《卮言》云：「楊用脩謂七始，即今切韻，宮、商、角、徵、羽之外，又有半商、半徵。蓋牙、齒、舌、喉、唇之外，有深淺二音故也。沈約以平、上、去、入為四聲，自以為得天地祕傳之妙。然辨音雖當，辨字多訛，蓋偏方之舌，終難取裁耳。即無論沈約，今四詩、騷、賦之韻，有不出於五方田畯婦女之所就乎？而可據以為準乎？古韻時自天淵，沈韻亦多矛盾，至於叶音，眞同鴂舌，要之為此格，不能捨此韻耳。天地中和之氣，似不在此。」（卷三）唯作詩既欲取法唐人，則不能不守沈韻，其〈校正詩韻小序〉云：「沈休文以四聲制韻，謂靈均以來，此祕未覩，陸韓卿難之；……元周德清者，其裁駁小有致耳，乃遂欲以三聲而奪四聲，君子譏之。夫詩不能不唐則，則韻不得不沈固也。」

以上大部份為詩論，以下則專論文：

1. 斥王唐

王愼中、唐順之文遵唐、宋，順之倡「本色」之說，元美則辭而闢之云：「弘正間，何、李輩出，海內學士大夫多師尊之，迨其習弊者，音響足聽，意調少歸，剽竊雷同，正變雲擾。太史稍振之為初唐，即其宏麗該整，咳唾金璧，誠廊廟之羽儀，文章之瑚璉，然欲盡廢生之為辭，洸洋猋忽，權譎萬變；列氏時出而稍加剪裁，至漢而淮南子出，其言不盡繇一人，其所著載，兼括道術事情，最號總雜，而文最雄。」（《四部稿》卷六十八）

西漢文之轉為東漢，王褒應為關鍵人物，《卮言》云：「西京之流而東也，其王褒為之導乎，由學者靡而短於思，由才者俳而淺於法，劉中壘宏而肆，其根雜；楊中散法而奧，其根晦。」又云：「東京之衰也，其始自敬通乎，蔡中郎之文弱，力不副見，差去浮耳，王充野人也，其識瑣而鄙，其辭散而冗，其旨乖而穉，中郎愛而欲掩之，亦可推矣。」（以上卷三）

論明代之文，則云：「國初之業，潛溪為冠，烏傷稱輔；臺閣之體，東里闢源，長沙道流；先秦之則，北地反正，歷下極深，新安見裁；理學之逃，陽明造基，晉江毗陵，藻棁六朝之華，昌穀示委，勉之汎瀾，大要盡之矣。」（《卮言》卷五）

又論李夢陽之文云：「獻吉之於文，復古功大矣，所以不能厭服眾志者，何居？一曰操撰易，一曰下語雜，易者沈思者病之，雜者顓古者卑之。」（《卮言》卷六）

要之，元美之論可歸納爲下列數點：

一、其詩文論不偏主一端，晚年略有轉變〔註16〕。

二、自先秦至明代之作者與作品皆加評隲。

三、論明代作者多以象徵之批評爲之〔註17〕，其法蓋出於敖陶孫〔註18〕。

四、師匠宜高，捃拾宜博。

五、五言古法兩漢晉宋，近體則學盛唐。

六、各體悉備於唐，至開元而極盛。

七、文法秦漢。

八、重文章之法〔註19〕，又謂法極則無跡。

九、文窮而後工。

十、重才情，唯戒人勿太恃才。

十一、格調所以範籠才氣。

十二、文章與時代環境關係密切。

〔註16〕錢牧齋謂世貞晚年「論樂府則亟稱李西涯爲天地間一種文字，而深譏模倣斷爛之失矣；論詩則深服陳公甫；論文則極推宋金華，而贊歸太僕之畫像且曰：『余豈異趨，久而自傷矣！』」（《列朝詩集小傳》丙集）陳田亦云：「七子論詩，斷自大歷以上，故弇州於張文昌，白樂天樂府曾不齒及。暨晚年論定，於茶陵樂府且津津不置。此中甘苦非濟南所得知矣！」（《明詩紀事》己籤卷一）

〔註17〕譬如論文云：「宋景濂如酒池肉林，直是豐饒，而寡芍藥之和，……高季迪如拍張檐幢，急迅眩遠。」論詩云：「楊用脩如暴富兒郎，銅山金埒，不曉吃飯著衣；李子中如刁家奴，煊赫車馬，施散金帛，原非己物。」（皆見《卮言》卷五）

〔註18〕敖陶孫評詩爲象徵之批評，論魏武帝云：「如幽燕老將，氣韻沈雄。」論曹子建云：「如三河少年，風流自賞。」

〔註19〕〈與顏廷愉書〉云：「夫文有格，有調、有骨、有肉，有篇法，有句法，有字法。」（《弇州山人續稿》卷一百八十二）

第四節　徐中行

子與序《李滄溟先生集》云：「嗟乎！自唐虞來千餘載而周以文盛變於秦，乃漢以來，其孰如周？胡元之變也甚秦，豈日息淵谷乃朏於大明，繼周之文其在茲乎？」（《徐天目先生集》卷十三）胡元文衰，固無論矣，「明興，學士大夫猶沿習宋儒道論而憚於修辭，至程太史以金馬俊才，然亦堇堇藻飾舊習，欻稱詞宗，而李獻言崛起北地，復與江南踔遠，故操觚之士墨守林立，莫可誰何？」（《徐天目先生集》卷十三、陳山人達甫集序）明初承宋儒道論，不貴修辭，獻吉出而力追周漢，號稱中興。

子與於明人甚爲推尊高棅，其〈閩中十子詩序〉謂高氏著《唐詩品彙》，「而得心聲，庶幾近之，海內翕然爲宗。」（《天目先生集》卷十三）

周詩盛，西漢亦佳，東京至晉，盛衰相尋，唐詩復興，宋、元不振，前七子力挽狂瀾，嘉靖之時，則以于鱗爲大，子與〈重刻李滄溟先生集序〉曰：「夫文之所盛，其由來也尚矣。唐虞之際，如日登曲阿，夏爲之曾桑，商爲之衡陽，而周爲中天之運，豈不郁郁乎哉？迨風雅變而日斯昃，至于春秋，文在素王，爰集齊魯之士，四方靡然從之，用晦而明，亦揮戈之力也；第返景所照，漸于下舂縣車；戰國僅如長庚，秦火則薄虞淵矣；東京而魏而晉，寖明寖滅；唐復霍然；宋漸不振，胡元蝕之，豈曰不極？然淪於蒙古而拂扶桑間，國朝斯如長夜而旦矣！百餘年來愈益斌斌，李獻吉幸際其盛，亡慮十數家，軼晚近而力修古詞，然其旁引經術，尚稱說宋人若功令，亦有力救其偏者，而于修詞靡遑焉。李于鱗其人也，雖齊、魯之文學，其天性固然，所以得就于大方，非固縱之多聞者乎？……王元美與余輩推之壇坫之上，聽其執言惟謹，文自西京以下，詩自大寶以下，不恥同盟，視若金匱亡渝。」（《天目先生集》卷十三）

子與又謂詩之盛衰與舉業大有關係，而作者尤不可無才，其〈敘邵長儒詩〉云：「李唐以業詩取士，載卷而行，皆詩也。今制左矣，故士右經。……夫士患無才耳，才何患無當詩歌聲律，而夔不云乎？如或知爾，則賡歌訓治，權輿具茲，猶然邵生也，何薄乎梁、燕之游哉？」（《天目先生集》卷十九）

要之，子與之論可歸納爲下列數項：

一、胡元文衰，明初沿宋儒道論，憚於修辭，獻吉登高一呼而成中興大業。

二、詩至宋元，可謂一厄，獻吉之屬力修古詞，于鱗之徒文自西京，詩自天寶而下，概無取焉。

三、詩之盛衰與舉業有關，作者不可無才。

第五節　梁有譽

公實謂以文會友，結社賦詩，聲氣相投，砥礪切磋，有助於撰述，其〈雅約序〉云：「夫士以藏器爲雋，文以定志爲尙，然器非素養，則斧藻之誼無資，志非箴益，則繾綣之盟靡貴，是以握瑜懷瑛之士，銜華佩寶之英，居則討素綜墳，廣閎蓄之矩度，會則鐫思抽緒，罄砥礪之弘致，聲氣相投，芳逾蘭茝，詞情儷美，節諧球鍠，竹林播其清塵，蓮社肇起逸軌，雖寄託之興不同，放浪之懷靡一，然併抗意區外，怡神幽履，靜蹌紛馳而雅尙自若，亦各明其志也。自茲以降，作者不乏，莫不淵岳其情，麟鳳其采，論胸懷則曠而且眞，語製述則典而有矩，結軫文藝之場，鳴韣藻繪之府，斯迺名教之樂事而達士之風猷也。」同文又謂文學之藝術性必不可無，蓋情信辭巧，古有明訓，豈可以吟風弄月目之，爲文者亦宜勸善懲惡，以成名山之業；「夫文藝之於行業，猶華榱之丹雘而靜姝之綺縠。載選先民代作，併皆雋傑，蜚聲倏翮，未易徑逸足，詎能騄踐？然運精至則木雕自飛，凝神極則鳴蜩則掇，狐腋豈一皮能溫，雞跖必數千斯飽，誠能博覽而銳思，時脩而歲積，或無恧歟？論者不知，則以爲蘭桂雖馨，而非餌魚之用，都蔗雖甘，而非作仗之需，欲盡捐藝業，疲精俗好。殊不知博文游藝，聖所訓也，情信辭巧，明所箴也。握鼠璞者，夏后之璜非所取，寶魚目者，隋侯之璧非所識，悲夫！矧詞園共獵，德圃齊友，道由此彌敦，己志於焉愈植。勵潛修之業，則廣覽之見攸啓，際顯用之績，則炳曜之采弗鍜；豈特憐風月，狎山水，述懽娛，敘宴遊而已哉？如其不然，卑厥所嗜，索處離羣，謏聞寡見，何取德業之勸，有垂載籍之紀；倘情致有所屬而製述無恒裁，烟煤無知，恣其點染，管札不言，任其揮襞，強欲角逐藝苑，何異執枯條以諍於鄧林，歈葦籥以鳴於洞野也。」（以上皆見《蘭汀存稿》卷八）

要之，公實之論可約爲如下二點：

一、詩友切磋，有助於創作。

二、文章宜兼顧藝術性與實用性。

第六節　吳國倫

明卿論文主華實相副，辭意相符，文質適中，其〈李尚書集序〉云：「余聞諸談藝者之言曰：『玉不雕，璠璵不爲器；言不文，典謨不爲經。』嗟乎！豈直談藝也與哉？此其旨匪雕文之工而貴其所以爲器爲經也，藉無璠璵之質，雖器不列宗廟矣，無典謨之意，雖文不被金石矣，豈直談藝也與哉？即左氏所稱三不朽，余竊以爲其致一而已焉。天下未有立德之士而功不施社稷，言不重鼎彝者，乃言華而功實舉一可以辨德耳，故能言而不習於事，豎儒也；能功而不嫻於辭，木強人也；皆德之缺也，而互相訾詆，則德之棄也。近世豪傑名家率各擅其才之所近以相雄，遂赫然自號不朽，此賢於鄉人耳，豈誠不朽之道乎？」（《甔甀洞稿》卷卅九）

明卿論詩，謂三百篇爲上世之音，二京自足成家，六朝綺靡，唐人音節稍振，大曆之後，則不足取，能者宜復古焉，其〈胡祭酒集序〉云：「知言難哉！宣父至聖，辭命不遑，蓋難之也，況游聖人之門者乎！粵自結繩以還，竹書韋編以及二南十五國風，其詞醇麗溫厚，蓋上世之大音也。逮乎三傳八書離騷十九首，紀述既嫺，諷詠合度，蓋去古未遠，詞者廓閎。其後二京寖盛，言成一家；六代佌�，末流不競；近體變自唐人，音節稍振，貞觀大曆以後無采焉。良由風運遞遷，才品殊致，雖瑕瑜不掩，而復古爲難，其惟能者從之乎？」爲詩之通病有三，一捐體裁，二蔑禮法，三薄藝文，〈胡祭酒集序〉又云：「夫學以益才，文以足言，皆明訓也，中人承學，鮮究斯義，大較有三疾焉：師心者非往古而捐體裁，負奇者縱才情而蔑禮法，論道講業者則又譏薄藝文，以爲無當於世。嗟乎！茲不學之過也。藉令體裁可捐，則方圓何取於規矩？禮法可踰，則華實不必由本根？謂藝文無當於世，猶之責騶麟之不耕，而以司晨病鸞也，不已誣乎？失師心者負奇，其詞骪骳曼衍勿談矣！及論道講業，名爲聖人之徒也，何至叛體要之訓，蹈鄙倍之戒，侏儷大雅，糟粕微言，以自掩其孤陋，猶曰我具體聖人足矣，焉用文？其誰欺乎？」果能去此三疾，則不難侶劉漢而友李唐，同文續云：「先生詩體不煩繩削，而布趨音節，伯仲漢唐，蓋未嘗求似而未嘗不似，其猶郢斤庖刃乎？才益於學，而言足於文，若先生者，庶幾聖人之徒哉？」（以上《甔甀洞稿》卷卅九）

詩之用有二，一以道性情，其〈李李尚書集序〉曰：「詩道性情，而用意深厚，即寓目應手，不加藻繪，鮮不音中而節合，泱泱乎風人之遺矣！」（《甔甀洞稿》卷卅九）二以宣教化，〈楚遊稿序〉曰：「夫詩以情志爲本，以成聲爲節，此辭家言也，而猶有所不盡言，蓋古有采詩之官，用能陳民風，布王澤。班孟堅亦曰：『古者諸侯卿大夫交接鄰國，以微言相感，當揖讓之時，必稱詩以喻其志，故季子觀樂，知列國之風，孔子刪詩，存王者之迹，嗟乎！詩之爲教大矣哉！』」（《甔甀洞稿》卷四十一）

明卿報元美書又謂責人未可太嚴，蓋微諷之也，其言曰：「大率二三兄弟私相責備，寧過於嚴，持以論人，則又未可示之不廣，往古名家各有所擅，雖膏肓墨守，其傳至今乃無人乎？」（《甔甀洞稿》卷

五十一）

要之，明卿之論可歸納爲下列數點：

一、爲文宜華實相副，文質適中。

二、詩宜復古，大曆以後不足取。

三、爲詩者之通病有三：一捐體裁，二蔑禮法，三薄藝文，而三者皆由於不學之過。

四、詩之用有二：一道性情，二宣教化。

第七節　宗　臣

子相論藝，文崇子長，詩尚子美，次則空同子，其〈讀太史公、杜工部、李空同三書序〉云：「余采藝林，抽繹千古，蓋史遷其至哉！詩則工部。余束髮而讀二書，今十五年矣，寒可無衣，飢可無食，陸可無車，水可無楫，而二書不可以一時廢也，譬之手足耳目焉，余誠何心哉？怒讀之則喜，愁讀之則驩，困讀之則蘇，悲讀之則平。徐而讀之，則萬慮以澄，百節以融，耳目以通，肺腑以清；急而讀之，則蘭桂倏馨，雲霞倏生，鳳鳥倏翔，蛟龍倏鳴；遠而讀之，則天以之青，日以之明，江以之流，海以之停，洸洸洋洋，總總鱗鱗。二書何書哉？余讀獻吉書，蓋次二書焉。」左氏、屈、宋，漢之董、賈、蘇、李、班、揚，魏之曹、劉、應、徐，六朝之潘、陸、江、鮑，唐之太白、長吉、韓、柳諸人，雖各極其致，唯終不及遷、甫、獻吉，同文續云：「夫周則左丘明，楚則屈、宋，漢則董、賈、蘇、李、長卿、枚叔、班固、揚雄，魏則曹、劉、應、徐，六朝則潘、陸、江、鮑，唐則太白、長吉、陳、杜、沈、宋、盧、駱、韓、柳，非不采厥英華而自誦之，顧不若三書者，時餐與餐，時櫛與櫛，時几與几，時榻與榻，寒暑風雨，南北飄零，未嘗一時去吾之手也。字究句研，積歲累月，楮凋墨故，大類童子時所受書矣！」（以上皆見《宗子相集》卷十三）

詩以漢、魏爲最佳，〈報李伯章〉云：「夫詩至漢、魏，上矣！李、

杜稱聖，於選則視二代愧焉。既善選矣，則律亡難者，猶探源而可必之委也。」（《宗子相集》卷十四）

子相論文，力主為藝術而藝術，不以實用為然，其〈報張範中〉一文有云：「夫聖人未嘗顓精文章之學，而六經炳蔚，萬世共嗟，左、馬、曹、劉、李、杜者流，相繼飈起，即難較聖文，後之言文者亟稱道之也。千載榛蕪，李、何再闢，俾海內學士大夫重覩古昔，譬則鳳麟在郊，羣心快之。且鳳麟之為天下瑞也，求其耕疇而駕遠也，則謝牛馬，而世卒不屈鳳麟于其下者，以其文也，非以其用也。而世之論文者乃責其無用於世，則何以責鳳麟乎？謂鳳麟之文而無用可也，謂鳳麟之文而亡用而不及牛馬也，即婦人孺子而笑之。文選者，鳳麟之迹也，而鄙之以為不足讀，是謂鳳麟之不能耕駕而鄙之者也，非忌則愚。李、何之則古以綴文，是李、何之所以為天下重也，而乃誚其奔者奴僕之不暇，然則述黃虞姬孔而談仁義德者，亦將為奔走奴僕乎？甚哉！諸貴人之言之疵也！諸貴人亦豈能必是物遂見棄于世乎？適足取唉而自黯耳。」（《宗子相集》卷十九）

子相又撰《總約》八篇，〈談藝〉第六謂文有必同必異者，必同者，其精也；必異者，其迹也。其言曰：「夫六經而下，文豈勝談哉？左、馬之古也，董、賈之渾也，班、揚之嚴也，韓、柳之粹也，蘇、曾之暢也，咸炳炳朗朗，千載之所共嗟也。然其文馬不襲左，而班不襲揚，柳不襲韓，而曾不襲蘇也，何也？不得不同者，文之精也；不得不異者，文之迹也。論文而至于舉業，其視文既已遠矣，文而襲者，舛也，況又拾世俗之陳言庸語而掇之以成文，又舛之舛者也。」詩文之生，猶天之有雲霞，地之有草木，蓋出乎自然而不容襲舊也，同篇續云：「今夫人性之有文也，不猶天之雲霞，地之草木哉？雲霞之麗於天也，是日月生焉者也，非以昔日之斷雲殘霞而布之於今日也。草水之麗於地也，是歲歲生焉者也，非以今歲之萎葉枯株而布之來歲也。人性之有文也，是時時生焉者也，非以他人之陳言庸語而借之于我也，是故之言文者得之心而發之文也。其理之瑩也，如金之精，如玉之粹，而天下之人莫之敢損益也。其詞之溢也，如長江，如大河，魚龍黿鼉縱橫出沒而不可掩也。」天地萬物，無美弗備，文出乎自然，則清通、古雅、明達、飄逸、鏗鏘、葩麗、嚴正、雄渾皆具，而各極其致，同篇復云：「其清通也如月之秋，如江之澄，如潭之寒而千里一碧，泠然內徹也。其古雅也，如太羹，如玄酒，如周之彝，如商之鼎，令人覩之而裴回太息，棲神千載之上也。其明達也，如青天，如白日，而有目者之所共覩也。其飄逸也，如珮玉鳴琚，乘風御空，可望而不可即也。其鏗鏘也，如金石相宣，絲竹並奏，而聽之者靡靡忘倦也。其葩麗也，如芙蓉秋水之上而眞色充燦，不假雕飾也。其嚴正也，如達官貴人端冕而立夫朝廷之上，見之者懍然動容也。其雄渾也，如鉅鹿之戰，以一當百，人人戢伏，不敢仰視也。斯文之至極也。」以此至文闡經、論史、辯事，必能各盡其妙，所謂「以之闡經，則道性命之精華矣，以之論史，則治亂興衰之繇達矣，以之辯事，則得失安危之機矣。譬之天之雲霞，地之草木，無所假爲者也，左、馬、諸子之所不能易也，尙何以陳言庸語爲哉？」（以上皆見《宗子相集》卷十八）

要之，子相之論可約爲如下數點：

一、詩以漢魏爲最佳。

二、文尊司馬遷，詩崇杜甫，獻吉僅次于二子。

三、文章有其獨立之藝術性，不可以「實用」之尺度論斷其價值。

四、詩文之生，出乎自然，不容模擬。

第八章　後七子派之詩文論（下）：其他成員

第一節　汪道崑

伯玉持論，尚三代而推《六經》，謂人亡於秦、漢之後，而法亡於晉、宋以下，其〈太函集自序〉曰：「人亦有言，三代無文人，六經無文法。非無人也，言則人人文也，非無法也，文則言言法也。蓋當夏后殷周之盛，斯道大行，迄于孔、孟、老、莊，率以明聖而任述作，斯道大明，美哉洋洋乎，文在茲矣！秦漢而下，則其人亡；晉宋而下，則其法亡。」持是以論歷代詩，則一蟹不如一蟹也，〈騷選序〉曰：「風雅變而為騷，江潭尚矣！其徒二三速肖，其下波流，騷變而為選，郊蘇、李而禘張衡，柏梁、梁父祧矣，漢其室事也，魏其堂事也，晉猶在祚，……故波流無騷，非無騷也，善哭者無情而不哀，騷之優孟也；繹祊無選，非無選也，雕幾工而大璞喪，選之桮棬也。以騷則逸為政，以選則統為政，又惡乎取之？或類有同方，或體有各至，……許由有言，有族有祖，聚族則由後，率祖則由前，比而合之，選其族也，騷其祖也，由前則推而進為六義，為四詩，由後則放而文，為貞觀，為開元，為大曆二氏，迄今誦之勿絕，其斯一當衡石也與哉？」（《太函集》卷廿四）詩至於唐，諸體無不賅備，宋以下方無取焉，兼并古人，勢有所不能，爲詩者由博反約，惟志所至，是爲得之，其〈詩紀序〉曰：「要自九歌、二雅，延及齊梁，惡可同器？自開元迄于季世，惡可同牢？彼其耳食而務屬厭，焉知正味？藉令入大官而爲之宰，吾其從割烹者品嘗之，六藝若在尸饔，日用不廢，楚、騷則朝踐，漢、魏則常珍，齊、梁其餘閣，吾將虛口矣；初唐則醴餞，盛唐則粢醍，中則酏，晚則昔。方丈不取盈於一臠，九儐不取足於特豚，皆是物也，是紀也，代必盡人，人必盡業，殆將窮宇宙，歷歲時，周視尙方，惟口所適；具矣備矣，全體賅矣！宋無詩，無取也。……羣飲江河，不過充腹，雖有敏者，疇能呑雲夢而引明河？挹彼注茲，由博反約，深於詩者也；志之所至，詩亦至焉。」（《太函集》卷廿四）

宋元不競，明詩復古，中興之功則以李獻吉爲最大，伯玉於〈潘象安詩序〉一文中曰：「自唐失律而詩亡，歷五百年而始振，國初猶昧旦也，……自李獻吉出，而後風雅可興。」（《太函集》卷廿四）唐自大曆以降，風雅日衰，前、後七子出而爲之一振，其〈青蘿館詩集序〉曰：「余聞之作者曰：有唐以詩鳴，蓋本業也；大曆以下，不啻波流，隆則隆，汚則汚，論其世可已。當世以經術論士，士顧能詩。太祖始興，草昧間作，弘治則李獻吉、何仲默，副以徐昌穀諸曹，超乘而前，去輓近世千里矣！嘉靖則李于鱗、王元美，而徐子輿、吳明卿、宗子相參焉。」（《太函集》卷廿一）

宋、元不足取，盛唐以上則又如何？伯玉〈陳達甫集序〉曰：「詩自李、杜以遡康衢，體相沿或不沿，辭相襲或不襲，顧混然同氣，漠然同心，鏗然同聲，蒼然同色，此可與道古者賞，難與儕俗者程也。」（《太函集》卷廿二）言爲心聲，故宜以眞假判優劣，不宜以古今分高下也，其〈詩藪序〉曰：「夫詩心聲也，無古今一也，顧體由代異，材以人殊，世有推遷，代有升降，說者以意逆志，乃爲得之耳。」（《太函集》卷廿五）

詩為樂始，故觀詩之道非審樂莫由，〈黃全之小集引〉曰：「夫詩樂之始也，余嘗審樂以觀詩，為燕也石，為巴也瑟，為牙也琴，直以一音取重，卒之舞百獸，和神人，出流魚，仰秣馬，莫不入神，藉令廣樂畢陳，不加於此矣，故蘇、李之五言，張衡之七言，終不以少而貶美，如其不可與道，雖多何為？」（《太函集》卷廿四）審樂不惟可以觀一地之風，亦足以睹一時之政也。詩三百，安以樂之作較諸困而哀之章，尤為可貴，其〈五嶽山人後集序〉曰：「舊史氏有言，詩書隱約，欲遂其志者之思也。信斯言也，作者必窮而後工，如其困而哀思，孰若政和而安以樂，如其不平而感慨，孰若心和氣和而天地之和應之，故誓命、訓誥不賢於典謨，采詩而觀列國之風，則周南、召南首矣！」（《太函集》卷廿三）

伯玉論詩重禪悟，其〈唐詩類苑序〉曰：「客謂函翁以禪為悟門，吾黨以詩為當戶，靈均而下，何必禪哉？嗟乎！西極聖人，默存而化，夫宜以離合為一條，出入為一貫，概諸吾道，其孰曰不侔！易有之，觸類而能事畢，知此則知道，且知澂父知禪知詩。」（《太函集》卷廿三）又謂氣與個性有關，非可力強而致，惟中正者能得純和之氣，為詩者宜善用其氣，〈鷖林內外編序〉曰：「昔之論文者主氣，吾竊疑其不然，文由心生，尙安事氣？……氣之官殆非人力，觀之欹器，觸類旁通，虛則欹，滿則覆，惟中正者得之，此純氣之守也。叱咤者其氣暴，號嗄者其氣沖，柔曼者氣濡，彊梁者氣溢，……氣壯則神凝，神凝則機審，相因馴致，理有固然。木雞之走敵也，虛憍不恃，故壯。文人之承蜩也，用志不分，故凝。輪扁之斲輪也，不疾不徐，故審且也。山澤通氣而後天地合；天氣下降，地氣上騰，而後萬物生；大塊噫氣而後羣籟鳴。將在行間，一鼓作氣，而後三軍奮，善用壯者，蚩尤氏為之折首，防風氏為之陳尸，夾谷為之丘夷，汾陽為之退虜。其稟氣也正，其役氣也壹，軌于中行，用罔者反之，則共工楚霸之所憑陵也。」（《太函集》卷廿六）

要之，伯玉之論可歸納為下列數點：

一、詩文一代不如一代。

二、唐詩諸體齊備，爲詩者宜由博反約；宋、元不競，明詩復古之首功當予李獻言。

三、言爲心聲，說詩者宜以意逆志。

四、審樂觀詩，不惟可觀一地之風，且可睹一時之政。

五、論詩重禪悟，謂氣與個性有關。

第二節　俞允文

仲蔚持論，不苟爲同異，謂詩爲文之精蘊，非才與悟不爲功，其〈青蘿館詩序〉曰：「夫道麗事而見，事因時而行，事不行則鬱於志，志不達則昌於言，言之昌者爲文，文之約者爲詩，詩固文之蘊也。風雅頌者，詩之名也；賦比興者，詩之體也；非卓犖之才不足以贍其體，非玄解之會不足以究其才。」（《仲蔚集》卷十）

詩以言志，專爲靡麗者無取焉，〈居庸詩序〉曰：「竊惟古之爲詩也，本以言志也，故觀列國之風，可以知其政治之興衰，觀一人之什，可以知性情之邪正；非務爲靡麗取飾而已。」（《仲蔚集》卷十）抒情言志而外，則宜有益於時，化成天下，作者各因所長而臻其妙，若能兼美，必昭耀於世也，〈華陽館集序〉曰：「夫文麗昭天地之象，辯名物之數，闡皇王之道，通神明之幽，而敷爲著述比興之作，章施制度，遵宣民風，積于中和，化成天下，而文之時義大矣！然亦係於運之盛衰，氣之淳漓，才之偏專，各因所長，不能兼美，苟能兼之，而使之彪炳，必光耀于世。」（《仲蔚集》卷十）

歸納仲蔚之說，凡有三點：

一、志宣於言，言之昌者爲文，文之約者爲詩；才與悟爲作詩撰文者之所必具。

二、詩可以觀一國之政，知一人之性。

三、文之爲用甚大，其佳善與否，係於時代環境與作者才氣。

第三節　趙用賢

汝師謂文章之用雖多，而其旨則一，即原本六經而發揮道德是也，其言曰：「文章之道，其要統異於六經，自孔子既歿，諸弟子以其微言奧義，散而之於列國，其精者爲論說辯難，所以闡發其幽深，粗者爲訓詁箋釋，所以演繹其意旨，而散見者爲紀述敘載，施之政事，託之諷詠，雜出於歌謠稗瑣，文之用雖極於不可紀，然其原本六經而發揮遺德，其旨則一而已。」漢、唐諸大家必爲後世楷範，蓋其所言皆出於經而爲道之所載也；晚宋之後，儒者鄙薄文章，迨夫明代，七子始力振之，其功偉矣。汝師續曰：「漢、唐以文名家者，何可指數，當其折衷群言，博求約取，戛戛乎用心苦矣，及其肆於詞而闡於著作，郁郁乎其信今而必傳後者，有一不賅於六經者乎？言不出於經，固道之所不載，道所不載，言不可法於來世矣！自晚宋迄於今日，儒出或顓爲名理之說，始薄文章，以爲雕繪不足飾，直取六經之糟粕，稍抽其緒而率然出之；病於才之不入，則逃之性命以自便；苦於法之難工，則託之毋庸障吾理而掩其拙以爲高。不知六經非聖人之文耶？彼聖人抱其根源而播之述作，固未嘗廢文也。於是豪傑之士起而厭其文之衰，以爲非一洗而盡規之先秦西京之盛，則終不足以振其弊而還之古，仡仡焉，非遷、固之法不以法，涉思非漢之故實不以共採掇；至其意有所馳騖而入於冥心玄解者，非莊、列之奇瑰，不以關於議論，此復古之功，眞足超駕一時而凌軼千古矣。」夫復古是已，顧不可流於模擬耳。汝師又曰：「迨其末流，規擬之過則乾強而寡味，既深則玄虛而鮮自得之旨，蓋昔者之病，病在訓經而忘法，今者之病，病在務陳言之去而遺六經之精蘊，二者俱弊，然而經術之亡，則華實之辨弊固有所重矣。」（以上《松石齋集・卷八・櫻寧王先生續集敘》）

既不欲模擬，則作者當知妙悟之理，夫妙悟亦不誤也，唯不宜流於詭奇耳，〈與歐楨伯〉一文曰：「近稍事篇什，一意盛唐名家，然後知詩道當師于神，而不當師于詭竄以爲新奇。近世作者林立，究其詮引濫而景意多乖，氣格濁而神理未洽，舍一二作者如足下及濟南、弇州，僕最所服者數人而已。」（《松石齋》卷廿五）妙悟之外，詩之本在性情，窮苦者其情愈眞，其詩愈佳，〈吳少君續詩集序〉」曰：「夫聲詩之道，其本在性情，其妙在神解，其傳景會意恆超於學問語言之外，然而匠心獨詣，超契溟涬者，多發羈旅草野之人，而得之怨懟悱惻之語。昌黎有云：『懽愉之辭難工，而窮苦之言易好。』彼士既自放山澤，往往獨立於情意之表，不蒙世之緇垢，而巖觀川遊，行歌坐嘯，又得以其暇發抒性靈之所得，故其爲詩離群睨俗，使讀者變踔憀慄，感慨却顧而不能自已，然後可以言隱者之詩也。」（《松石齋集》卷十）汝師學詩於吳明卿，故所論多出於《甂甌洞稿》之所言也。

要之，汝師之論可約爲下列數點：

一、文章之用在於原本六經而發揮道德。

二、漢唐名家，其言皆出於經而爲道所載，自足傳後；晚宋以降，儒者鄙薄文章，雅道不振，七子復古，其功偉矣！

三、詩之本在性情，詩之妙在超悟，復古切勿流於模擬。

第四節　李維楨

本寧爲末五子之一，當七子結社時，彼年僅四歲〔註1〕；迨七子聲勢稍戢，攻者漸起，尤以公安三袁爲甚，然矯枉過正，弊亦難免，本寧慨然論云：「今詩之弊約有二端，師古者排而獻笑，涕而無從，甚則學步效顰矣；師心者冶金自耀，踶駕自騁，甚則驅市人野戰，必敗矣！」（《大泌山房集・卷一百卅一・書程長文詩後》）其說即在矯二者之失而爲之調和。

一、師古者其弊傷質

本寧謂不善師古者「步趨形骸，割裂餖飣，口實法古而去古彌遠，害古彌甚。」（《大泌山房集・卷廿一・閻汝用詩序》）又曰：「古之學

〔註1〕本寧生於嘉靖廿六年（1547），七子則於廿九年（1550）在北京正式結社。

以積習，今之學以躐等；古之學以涵養，今之學以捃摭；古之學以潛修，今之學以誇詡；是故鶩博不免雜，信古不免襲，偏嗜不免固，而詩與學既病矣。」（卷同上·〈陳憲使詩序〉）若此，愈學愈病，其〈吳汝忠集序〉曰：「其病不得靡，故擬者失而粗厲；其格不得踰，故擬者失而拘攣；其業不得儉，故擬者失而龐雜；其語不得繁，故擬者失而詭僻。」（《大泌山房集》卷十二）職是之故，本寧不以兼併古人爲然，〈亦適編序〉曰：「格由時降而適於其時者善，體由代異而適於其體者善；迺若才，人人殊矣，而適於其才者善。孟、韋之清曠，沈、宋之工麗，不相入而各擅其勝，貪而合之，則兩傷矣。拾遺聖於律而鮮爲絕，供奉聖於絕而鮮爲律，瑜不掩瑕，瑕不掩瑜，諱而兼之，則均病矣。」（《大泌山房集》卷廿一）蓋人各擅一體，鮮能備善，若闇於自見，必求妍反媸也。作詩者宜就才之所近，多讀多寫，久之自然悟入，〈張司馬集序〉曰：「夫詩文雖小道，其才必豐於天，而其學必極於人。就其才之所近而輔之以學，師匠高而取精多，專習凝領之久，神與境會，手與心謀，非可襲而致也。」（〈大泌山房集序〉）

二、師心者其弊病格

本寧於七子之師古模擬，固不盡滿意，於三袁之師心自用，尤難苟同，其〈吳韓詩選題辭〉曰：「七子沒垂三十年而後生妄肆詆訶，左袒中晚唐人，信口信腕，以爲天籟之聲，般丹陽所臚列野體、鄙體、俗體，無所不有。寡識淺學，喜其苟就，靡然從之。詩道陵遲，將何底止？」（《大泌山房集》卷一百卅二）又曰：「自頃好奇者學怪於李長吉，學淺於白居易，學僻於孟郊，學澀於樊宗師，學浮豔於西崑，而詩之體敝矣。」（《大泌山房集·卷廿三·邵仲魯詩草序》）公安末流以詩爲性情之物，信口而道，信筆亂塗，如是而不率易病格者幾希！擬古固屬可厭，而離古自爲，則與妖孽無以異也；其〈朱脩能詩跋〉曰：「今爲詩者倣古人調格，摘古人字句，殘膏餘沫，誠可取厭。然而詩之所以爲詩，情景事理，自古迄今，故無二道。惟才識之士擬議以成變化，臭腐可為神奇，安能離去古人，別造一壇宇耶？離去古人而自為之，譬之易四肢五官以為人，則妖孽而已矣！」（《大泌山房集》卷一百廿九）「詩道性情」之說本自不誤，唯須濟之以學，否則，本不固而其枝未有不枯者也。其〈二酉洞草序〉曰：「孤陋寡聞之士以為詩本性情，眼前光景口頭語無一不可成詩。……無書不讀，昔人以為美事，而今人中分之而相詭。執是詭以衡人，病無書者十九，病不讀者十一，若之何能為少陵詩也。」（大泌山房集卷二十）詩既成而後法可去，否則，去法而言詩，其有不溺者乎？〈彭飛仲小刻題辭〉曰：「昔信陽有舍筏之喻，蓋既濟而後可以無筏，未有無筏而可以濟者。」（《大泌山房集》卷一百卅二）

三、法不隱才，采不廢質

師古師心各有其蔽，固執一端，必為識者所譏，其〈綠雨亭詩序〉曰：「今學詩者工摹擬而非情實，善雕鏤而傷天趣，增蛇足，續鳧脛，失之彌遠，抑或取里巷語，不加脩飾潤色，曰此古人之風，可以被之絃管金石也。敝帚自珍，以供識者嘔噱而已。」（《大泌山房集》卷十九）及其末也，弊必滋增，〈雷起部詩選序〉曰：「豐贍者失於繁猥，姸美者失於儇佻，莊重者失於拘滯，含蓄者失於晦僻，古澹者失於枯槁，新特者失於穿鑿，平易者失於庸俚，雄壯者失於粗厲。」（《大泌山房集》卷廿一）除弊之道，惟有濟以調和之法，況乎衡諸事實，雖欲二去其一，亦不可得也，〈來使君詩序〉曰：「夫詩者有音節抑揚開闔，文質淺深，可謂無法乎？意象風神，立於言前而浮於言外，是寧盡法乎？師古者有成心，而師心者無成法。譬之毆市人而戰，與能讀父書者，取敗等耳。」（《大泌山房集》卷十九）

職是之故，本寧以為詩不病於理學，不善用者始受其病，善用者益增其美，其〈郝公琰詩跋〉曰：「理之融浹也，趣呈其體；學之宏博也，才善其用。才得學而後雄，得理而後全；趣得理而後超，得學而後發。」（《大泌山房集》卷一百卅）理學才趣具而詩之能事始備，

同文續曰：「夫有別才別趣，則必有正才正趣，理學何所不該，寧分別正！」（《大泌山房集》卷一百卅一）

文章之道，有才有法，「法者前人作之，後人述焉，猶射之彀率，工之規矩準繩也，知巧，則存乎才矣。……所貴乎才者，作於法之前，法必可述；述於法之後，法若始作；游於法之中，法不病我；軼於法之外，我不病法。擬議以成其變化，若有法，若無法，而後無遺憾。」（《大泌山房集・卷十一・太函集序》）法即規矩，才即工巧，舍規矩不能成方圓，工巧者役法而不役於法。

如是法不妨才，文質彬彬，落筆之時，「觸景以生情，而不迫情以就景；取古以證事，而不役事以騁材；因詞以定韻，而不窮韻以累趣；緣調以成體，而不備體以示瑕。」（《大泌山房集・卷十九・青蓮閣集序》）如是，格調而兼具性靈，其詩猶不佳者，未之有也，蓋所作必「景傳於情，聲諧於調，才合於法，蹊徑絕而神采流，風骨立而態韻勝。」（《大泌山房集・卷十九・董司寇詩集序》）

四、論唐詩

本寧又撰〈詩論〉一文，謂古者詩運盛衰繫乎人主，而後世適得其反，其言曰：「譚者曰：『唐以詩進士，童而習之，故盛；士以詩應舉，追趨逐嗜，故衰。少陵宗工，曾不得一第；右丞雜伶人而奏技主家，于詩品何損也。貞觀、開元二帝，以豪爽典則先天下，詩宜盛；而最闇弱者中宗，能大振雅道，即德、文兩朝，不及中、晚，人才樸遬，詩宜衰。彼元、白、錢、劉、柳州姑無論，昌黎望若山斗，猶且服膺工部、供奉而避其光燄，何也？古者上至人主，下自學士大夫以及細民，莫不爲詩，而詩盛衰之機在上；後世細民不知詩，人主罕言詩，僅學士大夫私其緒，而詩盛衰之機在下。』」

詩至於唐，與古大相逕庭，〈詩論〉一文又曰：「少陵詩盛行，迺在革命之代，其轉移化導之力，詎足望人主乎？則唐與古殊矣！樂八音皆殊，詩三百皆樂。唐人樂府已非漢、魏、六朝之舊，自郊廟而外，時采五七言絕句長篇中雋語，被管絃而歌之，代不數人，人不數章，則唐與古殊矣！六朝以上，惟樂府選詩眉目小別，大致固同，至唐而益以律絕歌行諸體，敻不相侔；夫一家之言易工，而眾妙之門難兼，則唐與古殊矣！先王辨論官才，勸懲嬾惡，于詩焉資其極，至于饗神祇而若鳥獸，善作者莫如周公、堇堇可數，他皆太史所采，稍爲潤色，春秋列國卿大夫稱詩觀志，大抵述舊；而唐一人之詩常數倍子三百篇，一切慶弔問遺，遂以充筐篚饟牽，用愈濫而趨愈下，則唐與古殊矣！」

唐人力懲六朝之弊，惜乎變而不化，唯初盛之律體前無古人，後無來者，絕句則初、盛、中、晚無不佳也，歌行情才俱勝而不失體，古選則去三百篇漢魏遠矣！〈詩論〉曰：「三百篇刪自仲尼，材高而不炫奇，學富而不務華；漢、魏近古，十肖二三；六朝厭爲卑近，而求勝於字與句，然其材相萬矣！故博而傷雅，巧而傷質；唐人監六朝之弊，而劚濯其字句，以當於溫柔敦厚之旨，然其學相萬矣！故變而不化，近而易窺。要其盛衰，可略而言，律體情勝則俚，才勝則離，法嚴而韻諧，意貫而語秀，初盛奪千古之幟，後無來者；絕句不必長才而可以情勝，初盛饒爲之，中晚固無讓也；歌行伸縮由人，即情才俱勝，俱不失體，中晚人議論多而敦琢疎，故無取焉；初盛諸子啜六朝餘瀝，爲古選不足論，子昂、應物失之形跡之內，李、杜一二大家故自濯濯，要之，不越唐調，不敢目以漢魏，況三百乎？」

唐詩既非諸體俱佳，是以本寧戒學者勿偏而求之，誇新示異，兼并古人，貪多務博！摹擬失眞，皆爲不善學唐之過，其〈詩論〉曰：「譬之水，三百篇，崑崙也；漢魏六朝，龍門積石也；唐則溟渤尾閭矣，將安所取益乎？不佞竊謂今之詩不患不學唐，而患學之太過。即事對物，情與景合而有言，幹之以風骨，文之以丹彩，唐詩如是止爾。事物情景必求唐人所未道者而稱之，弔詭蒐隱，誇新示異，過也。山林宴遊則興寄清遠，朝饗侍從則制存莊麗，邊塞征伐則悽惋悲壯，暌離患難則沈痛感慨，緣機觸變，各適其宜，唐人之妙以此。今懼其格之卑也，而偏求久於悽惋悲壯，沈痛感慨，過也。律體出而才不下者沿襲爲應酬之具，才偏者馳騁爲誇詡之資，而選古幾廢矣！好大者復諱其短，強其所未至，而務收各家之長，擷諸體之勝，攬擷多而精華少，摹擬勤而本眞漓，是皆不善學唐者也。」學唐而能三復本寧之言，必可寡過而多功也。

要之，本寧之論可約爲數項：

一、當時詩壇之弊有二：師古者步趨形骸，師心者恃才自騁。

二、師匠高而取精多，作詩者就才之所近學之，及其久也，必可觀焉；若兼并古人，受病必多。

三、學詩不可無法，詩成而後法可去。

四、詩本性情，亦須濟之以學。

五、文章之道，有才有法，法不妨才，文質彬彬，采不廢質。

六、古者詩運之盛衰繫乎人主，後世則繫乎學士大夫。

七、唐人樂府已非漢、魏、六朝之舊，詩體較六朝以上爲多，應酬排比之作不少，用愈濫而趨愈下。

八、唐之古選不若三百篇、漢、魏多矣，歌行、律體初、盛時最勝，絕句則初、盛、中晚無不佳也。

九、學唐太過者收各家之長，擷諸體之勝，失諸摹擬，遠離情性。

第五節　屠　隆

長卿雖爲末五子之一，然能洞燭七子之弊，故持論主於性情，妙悟而反模擬，其說有如下述：

一、反模擬

長卿以爲唐優於宋，謂唐詩生乎性情，托興甚深，宋則性情殊淺，調俗味短。其〈唐詩品彙選釋斷序〉曰：「夫詩由性情生者也。詩自三百篇而降，作者多矣，乃世人往往好稱唐人，何也？則其托興者深也；非獨其所托興者深也，謂其猶有風人之遺也。……非獨謂其猶有風人之遺也；則其生乎性情者也。……唐人之言，繁華綺麗，優游清曠，盛矣，其言邊塞征戍，離別窮愁，率感慨沈抑，頓挫深長，足動人者，即悲壯可喜也。讀宋而下詩，則悶矣，其調俗，其味短，無論哀思，即其言愉快，讀之則不快。何也？三百篇博大，博大則詩；漢魏詩雄渾，雄渾則詩；唐人詩婉壯，婉壯則詩。彼宋而下何爲？詩道其亡乎！」（《由拳集》卷十二）詩既生乎性情，而性情因物而異，故不容模擬，此其一。

詩爲作者個性之表現，〈王茂大修竹稿序〉曰：「士之寥廓者語遠，端亮者語莊，寬舒者語和，褊急者語峭，浮華者語綺，清枯者語幽，疎朗者語暢，沈著者語深，譎蕩者語荒，陰鷙者語險，讀其詩，千載而下，如見其人。」（《白榆集》卷三）是以欲工其詩者，必先養其神，否則肌理雖具，終難詣化。個性既因人而異，故作詩不可模擬，此其二。

長卿又謂詩隨世變，體緣才限，不可力強而致，其〈鴻苞論詩文〉曰：「詩之變隨世遞遷；天地有劫，滄桑有改，而況詩乎？善論詩者政不必區區以古繩今，各求其至可也。論漢魏者當就漢魏求其至處，不必責其不如三百篇；論六朝者當就六朝求其至處，不必責其不如漢魏；論唐人者當就唐人求其至處，不必責其不如六朝。……宋詩河漢，不入品裁，非謂其不如唐，謂其不至也。」一代有一代之所勝，各極其至，即可不朽，宋詩之不可取，不在不如唐，而在於未極其至。欲極其至，必先自得，同文續云：「如必相襲而後爲佳，詩止三百篇，刪後果無詩矣。至我明之詩，則不患其不雅，而患其太襲；不患其無辭采，而患其鮮自得也。」（以上皆見《鴻苞集》卷十七）長卿雖爲七子派中人，顧能眾醉獨醒，力懲其弊，殆可謂豪傑之士歟！

世代各異，個人才氣亦不盡相同，長卿曰：「古今之人，才智不甚遼絕，殫精竭神，終其身而爲之，而格以代降，體緣才限。雋流英彥，逞其雄心於此道，淺者欲其深，深者欲其暢；蹇者欲其疏，疏者欲其實；弱者欲其勁，勁者欲其和；俗者欲其秀，秀者欲其沈；狹者欲其博，博者欲其潔；以並駕前人，誇美後世。其心蓋人人有之，而賦材既定，骨格已成，即終身力爭，而卒莫能改其本色，越其故步而止。……三唐之不能爲六代，亦猶六代之不能爲三唐；五、七言近體之不能爲十九首，亦猶十九首之不能爲五、七言近體；徐、庾之不能爲陶、韋，亦猶陶、韋之不能爲徐、庾；青蓮之不能爲少陵，亦猶少陵之不能爲青蓮。」（《白榆集》卷二）世異才殊，爲詩者切忌模擬，此其三。

詩必有法，亦貴乎妙悟，長卿曰：「詩非博學不工，而所以工非學；詩非高才不妙，而所以妙非才。杜撰則離，離非超脫之謂；格雖自創，神契古人，則體離而意未嘗不合。程古則合，合非摹擬之謂；字句雖因，神情不傳，則體合而意未嘗不離。」欲臻妙悟，必由深造，長卿曰：「新不欲杜撰，舊不欲勦襲；實不欲粘帶，虛不欲空疎；濃不欲脂粉，澹不欲乾枯；深不欲艱澀，淺不欲率易；奇不欲滈怪，平不欲凡陋；沈不欲黯慘，響不欲叫嘯；華不欲輕豔，質不欲俚野。如禪門之作三觀，如玄門之鍊九還，觀熟斯現心珠，鍊久斯結黍米，豈易臻化境者。」（以上皆見《鴻苞集》卷十七）過猶不及，作詩能處於新舊、實虛、濃淡、深淺、奇平、沈響、華質之間，而恰到好處，妙悟斯至。既妙悟矣，必視模擬如敝屣，此其四。

二、論李杜

長卿又撰〈與友人論詩〉一文，論李、杜語頗多，於杜詩尤有獨到之處，其言曰：「里中有友人見過，與僕抵掌談詩文，自三百篇，下逮唐人，若李、杜，若高、岑、王、孟，以及我朝李獻吉、李于鱗、王元美諸公，率置喙焉，而獨推宋人詩，唐人惟杜少陵兼雅俗文質，無所不包，吪物連彙，字句皆鑿有據，景與意會，情緣事起，隨地布語，不執一塗，其最可喜者，不避粗硬，不諱朴野，縱其才情之所之，若無意爲詩者；李太白淩空駕語，務言言蕭灑，都不切事情，如詩何？杜萬景皆實而李萬景皆虛，杜深於賦而李獨長於興，然杜猶恨其時有詩人之態耳。僕謂老杜大家，言其兼雅俗文質，無所不有是已，乃其所以擅場，當時稱雄百代者，則多得之悲壯瑰麗，沈鬱頓挫，至其不避粗硬，不諱朴野，固云無所不有，亦其資性則然，老杜所稱擅場，在此不在彼，明矣！而謂杜之妙在粗朴，何也？且杜亦自云：『平生性僻耽佳句，語不驚人死不休。』良工苦心，往往形神爲索，……李杜品格誠有辨矣，顧詩有虛有實，有虛虛，有實實，有虛而實，有實而虛，並行錯出，何可端倪？乃右實而左虛，而謂李、杜優劣在虛實之辨，何與？」長卿之意蓋以爲李、杜優劣不在虛實之辨，子美之所長亦不在粗硬朴野，故辭而闢之，復舉例以證曰：「且杜若秋興諸篇，託意深遠，畫馬行諸作，神情橫逸，直將播弄三才，鼓鑄羣品，安在其萬景皆實？而李如古風數十首，感時託物，慨慷沈著，安在其萬景皆虛？夫品格既高，風韻自遠，凌空駕語，何害大雅？屈大夫傷時眷主，見諸篇什，誠然實景，至其遠遊等篇，凌虛徑度，豈不高哉？大人凌雲，疇非佳境，遊仙招隱，亦是美談。今夫登閬風，坐天姥，傍日月，挾飛仙，即不能至言以快心思之神往，豈必據寸壤，處蓬茨，盤跚蹴躃食飲而已，然後爲實景可貴哉？賦之與興，六義所該，詩人何可不有，而謂杜深於賦，李獨長於興，且以此置雌黃焉，何居？杜如垂老、新婚、潼關、石壕、兵車、出塞、悲陳濤、哀江頭，賦也；紀行、懷古、赤霄、赤風、秋風、佳人，何謂無興也？李如飛龍、懷仙、天姥、太白，興也；大雅、蟾蜍、南箕、北斗，何非賦也？……老杜語多質朴，濫觴蘇、黃諸君，不知老杜之所以高妙特立，正不在此矣，如落日照大旗，馬鳴風蕭蕭；……如畫圖省識春風面，環珮空歸月下魂；不大宛轉流利乎？老杜之美，其大者灼灼若是，乃一切置而不論，而獨取其粗扑，以爲擅場，老杜爲靈，不胡盧地下乎？」

友人諷其爲詩宜蒐隱博古，標異出奇，長卿則不謂然，〈與友人論詩〉又云：「客曰：『李、杜之詩之美猶可識，李、杜而下，非論其他，即如世所稱王、楊、沈、宋、高、岑、王、孟，其美安在？藉令諸公得意之詩，爲後人所遞相膾炙者，嘗試存其篇什，掩其姓名，而謂爲近世之作，人奈何能知其美也？』僕曰：『人奈何能不知其美也？於此不知，安用詩爲？』又云：『唐人安得有詩夫？天下事務無盡，情景累移，唐人都不能隨事觸景，創出胸臆，或博蒐古今奇文奧義，多所鋪陳，而徒以天地山川風雲草木，數字遞相祖述，稍變換而爲之，蓋千篇一什也，而且自謂能發抒性靈，長於興趣，安在其爲詩？且道大矣，鴻鉅者，雄偉者，纖細者，尖新者；雅者，俗者；虛者，實者；輕而清者，重而濁者；華而縟者，朴而野者；流利而俊響者，艱深而詰屈者；景之所觸，質直固可；情之所向，俚下亦可；才之所極，博綜猥瑣亦可。如是乃稱無所不有，茲老杜之所甲擅場也，而唐人徒用麗字秀語爲聲俊取其鼓吹，鏗然如出一口。今之王、李如足下往往誦法唐人，務爲工緻而已，于鱗既已若此，足下何不廣心自縱，蒐隱博古，標異出奇，旁通俚俗，自爲一家言，以傑然特立諸公之上，而徒沾沾自喜，學唐人不成，即又爲于鱗而已。』僕謂何言之易也，唐人長於興趣，興趣所到，固非拘攣一途，且夫天地山川風雲草木，止數字耳，陶鑄既深，變化若鬼，既不出此數字，而起伏頓挫，迴合正變，萬狀錯出，悲壯沈鬱，清空流利，迥乎不齊，而總之協於宮商，嫺於音節，固琅然可誦也。子徒以其琅然可誦也，可謂一切工緻已爾，唐人不又稱大冤乎？誠如子云：詩道不已，雜乎詩者，非他人聲韻而成詩，以吟咏專性情者也，固非蒐隱博古，標異出奇，旁通俚俗，以炫耀恢詭者也。即欲蒐隱博古，標異出奇，旁通俚俗，以炫燿恢詭，曷不爲汲冢、竹書、廣成、素問、山海經、爾雅、本草、水經、齊諧、博物、淮南、呂覽諸書，何詩之爲也？且詩出於三百篇，三百篇誠多識鳥獸草木，然不過就其所見，觸物而爲之，何嘗炫奇標異？試取三百篇而讀之，大率閒雅，且都出於田里夫婦之口，何者？不委婉曲折，琅然可誦，而乃務以朴野質直爲能自脫筆墨蹊徑，不落藩籬乎？」

以上爲長卿之詩論，其文論則如下述：

〈文論〉一篇首謂《六經》固以道術而見尊貴，然其文字亦甚美盛；其後《左傳》、《國語》、賈誼、司馬相如，甚至屈原、莊生、列子之文亦稱奇作；建安六朝雖失神情而離本根，顧亦有華麗動人處，其言曰：「世人談六經者，率謂六經寫聖人之心，聖人所稱道術，醇粹潔白，曉告天下萬世，燦然如揭日月而行，是以天下萬世貴之也。夫六經之所貴者道術，固也，吾知之。即其文字奚不盛哉？易之沖玄、詩之和婉；書之莊雅、春秋之簡嚴，絕無後世文人學士纖穠佻巧之態，而風骨格力高視千古。若禮檀弓、周禮考工記等篇，則又峯巒峭拔，波濤層起而姿態橫生，信文章之大觀也。六經而下，左、國之文高峻嚴整，古雅藻麗。……賈、馬之文疏朗豪宕，雄健雋古。……其他若屈大夫之詞賦，……莊、列之文，……亦天下之奇作矣。譬之大造，寥廓清曠，風日熙明，時固然也，而飄風震雷，揚沙走石，以動威萬物，亦豈可少哉？諸子之風骨格力，即言人人殊，其道術之醇粹潔白，皆不敢望六經，乃其爲古文辭一也。由建安下逮六朝，鮑、謝、顏、沈之流，盛粉澤而掩質素，繪面目而失神情，繁枝葉而離本根，周漢之聲蕩焉盡矣！然而穠華色澤，比物連彙，亦種種動人。譬之南威、西子，麗服靚妝，雖非姜姒之雅，端人莊士或棄而不睨，其實天下之麗，洵美且都矣。」

何仲默嘗謂「文靡於隋，韓力振之，然古文之法亡於韓。」長卿申其義云：「文體靡於六朝，而唐昌黎氏反之，然而文至昌黎氏大壞焉。……昌黎氏蓋所謂文起八代之衰者，今讀其文，僅能摧駢儷爲散文耳。妍華雖去，而淡乎無采也；醲腴雖除，而索乎無味也；繁音雖削，而瘖乎無聲也。其氣弱，其格卑，其情緩，其法疏，求之六經諸子，是遵何以哉？世人厭六朝之駢儷而樂昌黎之疏散，翕然相與宗師之，是以韓氏之文遂爲後世之楷模，建標藝壇之上，而羣趨旌干之下，一夫奮臂，六合同聲，斯不亦任耳而不任目之過乎？六經而下，古文詞咸在，正變離合，總總夥矣，然未有若昌黎氏者。昌黎之文，果何法也！藉令昌黎氏之文出於周漢，則不得傳，何者？周漢之文無此者，周漢誠無用此文爲也。昌黎氏之所以爲當時宗師而名後世者，徒散文耳。今姑無論其他，即如兩漢制誥，誰非散文？沖夷平淡，都無波峭之氣，而朴茂深嚴，遠而望之，則穆然光沈，迫而視之，則神采隱隱，風骨格力往往而在，昌黎氏之文若是邪？論者謂善繪者傳其神，善書者模其意，昌黎氏之文蓋傳先哲之神，而脫其軀殼，模古人之意，而迂其形畫者也，奚必六經，必諸子哉！且風骨格力，韓子焉不有也！嗟呼！令韓子不屑屑於擬古，而古意矯然具存，即奚必如六經，如諸子，而自爲韓子一家之言可也。今第觀其文，卑者單弱而不振，高者詰屈而聱牙，多者裝綴而繁蕪，寡者率略而簡易，雖有他美，吾不得而知之矣，尙焉取風骨格力於其間哉！」其意蓋謂昌黎之文淡乎無采，索乎無味，瘖乎無聲，氣弱、格卑，情緩，法疏，故曰：「古文之法亡於韓。」其後歐、蘇、曾、王數子「大都出於韓子，讀之可一氣盡也，而翫之則使人意消。余每讀諸子之文，蓋幾不能終篇也。標而趨之者，非韓子與？」（以上皆見〈文論〉）唐後無文，昌黎宜執其咎也。

長卿又謂爲文固須程古，唯若乏遠識高見，必拘而不化，是以作者宜取材於經史而鎔意於心神，借聲於周漢而命辭於今日，其〈文論〉云：「明興，北地李獻吉、信陽何仲默、姑蘇徐昌穀始力興周漢之文，詩自三百篇而下，則主初唐。厥後諸公繼起，氣昌而才雄，徒眾而力倍，古道遂以大興，可謂盛矣。然學士大夫之奮起其間者，或抱長才而乏遠識，踔厲之氣盛而陶鎔之力淺。學左、國者得其高峻而遺其和平，法史、漢者得其豪宕而遺其渾博，模辭擬法，拘而不化。獨觀其一，則古色蒼然，總而讀之，則千篇一律也。愚嘗取以自諗，蓋以時時有之，有之而思變之，猶未得其要領焉，嗟乎，文難言哉！愚意作者必取材於經史而鎔意於心神，借聲於周漢而命辭於今日，不必字字而琢之，句句而擬之，而浩博雄偉，識者自知其爲周漢之文，不作昌黎以下語，斯其至乎？今文章家獨有周漢之句法耳，而其渾博之體未備也，變化之機未熟也，超妙之理未臻也，故吾願海內諸君子勉之矣。夫文不程古，則不登於上品，見非超妙，則傍古人之藩籬而已。」因是，有超妙之見者始足以議古，深研於古者始足以訾韓、歐；同文續云：「二三君子苟非得之超妙，無輕議古；苟非深於古，無輕訾韓、歐也。夫挾天子以令諸侯，諸侯將奔走焉；蘽而虎皮，人得而寢處之矣。深於古以訾韓、歐，是挾天子以令諸侯也；影響古人而求勝之，則蘽而虎皮矣，諸君子其無為韓、歐寢處哉！」

文章之道，宜奇正相兼，若一意作奇，則不足貴矣，〈與王元美先生書〉云：「今夫天有揚沙走石，則有和風惠日；今夫地有危峯峭壁，則有平原曠野；今夫江海有濁浪崩雲，則有平波展鏡；今夫人物有戈矛叱咤，則有俎豆晏笑；斯物之固然也，藉使天一於揚沙走石，地一於危峯峭壁，江海一於濁浪崩雲，人物一於戈矛叱咤，好奇不太過乎，將習見者厭矣！文章大觀，奇正離合，瑰麗爾雅，險壯溫夷，何所不有？嘗試取先民鴻製大作讀之，書如盤庚，禮如檀弓，周禮如考工記，亦云奇古近險矣，而不過偶一為之，其平曠瑩徹，揭日月而臨大道者固多，他如穆天子傳、左、國、莊、騷、秦碑、呂覽諸篇，雖云魁壘多奇，而其中平易者亦往往不少。惟揚子雲好奇，言言艱棘，後世而下，論者為何？平生辛苦，蟲魚自況，出奇間道，終屬偏師。」（《由拳集》卷十四）準此，李于鱗之標異凌厲，長卿自不謂然焉。〔註 2〕

長卿之說可歸納為下列數點：

詩論：

（一）唐詩生乎性情，托興甚深，宋詩性情殊淺，調俗味短。

（二）詩為個性之表現。

（三）詩隨世變，體緣才限，不可力強而致。

（四）詩必有法，亦貴乎妙悟，以禪論詩。

（五）李杜優劣不在虛實之辨，子美之妙不在粗朴而在宛轉流利。

文論：

（一）六經以道而尊貴，其文字亦美，左、國、賈、相如，甚至

〔註 2〕見《由拳集》卷十四，〈與王元美先生書〉。

屈、莊、列之文亦稱奇作，六朝雖離本根，亦有其華麗動人處。

（二）取仲默「文靡於隋，韓力振之，然古文之法亡於韓」之說而加闡發。

（三）取材於經史而鎔意於心神，借聲於周、漢而命辭於今日。

（四）文章之道宜奇正相兼。

第六節　胡應麟

元瑞記誦淹博，其詩頗得元美賞識，名列於末五子。所著《詩藪》二十卷，「大抵奉元美《卮言》爲律令，而敷衍其說，《卮言》所入則主之，所出則奴之。」（錢謙益《列朝詩集小傳》丁集上），茲將其說分述如下：

一、文章關世運

元瑞謂詩與時代環境之關係異常密切，其《詩藪》曰：「優柔敦厚，周也；樸茂雄深，漢也；風華秀發，唐也；三代政事俗習亦略如之。魏繼漢後，故漢風猶存，六代居唐前，故唐風先兆。文章關世運，詎謂不然？」（〈內編〉卷一）而周詩尚文，漢詩尚質，亦與彼時社會習俗相符，《詩藪》續曰：「周漢之交，實古今氣運一大際會。周尚文，故國風雅頌皆文，然自是三代之交，非後世之文；漢尚質，故古詩樂府多質，然自是兩漢之質，非後世之質。」（〈內編〉卷一）準此，四言降而爲五言，古風變而爲近體，皆爲時勢之所趨也，而唐律之所以不漢古若者，實風會使然，《詩藪》又曰：「漢自十九首、蘇、李外，餘郊廟、鐃歌、樂府及諸雜詩無非神境，即下者猶踞建安右席；唐律惟開元、天寶，元、白而後，寖入野狐道中，今人不屑爲者，往往而是，亦時代使然哉？」（〈內編〉卷二）中、晚之所以不及盛唐，正坐此耳，其《詩藪》云：「元和如劉禹錫，大中如杜牧之，才皆不下盛唐，而其詩迥別，故知氣運使然，雖韓之雄奇，柳之古雅，不能挽也。」

(〈內編〉卷五)一、二作家之才力不足以扭轉風會,初唐七言律縟靡浮豔,非應制使然,乃其時風尚所致〔註3〕。詩以代變,格以代降,此所以「四言變而離騷,離騷變而五言,五言變而七言,七言變而律詩,律詩變而絕句。」(〈內編〉卷一)同理,「三百篇降而騷,騷降而漢,漢降而魏,魏降而六朝,六朝降而三唐。」(〈內編〉卷一)固其宜也。

世運而外,開國之君好惡亦關乎風雅盛衰,《詩藪》又曰:「詩文固係世運,然大概自其創業之君。漢祖大風,雅麗閎遠,黃鵠惻愴悲哀;魏武沈深古樸,骨力難侔;唐文綺繪精工,風神獨暢;故漢、魏、唐詩冠絕古今。宋、元二祖,片語無聞,宜其不競乃爾。」〈內編〉卷二)君上倡之,臣下效之,及其久也,風氣蔚然成矣。《詩藪》又曰:「漢稱蘇、李,然武帝蘇、李儔也;魏稱曹、劉,然文帝曹、劉匹也;唐稱李、杜,然玄宗李、杜流也。三君首倡六子並驅,盛絕千古,非偶然也。」(〈內編〉卷二)

二、師　古

唐社既屋,五代繼起,上位者黷武惡文,下焉者亦不師古,由宋至元,風雅道衰,其故皆出於此〔註4〕,欲救其弊,舍師古外,別無他途。

擬古主義至於後七子,其勢之盛,可謂如日中天,然議之者漸起,元瑞乃巧為之辯曰:「男女構精,萬物化此,人道之本也。太初始判,未有男女,孰為構精乎?天地之氣也。既有男女,則以形相禪嗣續亡窮矣,復求諸天地之氣可乎?周之國風、漢府,皆天地元聲,運數適逢,假人以洩之。體製既備,百世之下,莫能違也。今之訕古者,動曰關關雎鳩,出自何典?是身為父母生育,而求人道於桑也,噫!」(《詩藪・外編》卷一)體製既備,莫之能違,則師

〔註3〕見《詩藪・內編》卷五。
〔註4〕見《詩藪・內編》卷一。

古自屬必要，《詩藪》曰：「自信陽有筏論，後生秀敏，喜慕名高，信心縱筆，動欲自開堂奧，自立門戶，詰之則大言三百篇出自何典，此殊爲風雅累。」殊不以仲默「舍筏登岸」之喻爲然。試以三百篇爲例，體質俱備，後起者無有能逾其軌度者：「夷考國風雅頌，非聖臣名世之筆，則田畯紅女之詞，大以紀其功德，微以寫厥性情，曷嘗刻意章句，步趨繩墨，而質合神明，體符造化，猶夫上棟下宇，理出自然，此道既開，後之作者即離朱、墨翟，奚容措手？」自漢以降，作詩者無不準則古聖，取法前賢：「東西二京，人文勃鬱，韋孟諸篇，無非二雅；枚乘諸作，亦本國風。迨夫建安、黃初，雲蒸龍奮，陳思藻麗，絕世無雙，攬其四言，實三百之遺；參其樂府，皆漢氏之韻。盛唐李、杜，氣吞一代，目無千古，然太白古風，步驟建安；少陵出塞，規模魏、晉；惟歌行律絕，前人未備，始自名家。是數子者自開堂奧，自立門戶，庸豈弗能？迺其流派根株，灼然具在！良以前規盡善，無事旁搜，不踐茲途？便爲外道。」以韋、枚、曹、李、杜之才學兼備，巧力俱足，猶且不免於師古，其他不若五子而侈言舍筏者，不亦妄乎？茲五子者非無法自立門戶，良以前規盡善，無事旁搜，自流於外道也。歌行近體猶未備於前人，李、杜因克自成一家。由是推論，元瑞遂謂後人無庸自立，其《詩藪》曰：「盛唐而後，樂選律絕，種種具備，無復堂奧可開，門戶可立。」（以上皆見〈續編〉卷一）明人欲名於世，舍集古人之大成外，別無他途，《詩藪》曰：「風雅之規，典則居要；離騷之致，深永爲宗；古詩之妙，專求意象；歌行之暢，必由才氣；近體之攻，務先法律；絕句之構，獨主風神；此結撰之殊途也。兼裒總挈，集厥大成；詣絕窮微，超乎彼岸。」有明一代欲苞綜漢、唐，度越宋、元，唯有「不致工於作而致工於述，不求多於專而求多於具體。」（以上皆見〈內編〉卷一）。顧不知流弊所及，受病必甚，蓋具體而微，往往膚廓不精；述而不作，每每刻鵠類犬也。

三、法與悟不可偏廢

既欲師古，故法也不可無；復求變化，則悟必存乎其間。元瑞詩藪即主法與悟二者不可偏廢，其言曰：「漢、唐以後談詩者，吾於宋嚴羽得一悟字，於明李獻吉得一法字，皆千古詞場大關鍵，第二者不可偏廢，法而不悟，如小僧縛律；悟不由法，外道野狐耳。」（〈內編〉卷五）循法而作，眞積力久，必躋於超悟之境，《詩藪》續曰：「作詩大要不過二端，體格聲調，興象風神而已。體格聲調，有則可循；興象風神，無方可執；故作者但求體正格高，聲雄調鬯，積習之久，形迹俱融，興象風神，自爾超邁。譬則鏡花水月，體格聲調，水與鏡也；興象風神，月與花也。必也水澄鏡朗，然後花月宛然，詎容昏鑑濁流求覩二者。」（〈內編〉卷五）法既如是重要，悟復不容強求，是以糟粕可棄，而規矩不可不守，《詩藪》曰：「何仲默謂：富於材積，使神情領會，天機自流，臨景結搆，不傍形迹。此論直指眞源，最爲吃緊，於往代作家大旨，初無異同舍筏之云，以獻吉多擬則前人陳句，欲其一切舍去，蓋芻狗糟粕之謂，非規矩之謂也。」（〈內編〉卷五）即以仲默而論，亦是先師古而後成家，《詩藪》曰：「就仲默言，古詩全法漢、魏，歌行短篇法杜，長篇王、楊四子，五、七言律法杜之宏麗，而兼取王、岑、高、李之神秀，卒於自成一家。」（〈續編〉卷一）

詩與禪可以相通，欲求其相異之處，則禪在悟後，萬法皆空，詩在悟後，猶須深造，《詩藪》曰：「嚴氏以禪喻詩，旨哉，禪則一悟之後，萬法皆空，棒喝怒呵，無非至理；詩則一悟之後，萬眾冥會，呻吟咳唾，動觸天眞，然禪必深造而後能悟，詩雖悟後，仍須深造；自昔瑰奇之士，往往有識窺上乘，業阻半途者。」（〈內編〉卷二）由是觀之，法與悟不可須臾相離，否則必半途而廢也。

元瑞以爲子美之不可及處在「正而能變，變而能化，化而不失本調，不失本調而兼得眾調。」（《詩藪・續編》卷四）近體至於盛唐，可謂諸美齊備，所欠者大與化耳，能事至老杜而後極，《詩藪》曰：「今其體調之正，規模之大，人所共知，惟變化二端，勘覆未徹，故自宋以來，學杜者十九失之。不知變主格，化主境，格易見，境難窺。變則標奇越險，不主故常，化則神動天隨，從心所欲。」（〈內編〉卷五）從心所欲而不踰矩，即是大乘佛法矣！

四、唐詩最盛

唐詩最盛，言之者多矣，獨元瑞能自體、格、調、人四者予以論證，就體而言，則三、四、五言，六、七雜言，樂府，歌行，近體、絕句，靡弗備矣。就格而言，「則高卑、遠近、濃淡、淺深、巨細、精粗、巧拙、強弱，靡弗具矣。」就調而言，「則飄逸、渾雄、沈深、博大、綺麗、幽閒、新奇、猥瑣，靡弗詣矣。」就人而言，「則帝王、將相、朝士、布衣、童子、婦人、緇流、羽客，靡弗預矣。」（以上皆見《詩藪・外編》卷三）

宋詩不振，其因有二，《詩藪》曰：「禪家戒事理二障，余戲謂宋人詩病政坐此。蘇、黃好用事而為事使事障也，程、邵好談理而為理縛理障也。」（〈內編〉卷一）宋人不善學杜，於是乎「得其骨不得其肉，得其氣不得其韻，得其意不得其氣，至聲與色并亡之矣。」（〈內編〉卷二）

宋、元近體之異在於宋「人以代殊，格以人創，鉅細精粗，千歧萬軌，元則不然，體制音響，大都如一，其詞太縟而乏老蒼，其調過勻整而寡變幻。」（〈外編〉卷六）

宋、元俱不如唐遠甚，顧元優於宋，何以故？《詩藪》曰：「宋人調甚駁，而材具縱橫浩瀚過於元；元人調頗純，而材具局促卑陬劣於宋；然宋之遠於詩者材累之，元之近於詩者亦材使之也。故蹈元之轍，不失為小乘；入宋之門，多流於外道也。」（〈外編〉卷六）蓋材可成詩，亦可敗詩也。《詩藪》又曰：「近體至宋，性情泯矣；元之才不若宋之高，而稍復緣情，故元季諸子，即為昭代先聲。」（〈外編〉卷五）言理不言情，此又為宋劣於元之一因。

五、其　他

（一）論格調

元瑞謂擬樂府須明辨朝代，精於格調，其《詩藪》云：「今欲擬樂府，當先辨其世代，覈其體裁，郊祀不可為鐃歌，鐃歌不可為相和，相和不可為清商。擬漢不可涉魏，擬魏不可涉六朝，擬六朝不可涉唐。使形神酷肖，格調相當。即於本題乖迕，然語不失為漢、魏、六朝；詩不失為樂府，自足傳遠，苟不能精其格調，幻其形神，即於題面無毫髮遺憾，焉能有亡哉。」（〈內編〉卷一）

古體無出於漢，律體則宜遵唐，《詩藪》云：「詩之舫骨，猶木之根榦也。肌肉，猶枝葉也，色澤神韻，猶花蕊也；勇骨立於中，肌肉榮於外，色澤神韻流溢其間，而後詩之美善備，猶木之根榦蒼然，枝葉蔚然，花蕊爛然，而後木之生意完。斯義也，盛唐諸子庶幾近之，宋人專用意而廢詞，若枯枿槁梧，雖根榦屈盤，而絕無暢茂之象。元人專務華而離實，若落花墜蕊，雖紅紫嫣熳，而大都衰謝之風，故觀古詩于六代李唐，而知古之無出漢也；觀律體于五季宋元，而知律之無出唐也。」（〈外編〉卷五）

五言古漢人文質彬彬，最可宗法，魏代文質相離，猶未弱也，晉、宋文勝於質，齊、梁質滅，陳、隋不足論也，《詩藪》云：「五言盛於漢，暢於魏，衰於晉、宋，亡於齊、梁。漢，品之神也；魏、品之妙也；晉、宋，品之能也；齊、梁、陳、隋，品之雜也。漢人詩質中有文，文中有質，渾然天成，絕無痕迹，所以冠絕古今。魏人贍而不俳，華而不弱，然文與質離矣。晉與宋文盛而質衰，齊與梁文勝而質滅，陳、隋無論其質，即文無足論者。」（〈內編〉卷二）〔註5〕魏以氣，晉以詞，宋以韻，皆不如漢遠甚，「無意於工而無不工者，漢之詩也。……魏之氣雄於漢，然不及漢者，以其氣也。晉之詞工於漢，然

〔註5〕《詩藪・內編》卷二云：「統論五言之變，則質漓於魏，體俳於晉，調流於宋，格喪於齊。」亦此意也。

不及漢者，以其詞也。宋之韻超於漢，然不及漢者，以其韻也。」（〈內編〉卷二）

五言律宜法唐初、盛唐：「學五言律毋習王、楊以前，毋窺元、白以後，先取沈、宋、陳、杜、蘇、李諸集，朝夕臨摹，則風骨高華，句法宏贍，音節雄亮，比偶精嚴，次及盛唐王、岑、孟、李，永之以風神，暢之以才氣，和之以眞澹，錯之以清新，然後歸宿杜陵，究竟絕軌，極深研幾，窮神知化，五言律法盡矣。」（〈內編〉卷四）

五言絕先讀漢、魏、六朝樂府，次取盛唐名家：「五言絕須熟讀漢、魏及六朝樂府，源委分明，逕路諳熟，然後取盛唐名家李、王、崔、孟諸作，陶以風神，發以興象，眞積力久，出語自超。錢、劉以下，句漸工，語漸切，格漸下，氣漸悲，便當著眼，不得草草。」（〈內編〉卷六）

七言絕亦以晚唐爲宗：「七言絕體制自唐，不專樂府，然盛唐頗難領略，晚唐最易波流，能知盛唐諸作之超，又能知晚唐諸作之陋，可與言矣。」

（二）論用事

用事須如水中著鹽，不落痕跡乃佳，《詩藪》云：「凡用事用語，雖千鎔百煉，若黃金在冶，至鑄形成體之後，妙奪化工，無復絲毫痕迹，乃爲至佳，藉讀之少令人疑似，便落第二義，況顓搜隱僻，巧作形模，此崑體之所以失也，然本唐遺法，故格調風致，種種猶在，熙寧諸子，負其才力，一變而爲議論，又一變而爲簿牒，又一變而爲俳優，遂令後世詞壇，列爲大戒，元人而下，此義幾亡，明至嘉、隆始復吐氣云。」（〈外編〉卷五）

用事之工，起於左思，至杜甫而盡美，用事之僻，始於李商隱，至東坡、魯直而極弊，其《詩藪》云：「用事之工，起於太沖詠史，唐初王、楊、沈、宋，漸入精嚴，至老杜苞孕汪洋，錯綜變化，而美善備矣；用事之僻，始見商隱諸篇，宋初楊、李、錢、劉，愈流綺刻，至蘇、黃堆疊詼諧，粗疏詭譎，而陵夷極矣。」（〈內編〉卷四）又云：「杜用事錯綜，固極筆力，然體自正大，語尤坦明；晚唐、宋初，用事如作謎，蘇如積薪，陳如守株，黃如緣木。」（〈內編〉卷四）

總之，用事之要，在切中肯綮，而不在多用寡用，《詩藪》云：「用事患不得肯綮，得肯綮則一篇之中八句皆用，一句之中二字串用，亦何不可，婉轉清空，了無痕迹，縱橫變幻，莫測端倪，此全在神運筆融，猶斲輪甘苦，心手自知，難以言述。」（〈內編〉卷四）

（三）論情景

五言律中四句多言情景，以子美最可師法，《詩藪》云：「作詩不過情景二端，如五言律體，前起後結，中四句二言景，二言情，此通例也。唐初多於首二句言景，對起止結二句言情，雖豐碩，往往失之繁雜，唐晚則第三、四句多作一串，雖流動，往往失之輕獧，俱非正體，惟沈、宋、李、王諸子，格調莊嚴，氣象閎麗，最爲可法。第中四句大率言景，不善學者，湊砌堆疊，多無足觀，老杜諸篇，雖中聯言景不少，大率以情間之，故習杜者，句語或有枯燥之嫌，而體裁絕無靡冗之病，此初學入門第一義，不可不知，若老手大筆，則情景混融，錯綜惟意，又不可專泥此論。」（〈內編〉卷四）

（四）論李、杜

元瑞嘗謂古今專門大家有三人，即子建之古，子美之律，太白之絕是也〔註6〕。李、杜爲唐代詩壇之雙璧，元瑞謂二公歌行擴漢、魏而大之，惜古質不及，然皆才大氣雄，所異者，一逸宕，一沈鬱耳〔註7〕。二人之所就，難軒輊之，《詩藪》云：「李、杜二公，誠爲勁敵，杜陵沈鬱雄深，太白豪逸宕麗，短篇效李，多輕率而寡裁，長篇法杜，或拘局而靡暢。廷禮首推太白，于鱗左袒杜陵，俱非論篤。」（〈內編〉卷三）李長於絕，杜擅於律，至歌行則相當也，《詩藪》曰：「李、杜

〔註6〕見《詩藪・內編》卷二。
〔註7〕見《詩藪・內編》卷三。

才氣格調，古體歌行，大概相埒。李偏工獨至者絕句，杜窮變極化者律詩，言體格則絕句不若律詩之大，論結撰則律詩倍於絕句之難，然李近體足自名家，杜諸絕殊寡入彀，截長補短，蓋亦相當，惟長篇敘事，古今子美，故元、白論咸主此，第非究竟公案。」又曰：「唐人才超一代者李也；體兼一代者杜也。李如星懸日揭，照耀太虛；杜若地負海涵，包羅萬彙。李惟超出一代，故高華莫並，色相難求；杜惟兼總一代，故利鈍雜陳，巨細咸畜。」又曰：「李才高氣逸而調雄，杜體大思精而格渾；超出唐人而不離唐人者李也，不盡唐調而兼得唐調者杜也。」（皆見〈內編〉卷四）上之所論，皆不以優劣李、杜爲然。

（五）論　文

《詩藪》一書係以論詩爲主，其論文者有如下數則：

文法當以六經爲準，《詩藪》曰：「世謂三代無文人，六經無文法，吾以爲文人無出三代，文法無大六經。彖象大傳，一何幽也；誥頌典謨，一何雅也；春秋高古簡嚴，禮樂宏肆浩博，謂聖人無意於文乎？胡不示人以璞也。夫周之所尚，孔之所脩，四教所先，四科所列，何物哉？」（〈內編〉卷一）

《尚書》爲敘述文之祖，「二典三謨，淳雅渾噩，無工可見，無法可窺，禹貢紀律森然，百代敘述之文皆由此出。」（〈外編〉卷一）

（六）詩文合論

詩與文之體裁不同，「文尚典實，詩貴清空；詩主風神，文先理道。三代以上之文，莊、列最近詩，後人采掇其語，無不佳者，虛故也。」（〈外編〉卷一）

詩與文源流不同，「唐虞之文，太羹玄酒，至禹貢而千古文機橐籥矣；唐虞之詩，太音希聲，至商頌而百代詩法淵涵矣。予竊謂後世之文鼻祖於夏，而詩胎孕於商也。」（〈外編〉卷一）

詩文爲不朽大業，是以創作態度宜嚴肅，「學者雕心鏤骨，猶懼弗窺奧妙，而以游戲廢日可乎？孔融離合，鮑照建除，溫嶠迴文，傳咸集句，亡補於詩，而反爲詩病，自茲以降，摹放實繁，字謎、人名、鳥獸、花木，六朝才士集中不可勝數，詩道之下流，學人之大戒也。」（〈外編〉卷二）

擬詩於文，「則東西二京，先秦戰國也；魏，西漢也；晉，東都也；六代文如其詩，唐人詩勝於文。」（〈內編〉卷二）

西漢以降之文，東京以下之詩，未稱至美，「文章非末技也，權謀警蹕，功配生成氣運，視以盛衰塵劫，同其悠遠，語其極至，則源委於六經，淜湃於七國，浩瀚於兩都，西京下無文也，非無文，文之至弗與也；東京後無詩，非無詩，詩之至弗與也。」（〈內編〉卷一）

末言爲文之法與談詩之詮，「孔曰：草創之，討論之，修飾之，潤色之，千古爲文之大法也。孟曰：不以文害辭，不以辭害意，以意逆志，是爲得之，千古談詩之妙詮也。」（〈內編〉卷一）

要之，元瑞之論可歸納爲下列數點：

一、時代環境影響文章。

二、自漢以降，作詩者莫不準則古聖，取法前賢。

三、明人欲名於世，宜苞綜漢唐，始可度越宋、元。

四、法與悟兩者不可偏廢。

五、唐詩最盛，宋、元俱不如唐，而元優於宋。

六、文法當以六經爲準則。

七、詩與文判不相入。

八、用事以不落痕迹，渾然天成爲佳。

九、李、杜各有所長，不當優劣。

第七節　王世懋

《藝圃擷餘》爲敬美論詩專著，舉其大而要者，凡有三項：

一、辨　體

作古詩宜先辨體，敬美曰：「無論兩漢難至，苦心模倣，時隔一塵；即爲建安，不可墮落六朝語；爲三謝，縱極排麗，不可雜入唐音。小詩欲作王、韋，長篇欲作老杜，便應全用其體，第不可羊質虎皮，虎頭蛇尾。詞曲家非當行本色，雖麗語博學無用，況此道乎？」詞曲失其本色，已不足貴，而詩爲文之精者，豈可不全用其體？敬美又曰：「晚唐詩萎薾無足言，獨七言絕句，膾炙人口，其妙至欲勝盛唐。」晚唐既以七言絕爲最佳，似可宗而法之，然敬美語至於此，倏將話鋒一轉：「愚謂絕句妙，正是晚唐未妙處，其勝盛唐，乃所以不及盛唐也。」何以故？蓋「絕句之源，出於樂府，貴有風人之致，其聲可歌，其趣在有意無意之間使人莫可捉著。盛唐唯青蓮、龍標二家詣極，李更自然，故居王上。晚唐快心露骨，便非本色。議論快處，逗宋詩之逕；聲調卑處，開大石之門。」崇盛卑晚，原爲格調說者抵死不變之科律，顧敬美以晚唐七言絕失却本色爲由，而予以排斥，辨體之緊要，於斯可見。

二、明其變而溯其源

敬美曰：「詩四始之體，惟頌專爲郊廟頌述功德而作，其它率因觸物比類，宣其性情，恍忽游衍，往往無定；以故說詩者人自爲見。」三頌之外，風雅多宣洩情志之作，後代說詩者，若孟軻、荀卿、韓嬰、劉向之徒，因事傅會，旁解曲引；春秋時王公大夫賦詩以昭儉汰，各以其意爲之，言人人殊，各有所見，亦有其所不見。敬美又曰：「蓋詩之來固如此，後世惟十九首猶存此意，使人擊節詠歎，而未能盡究指歸；次則阮公詠懷，亦自深於寄託；潘、陸而後，雖爲四言詩，聯比牽合，蕩然無情。蓋至於今，餞送投贈之作，七言四韻，援引故事，麗以姓名，象以品地，而拘攣極矣，豈所謂詩之極變乎？」潘、陸以降，爲詩者既乏深情，復無寄託，至於明代，牽引排比，所謂詩之極變者也。

敬美續曰：「今人作詩，必入故事，有持清虛之說者，謂盛唐詩即景造意，何嘗有此？是則然矣，然以一家言，未盡古今之變也。」

不能盡古今之變，則不能極詩之妙，是故為詩者，必也明其變而溯其源乎？

古詩自炎漢以來，「曹子建出而始為宏肆，多生情態，此一變也。自此作者多入史語，然不能入經語，謝靈運出而易辭莊語，無所不為用也，翦裁之妙，千古為宗，又一變也。中間何、庾加工，沈、宋增麗，而變態未極，七言猶以閒雅為致。杜子美出而百家稗官都作雅音，馬渤牛溲咸成鬱致，于是詩之變極矣。子美之後，而欲令人毀靚粧，張空拳，以當市肆萬人之觀，必不能也。其援引不得不日加而繁，然病不在故事，顧所以用之何如耳。善使故事者，勿為故事所使，如禪家云：『轉法華，勿為法華轉。』使事之妙，在有而若無，實而若虛，可意悟而不可言傳，可力繼唐，不可倉卒得也。宋人使事最多，而最不善使，故詩道衰。我朝越宋繼唐，正以有豪傑數輩得使事三昧耳；第恐數十年後必有厭而掃除者，則其濫觴未弩為之也。」知古可以鑑今，明變可以通權，敬美持論客觀而平允，論者謂為元美諍弟，不亦宜乎？

唐詩分為四期，敬美以為並無不當，然其間亦有逗而難分者，其言曰：「唐律由初而盛，由盛而中，由中而晚，時代聲調故自必不可同，然亦有初而逗盛，盛而逗中，中而逗晚者，何則？逗者，變之漸也，非逗故無繇變，如四詩之有變風變雅，便是離騷遠祖；子美七言律之有拗體，其猶變風變雅乎？」試以律詩為例，「由盛而中，極是盛衰之介，然王維、錢起實相倡酬，子美全集，半是大曆以後，其間逗漏，實有可言，聊指一二，如右丞明到衡山篇，嘉州函古磻溪句，隱隱唐、劉、盧、李間矣！至於大曆十才子，其間豈無盛唐之句，蓋聲氣猶未相隔也。」敬美就時代風習之變遷而論聲調之異，以證唐詩分為四期，確有其必要，而其間聲氣未隔處，則無須強為之分也。

瞭然於古今之變，知剽竊者必敗，敬美曰：「李于鱗七言律，俊潔響亮，余兄極推轂之，海內為詩者爭事剽竊，紛紛刻鶩，至使人厭。」實則于鱗本身已有模擬效顰之病，特敬美不欲顯攻之耳。敬美又曰：

「余謂學于鱗不如學老杜，學老杜不如學盛唐，何者？老杜結構自爲一家言，盛唐人散漫無宗，人各自以意象聲響得之，政如韓、柳之文，何者不從左、史來？彼學而成，爲韓爲柳，吾却又從韓、柳學，便落一塵也。」七子論詩本以第一義爲準，然其時羽翼之者，頗有沿流忘返之勢，故敬美欲人循流溯源，不然，其涸可立而待也。

就初學而言，固當嚴於格調，取法乎上，然切忌模擬，若能到神情傳處，即偶犯聲病，重犯故事，無害也，否則，若五尺之童然，「纔拈聲律，便能薄棄晚唐，自傳初、盛，有稱大曆而下，色便赧然，然使誦其詩，果爲初邪？盛邪？中邪？晚邪？」詩之格調既關乎風會，則不宜強學，迨成作手，「但須眞才實學，本性求情，且莫理論格調。」可謂通達之論。

三、反霸道

有明一代，朝士分朋，文人結社，及其久也，流弊生焉，所謂「尊吳右楚，我法堅持」（〈范景文葛震甫詩序〉），幾無公論之可言。主盟者左鞭右撻，如同暴秦；效之者邯鄲學步，唯恐不似。敬美心憂之，遂以老杜爲例而論云：「少陵故多變態，其詩有深句，有雄句，有老句，有秀句，有險句，有拙句，有累句；後世別爲大家，特高於盛唐者，以其有深句、雄句也；而終不失爲盛唐者，以其有秀句、麗句也。輕淺子弟往往有薄之者，則以其有險句，拙句，累句也，不知其愈險愈老，正是此老獨得處，故不足難之。獨拙累之句，我不能爲掩瑕，雖然，更千百世無能勝之者何？要曰無露句耳。」老杜既薈萃萬家之長，超然特出，爲古今第一人，「其意何嘗不自高自任，然其詩曰：『文章千古事，得失寸心知。』曰：『新詩句句好，應任老夫傳。』溫然其辭，而隱然言外，何嘗有所謂吾道主盟代興哉？自少陵逗漏此趣，而大智大力者發揮畢盡，至使吠聲之徒，群肆擰剝，遐哉唐音，永不可復，噫嘻愼之！」尊杜而好劫持文壇者，觀此可以思過半矣！

要之，敬美之論可約爲下列數點：

一、作古詩宜先辨體，晚唐絕句雖妙，惜快心露骨，終非本色。
二、明變溯源，始能極詩之妙。
三、唐詩分爲四期，並無不當，唯其間亦有逗而難分者。
四、學于鱗不如學老杜，學老杜不如學盛唐。
五、作詩固當嚴於格調，然切忌模擬，若到神情傳處，即偶犯聲病，重犯故事亦無妨。
六、反霸道。

第八節　盧柟與魏允中

盧柟字少楩，一字次楩，又字子木，濬縣人，爲廣五子之一，有《蠛蠓集》〔註 8〕。

次楩持論不爲七子牢籠，其說蓋本於虞書與詩大序之說而益以發揮者也，〈懲咎詩并啓〉曰：「蓋志塞則神瞀，氣秘則形緩，可以宣龢神氣，滌蕩邪穢，遭遁世而無悶者，取要虖音聲焉。是故言之不足，則發之以詠嘆，詠嘆之不足，則殫之以詩賦。然楚恭寤言，隆以美謚；子服補過，隮爲上大夫；古之君子之過，如日月之食，更也，人皆仰之；詩賦之作，宜莫近於自訟者也。」（《蠛蠓集》卷四）如是爲詩，自不致汲汲於格律之細，斤斤於字句之間也。

魏允中字懋權，南樂人，爲末五子之一，有《魏仲子集》。

懋權謂有眞性情始有眞詩，其〈答宋公書〉曰：「古人文章，宋不如唐，唐不如六朝、漢、魏，遞相升降，疑非古而眞意常存，皆謂之古也。今人文章，高者涉漢、魏，次者軼六朝、唐、宋，以下絕焉，字模句擬，疑于古而失眞已甚，皆謂之非古也。……蓋惟不爲古人文章，乃能爲古人文章，韓、歐諸大家無不然。」（《魏仲子集》卷七）凡爲大家者無不務去陳言，而有自己之眞面目在。

道本文末，道得而文斯至，〈答宋公書〉又曰：「道尤文章之本，

〔註 8〕次楩自序稱：「蠛蠓者，醯雞也，取其潔於自奉，介於自守之意。」

不復古道而復古文，抑末耳，況文亦未有能復者邪？」懋權不惟重道輕文，且尚事功而賤文詞，其〈與鍾龍源書〉云：「世學士類崇尚文詞，鄙遺世務，予謂不然，夫作數十篇漢文，何如剖一疑案？吟數十首唐詩，何如吐一仁言之爲益乎？」（《魏仲子集》卷七）七子派詩論自獻吉、仲默揄揚風雅，至于鱗、元美而其道大行，不圖至于懋權而謂詩詞爲小道，豈盛極而衰，物極必反，抑懋權鑒於當日士夫晝夕呻吟，鄙棄世務，思有以救之耶？

第九章　七子派詩文論之同異

胡元瑞《詩藪》嘗將七子分爲獻吉、仲默，昌穀三派，三派之外，子衡以理學名家，華泉詩興象飄逸；德涵，敬夫則工於詞曲。夫創作與理論本互爲影響，風格既異，詩說文論自不可能盡同，此派與彼派不同，此派中之各成員亦不能不異。

後七子差異之迹尤爲顯著，《詩藪》即云：「嘉、隆並稱七子，要以一時制作，聲氣傅合耳。然其才殊有逕庭，于鱗七言律絕，高華傑起，一代宗風；明卿五七言律，整密沈雄，足可方駕，然于鱗則用字多同，明卿則用句多同，故十篇而外，不耐多讀，皆大有所短也。子相爽朗以才高，子與森嚴以法勝，公實縝密，茂秦融和，第所長俱近體耳。」（〈續編〉卷二）錢基博《明代文學》謂：「世貞之與攀龍，摹擬秦漢同，而所爲摹擬則異，攀龍衹剽其字句，世貞時得其胎息。」是以元美著《藝苑卮言》，於于鱗頗有微詞；元瑞雖奉卮言爲律令，要不能無同異，汝師雖爲明卿之徒，其論難一；敬美雖爲元美之弟，亦不能不稍持異議。于鱗難服仲蔚之心，元美難同次楩之口，懋權竟有賤詩之言，而本寧生丁七子稷下銷歇之日，三袁氣燄高張之時，尤不能不巧爲調和折衷也。

本章首言前七子派詩文論之同異，次述後七子派詩文論之同異，復較論前七子派與後七子派之同異，以見其同中有異，異中有同焉。

第一節　前七子派詩文論之同異

前七子派中，獻吉主摹擬，仲默主創造，昌穀雖服膺獻吉，唯其詩猶有吳地氣習〔註1〕，嘗云：「我雖甘爲李左車，身未交鋒心未服，顧余多見不知量，此項未肯下頗、牧。」至於敬夫，歌詩非其所長，所論多出於獻吉、德涵二人之所言；德涵則取徑稍廣，六經、諸子、史、漢之外，猶取韓、柳、程、朱、老泉，論詩獨具隻眼，悅初唐焉。華泉籍隸山東歷城，謂詩法如兵法，特重嘉州。子衡以聖賢自期，論文持實用之說，謂當以之闡道衍道。

以上特言其大概耳，析而論之，又可分爲二目：

第一目　前七子派詩文論之相同點

獻吉派諸子俱主擬古而本乎情，獻吉、允寧皆謂擬古非尺寸古法之云，所貴者在自抒胸臆，罔襲其辭；獻吉、繼之皆以爲古體詩晉猶可取法。

仲默派之華玉與望之俱言環境可影響詩文之風格，仲默、華玉皆謂文質貴適其中，君采尤尚簡質。

茲將各家詩文論相同點條列如下：

一、除鄭繼之謂詞章爲玩器外，餘子皆謂詩非小道，可以格天地，暢風教，通世情。

二、詩所以抒情言志。

三、受《滄浪詩話》影響，以第一義爲準，文必秦漢，五言古宗漢、魏，七言古與近體尊盛唐，以李、杜爲極致，貶宋詩，斥蘇、黃。

四、文之可貴，以其有益於道。

五、文質貴乎適中。

〔註1〕昌穀登第之前，喜劉賓客、白太傅，沈酣六朝，散華流豔，與唐寅、祝允明、文璧合稱「吳中四才子」。登第後，改趨漢、魏、盛唐，然故習猶在，是以獻吉譏其「守而未化，蹊徑存焉。」

六、模擬非終極目標，宜自成一家，剽竊之作不足取。

七、兼并古人。

八、詩貴乎眞，李、何尤重風詩。

九、詩文宜合乎古人格調而不失神味。

十、望之、勉之、論詩俱持性情說〔註2〕。

十一、李、何俱謂作詩爲文不可無法。

十二、獻吉、昌穀、德涵、華玉、望之皆云環境影響詩文風格。

十三、華泉、華玉謂李、杜、岑俱可宗法。

十四、近夫、望之俱謂感於物而情生。

第二目　前七子派詩文論之歧異處

一、古體仲默、昌穀、德涵僅取漢、魏，華玉、繼之兼取晉代，獻吉、子衡更延及晉、宋。

二、近體獻吉師法盛唐，仲默、德涵、繼之則兼取初唐。

三、獻吉謂當尺寸古法，久而推移，即由古入仍由古出之意：仲默則欲富於材積，不倣形迹，雖由古入，不由古出。二子同爲復古擬古也，獻吉僅止於守古，仲默則求變古。

四、獻吉之所謂法者乃標準、規矩之謂，仲默則是「辭斷意屬，連類比物」之法。

五、獻吉謂大謝可取，仲默則謂古詩之法亡于謝。

六、子衡謂獻吉詩優於子美，允寧謂獻吉與李、杜在伯仲之間。

七、獻吉論詩偏於倫理之功能〔註3〕，昌穀則心理、倫理兼而有之〔註4〕。

〔註2〕勉之云：「詩歌之道，天動神解，本於情流，弗由人造。古人搆唱，眞寫厥衷，如春蕙秋華，片色堪把，意態各暢，無事雕模；末世風頹，矜蟲鬥鶴，遞相述師，如圖繪剪錦，飾畫雖嚴，割強先露。」（《藝苑巵言》卷一引）

〔註3〕獻吉云：「夫詩，宜志而道和者也。」（〈與徐氏論文書〉）

〔註4〕昌穀曰：「詩者，所以宣元鬱之思，光神妙之化者也。……格天地，感鬼神，暢風教，通世情，此古詩之大約也。」

八、勉之、望之論詩持性情之說，昌穀則主「性情與學問相輔說」。

九、獻吉謂宋儒興而古文廢，子衡則不謂然。

第二節　後七子派詩文論之同異

第一目　後七子派詩文論之相同點

一、法與悟不可偏廢，首宜師古，末成己調。

二、宋、元俱不如唐，唯元優於宋。

三、重當行本色。

四、詩以道性情。

五、文章深受時代與地理之影響。

六、詩文宜華實相副。

七、重才。

八、尊李、杜。

九、詩爲個性之反映。

十、諸子多謂七言律難在發端與結句。

十一、茂秦、元美俱斥黃山谷，茂秦且謂東坡不可學。

十二、茂秦、元美俱云三百篇、盛唐詩亦有可議者。

十三、茂秦謂六朝不可少，元美亦謂齊、梁纖調，語多可採。

十四、茂秦、元美俱謂宋詩亦有可觀者。

十五、茂秦、元美俱謂文思遲速，不足以定文之優劣。

十六、茂秦、于鱗俱謂當選唐詩之最佳者，編成一帙。

十七、于鱗、元美俱辭闢王愼中、唐順之。

十八、于鱗、元美、子相俱謂獻吉詩文爲前七子之冠。

十九、茂秦、元美、長卿、仲蔚、伯玉、元瑞俱謂文章關乎世運。

二十、元美、敬美謂唐詩分四期，並無不當，然其間有逗而難分者〔註5〕。

二十一、茂秦、元美、元瑞俱謂李、杜各有所長，不當優劣，唯于鱗、子相則謂子美高於太白。

二十二、茂秦、元美、伯玉、長卿論詩皆富於禪解。

二十三、茂秦、元瑞俱謂子美易法，太白難學。

二十四、茂秦、元瑞俱謂草創、討論、修飾、潤色乃千古爲文之大法。

二十五、元美、元瑞謂西涯興起李、何。

二十六、茂秦、元瑞謂七言律難於五言律。

二十七、茂秦、元瑞謂子美絕句不足法。

二十八、元美、汝師謂窮苦之言易好。

二十九、李、杜而外，諸子多推王、孟，敬美尤亟稱之，元美且謂李、杜、王「眞是鼎足三分」(〈讀書後〉)。

三十、敬美、元瑞皆謂善使事者，多用無妨。

三十一、茂秦謂作詩當悟以見心，勤以盡力；長卿亦謂觀熟斯現心珠。

三十二、茂秦、長卿謂文章之，奇正相兼。

三十三、元美服膺于鱗「唐無古詩而有其古詩」之說。

三十四、諸子服膺茂秦初、盛唐十四家之說。

三十五、茂秦謂非興則造語弗工，長卿亦云唐詩之佳在托興深。

三十六、伯玉謂當由博返約，本寧亦不以兼并古人爲然。

三十七、七言律元美、元瑞推尊李、杜、李頎、王維、岑參。

第二目　後七子派詩文論之歧異處

一、多主兼并卉人，顧亦有不以爲然者，如伯玉、本寧是。

〔註 5〕元美謂「盛中有衰，盛得衰而變之，衰自盛而沿之。」(見《卮言》卷四) 敬美亦云：「有初而逗盛，盛而逗中，中而逗晚者。逗者，變之漸也，非逗故無由變。」(《藝圃擷餘》)

二、尙文尙用，論點不一，子相力主爲藝術而藝術，懋權則謂爲文作詩不若斷案之有益於人，公實則兼顧藝術性與實用性。

三、元美謂詩之盛衰與舉業無關，子與則謂關係甚鉅。

四、敬美、元瑞俱云晚唐絕句不如盛唐，元美則謂盛、中、晚絕句，未可以時代優劣之也。本寧謂初、唐、中、晚皆佳。

五、于鱗、元美俱云唐人絕句以王昌齡〈秦時明月漢時關〉爲第一。敬美則推王翰〈葡萄美酒夜光杯〉、王之渙〈黃河遠上白雲間〉爲壓卷之作。

六、元美謂五言絕難於七言絕，元瑞則不謂然。

七、茂秦以少陵〈日出東籬水〉一首爲五言絕詩法，元美則以〈打起黃鶯兒〉與〈山中何所有〉爲楷模。

八、于鱗謂五、七言絕當推太白爲唐三百年第一人，元美謂七言絕王江陵與太白爭勝毫釐，俱是神品。于鱗謂七言律，王維、李頎頗臻其妙，子美隤焉自放；元美則謂王、李雖極風雅之致，而調不甚響，子美固不無利鈍，終是上國武庫。

第三節　前、後七子派詩文論之同異

第一目　前、後七子派詩文論之相同點

一、文尊秦漢，五言古崇漢魏，七言古及近體尙盛唐。

二、以李、杜爲極致，言杜多於言李，皆謂子美易學，太白難法。

三、除伯玉、本寧外，皆主兼并古人。

四、繼之、懋權而外，皆謂詩非小道。

五、除獻吉、子相謂子美優於太白外，皆謂李、杜不當優劣。

六、詩以抒情言志。

七、爲詩作文必須師古，唯末後宜自成一家。

八、六經高於諸子，漢代文以司馬遷爲最佳。

九、環境與詩文關係綦切。

十、文質適中，才學並重，法悟兼顧。

十一、古體與律詩作法不同。

十二、王右丞優於孟浩然。

十三、辨體，重當行本色。

十四、尊唐賤宋。

十五、元優於宋。

十六、昌穀、仲默、茂秦、伯玉、元瑞俱云魏不如漢，元瑞論五言古且斷自兩漢，謂東京之後無詩。

十七、宋、元、明之外，俱一代不若一代。

十八、昌穀謂眾工小技、擅巧分門，力限有涯而不可強；元瑞亦謂才之所趨，力故難強也。

十九、獻吉謂詩至唐而古調亡，于鱗師其意，謂唐無五言古詩而有其古詩，元美亦附和于鱗之說。

二十、昌穀謂詩不能受瑕，茂秦亦以為美玉微瑕，未為全寶。

二十一、元美謂仲默「詩溺於陶，謝力振之，然古詩之法亦亡於謝」之說不虛。

二十二、景明嘗云：「文靡於隋，韓力振之，然古文之法亡於韓。」長卿亦謂文至昌黎而大壞，元美亦云文至於隋唐而極靡。

二十三、華泉、茂秦、長卿俱謂文章之道，奇正相兼。

二十四、君采、茂秦皆以為養性情之難尤甚於立節行。

二十五、獻吉、元美論詩俱富象徵趣味。

二十六、菲薄山谷。

二十七、詩貴乎眞。

二十八、文章宜合於古人格調而不失神味。

二十九、華玉、元美、元瑞俱云盛唐七言律以老杜、王、岑為佳。

三十、昌穀曰：「吟以呻其鬱，曲以導其微。」茂秦亦云：「悲如蛩螿曰吟，讀之使人思怨，委曲盡情曰曲。」其義同。

三十一、獻吉、于鱗論詩偏於心理之功能〔註 6〕，昌穀則兼心理、倫理兩者而有之。

第二目　前、後七子派詩文論之歧異處

一、後七子論格調不若前七子之嚴苛。

二、前七子派舉其原則，言其大者，後七子派於原則之外，大小畢言，論修辭、體裁、評鑑皆較前七子派寬濶而深入，復能舉實例以證之。

三、前七子不言高季迪，元美、敬美則極力加以揄揚。

四、仲默謂初唐四子之歌行雖去古遠甚而音節可歌，子美識雖沈著而調失流轉，元瑞則不謂然。

五、後七子論詩之語較前七子更爲狂妄，其稍後之羽翼者則略轉謙和。

六、仲默以沈雲卿〈獨不見〉一詩爲七言律壓卷之作，元美則以老杜「風急天高」、「玉露凋傷」、「老去悲秋」、「昆明池水」四章爲上品。

七、論詩之原素，各家說法不一，子衡曰：「意者，詩之神氣；……格者，詩之志向；……篇者，詩之體質；……句者，詩之肢骸。」形式與內涵皆具。昌穀曰：「因情以發氣，因氣以成聲，因聲而繪詞，因詞而定韻，此詩之源也。然情實幽眇，必因思以窮其奧；氣有粗弱，必因力以奪其偏；詞難妥帖，必因才以致其極；才易飄揚，必因質以禦其侈，此詩之源也。」亦兩者兼顧。至茂秦所謂：「景乃詩之媒，情乃詩之胚，合而爲之詩。」則僅論內涵耳。

八、昌穀以質禦才，元美則以格禦才。

〔註 6〕于鱗曰：「夫詩言志也。」（《滄溟先生集・卷十八・比玉集序》）又曰：「一有嗟歎，即有永歌。」（見《卮言》卷一引）

第十章　七子派之餘波

七子派之淵源，可遠溯殷璠、表聖，中歷滄浪，近接西涯。李、何倡之，徐、邊諸人推波助瀾，匯細流而成江河，至於嘉、隆，遂爲滄海，其勢沛然，莫之能禦；迨三袁崛起，思塞其源，鍾、譚勃興，欲截其流，七子聲勢因以稍戢，而餘波微沫固未嘗一日息止也。

第一節　孫　鑛

孫鑛，字文融，號月峯，餘姚人，萬曆會試第一，官至南京兵部尚書，有《孫月峯評經》、《今文選》。

月峯論詩，深然七子之說，其〈與余君房論文書〉云：「自空同倡爲盛唐漢魏之說，大歷以下悉捐棄，天下靡然從之，此最是正路，無可議者。」

七子論詩謂古體當崇漢魏，近體必尊盛唐，文則兩漢，月峯更上一層，文取戰國之前，詩取風騷漢魏，其〈與呂甥玉繩論文書〉曰：「世人皆談漢文唐詩，王元美亦謂詩知大歷以前，文知西京以上。愚今更欲進之古，詩則建安以前，文則七雄而上。文則以易、書、周禮、禮記、三春秋、論語爲主，兩之語、策，參之老、莊、管；詩以三百篇爲主，兼之楚騷、風雅廣逸、漢魏詩乘。」（《孫月峯集》卷九）蓋亦「取法乎上」之意。

月峯〈與李于田論文書〉曰：「宋人云：『三代無文人，六經無文法。』弟則謂惟三代乃有文人，惟六經乃有文法。周尚文，周末文勝，萬古文章，總之，無過周者。」與汪伯玉所言，契若針芥〔註1〕。

第二節　陳子龍

陳子龍，字人中，更字臥子，號大樽，松江華亭人（一云青浦），崇禎十年進士，選紹興推官，擢兵科給事中，命甫下而京師陷，後受魯王部院職銜，結太湖兵欲舉事，事洩被擒，乘間投水死，年四十（1608～1647），有《安雅堂集》與《陳忠裕公遺集》。

臥子選明詩，吳喬評之曰：「七才子之遺調。」（《圍爐詩話》卷六）論詩亟推大復，其〈沈友夔詩稿序〉云：「大復之言，深於風人之義，故古之作者義關君臣朋友，必假之於夫婦之際。」猶若〈明月篇序〉之複述。又本于鱗「唐無古詩」之說而謂李唐之後，古詩益離，其言曰：「詩自兩漢而後，至陳思王而一變，當其和平淳至，溫麗奇逸，足以追風雅而躡蘇、枚，若其綺情繁采，已隱開太康之漸。自後至康樂而大變矣，然而新麗之中，尚存古質，巧密之內，猶徵平典。及明遠以詭藻見奇，玄暉以朗秀自喜，雖欲不為唐人先聲，豈能自持者？在其當時，鍾記室之評詩也，於鮑則曰：『險俗之士多附之。』於謝則曰：『為後進所嗟慕。』固已知其流漸矣。夫文采日富，清音更邈，聲音愈雄，雅奏彌失，此唐以後古詩所以益離也。」而後世之為古體者，俚淺仄譎，求其為唐，且不可得，遑論魏、晉？是以論詩者宜「先辨其形體之雅俗，然後考其性情之貞邪。假令有人操胡服胡語而前，即有婉孌之形，幽閒之致，不先駭而走哉？」（〈宣城蔡大美古詩序〉）

〔註1〕汪道崑〈太函集自序〉云：「人亦有言，三代無文人，六經無文法。非無人也，言則人人文也；非無法也，文則言言法也。蓋當夏后殷周之盛，斯道大行，迨于孔、孟、老、莊，率以明聖而任述作，斯道大明，美哉洋洋乎，文在茲矣！」

臥子論文，貴古賤今，謂一代不如一代，其言曰：「唐後于漢，故唐文不及漢；宋後于唐，故宋文不及唐。」作文先裁古而後至於化境，斯爲法度之至，其〈彭燕乂文稿序〉云：「文章之道，有涉獵而欣然自得者，有綴學追琢而漸進者，有可俟而不可求者。夫士苟負穎惠之姿，馳心文史，似古人之陳述，可襲而取也，輒縱筆屬文，非不燦然，而其源不遠，其論不微，必無傳於後世。故學者先去其自得之鏡而可矣，既以審其失，則必準量而方矩，言旨法則，範於已經，語裁古而愈莊，字鑄雅而愈密，可謂秩然紀律之師矣。然未化也，更有進焉者而不可求也。夫化如天地之生物，寒暑涼燠，不爽其度，而若出於自然，此法度之至密也，豈放然無紀，恣違厥緒而謂之化哉？我又何求？自班、揚而下，皆自比於刻鏤，未嘗以爲化也。」

第三節　申涵光

申涵光，字和孟（一作孚孟）號鳧盟，直隸永年人。順治中恩貢生。因父殉國難，遂絕意仕進，卒年五十九（1619～1677），有《聰山集》、《荊園小語》，傳具《清史稿》卷四百八十九。

和孟論文亦如七子以第一義爲準，其《荊園小語》云：「學問以先入爲主，故立志欲高，如文必秦漢，字必鍾、王，詩必盛唐之類，骨氣已成，然後順流而下，自能成家，若入手便學近代，欲逆流而上，難矣！」既欲宗唐，自當抑宋，〈青箱堂近詩序〉云：「詩之必唐，唐之必盛，盛必以杜爲宗，定論久矣，近乃創爲無分唐宋之說，于是少陵、青蓮、眉山、放翁，相提並論，其意謂不必專宗唐耳，久之，潛移默化，恐遂專于宋而不覺。夫唐大家、名家而外，亦非一格，如郊、島之孤僻，溫、李之駢麗，元、白之輕便，流弊所及，漸亦啓宋之端，然而唐之詩自在也。宋賢自眉山、放翁而外，如永叔、山谷、聖俞、子美，非不崢嶸一代，然而唐法蕩然。至須溪、滄浪枕藉少陵，字櫛句比而去之愈遠，此其故難言也。所爭在風神氣象之間，而造語疏密，立意顯晦不與焉。至何、李諸公專宗盛唐，遂已超宋而上，則後之從事於詩者可知矣。……夫詩之日變，如巾服綦履，長短闊狹，互為變更，惟大雅者擇中以為矩，若宋詩日盛，則漸入雜蕪。」（《聰山文集》卷一）

然和孟亦目睹效七子者之弊，其〈蕉林詩集序〉云：「詩自濟南而調始純，……故自唐以來，語音節者以濟南為主，後之學者莫能過也。乃其黃金白雪，自立蹊徑，慕者效之，抑又甚焉。滿目蒼黃，至不解意欲道何事，性情之靈，障於浮藻，激而為竟陵，勢使然耳。」（《聰山文集》卷一）亦不欲隨鍾、譚之後，因思合教化與詩為一事，故云：「理學風雅，同條共貫。」（《聰山文集・卷二・王清有詩引》）

第四節　毛先舒

先舒，字稚黃，後更名騤，易字曰馳黃。從陳子龍遊，所作音調瀏亮，有七子餘風，卒年六十九（1620～1688），有《詩辨坻》。傳具《清史稿》卷四百八十九。

馳黃以為七子誠有其弊，而鍾、譚之弊尤甚，其〈竟陵詩解駁議序〉云：「迨成、弘之際，李、何崛起，號稱復古，……及其弊也，龐麗古事，汩沒胸情，以方幅嘽緩為冠裳，以剡膚綴貌為風骨，剿說雷同，墜於浮濫，已運丁衰葉，勢值未會。楚有鍾惺、譚元春，因人心屬厭之餘，開纖兒狙喜之議，小言足以破道，技巧足以中人，而後學者乃始眩瞀楊歧，遲回襄轍，嚚然競起，穿鑿紛紜，救湯揚沸，莫之能鬩。」（《詩辨坻》卷四）

標格聲調，決不可無，〈鄙論篇〉曰：「鄙人之論云：『詩以寫發性靈耳，值憂喜悲愉，宜縱懷吐辭，蘄快吾意，眞詩乃見，若模擬標格，拘忌聲調，則為古所域，性靈所掩，幾亡詩矣。』予案是說非也，標格聲調，古人以寫性靈之具也，由之，斯中隱畢達，廢之，則辭理自乖。夫古人之傳者，精於立言為多，取彼之精，以遇吾心，法由彼立，杼自我成，柯則不遠，彼我奚問？」（《詩辨坻》卷一）善運法者，必不爲法所役，同篇續曰：「鄙人之論又云：『夫詩必自闢門戶，以成一家，倘蹈前轍，何由特立？』此又非也，……借如萬曆以來，文凡幾變，詩復幾更，侈口高談，皆欲呵佛，然而文尚雋韻者，則蘇、黃小品，談眞率者，近施、羅演義；詩之佻褻者，效吳歌之昵昵，齷齪者拾學究之餘瀋，嗤笑軒冕，甘側輿臺，未餐霞露，已飫糞壤，……豈若思古訓以自淑，求高曾之規矩耶？若乃借旨釀蜜，取喻鎔金，因變成化，理自非誣。」釀蜜之說，與茂秦之論無以異也。

第五節　宋　犖

宋犖，字牧仲，號漫堂，又號西陂，河南商邱人。曾任江蘇巡撫，累官至吏部尚書。詩與王漁洋齊名，有《緜津山人集》、《漫堂說詩》等。卒年八十（1634～1713）。

漫堂幼隨其父文康公習聲律，親炙侯方域、賈開宗、徐作肅等人，中以開宗最爲推尊李、何，其〈四憶堂詩集序〉云：「杜甫者，非唐三百年一人也，孔子刪詩後一人也，……其後七百年，明有李夢陽、何景明登其堂，正始在焉；今流俗之議之者，以爲優孟衣冠，……嗚呼，慶曆以還，言詩者眾矣，其與二公之得失爲何如也？」漫堂習其詩藝，「初接王、李之餘波，後守三唐之成法」，而作《漫堂說詩》一卷。

漫堂論詩，推尚唐人，其言曰：「詩者，性情之所發，三百篇、離騷尚已，漢魏高古，不可驟學，元嘉、永明以後，綺麗是尚，大雅寖衰，獨唐人諸體咸備，鏗鍧軒昂，爲風雅極致。」此與元美、元瑞之說相合也〔註2〕。

〔註2〕王世貞〈唐類苑序〉云：「夫詩之體莫悉於唐。」（《弇州山人續稿》卷五十三）。又其〈徐汝思集序〉云：「盛唐之於詩也，其氣完，其聲鏗以平，其色麗以雅，其力沈而雄，其意融而無迹，故曰盛唐其則也。」（《弇州山人四部稿》卷六十五），胡應麟《詩藪》謂唐詩諸

漫堂取徑較七子寬，謂樂府當學杜甫、張籍、王建、白居易，律詩則初、盛、中、晚諸名家無不可法，五言絕李白、崔國輔、王維、裴迪、錢、劉、韋、柳俱稱擅場，七言絕至唐人已極盡美善，排律宜以盛唐為正宗，中唐為接武，晚唐李義山亦精麗可喜（皆見《漫堂說詩》），取材之廣，殊非瞎盛唐說者所能比擬。

唐代而外，上則討源於「曹、陸、陶、謝、阮、鮑六七名家，又探索於李、杜大家，以植其根柢；下則汎濫於宋、元、明諸家，所謂取材富而用意新者，不妨瀏覽以廣其波瀾，發其才氣。」取材富則路徑寬而胸襟濶，用意新則厭膚廓而反模擬，從於性之所近，時日一久，「而吾之眞詩觸境流出，釋氏所謂信手拈來，莊子所謂螻蟻、稊稗、瓦甓無所不在，此之謂悟後境。」既悟矣，「漢魏亦可，唐亦可，宋亦可，不漢魏，不唐，不宋亦可；無暇模古人，並無暇避古人，而詩候熟矣！」

第六節　徐　增

徐增，字子能，號而庵，著《說唐詩》廿三卷，已佚，故其詩論僅可於《而庵詩話》中求之。

子能論詩，法、悟並重，其《詩話》曰：「詩蓋有法，離他不得，卻又即他不得，離則傷體，即則傷氣，故作詩者先從法入，後從法出，能以無法為有法，斯之謂脫也。」脫即超悟之謂，法而能悟，斯為活法。

就法而言，首須學古，《詩話》云：「或問余曰：『詩如何作，方得新？』余曰：『君不見古人之詩乎？千餘年來，常在人目前而不厭，今人詩甫脫稿，便覺塵腐畢集，以古人學古，今人不學古，故欲新，必須學古。』」其次須識得解數與起承轉合，蓋「詩法雖多，而總歸

體齊備：「三、四、五言，六、七雜言，樂府、歌行、近體、絕句，靡弗具矣。」（〈外編〉卷三）

于解數，起承轉合，然則詩法亦無多子也，學人當於此下手，儘力變化，至于大成，不過是精於此耳。」試以此法觀唐人及唐人以前詩，無不煥然照面，若合符節。《詩話》又云：「夫五言與七言不同，律與絕不同，字有字法，句有句法，章有章法，不知連斷，則不成句法，不知解數，則不成章法；總不出頓挫與起承轉合諸法耳，即蓋代才子，不能出其範圍也。」

就悟而言，作詩既要脫化，「須透出一路去，古人各自成家，不肯與人雷同。」而今人徒事形骸，「所以唐無漢魏之迹，而今人多漢魏之膚。」此悟與不悟之別也。

詩貴自然，「雲因行而生變，水因動而生文，有不期然而然之妙，唐人能有之。」學古絕非擬古，「夫詩一字不可亂下，禪家著一擬議不得，詩亦著一擬議不得，禪須作家，詩亦須作家。學人能以一棒打盡從來佛祖，方是個宗門大漢子，詩人能以一筆掃盡從來窠臼，方是是個詩家大作者。」

作詩要高尚自期，《而庵詩話》曰：「臨下筆時，須以千古一人自待作出來，猶落人牙後，世間人見識不高者，勿與他人一般模樣。」學詩當擇高格以為鵠的，「欲學三百篇者，不當讀春秋以後詩；學五言與樂府者，不當讀魏晉以後詩；學近體者，不當讀晚唐以後詩。」此即第一義之說。唯子能有鑒於七子擬古之弊，故不以貌似為然，「吾等生千百載後，備觀前人所作，不探其志趣之所在，而徒求于字句聲口之間，無論其詩不似，即其似矣，總無當處，此詩所以貴自得也。」

七子尚才，主兼并古人，子能亦重全才，謂作詩者當集各家之長，其《詩話》曰：「詩本乎才，而尤貴於全才，才全者能總一切法，能運千斤筆故也。」才十分為情、氣、思、調、力、略、量、律、致、格，天才推李白，地才屬少陵，人才則為王維，「合三人之所長而為詩，庶幾其無愧于風雅之道矣！」〔註3〕

〔註3〕王世貞嘗謂李、杜、王「眞是三分鼎足，他皆莫及也。」（〈讀書後〉三）此即三才說之所從出。

作詩先性情而後學問，所謂「學道則性情正，性情正則原本得，而後加之以三百篇、漢、魏、六朝、三唐之學問，則與古人並世矣！」

子能取滄浪「工夫須從上做下」之說，此與七子同，然復以「由下而上」之法濟之，其《詩話》曰：「夫學三百篇，方得漢、魏；學漢、魏，方得唐古詩；則唐古詩談何容易？三百篇，經也，非知聖人之道者不能說，吾故說古詩斷自漢魏，茲尚未遑，先說唐古詩爲發軔，夫亦行遠自邇，登高自卑之道，當如是耳。」

要之，子能詩論以格調爲爲主，顧其《詩話》又云：「無事在身，並無事在心，水邊林下，悠然忘我，詩從此境中流出，那得不佳？」復云：「詩寫性靈，必先具清逸流麗之筆，然後煅煉至於蒼老。」是又兼具神韻成份與性靈色彩。

第七節　沈德潛

沈德潛，字確士，號歸愚，江蘇長洲人。乾隆四年，成進士，擢禮部侍郎，卒年九十七（1673～1769）贈太子太師，謚文愨，有《竹嘯軒詩鈔》、《歸愚詩文鈔》、《五朝詩別裁》、《古詩源》，論詩之作則爲《說詩晬語》。

歸愚之門人王昶謂沈氏「本源漢魏，效法盛唐，先宗老杜，次及昌黎、義山、遺山，下至青邱、崆峒、大復、臥子、阮亭，皆能兼綜條貫。」

歸愚標舉格調，謂作詩不可無法，其《說詩晬語》曰：「君子立言，故自有則。」又曰：「詩不學古，謂之野體。」詩之用，雖在抒情言志，唯亦須論法，否則雜亂無章，終不得謂之詩也，「然所謂法者，行所不得不行，止所不得不止，而起伏照顧，承接轉換，自神明變化於其中，若泥定此處應如何，彼處應如何，不以意運法，轉以意從法，則死法矣。試看天地間水流雲在，月到風來，何處著得死法？」

以意運法而外，復須「有第一等襟抱，第一等學識，斯有第一等眞詩。」作詩撰文，立志宜高，《說詩晬語》又曰：「曾子固下筆時，目中不知劉向，何論韓愈？子固之文未必高於中壘、韓愈也，然立志不苟如此，作詩須得此意。」

歸愚論歷代詩，亦如七子，謂一代不若一代，詩三百尙矣，離騷雖無和平廣大之音，然「顯忠斥佞，愛君憂國，足以維人道之窮矣，尊之爲經，烏得爲過？」五言代興，十九首爲國風之遺。六朝「流衍靡曼，至有唐而聲律日工，託興漸失。」宋詩近腐，元詩近纖，明詩復古，是以歸愚編有《古詩源》、《唐詩別裁》、《明詩別裁》、《清詩別裁》，而獨缺宋、元。唐詩雖可宗奉，唯若「但知尊唐，而不上窮其源，猶望海者指魚背爲海岸，而不自悟其見之小也。」（皆見《說詩晬語》）倘能優柔漸漬，仰溯風雅，斯眞爲復古矣！

歸愚論詩，主載道之說，其〈國朝詩別裁集凡例〉云：「詩之爲道，不外孔子教小子、教伯魚數言，而其立言，一歸於溫柔敦厚，無古今一也。」《說詩晬語》云：「詩之爲道，可以理性情，善倫物，感鬼神，設教邦國，應對諸侯，用如此其重也。」其〈重訂唐詩別裁集序〉亦云：「詩教之尊，可以和性情、厚人倫、匡政治、感神明。」論教化，言實用，較七子之詩說尤富於道學色彩。

既言詩教，遂重比興，其《說詩晬語》云：「事難顯陳，理難言罄，每託物連類以形之；鬱情欲舒，天機隨觸，每借物引懷以抒之；比興互陳，反覆唱歎，而中藏之懽愉慘戚，隱躍欲傳，其言淺，其情深也。」如或不然，質直敷陳，豔侈褻嫚，必失好色不淫之旨也。

第八節　李重華

李重華，字實君，號玉洲，江蘇吳江人。雍正二年舉進士第，嘗任翰林院編修，有《貞一齋集》、《詩話》二卷、《三經附義》六卷。

玉洲受業於張大受（字日容）之門，其《貞一齋詩說》頗得歸愚讚賞，《國朝詩別裁集》謂玉洲詩論「或引而不發，或金針度人，可

希風昌穀《談藝錄》。」(卷廿七)

《貞一齋詩說》之中心論點爲「三要」與「五長」，茲先言三要。

所謂三要即「發竅於音，徵色於象，運神於意。」

何謂音？「詩本空中出音，即莊生所云天籟是已。」天籟爲自然之音，作詩曰吟，曰哦，其可貴處在叩寂寞而求之，求之而能得，則悲喜之心，激平之情，必皆隨音而出，如「洞簫長笛各有竅，一一按律調之，其淒鏘要眇，莫不感人之深。」

古詩雖不限定平仄，然「逐句各有自然之音，成熟後自知」，既有一定之音節，學者宜分別其體製高下。

律詩止論平仄，未爲當行，仄聲「須細分上去入，應用上聲者，不得用去入，反此亦然。」平仄均須審量陰陽清濁。

初學欲悟澈音節，須將古人名作，分別兩般吟法，「吟古詩如唱北曲，吟律詩如唱崑曲，蓋古體須頓挫瀏離，近體須鏗鏘宛轉，二者絕不相蒙，始能各盡其妙。」

玉洲此一「欲識詩篇工拙，先聽吟詠合離」之捷徑法，較諸謝茂秦四溟詩話審音之論尤爲精密。

何謂象？《貞一齋詩說》云：「物有聲即有色，象者，摹色以稱音也。如舞曲者，動容而歌，則意愜悉關飛動。無論興比與賦，皆有怳然心目者，故詩家寫景，是大半功夫。今讀古人詩，望而知爲誰氏作，象固然矣。」

何謂意？「意之運神，難以言傳，其能者常在有意無意間。何者？詩緣情而生，而不欲直致其情，其蘊含衹在言中，其妙會更在言外。」善於寫意者，「意動而其神躍然欲來，意盡而其神渺然無際。」

意立而象與音隨之，「若悟其空中之音，則取象命意，自可由淺入深。」

日人青木正兒著《清代文學評論史》一書，謂玉洲之所謂「音」即聲調，「象」即格律，意即思想，關乎性靈，是以「音」、「象」之言即爲格調說〔註4〕。

次言五長。

所謂五長，「以神運者一，以氣運者二，以巧運者三，以詞運者四，以事運者五。」

詩之極者推李、杜，「杜生氣遠出，而總以神行其間；李神彩飛動，而皆以浩氣舉之。」歷代名家，「或凝神以發英，或振氣以舒秀」，皆有所長而各盡其妙。

神高於氣，「詩之尤貴神也，惟其意在言外也；若氣則凡爲文無不貴之，豈獨詩然乎哉？」

巧何以置於第三？《詩說》曰：「孔子所謂能言，盡乎詩之道矣。凡詩無拙言之者也，吾所謂巧，爲好奇立異言之，非古人之所謂巧也。」爲詩能「好奇而不詭於正，立異而不入於邪」，斯爲得之。

詩之神氣備，則詞從之，「若神氣索而翦詞求工，特貌似而實非其眞，故古人命意以遣詞，非因詞以造意也。」

至乎用事，雖歸於六義中之比法，然「詩道興居多而賦兼之，何居其專以隸事比也？倘隸事無當於比，毋乃并其義失之耶？」讀書所以助神養氣，若用典以炫學，終屬末流，「凡多讀書爲詩家最要事，而胸有萬卷，徒欲助我神與氣耳，其隸事不隸事，詩人不自知，讀者亦不知，夫乃謂之眞詩，若有心炫其多，安得不居末乘哉？」用事若水中著鹽，方稱高妙。

三要五長之外，玉洲又謂學詩與學書同揆，五古「自漢、魏至晉、宋俱可學，齊、梁以以下不必學」，唐代五古則「自陳伯玉、張曲江至韋、柳俱可學，自後亦不必學」，俱屬七子口吻，唯取徑略寬而已。

玉洲雖有格調色彩，然亦洞見七子之弊，故云：「初、盛、中、晚，特評者約略之詞，以觀風氣大概可耳，未足定才力高下，猶唐、宋時代之異，未可一概優劣也。」又云：「有以可解、不可解爲詩中

〔註 4〕見陳淑女所譯之《清代文學評論史》第六章，頁一百二十，臺灣開明書店出版。

妙境者，此皆影響惑人之談。」皆就七子之說加以彌縫或評騭。

玉洲論詩既云：「善寫意者，意動而其神躍然欲來，意盡而其神渺然無際。」又云：「大致陶冶性靈爲先，果得性靈和粹，即間有美刺，定得溫柔敦厚。」復忌輕薄，重詩教，是格調說之外，兼具神韻、性靈與道學成份。

第十一章　七子派詩文之評價

第一節　時人與後人對七子派詩文之評價

第一目　單論者

（一）王叔承，初名光胤，以字行，更字承父，晚易字子幻，吳江人。論于鱗云：「僕謂其七言歌行莽不合調，五言古選樂府，元美謂之臨摹帖後十九首，何異東家捧心益醜，陌上桑改自有爲他人，非點金成銕耶？絕句間入妙境，五言律亦平平，七言律最稱，高華傑起。拔其選，即數篇可當千古，收其凡，則格調辭意不勝重複矣。……僕嘗以爲雅宜之行草、新安之古文、歷下三七言近體，在彼非不精工，習之宗之者，愈似愈乖，不可有二，何則？狥所美而乏通才，局于格而寡新法，守而弗化，極而弗變，其神者不全耳。」（〈與屠青浦書〉）

（二）袁宗道，字伯修，公安人，論元美云：「弇州才卻大，第不奈頭領牽掣，不容不入他行市，然自家本色時時露出，畢竟非歷下一流人。晚年全效坡公，然亦終不似也。」

（三）吳偉業，字駿公，一字梅村，有《梅村集》，其〈致孚社諸子書〉謂元美「專主盛唐，力還大雅，其詩學之雄乎？」

（四）王夫之，字而農，號薑齋，學者稱船山先生，論獻吉云：

「有才情固自足用，而以立門庭，故自桎梏者。」

（五）蔣湘南，字子瀟，河南固始人，著有《七經樓文鈔》，其〈與田叔子論古文第二書〉謂七子之文如土偶木神，毫無靈響，唯元美「才力雄健，通史法，熟掌故，史料中本色文字，遠逴歐、蘇之上，而其他篇之模擬史、漢者，撏字撦句，以爲崔錯贋鼎之光，空嚇腐鼠，是又不知古人模擬之法，在移神不能範貌耳。然惟其模擬於文者深，故其抑揚於筆者當，他人則不能矣。」

（六）王士禎論于鱗云：「詩名冠代，祇以樂府摹擬割裂，遂生後人詆毀。」（〈答郎廷槐〉）

（七）施閏章，字尚白，號愚山，安徽宣城人，論于鱗云：「自喜高調，於登臨尤擅場，然登太行、太華山絕頂各四首，竭盡氣力，聲格俱壯，細看四首景象，無甚差別，前後亦少層次，總似一首可盡，故知七律不貴多也。」（《蠖齋詩話》）

第二目　分論者

顧起綸，字更生，號元名（一作元言、玄言），明無錫人，著有《國雅品》。茲將其分論七子之語錄陳如下：

論昌穀云：「文徵仲序其焦桐集云：『昌穀古體合作，近體非所好，而爲之輒工，亦是賞識。』余觀迪功二集，豪縱英裁，格高調雅，馳騁於漢唐之間，婉而有味，渾而無迹。」

論敬夫云：「才雋思逸，銳於綺麗，譬之湖外碧草，海東紅雲，流彩奪目。」

論子衡云：「學古才辯，其爲文章，多漢晉人語，特閑於古體，如闕里孔檜，泰嶽秦松，蒼秀挺鬱，王元美譏其稍露本色，不無有之。」

論華玉云：「體裁變創，工於發端，斐然盛明之羽翼也。」

論士選云：「才華警拔，一句一字，酷尚初唐，如野寺孤雲沒，春山獨鳥歸，雞鳴岩下寺，犬吠洞中春，已得王、楊風彩，特少深致。」

論升之云：「情過其才，亦時出新語。」

論繼之云：「才賦英邁，往往有新語。」

論望之云：「調雅詞綺，高響奇絕，彷彿天台石梁，羅浮水簾。」

論近夫云：「菁藻時髦，才情遒麗。」

論君采云：「文徵仲評其詩云：『古風追躅漢魏，近體有王、孟風。』唐應德云：『薛從瞿老書來，得虛靜語。』余讀其集，古體如江南曲、從軍行，甚佳。近體如咏燭云：『珠簾照不隔，羅幌映疑空。』……並是警句，辟之馬飾金羈，連翩蹀躞，穩步康莊，了無踞蹐之跡。」

論于鱗云：「七言函思英發，襞調豪邁，如八音鳳奏，五色龍章，開闔鏗鏘，純乎美矣，至五言似有不盡然者，乃稍乏幽逸情性。」

論次楩云：「其古體如寒流出谷，婉若調軫，音隨意適；近體如夕禽觸林，矯於避繒，象逐思馳。」

論愈光云：「如蘭津天橋，騰逸浮空。」

第三目　合論者

（一）魏允孚謂李、何、徐、邊諸子之詩文爲個性與政俗之反映，其言曰：「獻吉之詞雄，仲默之詞逸，昌穀之詞昌，先生（指邊華泉）之詞溫然粹然，即人自爲家，究之緣情示志，體物敘倫，動軌自然不殊也。雖其人已往，間嘗諷其詞，猶足以想見其人與夫當時政治風俗之盛。今之學士大夫，文非左、國、遷、固、雄、向則亡稱，詩非丕、植、明遠、靈運、甫、白則亡稱，然其氣飄忽迅激而睹之色驚，稍扣之，汩汩乎無餘味焉，何者？數先生一於鑱古人之精，而世學士夫猶未免掇古人之華也。鑱精者，盛世之文；掇華者，季世之文。」（〈邊華泉集序〉）

（二）顧起綸《國雅品》論獻吉、仲默二子詩云：「氣象弘濶，詞彩精確，力挽頹風，復臻古雅，遴材兩漢，嗣響二唐，如航琛越海，輦賮踰嶠，琳闕珠房，輝燦朗映，各成一家之言，繼而海內翕然景從，爲明音中興之盛，實二公倡之也。二公古體並出楚騷詞、漢樂府而憲章少陵者，近體尤酷擬杜。李古勝何，如屯雲出峽，驚風湧湍，波瀾幻變，層彩疊出；何近勝李，如石門寒瀑，劍閣朝霞，空中聲色，高遠難攀，薛君采云：『俊逸終憐何大復，粗豪不解李空同。』則何似勝李邪？」

又論公實、子相云：「嘉靖中海內崛然奮有七雋，即梁、宗暨李、吳、徐三憲副、張中丞、王廉訪七公也。梁之七言云：『天涯尺素經殘臘，客裏分陰似小年。』……宗之五言云：『路迷頻勒馬，塵起一彈冠。羊裘寧負漢，龍劍不游秦。』七言云：『昨夜羈縻胡市馬，西風蕭瑟漢臣纓。』……才情競秀，已入開元二李妙乘。」

（三）陳束字約之，鄞縣人，其〈蘇門集序〉云：「弘治力振古風，一變而爲杜詩，則李、何爲之倡，……然而作非神解，傳同耳食，得失之致，亦略可言。子美有振故之才，故雜陳漢、晉之响，而出入正變，……今無其才而習其變，則其聲粗厲而畔規，不得其神而舉其詞，則其聲闡緩而無當。」

（四）歸有光字熙甫，吳郜人，論七子詩云：「夫詩之道豈易言者，孔子論樂，必放鄭衛之聲，今世乃惟追章琢句，模擬剽竊，淫哇浮豔之爲工，而不知其所爲，敝一生以爲之，徒爲孔子之所放而已！」（〈沈少谷先生詩序〉）

（五）徐渭字文長，浙江山陰人，譏七子「鳥爲人言」，其〈葉子肅詩序〉云：「人有學爲鳥言者，其音則鳥也，而性則人也。鳥有學爲人言者，其音則人也，而性則鳥也。此可以定人與鳥之衡哉？今之爲詩者何以異於是！不出於己之所自得，而徒竊於人之所嘗言，曰某篇是某體，某篇則否，某句似某人，某句則否。此雖極工逼肖，而已不免鳥之爲人言矣。」（《青藤書屋文集》卷二十）又其論中四云：「今之爲詞，而敘吏者，古銜如彼，則今銜必彼也；而敘地者，古名如彼，今名必彼也；其他靡不然。而乃忘其彼之古者，即我之今也，慕古而反其所以眞爲古者，則惑之甚者也。」（《青藤書屋文集》卷十七）又云：「悉襲也，悉勦也，悉潦也，一其奴而百其役也。其最下者，又悉矇也，悉刖也，悉自雷也，悉求唐子而不出域也，悉青州之藥丸子也，語之其所合者則欣然，語之其所不合與不知者，不笑則訕且怒矣。耳而曰唐也，語初盛則愕，矧其上；耳而曰漢矣，舍有味乎其言之輩，數語而涸，矧其上。是其諸所爲奴而役者，多不踰數葉楮，少不能數十百字而止耳！往往拾唾餕以爲腴，而自以爲養；間從而論其興於心，并其所謂興于耳目口者，而忽焉其若喪，夫其弊也如是。」（同上）

（六）湯顯祖字若士；一字義仍，臨川人，謂漢宋文章各極其趣，不易學也，惟「學宋文不成，不失類鵠；學漢文不成，不止不成虎也。因於敝鄉帥膳部舍論李獻吉，於歷城趙儀郎舍論李于鱗，於金壇鄧孺孝館中論元美，各標其文賦中用事出處，及增減漢史唐詩字面處，見此道神情聲色已盡於昔人，今人更無可稱雄，妙者稱能而已。」（《玉茗堂尺牘・卷一・答王澹生書》）又云：「李夢陽至瑯琊，氣力強弱，等贗文爾。」

（七）于慎行字可遠，更字無垢，東阿人，論七子詩云：「唐人不爲古樂府，是知古樂府也。辭聲相雜，既無從辨，又難於歌，故不爲爾。然不效其體而時假其名，以達所欲出，斯慕古而託焉者乎？近世一二名家，至乃逐形模以追遺響，則唐人所吐棄矣。」（《穀城山館詩集》卷一）又云：「漢曲多不可解，蓋樂府傳寫，大字爲辭，細字爲聲，聲辭合寫，故致錯迕。……近代一二名家嗜古好奇，往往采綴古詞，曲加模擬，詞旨典奧，豈不彬彬！第其律呂音節已不可考，又不辨其聲詞之謬，而橫以爲奇僻；如胡人學漢語，可詫胡，不可欺漢。令古人有知，當爲絕倒耳。」（《穀山筆麈》卷八）

（八）公鼐字孝與，蒙陰人，其樂府自敘云：「風雅之後有樂府，如唐詩之後有詞曲，聲聽之變有所必趨，情辭之遷有所必至。古樂之不可復久矣，後人之不能漢魏，猶漢魏之不能風雅，勢使然也。……近乃有擬古樂府者，遂顓以擬名，其詩但取漢魏所傳之詞，句撫而字合之，中間陶陰之誤，夏五之脫，遂所不較，或假借以附益，或因文而增損，跼蹐牀屋之下，探胠縢篋之間，乃藝林之根蝨，學人之路阱

矣。」(《池北偶談》引)

(九)王叔承論于鱗與元美云:「詩衰於宋、元,北地起而復古,一代摩擬之格,此其創矣。歷下一變,鍛鍊淘洗,脫凡腐而尚精麗。然才情聲律,未極變化,故用豪句構壯字自高。或晦而雜疊,複而致厭,始多宗之,後且避之也。弇州與歷下,同名而異用,又變而博大僻遠,汪洋磅礴,無所不出入,安究其底,則死骨未寒,非之者過于慕之者矣。」(〈序卓激甫詩〉)

(十)袁宏道,字中郎,號石公,謂復古本不誤也,「然至以勦襲爲復古,句比字擬,務爲牽合,棄目前之景,摭腐濫之詞,有才者詘於法而不敢自伸其才,無之者拾一二浮泛之語,幫湊成詩。智者牽於習而愚者樂其易,一倡億和,優人騶從,共談雅道,吁,詩至此抑可羞哉!」(〈雲濤閣集序〉)又謂于鱗、元美詩爲「糞裏嚼查,順口接屁。」

(十一)江盈科字進之,常德桃源人,與中郎最相友善,其《雪濤小書》論七子語頗多,茲錄其精要者如下:

「古樂府古詩,所命題目,如君馬黃雉子班艾,如張自君之出矣等類,皆就其時事搆詞,因以名篇,自然妙絕,而我朝詞人乃取其題目,各擬一首,名曰復古。失彼有其時,有其事,然後有其情,有其詞,我從而擬之,非其時矣,非其事矣,情安從生?強而命詞,縱使工緻,譬諸巧工能匠,塑泥刻木,儼然肖人,全無人氣,何足爲貴?失肖者且不足貴,況不肖者乎?」(〈擬古篇〉)

「至于李崆峒,文筆古拙,所以七言古風幾于逼眞子美,何大復詩文庶幾雙美,而挺拔絕特,已遜古人,遂開吳明卿、梁公實等一派,流於平衍,七子之中,王元美終當以文冠世,求眞詩於七子中,則謝茂秦者,所謂人棄我取者也。李于鱗之文初讀之,令人作苦,久而思索得出,令人欠伸思睡,若其詩,大都以盛氣雄詞凌駕傲睨,數千年來但留中原紫氣,我輩起色等語,爲後生作惡道,若此公者,幾乎併文與詩兩失者也。宗子相只是過于玄虛,不著實,而其文筆大有東坡

氣味，詩句逸邁，御風而行，則本朝錚錚傑出者也。」（〈詩文才別篇〉）

「我朝如何、李以後，一時詞人自謂能復古，然誦其篇章，往往取古人之文字句藻麗者，襯貼鋪飾，直是以文爲詩，非詩也。」（〈詩文才別篇〉）

（十二）黃宗羲字太沖，號梨洲，餘姚人，其〈明文案序〉下篇云：「今之言四子者，目爲一途，其實不然。空同沿襲左、史，襲史者斷續傷氣，襲左者方板傷格；弇州之襲史，似有分類套括，逢題塡寫；大復習氣最寡，惜乎未竟其學；滄溟孤行，則孫樵、劉蛻之輿臺耳。四子所造不同途，其好爲議論則一，姑借大言以弔詭，奈何世之耳目易欺也？」

（十三）王夫之，論詩以性情爲主，極言七子之非，曰：「如欲作李、何、王、李門下厮養，但買得韻府羣玉、詩學大成、萬姓統宗、廣輿記四書置案頭，遇題雜湊，即無不足。」又曰：「王敬美風神蘊藉，高出于元美上者數等，而俗所歸依，獨在元美。元美如吳王夫差，倚豪氣以爭牛耳，勢之所凌灼，亦且如之何哉？敬美論詩大有玄微之詞，其云『河下傭』者，阿兄極是。揮毫落紙，非雲非烟，爲五里霧耳。如送蔡子木詩：『一去蔡邕誰倒屣，可憐王粲獨登樓。』恰好安排，一呼即集，非河下傭而何？」又曰：「詩傭者，衰腐廣文，應上官之徵索，望門慕客，爰主人之僱託也。彼皆不得已而爲之，而宗子相一流，得已不已，閒則繙書以求之，迫則兵腹以出之，攢眉叉手，自苦何爲？其法姓氏官爵，邑里山川，寒暄慶弔，各以類從；移易故事，就其腔殼，千篇一律，代人悲歡；迎頭便喝，結煞無餘；一起一伏，一虛一實；自詫全體無瑕，不知透心全死。風雅下游至此，而濁穢無加矣！」（以上皆見《薑齋詩話》卷下）

（十四）吳喬，一名殳，字修齡，著《圍爐詩話》，排擊七子甚力，謂「宏嘉之復古者，不知詩當有意，亦不知六義之孰存孰亡，惟崇聲色，高自標置。夫既無意，則詞無主宰，紕繆不續，并賦義而亡之。」

（十五）李調元，字鶴洲，羅江人，其《雨村詩話》云：「空同、景明其唐之李杜乎？後七子則王弇州、李于鱗輩，未免英雄欺人，而王爲尤甚，然集中樂府變可歌可謠，固足壓倒元、白。」（卷下）

（十六）王士禎謂明詩以弘、正之時最盛，而「弘、正之詩，莫盛於四傑，……四傑之在弘，正，其建安之陳思而元嘉之康樂歟？」〈蠶尾續文〉又謂明詩勝金、元二朝，才、學、識三者皆不逮趙宋，「而弘、正四傑，在宋詩亦罕其匹，至嘉、隆七子，則無古今之分。」〈答劉大勤問〉又曰：「明興至弘治百有餘年，李、何崛起中州，吳有昌穀徐氏爲之羽翼，相與力追古作，一變宣、正以來流易之習，明音之盛，遂與開元、大曆同風。」（〈蠶尾續文〉）

（十七）沈德潛，字確士，號歸愚，江蘇長洲人，論詩重格調，言詩教，其〈明詩別裁集序〉云：「弘、正之間，獻吉、仲默力追雅音，庭實、昌穀左右驂靳，古風未墜。……于鱗、元美，益以茂秦，接踵曩哲，雖其間規格有餘，未能變化，識者咎其尠自得之趣焉，然取其菁矣，彬彬乎大雅之章也。」

（十八）錢謙益〈答唐訓導汝諤論文書〉言七子詩文擬古之弊云：「本朝自有本朝之文，而今取其似漢而非者爲本朝之文；本朝自有本朝之詩，而今取似唐而非者，爲本朝之詩，人盡蔽錮其心思，廢黜其耳目，而唯繆學之是師。在前人猶倣漢唐之衣冠，在今人遂奉李、王爲宗祖，承譌踵僞，莫知底止。僕嘗論之，南宋以來之俗學，如塵羹塗飯，稍知滋味者，皆能唾而棄之，弘、正以後之繆學，如僞玉贋鼎，非博古識眞者，未有不襲而寶之者也。繆學之行，惑世而亂眞，使夫人窮老盡氣，至死而不知悔，其爲禍尤慘於俗學。」（《初學集》卷七十九）

（十九）葉燮，字星期，號己畦，嘉善人，論七子擬古之弊云：「其學五古必漢魏，七古及諸體必盛唐，於是以體裁、聲調、氣象、格力諸法，著有定則，作詩者動以數者律之，勿許稍越乎此。又凡使事、用句、用字，亦皆有一成之規，不可以或出入。其所以繩詩者，可謂嚴矣。惟立說之嚴，則其途必歸於一，其取資之數，皆如有分量以限之，而不得不隘，是何也？以我所製之體，必期合裁於古人，稍不合則傷於體，而爲體有數矣。我啓口之調，必期合響於古人，稍不合則戾於調，而爲調有數矣。氣象、格力、無不皆然，則亦俱爲有數矣。其使事也，唐以後之事切勿用，而所使之事有數也。其用字句也，唐以前來經用之字與句切勿入，則所用之字與句亦有數矣。夫其說亦未始非也，然以此有數之則，而欲以限天地景物無盡之藏，并限人耳目心思無窮之取，即優於篇章者，使之連咏三日，其言未有不窮，而不至於重見疊出者寡矣。」（〈原詩外篇〉上）

（二十）紀昀，字曉嵐，晚號石雲，獻縣人，其〈愛鼎堂遺集序〉謂臺閣之體，日久弊多，「於是乎北地、信陽出焉，太倉、歷下而出焉，斯皆一代之雄才也，及其弊也，以詰屈聱牙爲高古，以抄撮餖飣爲博奧，餘波四溢，滄海橫流。」

（二十一）姚鼐，字姬傳，桐城人，編有《明七子律詩選》，謂「詩不從何、李、王、李入，終不深造。」（《尺牘・卷七・與陳碩士書》）

（二十二）袁枚，字子才，號隨園，杭州錢塘人，其《隨園詩話》云：「七子擊鼓鳴鉦，專唱宮商大調，易生人厭。……然七子如李崆峒，雖無性情，尚有氣魄。」（卷四）

（二十三）翁方綱，字正三，號覃溪，一號蘇齋，直隸大興人，謂明詩之所以不古苦者，皆緣「何、李之漫古爲之也。……設使至弘、正間，有細心研律通經力學之君子出焉，從事於下學循循之功，而不爲欺世盜名之說，則明之詩豈至於江河日下哉！何、李二子未會古人之深而遽襲而取之，至於嗜異之流揠苗助長，釀成徵結，於是公安、竟陵起而反之，風雅遂息矣！」（〈再與姬川論何李書〉）又曰：「詩之壞於格調，自明李、何輩誤之也。李、何、王、李之徒泥於格調，而僞體出焉，非格調之病也，泥格調者病之也，夫詩豈有不具格調者哉！」（〈格調論〉上）李何輩「泥執文選體以爲漢魏六朝之格調焉，泥執盛唐諸家以爲唐格調焉，於是不求其端，不訊其來，惟格調之是泥，於是上下古今只有一格調，而無遞變遞承之格調矣。」（同上）又較論獻吉與昌穀之詩云：「夫李雖與徐同師古調，而李之魄力豪邁，恃其拔山扛鼎，辟易萬夫之氣，欲舉一世之雄才而掩蔽之；爲徐子者乃偏拈一格，具體古人，以少勝多，以靜攝動，藉使同居蹈襲之名，而氣體之超逸據其上矣。」（《文集》卷八）

（二十四）陳田，號黔靈山樵，其《明詩紀事》云：「綜觀七子之詩，滄溟律絕，足以彈壓一世；弇州諸體，無所不工，苦存詩太多，若汰其中駟以下，便稱佳集；茂秦專長五律；公實質美中夭；子相、子與習氣太甚；明卿亦享大年，精研此道，而質地未優；若升瑤石、少楩於七子之列，便可無憾。暨乎隨波之流，摹仿太甚，爲弊滋多，黃金紫氣之詞，叫囂亢壯之章，千篇一律，令人生厭。」（〈己籤序〉）

第二節　總　評

大致言之，明代詩文可分爲三期，弘治之前爲一期，多承襲元風，師友講貫，學有本原，然氣體漸弱。弘治至萬曆初爲一期，七子派之聲勢壓倒一切，噉名之士，聞風景從。顧極王而厭，盛極必衰，公安、竟陵，爭鳴一時，以至明亡，又爲一期。三期之中，以七子派之徒眾最多，地域最廣，歷時最長，影響最大，譽之者謂當方駕史遷，齊驅子美，毀之者則謂剽竊割裂，僅堪覆瓿。

平心論之，七子文不如詩，故作艱深，以飾其淺陋，詰屈聱牙，鉤章棘句，甚且剽襲秦漢〔註1〕，然百中選一，未嘗無佳構焉，獻吉之《禹廟碑》《觀風亭記》，仲默之〈師問〉，德涵之〈鑄錢論〉，元美之〈書應生事〉、〈養餘園記〉、〈華孟達集序〉、〈藺相如完璧歸趙論〉，子相之〈與劉一丈書〉，皆其尤者也。

至於爲詩，七子多足以名家，其才學亦頗可觀，然落筆之前，先

〔註1〕湯若士嘗將二李、元美文賦之使事出處與增減漢史唐詩字面者，用筆標出。（見《玉茗堂尺牘・卷一・答王澹生書》）

將「復古」二字置於心中，復之不善，轉爲擬古，擬之不善，流爲竊古，其末流甚而懶於竊古，逕襲七子之作，雜湊成篇，所謂「後生小子不必讀書，不必作文，但架上有《弇州前、後四部稿》，每遇應酬，頃刻裁割，便可成篇。驟讀之，無不濃麗鮮華，絢爛奪目，細案之，一腐套耳。」（見《艾南英天傭子集》）推求其因，凡有數端：

七子論詩既以漢魏盛唐爲宗，所作亦以之爲鵠的，然漢魏詩氣象渾沌，詞理意興，無迹可求，七子擬古樂府既難神似，遂生吞活剝，割裂古詞，據爲己有，殊無謂也；五言古則句摭字捃，局於規格，甚尠生氣。盛唐詩之氣象、命題、語言皆有其特色，唯氣象不易模擬，命題與語言則易得其似，是以七子之所就多止於「詞」而亡其「意」，字雕句琢，對偶精工，佳句多而佳篇少。

獻吉《空同集》有效陶體、效唐初體、效李白體、用張王體、用李賀體、無題戲效李義山體，于鱗《滄溟集》有建安體、效阮公、效應璩百一詩、圓硯效徐庾體，敬夫《渼陂先生集》有秋興八首、春興、和杜、和寒山子，仲默有戲效義山、秋興，元美有戰城南，君采有效阮公詠懷，足見七子詩之體裁，題引俱模擬古人。獻吉既高唱盛唐之說，斥蘇、黃以詩爲戲，焉可用李賀體，復戲效義山之詩？于鱗既謂「詩卑正始還」〔註2〕，豈宜效子山、孝穆？所作與所言不符，豈可號令他人？尤有甚者，七子排擊山谷最力，而其自作竟效山谷之奪胎換骨。山谷嘗云：「詩意無窮，人才有限，以有限之才，追無窮之意，雖淵明、少陵不能盡也。然不易其意而造其語，謂之換骨法；規模其意而形容之，謂之奪胎法。」（見《冷齋夜話》卷二引）例如：

李白詩：「人煙寒橘柚，秋色老梧桐。」

山谷詩：「人家圍橘柚，秋色老梧桐。」

又如：

白居易詩：「百年夜分半，一歲春無多。」

〔註2〕元美〈哭李于鱗一百二十韻〉曰：「文許先秦上，詩卑正始還。」（《弇州山人詩集》卷三十）

山谷詩：「百年中去夜分半，一歲無多春再來。」

王若虛《滹南詩話》譏之云：「魯直論詩，有奪胎換骨、點鐵成金之喻，世以為名言。以予觀之，特剽竊之黠者耳。」（卷三）

再看七子之竊襲古人：

獻吉〈別徐子詩〉：「新從北極看南極，便自吳江下楚江。」其句法蓋襲子美〈聞官軍收河南河北〉之「即從巴峽穿巫峽，便下襄陽向洛陽」二句。

仲默〈九日詩〉：「樓臺萬里眼，時序百年情。」僅將子美之「乾坤萬里眼，時序百年心。」二句易三字，即云己作。

敬夫〈九日無菊之一〉：「興來成獨往」一句係將摩詰〈終南別業〉中之「興來每獨往」易一字而已！

昌穀〈留別邊子〉：「我車駕言邁，將子城之隅。豈無他人親，婘孌心自知。握手一為歎，忽忽從此辭。驅車何迢迢，迢迢復遲遲，匪我車輪遲，行子有所思。登高望河水，河水何瀰瀰，褰裳欲涉之，俛首以踟躕。孤楊生河干，嫋嫋何參差。民生失儔匹，惻爾令心悲。」全詩係以《詩經》、《古詩十九首》、蘇武詩融合而成。

李、何、徐、王四子尚且如此，其效顰者不問可知。七子派之詩既尠自得之趣，故如仲默所云高處是古人影子，卑者則直撏撦剽竊耳，此其一。

七子詩珠玉少而碔砆多，其原因之二為酬酢繁，吳修齡《圍爐詩話》云：「詩壞于明，明詩又壞于應酬。……世愈下則交愈泛，詩亦因此而流失焉。……唐人贈詩已多，明朝之詩，惟此為事。唐人專心于詩，故應酬之外，自有好詩；明人之詩，乃時文之尸居餘氣，專為應酬而學詩，學成亦不過為人事之用，舍二李何適矣！」（卷四）試以茂秦為例，其《四溟集》錄詩凡二千三百四十有九首，而贈寄奉和之作居三分之二，排比敷衍，殊失性情之眞，創作態度亦不嚴肅。

其三曰盛氣矜心。七子多出身於科第，少年成名，心高氣傲，易視天下之事，是丹非素，而不肯虛心受詆訶，茂秦以論詩過嚴遭擯，此後忠言無聞，依附之徒，仰其鼻息，效之唯恐不似，以爲風雅之道，舍此莫由，錢牧齋〈題懷麓堂詩鈔〉云：「近代詩病，其證凡三變，沿宋元之窠臼，排章儷句，支綴蹈襲，此弱病也；剽唐選之餘瀋，生吞活剝，叫號隳突，此狂病也；搜郊、島之旁門，蠅聲蚓竅，晦昧結愲，此鬼病也。」（《初學集》卷八十二）狂病蓋指七子而言，以其詩失之太露，尠含蓄婉轉之味。

四曰泥古，七子擬古，於格調、氣象、用字、使事各項，立有定則，不許逾越，遂致有才者無以伸其才，情眞者無以抒其情，屈己就古，無才無學者拾餕餘以成詩，大言無當，雖多無益。

吳修齡謂七子詩招致「贋古」之譏者，其因有六：「一時文，二早捷，三高才，四隨邪，五事繁，六泛交。詩與古文門徑絕異，時文于二者更異，彼既長于時文，即以時文見識爲古文。詩，骨髓之疾也。早捷則心驕，忠言無聞。才高則筆下易得斐然，不以古人自考離合。隨邪則纔執筆便似唐人，終身更無進步。事繁則應酬如麻，無暇苦吟詳讀。泛交則逼迫徵求，不容量人而出。六病環攻，雖青蓮、少陵不能不爲二李。」（《圍爐詩話》卷六）可謂知言。

要之，七子詩雖瑜少瑕多，然不可掩而泯之者有四：

一、掃元季明初纖靡繁瑣之風，其詩多博大雄渾之章。

二、精於對句，特重修辭。

三、反映時事〔註3〕。

四、除擬古之作外，各家風格不盡相同。

錢基博《現代中國文學史》嘗云：「蓋宋元以來，文以平正典雅爲宗，其究漸流於膚膚，庸膚之極，不得不變而求奧衍！王李之起，文以沈博偉麗爲宗，其極漸流於虛憍，虛憍之極，不得不返而求平實！

〔註3〕論七子詩者，恒謂七子時非天寶，地遠拾遺而不宜有感傷時事之作，實則獻吉〈内教場歌〉、〈土兵行〉，子衡〈赭袍將軍謠〉，昌穀〈雜謠〉，茂秦〈哀哉行〉、〈哀老營堡〉、〈漁樵歎〉，元美〈將軍行〉、〈書庚戌秋事〉，皆爲反映現實之作品，不得以無病呻吟目之也。

一張一弛，兩派迭為勝負，蓋理勢之必然！然漢魏之聲，由此高論於後世，而與韓、歐爭長。唐、宋之文運，至此乃生一大變化矣！然較其得失，秦漢之文，玉璞金渾，風氣未開。後世文明日進，理欲其顯，故格變而平；事繁於昔，故語演而長，此亦天演之理。而何、李以其偏戾之才，矯為聱牙詰屈，無其質而貌其形，為文彌古，於時彌戾，故何、李之徒卒為委罪之壑。」論者以擬古罪七子，七子誠有此弊，知漢魏之高古，而不知詩有其時代特性，且漢魏詩之詞理意興，無迹可求，何可強學？李唐一代已有初、盛、中、晚之不同，唐與明豈能無異？兼以各人氣質、賦性有別，焉能強而同之？太白不同於子美，獻吉不同於仲默，則七子焉能齊同於李、杜？且唐人尚意興，以情韻丰神見長，何能強學，即得其似，高處是古人影子，卑者為優孟木偶，況不似乎？若欲學盛唐之意象風神，焉可字擬句模？

七子雖有擬古之弊，然明人之擬古者不特七子，即攻擊七子最力之王愼中、唐順之、茅坤、歸有光，袁宏道亦不免於此病〔註4〕，論者不宜獨咎七子。

七子派詩文之影響既深且遠，其同調餘波固無論矣，即公安派江進之亦謂茂秦之作為眞詩，錢牧齋自云年十六七，「空同、弇山二集，瀾翻背誦，暗中摸索，能了知某紙，搖筆自喜，欲與驅駕，以為莫己若也。」（《有學集・卷卅九・答山陰徐伯調書》）吳修齡年十三，嘗得盛明詩選，「見其鏗鏘絢麗，竟以盛明直接盛唐，視大歷如無有，何況開成？」（《圍爐詩話》卷六）是錢、吳二子少年時均喜七子詩文，後始幡然改之。

要之，七子派詩文之評價，以《四庫提要》所論最為平允，其言曰：「其詩才力富健，實足以籠罩一時，而古體必漢、魏，近體必盛唐，句擬字摹，食古不化，亦往往有之。其文則故作聱牙，以艱深文其淺易，明人與其詩並重，未免忧於盛名。」洵為確切不移之論。

〔註4〕王、唐、茅、歸四子詩傚初唐，文法唐宋；中郎詩亦多擬杜之作。

第十二章　七子派詩文論之評價

第一節　時人與後人對七子派詩文論之評價

第一目　單論者

（一）李濂，字川父，明祥符人，殊不以獻吉之說爲然，有詩譏之云：「唐人無選宋無詩，後進輕狂肆貶詞。眞趣盎然流肺腑，底須摹擬失神奇！」

（二）茅坤，字順甫，號鹿門，明歸安人，選唐宋八大家文鈔，其總序於獻吉之文論詩說俱加評斥，其言曰：「我明弘治、正德間，李夢陽崛起北地，豪雋輻湊，已振詩聲，復揭文軌，而曰：『吾左吾史與漢矣。』已而又曰：『吾黃初、建安矣。』以予觀之，特所謂詞林之雄耳，其於古六藝之遺，得無湛淫滌濫而互相剽裂已乎？」

（三）鍾惺，字伯敬，竟陵人，論于鱗云：「王、孟之妙在五言，五言之妙在古詩，今人但知其近體耳，每讀唐人五言古妙處，未嘗不恨于鱗孟浪妄語。」（〈評王維哭殷遙〉）又論于鱗以龍標〈出塞〉爲七言絕第一云：「詩但求其佳，不必問某首第一也。昔人問三百篇何句最佳及十九首何句最佳，蓋亦興到之言。某稱某句佳者，各就其意之所感，非執此以盡全詩也。李于鱗乃以此首爲唐七言絕壓卷，固矣哉！無論其品當否如何，茫茫一代，絕句不啻萬首，乃必欲求一首作第一，則其胸中亦夢然矣！」

（四）邵長蘅，號青門，江蘇武進人，〈與姜宸英書〉云：「不讀唐以後書，自是獻吉欺人語耳，今人矯之，眞欲盡屛斥唐以前詩文，東置高閣，舉世滔滔，良可慨也。」（《青門簏稿》卷十一）此言獻吉之說固非，而矯之者亦謬也。

（五）施閏章論獻吉云：「李空同看孟詩，不甚許可，每嫌雜也。其謂雜選體與唐調，余謂襄陽不近選體，唐人佳句亦偶帶選體者，李杜諸公何嘗不兼有漢、魏、六朝乎？空同自分其五言古作爲選古、唐古二種，正見其所見不廣之處。」《蠖齋詩話》

（六）章學誠，字實齋，浙江會稽人，論仲默云：「何信陽謂：『昌黎文起八代之衰，而古文失傳由昌黎始。』杭董浦氏斥其病狂。夫昌黎道德文辭，並足泰山北斗，信陽何所見聞，敢此妄議！杭氏斥之，是也。然古文必推敘事，敘事實出史學，其源本於春秋『比事屬辭』，左、史、班、陳家學淵源，甚於漢廷經師之授矣。馬曰：『好學深思，心知其意。』班曰：『緯六經，綴道綱，函雅故，通古今』者，春秋家學，遞相祖述，雖沈約、魏收之徒，去之甚遠，而別識心裁，時有得其彷彿。而昌黎之於史學，實無所解，即其敘事之文，亦出辭章之善，而非有『比事屬辭，心知其意』之遺法也，其列敘古人，若屈、孟、馬、揚之流，直以太史百三十篇與相如、揚雄辭賦同觀，以至規矩方圓如孟堅，卓識別裁如承祚，而不屑一顧盼焉，安在可以言史學哉！歐陽步趨昌黎，故唐書與五代史雖有佳篇，不越文士學究之見，其於史學，未可言也。然則推春秋『比事屬辭』之教，雖謂古文由昌黎而衰，未爲不可，特非信陽諸人所可議耳。」（《文史通義・補遺》〈上朱大司馬論文〉）

（七）何文煥，字少眉，號也夫，嘉善人，謂元美之《藝苑卮言》「羅列前人舊說，殊無足取。」（〈歷代詩話凡例〉）

第二目　分論者

（一）錢謙益，字受之，號牧齋，常熟人，掊擊七子，不遺餘力，尤集矢於二李與仲默，唯於元美多恕詞，於茂秦則至爲推崇，茲將其論各家之說列述如次：

論獻吉云：「獻吉以復古自命，曰：『古詩必漢魏，必三謝；今體必初、盛唐，必杜，舍是無詩焉。』牽率模擬，剽賊於聲句字之間，如嬰兒之學語，如童子之洛誦，字則字，句則句，篇則篇，毫不能吐其心之所有，古之人固如是乎？天地之運會，人事之景物，新新不停，生生相續，而必曰：『漢後無文，唐後無詩。』此數百年之宇宙日月盡皆缺陷晦蒙，直待獻吉而洪荒再闢乎？獻吉曰：『不讀唐以後書。』獻吉之詩文，引據唐以前書，紕繆推漏，不一而足，又何說也。國家當日中月滿，盛極孽衰，麤材笨伯，乘運而起，雄霸詞壇，流傳謬種，二百年以來，正始淪亡，榛蕪塞路，先輩讀書種子從此斷絕，豈細故哉？」（《列朝詩集小傳》丙集）

論仲默云：「余獨怪仲默之論，曰：『詩溺於陶，謝力振之，古詩之法亡于謝；文靡於隋，韓力振之，古文之法亡於韓。』嗚呼，詩至於陶、謝，文至於韓，亦可以已矣！仲默不難以一言抹撥者，何也？淵明之詩，鍾嶸以爲古今隱逸之宗，梁昭明以爲跌宕昭彰，抑揚爽朗，橫素波而傍流，干青雲而直上，評之曰溺，於義何居？運世遷流，風雅代變，西京不得不變爲建安，太康不得不變爲元嘉康樂之興會標舉，寓目即書，內無乏思，外無遺物，正所以暢漢魏魏之颷流，革孫、許之風尚，今必欲希風枚、馬，方駕曹、劉，割時代爲鴻溝，畫景宋爲鬼國，徒抱刻舟之愚，自違捨筏之論。昌黎佐佑六經，振起八代，『文亡於韓』，有何援據？吾不知仲默所謂文者何文？所謂法者何法？昔賢論仲默之刺韓，以篇大言無當，矯誣輕毀，箴彼膏肓，允爲篤論矣。……弘、正以後，謬繆之學，流爲種智，後生面目，偭背不知向方，皆仲默謬論爲之質的也。」（《列朝詩集小傳》丙集）

論昌穀云：「其所研習，具在《談藝錄》中，斯良工獨古與？」

(《列朝詩集小傳》丙集)

論子衡云:「與郭价夫論詩,謂三百篇比興雜出,意在辭表,離騷引喻借論,不露本情,而以〈北征〉、〈南山〉諸篇為詩人之變體,騷壇之旁軌,其托寄亦迴且遠矣!其序李空同集則云:『杜子美雖云大家,要自成己格爾,元稹稱薄風雅,吞曹、劉,固知其溢言矣!其視空同規尚古始,無所不極,當何以云信斯言也。』秦、漢以來,掩蔽前賢,牢籠百代,獨空同一人乎?微之之推少陵為溢言,而子衡之推空同為篤論乎?子衡盛稱何、李,以謂侵謨匹雅,欲騷儷選;遐追周漢,俛視六朝,近代詞人,尊今卑古,大言不慚,未有甚於子衡者,嘉靖七子,此風彌煽,微吾長夜,鞭弭中原,令有識者掩口失笑,實子衡導其前路也。」(《列朝詩集小傳》丙集)

論于鱗云:「(于鱗)論五言古詩曰:唐無五言古詩而有其古詩。彼以昭明所選為古詩,而唐無古詩也,則胡不曰魏有其古詩而無漢古詩,晉有其古詩而無漢魏之古詩乎?十九首繼國風而有作,鍾嶸以為驚心動魄,一字千金,今也句摭字捃,行數墨尋,興會索然,神明不屬,被斷菑以衣繡,刻凡銅為追蠡,自曰後十九,欲掩平原之十四,不亦愚乎?僻學為師,封己自是,限隔人代,揣摩聲調,論古則判唐、選為鴻溝,言今則別中、晚如河漢;謬種流傳,俗學沈錮,昧者視舟壑之密移,愚人求津劍于已逝,此可為歎息者也。」(《列朝詩集小傳》丁集上)

論敬美說詩「不規規名某氏,以不從門入者為佳,論本朝之詩,獨推徐昌穀、高子美二家,以為更千百年,李、何尚有廢興,徐、高必無絕響。其微詞諷寄,雅不欲奉歷下壇坫,則于其大美亦可知也。」(《列朝詩集小傳》丁集上)

論元瑞云:「著《詩藪》二十卷,自邃古迄昭代,下上揚扢,大抵奉元美卮言為律令,而敷衍其說,卮言所入則主之,所出則奴之。其大指謂千古之詩莫盛于有明李、何、李、王四家,四家之中,牢籠于古,總萃百家,則又莫盛于弇州。詩家之有弇州,證果位之如來也,集大成之尼父也。又從弇州而下，推及于敬美、明卿、伯玉之倫，以爲人升堂而家入室，殆聖體貳之才，未可以更僕數也。……嗟呼！建安、元嘉，雄輔有人，九品、七略，流別斯著。何物元瑞，愚賤自專，高下在心，妍媸任目，要其旨意，無關品藻，徒用攀附勝流，容悅貴顯，斯眞詞壇之行乞，藝苑之輿台也。」（《列朝詩集小傳》丁集上）

（二）王士禛，後易名士禎〔註1〕，字貽上，號阮亭，自號漁洋山人，山東新城人，有論詩絕句云：「接跡風人明月篇，何郎妙悟本由天。王楊盧駱當時體，莫逐刀圭誤後賢。」〔註2〕又論獻吉云：「李本光芒萬丈長，昌黎石鼓氣堂堂，吳萊蘇軾登廊廡，緩步空同獨擅長。」

第三目　合論者

（一）顧起綸〈國雅品序〉云：「昌穀談藝，足起膏肓；茂秦詩說，切於鍼砭；……元美卮言，獨擅雌黃。」

（二）焦竑字弱侯，號澹園，江寧人，論七子之弊云：「今世不求其先於文者，而獨詞之知，乃曰以古之詞屬今之事，此爲古文云爾。韓子不云乎？『惟古於詞必己出，降而不能乃剽賊。』夫古以爲賊，今以爲程。……謬種流傳，浸以成習，至有作者當其前，反忽視而不顧，斯可怪矣！」（《澹園集・卷十二・與友人論文書》）

（三）袁宏道論「文必秦論，詩必盛唐」之誤云：「文準秦漢矣，秦漢人曷嘗字字學六經歟？詩準盛唐矣，盛唐人曷嘗字字學漢魏歟？秦漢而學六經，豈復有秦漢之文？盛唐而學漢魏，豈復有盛唐之詩？」〈小修詩序〉次駁「尊唐卑宋」之謬曰：「今之君子乃欲概天下而唐

〔註1〕王世禎以避世宗諱，改名士正、高宗乾隆三十九年下諭改爲士禎。

〔註2〕《四庫總目提要》論漁洋評仲默之說云：「景明於七言古深崇四傑轉韻之格，王士禎論詩絕句乃頗不以景明爲然。其實七言肇自漢氏，率乏長篇，魏文帝〈燕歌行〉以後，始自爲音節；鮑照〈行路難〉始別成變調，繼而作者，實不多逢，至永明以還，蟬聯換韻，而〈洗兵馬〉、〈高都護〉、〈驄馬行〉等篇，亦不廢此一體，士禎所論，以防豔塗飾之弊則可，必以景明之論足誤後人，則不免於懲羹而吹齏矣。」

之，又且以不唐病宋。夫既以不唐病宋，何不以不選病唐，不漢魏病選，不三百篇病漢，不結繩鳥跡病三百篇耶？果爾，反不如一張白紙。詩燈一派，掃土而盡矣。夫詩之氣一代減一代，故古也厚，今也薄。詩之奇、之妙、之工、之無所不極，一代盛一代，故古有不盡之情，今無不寫之景。然則古何必高，今何必卑哉！」(《袁中郎全集．卷廿一．與丘長孺尺牘》)

(四)江盈科論獻吉與于鱗云：「本朝論詩，若李崆峒、李于鱗，世謂其有復古之力，然二公者固有復古之力，亦有泥古之病。彼謂文非秦漢不讀，詩非漢魏六朝盛唐不看，故事凡出漢以下者，皆不宜引用。噫！何其所見之隘，而過于泥古也耶？」《雪濤小書》

(五)艾南英字千子，東鄉人，謂風雅之道，壞於前七子，至後七子，其弊愈甚，其言曰：「弘治之世，邪說始興，至勸天下世無讀唐以後書。又曰：非三代兩漢之書不讀。驕心盛氣，不復考韓、歐大家立言之旨。……太倉、歷下兩生持北地之說，而又過之。持之愈堅，流弊愈廣，後生相襲爲腐勦，至於今而未已。」(《天傭子集．卷四．重刻羅文肅公集序》)

(六)錢謙益〈贈別方子玄進士序〉云：「弘治中，學者以司馬、杜氏爲宗，以不讀唐後書相誇詡爲能事。夫司馬、杜氏，唐以後豈遂無司馬、杜氏哉？務華絕根，數典而忘其祖，彼之所謂復古者，蓋亦與俗上下而已。」

(七)馮班字定遠，常熟人，謂王、李、李、何之論詩，「如貴冑子弟倚恃門閥，傲忽自大，時時不會人情。」(《鈍吟雜錄．正俗篇》)

(八)薛雪字生白，號一瓢，江蘇吳縣人，論七子模擬之謬云：「擬古二字，誤盡蒼生，聲調字句，若不一一擬之，何爲擬古？聲調字句若必一一擬之，則仍是古人之詩，非我之詩也。輕言擬古，試一思之。」(《一瓢詩話》)

(九)吳雷發字起蛟，江蘇震澤人，其《說詩菅蒯》云：「論詩者往往以時之前後爲優劣，甚而曰宋詩斷不可學，彼蓋拾人唾餘，鈍者以之自欺，黠者以之欺人。」又云：「一代之中未必人人同調，豈唐詩中無宋，宋詩中無唐乎？一人之詩或者有似漢魏六朝處，或有似唐宋元明處，必執其似漢魏六朝者，而曰此大異唐宋元明，執其似唐宋元明，而曰此大異漢魏六朝，何見之左也，使宋詩不可學，則元明尤屬糞壤矣！元明之後，又何必作詩哉？」

（十）袁枚謂七子論詩「蔽於古而不知今，有拘攎皮傅之見。」（《隨園詩話》卷三）其《詩話》又云：「詩分界唐宋，至今人猶恪守，不知詩者人之性情，唐宋者帝王之國號，人之性情豈因國號而轉移哉？……七子以盛唐自命，謂唐以後無詩，即宋儒習氣語，倘有好事者學其附會，則宋元明亦何嘗無初盛中晚之可分乎？」（卷六）又云：「七律始于盛唐，如國家締造之初，宮室粗備，故不過樹立架子，創建規模；而其中之洞房曲屋，網戶罘罳，尚未齊備，至中晚而始備，至宋元而愈出愈奇。明七子不知此理，空想挾天子以臨諸侯，於是空架立而諸妙盡捐。」（卷六）

（十一）翁方綱曰：「明人一代學術全在恃氣節，而精于研核者殊少，其經學既不迨唐宋人，而其詞章乃欲駕宋元而上之，所以弘治諸子勢必高語文西京而詩盛唐也，此所謂意氣凌人，虛詣而已，亦明人氣運境地前後累積至此，使之不得不然者也。」（〈與姬川郎中論何、李書〉）又曰：「唐人之詩，未有執漢魏之詩以目爲格調者，獨至明李、何輩，乃泥執文選體，以爲漢魏六朝之格調也，泥執盛唐諸家，以爲唐格調焉。於是上下古今只有一格調，而無遞變遞承之格調矣！」（《復初齋文集・卷八・格調論・上》）

（十二）黃宗羲，字太沖，號梨洲，餘姚人，其〈張心友詩序〉云：「余嘗與友人言，詩不當以時代而論，宋元各有優劣，豈宜溝而出諸於外，若異域然。即唐之詩，亦非無蹈常習故，充其膚廓而神理蔑如者，故當辨其眞僞耳，徒以聲調之是而優之，非而劣之，揚子雲所言『伏其几，襲其裳，而稱仲尼』者也。」（《撰杖集》）

（十三）陳衍，字三立，號石遺老人，其《石遺室詩話》云：「元瑞《詩藪》，余緝元詩紀事，不得已多采之，然皆明人見識，所取七言律，不出趙孟頫之論，用虛字便不佳，中兩聯塡滿方好者。明人論詩，王元美《藝苑卮言》，徐迪功《談藝錄》，略有可聽，胡元瑞不足與辯也。」（卷六）

第二節　總　評

獻吉論詩言文皆以第一義爲準，謂法不可廢，雖主格調而不忽神韻，以其提倡抒情言志之眞詩故也；唯「作文如臨帖」一語殊可商榷，蓋書法之本身取「形」，詩文之本身取「意」，其道本不相同，且書家於「太似」之後，必思自創一格，豈可止於形似？當其開創之時，僅示人以原則，未授人以方法，所論未免百密一疏，然其倡導之功固不可沒也。

仲默謂詩之厄有二：一、牽於時好而亡其意，二、鄙詩賦而亡其辭，深中當時詩壇之弊。

王允寧謂獻吉兼有太史公、杜子美之長，諛詞也，其弊較七子之互相標榜爲尤甚；萬曆中，胡元瑞撰《詩藪》一書，敷衍引伸《藝苑卮言》之說，謂元美爲「證果位之如來，集大成之尼父」，猶允寧之譽獻吉。作俑之罪，豈可逭乎？

顧華玉較論李、何、徐三家，語頗精確，元瑞三派鼎足之說，實華玉開其端。又其〈與陳鶴論詩書〉戒當世之爲詩者勿愈變愈衰，實具先見卓識。

昌穀有詩說而無文論，所言者皆爲古體，曹魏之後，概無取焉。其論頗爲周延，主妙悟之法，深研、宏識、眞情而外，環境、個性、品格皆語及之。

德涵與敬夫之所長在曲，其「文必秦漢，詩必盛唐」之說與李、何不殊；德涵獨悅初唐，敬夫則特重風教。

華泉持「文以求道」之說，謂作詩宜「守之以正而時出其奇」，啓沃茂秦《四溟詩話》。李、杜之外，特重岑嘉州；復能洞見時弊，勸學獻吉者不若學子美。

子衡以理學名家，論文以實用爲主，所謂「文也者，道也，非徒言也。」論詩則無道學意味，尤貴比興。

後七子以茂秦年齒最長，李、王稱詩選格多取定於彼。長於五言律，所論特重聲韻〔註3〕，尤重鍛字練句，持論必加舉例，勸爲詩者宜虛心勤改，批評前人與時賢之言雖不必皆確，然態度客觀嚴謹；其《詩話》云：「今之學子美者，處富有而言窮愁，遇承平而言干戈，不老曰老，無病曰病。」（卷二）深中七子派模擬之弊。然斤斤於字句之間，屢爲古人改詩〔註4〕，論詩體多襲前人舊說，是其短也。

于鱗謂文章大業，詩之爲教，所以言志。其說多出於獻吉、茂秦，又附和獻吉「唐無五言古詩而有其古詩」之說。

元美之詩文論至晚年有所修正，論文兼推宋景濂與歸太僕，論詩深服陳白沙，論樂府亟稱李西涯，尤喜蘇子瞻集。以格調範籠才氣，行通變之道。所謂「才騁則禦之以格，格定則通之以變，氣揚則沈之使實，節促則澹之使和。」（《弇州山人續稿．二百零六．答胡元瑞》）骨格既定，宋詩亦可一閱。又謂作詩摛文，宜講求章法，然須了無痕迹，神合氣完，始爲可貴。又其論剽竊模擬與求名者之百態，對當時文壇頗有鍼砭之功。

子與論詩，於明人推尊高棅與于鱗，又謂詩之盛衰與舉業關係綦切，而作者尤不可無才。

〔註3〕《四溟詩話》曰：「凡字異而義同者，不可概用之，宜分乎彼此，此先聲律而後義意。」（卷三）

〔註4〕《四溟詩話》曰：「許渾原上居詩：『獨愁秦樹老，孤夢楚山遙。』此上一字欠工，因易爲『羈愁秦樹老，歸夢楚山遙。』……劉長卿別張南史詩：『流水朝還暮，行人東復西。』此上二字欠工，因易爲『旅思朝還暮，生涯東復西。』（卷四）」又云：「李頻曰：『星臨劍閣動，花落錦江流。』譬諸佳人掌對壯士拳，若曰：『日落錦江寒』，便相敵矣！」（卷二）

明卿論文，合事功與言辭而爲一；論詩之用，謂道性情外，宜宣教化；未指陳學詩者有捐體裁、蔑禮法、薄藝文三弊，不爲無見。

子相於史遷、老杜之外，最尊獻吉；論文謂形迹必異而精神不得不同，左、馬、董、曹、班、揚、韓柳無事沿襲而各盡其妙；又其理論之最特殊者爲：不以實用之說爲然，予文學以最高評價。

公實謂結社有助於創作，撰文爲詩，宜內求其質實，外求其雅麗，有益名教，始能傳諸久遠。

敬美以爲唐詩分四期，並無不當，唯其間亦有逗而難分者；又謂學于鱗不若學老杜，學老杜不若與盛唐，復不以把持文壇爲然，皆有修正補闕之功，謂其爲七子派中之諍臣可也。

伯玉爲文學退化論者，其意以爲一代不如一代，詩至於唐，諸體賅備，唯欲兼并古人，勢有所不能，由博返約，斯爲得法。

元瑞《詩藪》極力爲擬古辯護，首標神韻二字，謂法與悟不可相離，唐之律不若漢之古，宋以來論詩者推嚴儀卿，唐以來選詩者推高廷禮，明之作者宜致工於述而勿致工於作，不求多於專而求多於具體，詩不當一首定作者之優劣，又謂仲默論歌行，允謂前人未發，然特專明一義，匪以盡概諸方；此皆元瑞論文言詩之要旨，其說未必皆確，唯却爲七子派體系最稱完備之詩話。

長卿之詩，「沿王、李之塗飾，而又兼三袁之纖佻。」(《四庫提要》) 其論雖自格調說出，而實略帶性靈色彩。長卿所以不欲模擬者，其因有四：詩爲個性之反映，不可必同，一也；詩爲性情之物，二也；世異才殊，三也；詩當妙悟，四也。

本寧謂唐樂府非漢魏六朝之舊，唐詩應酬排比之作不少；師古者學唐太過，救弊之道，宜「法不隱才，采不廢質」。

要之，七子派詩文論之可注意者有如下數點：

一、文必秦漢，詩必盛唐。

二、論詩之篇幅多於論文，詩論較文論精密深入，文論較詩論富實用色彩。

三、獻吉、仲默、昌穀、子衡諸子多為原則性之揭示，茂秦於原則之外，更舉實例說明；元美集諸子之大成，益以己見，詳加闡發，持論較寬，晚年尤能容納異己之見；元瑞敷衍《卮言》之說，將七子派之詩文論系統化；敬美、長卿、本寧鑒於末流之弊與攻擊者之烈，遂修正七子派之論，調和師古與師心二派之爭，目的則在維續七子派之勢力，且對異見加以誅伐。

四、派中又有小派，而小派中之成員，其理論亦不盡相同。

五、七子論文，謂秦漢不如六經，東京不如西京，魏不如漢，六朝不如漢魏，唐不如六朝，宋不如唐，確為貴古賤今之退化論者；論詩雖謂唐之律不若漢之古，十九首不若三百篇，魏不若漢，六朝不若漢魏，宋不若唐，唯復云元勝於宋，明優於元，是貴古賤今之外，又尊今卑古也。

六、論古體重格而略為輕調，近體重調亦不忽格。

七、提高詩文地位，謂文章大業，其用甚大，然非社會之工具，有其獨立性，所言尠道學意味。

八、論詩言文雖有「教化」之說，唯其批評標準不以之為必備條件，純以文學立場判優劣、定高下。

九、七子派並非理學家之復古，唯欲拯六朝靡弱，是以重質，亦不忽文采，與王、唐、茅坤之鄙視六朝大不同。

十、嚴儀卿《滄浪詩話》嘗云：「試以已詩置之古人詩中，與識者觀之而不能辨，則真古人矣！」蓋合境界、氣象、形貌而言，唯境界與氣象言之不易明確，故七子派所多止於形貌聲律字句修辭方面。

十一、貴質實。

十二、實字重於虛字。

十三、兼并古人，致工於述，求多於具體。

十四、喜辨體。

十五、司馬遷高於班固。

十六、論李、杜較滄浪深入，純就藝術立場而評隲之，毫無實用色彩；雖多云李、杜不當優劣，唯言杜多於言李，以子美易學，太白難法故也。

十七、較公安、竟陵二派重實用、教化與學力。

十八、多將明詩與唐詩相比。

十九、詩宜於抒情言志，不當說理。

二十、論李、杜多於摩詰，偏於滄浪所云「沈著痛快」一類。

就七子派之原理論而言，「文必秦漢，詩必盛唐」二語，乃擇高格以爲取法之對象，決非泥執而不變通，論文上推六經諸子，下及六朝；就詩而言，五言古漢魏而外，晉宋之佳者亦可師法，七言古與近體以盛唐爲宗，初唐、中唐亦可一學，甚至晚唐絕句亦珍而寶之，格調既定，宋詩亦不妨看；如此而言漢魏盛唐，蓋以之爲重點中心，而非唯一之目標，況乎學盛唐之鵠的在超越魏晉而進兩漢，學秦漢之目的以其文實，不若諸子之人各一體，文字語言又多不定，難以取法，六經仍爲七子派至高無上之圭臬，後世輕議「漢魏盛唐」之說者蓋未細讀七子派之書也。

七子派之言擬古實非以模擬爲終極目標，其志在自成一家，尙友古人，所以招致嚴厲之譏評者，不在其說之不善，而在其詩文多止於擬古，甚或剽竊，亦即創作與理論差距甚大。

又其論詩，主情而外，復重才氣、學識與環境，以德益詩（與道學家有異），以格調約束才思，欲人法不隱才，文質並重，可謂面面俱到，圓融通達。

尤有進者，格調之外，兼言神韻、性靈、禪悟，何嘗欲撏撦古人，徒具形骸？敬美且謂才學性情較格調尤爲可貴。

然七子派多欲兼并古人，殊不知全才難求，以子美之籠罩百世，絕句不精，太白之縱橫千古，律詩無聞，七子何人，而欲苞綜秦漢，邁越魏唐？強欲爲之，必大而不化，流於膚廓。

七子派喜言格調，唯格不易致，調較易爲，兼以所長在近體，故多言調而罕言格；徒羡前賢詩文聲調之美而忘其氣格之高，避難趨易，舍本逐末，在章法上擬其氣，字句上擬其音。

七子派均以作家兼批評家立場，品詩論文，即三百篇亦加雌黃，所論固未必允當，其精神則甚足取；然摘句論時，往往以二句分優劣，要是一弊，兼以黨同伐異〔註5〕，入主出奴，脫離批評正軌。

綜而言之，七子派以秦漢盛唐之說，欲與韓、歐爭雄，李、杜方駕，成爲明代之最大宗派，其徒眾不惟遍佈全國，東瀛且有同調〔註6〕；不特此也，李、何振起痿痹，使天下復知有古書，提高詩文地位，鼓舞士氣，抗衡權奸，其功甚大；而盛氣矜心，叫囂隳突，遂使撏撦之徒，句擬字摹，行數墨尋；議者紛紛，公安三袁，竟陵鍾、譚遂乘虛而起，其勢因以衰矣！

〔註5〕例如子衡謂李、何侵謨匹雅，遐追周漢，又謂獻吉規尚古始，無所不極，在子美之上；再如允寧謂獻吉兼有史遷與子美之長；又如元瑞謂元美淹有眾長，推爲第一人，皆黨同之實例。就伐異而言，茂秦原爲七子之首，以與于鱗論詩不合，爲眾所擯，元美《藝苑卮言》論之云：「謝茂秦年來益老誖，嘗寄示擬李、杜長歌，醜俗稚鈍，一字不通，而自爲序，高自稱許，其略云：『客居禪宇，假佛書以開悟，既覩太白少陵長篇，氣充格勝，然飄逸沈鬱不同，遂合之爲一，入乎沈淪，各塑其像，神存兩妙；此亦攝精奪髓之法也。』此等語何不以溺自照。」（卷七）以詬罵之詞加諸由合而分之故友，則於異己，不難想見。又楊慎《升庵詩話》云：「亡友何仲默嘗言宋人書不必收，宋人詩不必觀。余一日書此四詩（按指張文潛蓮花詩、杜衍雨中荷花詩、劉美中夜度娘歌、寇平仲江南曲）訊之曰：『此何人詩？』答曰：『唐詩也。』余笑曰：『此乃吾子所不觀宋人之詩也。』仲默沈吟久之曰：『細看亦不佳。』可謂倔強矣！」（卷十二）此又爲七子持論偏頗之一例。

〔註6〕日人荻生徂徠（1666～1728）古文辭之說受于鱗、元美之影響甚大，尤崇拜于鱗，而于鱗所編《唐詩選》在日本亦甚風行。

結　論

綜上各章所述，可知七子派詩文論之產生與時代環境、歷史因素關係綦切，除共具「文必秦漢，詩必盛唐」之文學觀外，其忠誠謀國，抨擊權奸之政治立場亦同。

七子派之成，實由於結社，唯諸子不限於一社，有由他社入七子社者，如梁有譽、歐大任、黎民表原出於黃佐之門，且嘗與李時行、吳蘭皋倡組詩社〔註 1〕，號曰南園後五先生，其後公實名列前五子、後七子之榜，惟敬、楨伯則各為廣五子、續五子之一；亦有由七子社復入他社者，如胡應麟之重，實出於王世貞之援引，迨世貞歿，又入汪道崑白榆社〔註 2〕。諸子結社，有門資與地域觀念，徐渭即云李攀龍、王世貞諸人削謝榛於七子、五子之列，乃以軒冕凌壓布衣；屈大均《廣東新語》亦云：「楨伯、蘭汀常以詩盛稱京師，于鱗、元美輩欲連為八才子，旋以八才子中粵居其二，心嫉之，且楨伯又非甲科，乃舍楨伯。」（卷十二）

七子結社唱酬，聲氣互通，固可收切磋琢磨之效，其說因而宣揚於世，聲譽鵲起，其弊則黨同伐異，領導者喜貢諛之詞，封己自是，不求精進，詩格日下，固其宜也。其附庸則如東施效顰，模擬唯恐不

〔註 1〕見朱彝尊《明詩綜》卷四十三。
〔註 2〕見陶元藻《全浙詩話》卷三十四引婺書。

似，錢謙益嘗論汪道崑云：「於詩本無所解，沿襲七子末流，妄爲大言欺世。」(《列朝詩集小傳》丁集上）是以攻者漸起，議者如波。

世之論七子派者，恒謂其盛氣矜心，恃才傲物，唯按之實情，則有不盡然者，例如顧璘禮賢下士，求才若渴；徐子與豪爽慷慨，不喜道人過；張佳胤賓禮寒素，鼓吹風雅；李維楨樂易濶達，有背負者窮而來歸，遇之益厚，可謂溫藹長者也。

七子派詩文論之淵源，以取資於嚴羽、高棅、李東陽者爲多。諸子之說，不盡相同，詩論較文論精闢深入，文論則較富於實用色彩。諸子皆深具創作經驗，故所論無隔靴搔癢之弊，然主觀性太重，且創作與理論不相符合，其所以大受訾議，致來攻擊之口者，實多緣於創作之不佳，而非理論之不善也。

七子派以黨徒眾而分佈廣〔註3〕，且「秦漢」、「盛唐」之說聳人心目，用能風靡一時，其影響及於清代之格調說，可謂源遠而流長也。

〔註 3〕七子派分佈全國，以籍貫言，前七子北多南少，後七子北少南多。

附　錄

一　七子派人物表

前七子派	獻吉派：李夢陽、鄭善夫、殷雲霄、黃省曾、朱應登、王維楨、張含、熊卓、屠應埈、周祚、左國璣、田汝耔、程誥、鄭作
	仲默派：何景明、顧璘、薛蕙、孟洋、樊鵬、戴冠、孫繼芳、孫宜、張詩
	徐禎卿
	康　海
	邊　貢
	王九思
	王廷相
後七子派	後七子之前茅：王宗沐、劉爾牧、高岱
	後七子：謝榛、李攀龍、王世貞、徐中行、吳國倫、梁有譽、宗臣
	後五子：余曰德、魏裳、汪道昆、張佳胤、張九一
	廣五子：俞允文、盧柟、李先芳、吳維嶽、歐大任
	續五子：王道行、石星、黎民表、朱多煃、趙用賢
	末五子：趙用賢、屠隆、李維楨、魏允中、胡應麟
	其　他：王世懋、周天球、許邦才、俞安期、吳稼竳、潘之恒

二、七子籍貫表

前七子	李夢陽－慶陽（今甘肅省慶陽縣）
	何景明－信陽（今河南省信陽縣）
	徐禎卿－常熟（今江蘇省常熟縣）
	邊　貢－歷城（今山東省歷城縣）
	王廷相－儀封（今河南省蘭封縣東北）
	康　海－武功（今陝西省武功縣）
	王九思－鄠雲（今陝西省鄠縣）
後七子	謝　榛－臨清（今山東省臨清縣）
	李攀龍－歷城（今山東省歷城縣）
	王世貞－太倉（今江蘇省太倉縣）
	吳國倫－興國（今湖北省陽新縣）
	徐中行－長興（今浙江省長興縣）
	梁有譽－順德（今廣東省順德縣）
	宗　臣－興化（今福建省莆田縣）

三、七子生卒年表

前七子	李夢陽：成化八年生，嘉靖八年卒（1472～1529）
	何景明：成化二十年生，嘉靖元年卒（1484～1522）
	徐禎卿：成化十五年生，正德六年卒（1479～1511）
	邊　貢：成化十二年生，嘉靖十一年卒（1476～1532）
	王廷相：成化十年生，嘉靖廿三年卒（1474～1544）
	康　海：成化十一年生，嘉靖十九年卒（1475～1540）
	王九思：成化四年生，嘉靖三十年卒（1468～1551）
後七子	謝　榛：弘治八年生，萬曆三年卒（1495～1575）
	李攀龍：正德九年生，隆慶四年卒（1514～1570）
	王世貞：嘉靖五年生，萬曆十八年卒（1526～1590）
	吳國倫：嘉靖二年生，萬曆廿一年卒（1524～1593）
	徐中行：正德十二年生，萬曆六年卒（1517～1578）
	梁有譽：正德十三年生，嘉靖卅二年卒（1518～1553）
	宗　臣：嘉靖四年生，嘉靖卅九年卒（1525～1560）

重要參考書目

（一）七子派成員著作

1. 《空同先生集》，明李夢陽撰，明嘉靖間刊本。
2. 《空同集》，明李夢陽撰，明萬曆丁亥（十五年）李羅沔陽刊本。
3. 《渼陂集》，明王九思撰，明嘉靖癸巳（十二年）王獻山西刊本。
4. 《渼陂續集》，王九思撰，明嘉靖二十四年翁萬達鄠邑刊本。
5. 《熊士選集》，明熊卓撰，明嘉靖癸卯（二十二年）范欽豐城刊本。
6. 《山中集、憑几集、續集、息園存稿詩文》，明顧璘撰，明嘉靖間刊本。
7. 《浮湘稿》，明顧璘撰，明嘉靖間刊本。
8. 《邊華泉集》，明邊貢撰，劉天民編，明嘉靖戊戌（十七年）濟南知府司馬魯瞻刊本。
9. 《凌谿先生集》，明朱應登撰，明嘉靖間刊清代修補本。
10. 《對山集、制策》明康海撰，張治道編，明嘉靖二十四年西安知府吳孟祺刊本。
11. 《王氏家藏集、內臺集、愼言、雅述》，共十八冊，明王廷相撰，明嘉靖丙申（十五年）至辛酉（四十年）刊本。
12. 《何氏集》，明何景明撰，明嘉靖三年吳邵沈氏野竹齋刊本。
13. 《石川集》，明殷雲霄撰，明嘉靖己酉（二十八年）關中張光孝編刊本。
14. 《鄭詩、附錄》，明鄭善夫撰，汪文盛編，明嘉靖間刊本。
15. 《鄭文》，明鄭善夫撰，明嘉靖間汪文盛刊本。

16. 《迪功集、附談藝錄》，明徐禎卿撰，明嘉靖七年刊本。
17. 《孟有涯集》，明孟洋撰，明嘉靖戊戌（十七年）徐九皐蘇州刊本。
18. 《薛考功集、附錄》，明薛蕙撰，明嘉靖間吳郡章簡甫寫刊本。
19. 《薛詩拾遺》，明薛蕙撰，舊抄本。
20. 《樊氏集》，明樊鵬撰，明嘉靖甲午（十三年）孔天胤陝西刊本。
21. 《洞庭漁人集》，明孫宜撰，明萬曆戊申（三十六年）華容孫氏家刊本。
22. 《五嶽山人集》，明黃省曾撰，明嘉靖間吳郡黃氏家刊本。
23. 《王氏存笥稿》，明王維楨撰，明嘉靖丁巳（三十六年）陝西巡按鄭本立刊本。
24. 《白雪樓詩集》，明李攀龍撰，明嘉靖癸亥（四十二年）魏堂歷下刊本。
25. 《滄溟先生集、附錄》，明李攀龍撰，明隆慶壬申（六年）吳郡王世貞刊本。
26. 《弇州山人四部稿》，明王世貞撰，明萬曆五年吳郡王氏世經堂刊本。
27. 《弇州山人續稿》，明王世貞撰，明萬曆間吳郡王氏家刊本。
28. 《弇州山人讀書後》，明王世貞撰，明萬曆間長洲許恭刊本，清謝寶樹手跋。
29. 《太函集》，明汪道昆撰，明萬曆辛卯（十九年）金陵刊本。
30. 《青蘿館詩》，明徐中行撰，明隆慶四年新都汪時元刊本。
31. 《天目先生集》，明徐中行撰，明萬曆甲申（十二年）張佳胤浙江刊本。
32. 《甔甀洞稿、續稿》共三十二冊，明吳國倫撰，明萬曆甲申（十二年）癸卯（三十一年）興國吳氏遞刊本。
33. 《宗子相先生集》，明宗臣撰，明常郡葉氏天華閣刊本。
34. 《子相文選》，明宗臣撰，姜承宗等編，明天啓癸亥（三年）揚州姜氏刊本。
35. 《余德甫先生集》，明余曰德撰，明萬曆末年南昌余氏家刊本。
36. 《王奉常集》，明王世懋撰，明萬曆己丑（十七年）吳郡王氏家刊本。
37. 《四溟山人全集》，明謝榛撰，明萬曆甲辰（三十二年）趙府冰玉堂重刊本。
38. 《四溟山人詩、附詩家直說》，明謝榛撰，盛以進選，明萬曆壬子（四十年）盛氏臨清刊本。

39. 《仲蔚先生集、附錄》共八冊，明俞允文撰，明萬曆壬午（十年）休寧程善定刊本。
40. 《蟣蠓集》，明盧柟撰，明萬曆三年魏郡穆文熙刊本。
41. 《歐虞部集》，明歐大任撰，清初刊本。
42. 《大泌山房集》，明李維楨撰，明萬曆間金陵刊本。
43. 《松石齋集》明趙用賢撰，明萬曆壬子（六年）海虞趙氏原刊本。
44. 《天倪齋詩》，明鄒迪光撰，明萬曆戊戌（二十六年），梁溪鄒氏原刊本。
45. 《少室山房類稿》，明胡應麟撰，明萬曆戊午（四十六年）刊本。
46. 《由拳集》，明屠隆撰，明萬曆八年馮開之秀水刊本。
47. 《白榆集》，明屠隆撰，明萬曆間刊本。
48. 《魏仲子集》，明魏允中撰，明萬曆戊子（十六年）南樂魏氏刊本。
49. 《田深甫詩》，明田汝竦撰，藍格舊抄本。
50. 《周氏集》，明周祚撰，明嘉靖三十三年刊本。
51. 《翏翏集》，明俞安期撰，明萬曆末年刊本。
52. 《鸞嘯集》，明潘之恒撰，明萬曆間原刊本。
53. 《鴻苞集》，明屠隆撰，明萬曆間刊本。
54. 《四溟山人詩家直說》，明謝榛撰，明萬曆壬子（四十年）臨清知州盛以進刊本。
55. 《詩藪》，明胡應麟撰，明崇禎五年延陵吳國琦等重刊少室山房全集本。
56. 《合刻三家詩話》，日本物觀編，日本享保十一年刊本。
57. 《蘭汀存稿》，明梁有譽撰，偉文出版社。
58. 《古今詩刪》，李攀龍編，萬曆間刊本。
59. 《唐詩選詳說》，李攀龍編，日本簡野道明注，日本明治書院本。
60. 《明詩十二家》，明李心學編，明莆陽程拱宸重校刊本。
61. 《國朝七子詩集註解》，明陳繼儒編註，日本元祿己巳（二年）刊本。
62. 《皇明五先生文雋》，明蘇文韓編，明天啓甲子（四年）廣陵蘇刊本。
63. 《皇明四大家詩選》，明藍庚生重編，明崇禎乙亥（八年）曹南藍氏修補舊刊本。

（二）古　籍

1. 《河嶽英靈集》，唐殷璠編，四部叢刊本。

2. 《詩品》，唐司空圖撰，世界書局。
3. 《司空表聖文集》，唐司空圖，臺灣商務印書館。
4. 《宋學士集》，明宋濂，臺灣商務印書館。
5. 《高太史全集》，明高啓，臺灣商務印書館。
6. 《獨庵集》，明高啓，臺灣商務印書館。
7. 《清江集》，明貝瓊，故宮博物院藏，四庫全書本。
8. 《誠意伯劉先生文集》，明劉基撰，明成化六年浙江巡按戴用刊本。
9. 《懷麓堂稿》，明李東陽撰，明正德戊寅（十三年）熊桂等徽州刊本。
10. 《容春堂集》，明邵寶撰，明正德戊寅，嘉靖壬午内江張偉遞刊本。
11. 《何文簡公文集》，明何孟春撰，明萬曆二年刊本。
12. 《徐文長三集》，明徐渭，明萬曆庚子刊本。
13. 《徐文長文集》，明徐渭撰，明萬曆甲寅刊本。
14. 《白蘇齋類集》，明袁宗道，明末刊本。
15. 《袁中郎全集》，明袁宏道，世界書局。
16. 《嬾眞草堂文集》，明顧起元，萬曆四十六年刊本。
17. 《世經堂集》，明徐階，萬曆間刊本。
18. 《遵巖先生文集》，明王愼中，明隆慶五年刊本。
19. 《穀城山館文集》，明于愼行，明萬曆卅五年刊本。
20. 《二酉園文集》，明陳文燭，萬曆十二年龍膺刊本。
21. 《洹詞》，明崔銑撰，明趙府味經堂刊本。
22. 《袁永之集》，明袁袠撰，明嘉靖丁未姑蘇袁氏家刊本。
23. 《丘隅集》，明喬世寧撰，明嘉靖末年原刊本。
24. 《渭上稿》，明南軒撰，明萬曆戊子關中南氏家刊本。
25. 《苑洛集》，明韓邦奇，明嘉靖卅一年刊本。
26. 《皇甫司勳集》，明皇甫汸，明萬曆三年刊本。
27. 《涇野先生文集》，明呂柟，明嘉靖卅四年刊本。
28. 《葛端肅公文集》，明葛守禮，明萬曆十年刊本。
29. 《鈐山堂集》，明嚴嵩撰，明嘉靖間刊本。
30. 《棠陵文集》，明方豪撰，明嘉靖間刊本。
31. 《甫田集》，明文徵明撰，明原刊本。
32. 《石龍集》，明黃綰撰，明嘉靖間原刊本。

33. 《趙浚谷文集》，明趙時春撰，明萬曆間刊本。
34. 《虞德園先生文集》，明虞淳熙撰，明天啓癸亥（三年）錢塘虞氏攡務山館刊本。
35. 《玉茗堂全集》，明湯顯祖撰，明天啓元年刊本。
36. 《焦氏澹園集》，明焦竑撰，明萬曆丙午內黃黃雲蛟刊本。
37. 《雪濤閣集》，明江盈科撰，明萬曆庚子西楚江氏北京刊本。
38. 《鍾伯敬先生遺稿》，明鍾惺撰，明天啓七年徐氏浪齋刊本。
39. 《珂雪齋前集》，明袁中道撰，明萬曆戊午新安刊本。
40. 《珂雪齋近集》，明袁中道撰，明末書林唐國達刊本。
41. 《譚友夏合集》，明譚元春撰，明崇禎癸酉古吳張澤刊本。
42. 《荊川先生集》，明唐順之撰，明嘉靖己酉無錫安如石編刊本。
43. 《李中麓閒居集》，明李開先撰，清三十六硯居藍格鈔本。
44. 《快雪堂集》，明馮夢禎，明萬曆四十四年刊本。
45. 《逍遙園集》，明穆文熙，明萬曆十五年刊本。
46. 《太霞草》，明劉鳳撰，明萬曆間長洲劉氏家刊劉子威集本。
47. 《來禽館集》，明邢侗撰，明崇禎丁丑留都書肆刊本。
48. 《趙忠毅公文集》，明趙南星撰，明崇禎十一年吳橋范景文刊本。
49. 《寶庵集》，明顧紹芳撰，明萬曆間西晉趙標刊本。
50. 《陳忠裕全集》，明陳子龍撰，清嘉慶八年刊本。
51. 《孫月峯集》，明孫鑛撰，四部叢刊本。
52. 《初學集》，清錢謙益撰，四部叢刊本。
53. 《有學集》，清錢謙益撰，四部業刊本。
54. 《聰山集》，清甲涵光撰，畿輔叢書本。
55. 《西河全集》，清毛奇齡撰，國學基本叢書本。
56. 《古歡堂集》，清田雯撰，德州田氏業書本。
57. 《亭林詩文集》，清顧炎武撰，四部備要本。
58. 《南雷文定》，清黃宗義撰，四部叢刊本。
59. 《復初齋文集》，清翁方綱撰，舊鈔本。
60. 《薑齋詩文集》，清王夫之撰，四部叢刊本。
61. 《漁洋山人精華錄》，清王士禛撰，清康熙庚辰刊本。
62. 《梅村家藏稿》，清吳偉業撰，四部叢刊本。
63. 《沈歸愚詩文全集》清沈德潛撰，乾隆間刊本。

64. 《惜抱軒集》，清姚鼐撰，同治丙寅省心閣重刊本。
65. 《文史通義》，清章學誠撰，國史研究室。
66. 《帶經堂全集》，清王士禛撰，七略書堂校刊本。
67. 《日知錄》，明顧炎武撰，明倫出版社。
68. 《純吟文稿》，清馮班撰，清初毛氏汲古閣刊本。

（三）詩　話

1. 《歷代詩話》，清何文煥編，藝文印書館。
2. 《續歷代詩話》，清丁福保編，藝文印書館。
3. 《清詩話》，清丁福保編，明倫出版社。
4. 《百種詩話類編》，臺靜農編，藝文印書館。
5. 《詩話叢刊》，弘道公司。
6. 《古今詩話叢編》，廣文書局。
7. 《詩品集解》，郭紹虞編注，清流出版社。
8. 《司空圖詩品注釋及譯文》，祖保泉注譯，正生書局。
9. 《滄浪詩話校釋》，郭紹虞校，正生書局。
10. 《昭昧詹言》，清方東樹撰，廣文書局。
11. 《圍爐詩話》，清吳喬撰，廣文書局。
12. 《歷代詩話》，清吳景旭撰，世界書局。
13. 《原詩》，清葉燮撰，明倫出版社。
14. 《說詩晬語》，清沈德潛撰，明倫出版社。
15. 《而庵詩話》，清徐增撰，明倫出版社。
16. 《歲寒堂詩話》，宋張戒撰，明倫出版社。
17. 《懷麓堂詩話》，明李東陽撰，明倫出版社。
18. 《漫堂說詩》，清宋犖撰，明倫出版社。
19. 《貞一齋詩說》，清李重華撰，明倫出版社。
20. 《升庵詩話》，明楊慎撰，廣文書局。
21. 《蠖齋詩話》，清施閏章撰，明倫出版社。
22. 《一瓢詩話》，清薛雪撰，明倫出版社。
23. 《雨村詩話》，清李調元撰，明倫出版社。
24. 《薑齋詩話》，清王夫之撰，明倫出版社。
25. 《隨園詩話》，清袁枚撰，明倫出版社。

26. 《說詩菅蒯》，清吳雷發，明倫出版社。
27. 《國雅品》，明顧起綸撰，藝文印書館。

（四）詩文選

1. 《唐詩品彙》，明高棅編，日本京都文錦堂複刊本。
2. 《明詩綜》，明朱彝尊編，世界書局。
3. 《唐詩別裁》，清沈德潛編，台灣商務印書館。
4. 《明詩別裁》，清沈德潛編，台灣商務印書館。
5. 《國朝詩別裁》，清沈德潛編，台灣商務印書館。
6. 《明文彙》，高師仲華、袁奐若編，中華叢書委員會。
7. 《明詩評選》，清王夫之，大源文化服務社。
8. 《明詩紀事》，清陳田撰，中央研究院藏光緒刊本。
9. 《明文案》，清黃宗羲編，清海鹽陳言揚手鈔本。
10. 《明文英華》，清顧有孝編，清康熙間刊本。
11. 《列朝詩集》，清錢謙益編，清初虞山毛氏汲古閣刊本。

（五）史　部

1. 《新唐書》，宋歐陽修等編，藝文印書館。
2. 《宋史》，元脫脫撰，藝文印書館。
3. 《明史》，清張庭玉撰，藝文印書館。
4. 《明實錄》，國立北平圖書館紅格鈔本，中央研究院語言研究所影印。
5. 《國朝獻徵錄》，明焦竑撰，明萬曆丙辰錢塘徐象橒刊本。
6. 《明鑑》，錢基博修訂，啓明書局。
7. 《明史紀事本末》，清谷應泰撰，三民書局。
8. 《列朝詩集小傳》，清錢謙益撰，世界書局。
9. 《皇明進士登科考》，明俞憲撰，嘉靖錫山俞氏鵠鳴館刊本。
10. 《清史列傳》，中華書局。

（六）方　志

1. 《蒲田懸志》，清廖必琦等撰，中央研究院藏光緒五年補刊本。
2. 《臨清州志》，清王俊，故宮博物院藏清乾隆十四年刊本。
3. 《臨清直隸州志》，清張慶等，故宮博物院藏清乾隆五十年刊本。
4. 《濬縣志》，清劉德新，故宮博物院藏清康熙十八年刊本。

5. 《歷城縣志》，清胡德琳，中央研究院藏清乾隆三十七年刊本。
6. 《興化縣志》，明歐陽東鳳等，中央圖書館藏明萬曆十九年修傳抄本。
7. 《常熟縣志》，明鄧韍，中央圖書館藏明嘉靖十八年刊本。
8. 《蘭谿縣志》，明程子鏊，故宮博物院藏萬曆十四年刊本。
9. 《京山縣志》，清吳游龍，故宮博物院藏清康熙十二年刊本。
10. 《臨海縣志》，清洪若皋等，故宮博物院藏清康熙廿二年刊本。
11. 《濮州志》，清張實斗等，中央研究院藏清康熙十二年刊本。
12. 《孝豐縣志》，清羅爲賡，故宮博物院藏清光緒十二年刊本。
13. 《武功縣志》，明康海撰，故宮博物院藏。
14. 《江都縣志》，清五格等，故宮博物院藏清乾隆八年刊本。
15. 《吳江縣志》，清陳莫纕，清乾隆十二年石印重刊本。
16. 《江蘇各縣志搞鈔殘卷》，佚名，明潤經堂藍欄鈔本。
17. 《江西通志》，清謝旻等監修。
18. 《浙江通志》，清嵇曾筠等監修。
19. 《福建等志》，清郝玉麟等監修。
20. 《湖廣通志》，清邁柱等監修。
21. 《山東通志》，清岳濬等監修。
22. 《陝西通志》，清劉於義等監修。
23. 《甘肅通志》，清許容等監修。
24. 《廣東通志》，清郝玉麟等監修。

（七）文學批評、文學史

1. 《中國文學批評》，方孝岳撰，清流出版社。
2. 《中國文學批評史大綱》，朱東潤撰，開明書店。
3. 《隋唐文學批評史》，羅根澤撰，台灣商務印書館。
4. 《中國詩論史》，鈴木虎雄撰，洪順隆譯，台灣商務印書館。
5. 《清代文學評論史》，青木正兒撰，陳淑女譯，開明書店。
6. 《中國詩學大綱》，楊鴻烈著，台灣商務印書館。
7. 《詩論分類纂要》，朱任生編，台灣商務印書館。
8. 《談藝錄》，錢默存著，明倫出版社。
9. 《宋明清詩研究論文集》，香港。
10. 《現代中國文學史》，錢基博著，明倫出版社。

11. 《近百年來的中國文藝思潮》，吳文祺著，明倫出版社。
12. 《明代文學》，錢基博著，台灣商務印書館。
13. 《中國文學批評通論》，傅庚生著，華正書局。
14. 《中國文學批評論文集》，王煥鑣編註，正中書局。
15. 《中國文學史論集》，張其昀等著，中華文化委員會。
16. 《滄浪詩話研究》，張健著，臺大文史叢刊。
17. 《詩學》，黃節著，啓華社。
18. 《漢魏六朝專家文研究》，劉師培講述，中華書局。
19. 《宋金四家文學批評研究》，張健著，聯經出版事業公司。
20. 《清代詩學初探》，吳宏一著，牧童文史叢書。
21. 《明文學史》，宋佩韋著，台灣商務印書館。
22. 《中國散文史》，陳柱著，台灣商務印書館。
23. 《中國韻文史》，澤田總清著，台灣商務印書館。
24. 《中國詩史》，陸侃如，明倫出版社。
25. 《中國文學史》，鄭某，明倫出版社。
26. 《支那近世文學史》，宮崎繁吉，早稻田大學出版部。
27. 《支那文學思想史》，青木正兒，岩波書店。
28. 《中國文學批評史》，郭紹虞撰，明倫出版社。
29. 《文學概論》，王師夢鷗著，帕米爾書店。
30. 《漢語詩律學》，王某著，文津出版社。

（八）社團、版本及其他

1. 《明清之際黨社運動考》，謝國楨著，台灣商務印書館。
2. 《圖書版本學要略》，屈萬里著，中華文化出版社。
3. 《書林清話》，葉德輝著，世界書局。
4. 《明代文集總目》，政大中文研究所。
5. 《臺灣公藏方志聯合目錄》，中央圖書館編，正中書局。
6. 《叢書子目類編》，楊家駱著。
7. 《歷代人物年里通譜》，姜亮夫著，華世書局。
8. 《中國文學家大辭典》，譚嘉定編，世界書局。
9. 《中國圖書大辭典》，遠東圖書公司。
10. 《明人傳記資料索引》，中央圖書館編。

（九）單篇論文

1. 〈述社〉柳詒徵，《學衡》雜誌 54 期。
2. 〈讀明初開國諸臣詩文集〉，錢穆。
3. 〈明開國以後之制度〉，孟森。
4. 〈明代衛所制度興衰考〉，解毓才。
5. 〈記明天順成化間大臣南北之爭〉，陳綸緒。
6. 〈詩學枝譚〉，周季侐撰，《庸言》一卷五十六號。
7. 〈清代詩說論要〉，劉若愚撰，《香港大學五十週年紀念論文集》。
8. 〈明代前後七子的復古〉，王貴苓，《文學雜誌》第三卷第五、六期。
9. 〈弇州先生文學年譜〉，黃如文，《燕京大學文學年報》，香港龍門書店影編。
10. 〈王世貞評傳〉，梁容若，《書和人》第 128 期民國五十九年一月。